Isa

L'éveil de l'aube

PATRICIA MATTHEWS | *ŒUVRES*

Patricia Matthews

L'éveil de l'aube

traduit de l'américain par Gabriel POSPISIL

Éditions J'ai lu

*Ce livre est dédié à celles
qui œuvrent dans l'ombre;
à Jean, Eunice et Ruth de
l'agence Jay Garon, avec
toute ma gratitude.*

Ce roman a paru sous le titre original :

EMBERS OF DAWN

Le feu de l'amour

Le feu de l'amour débute par une étincelle,
Un regard, un frôlement;
De telles vétilles peuvent attiser
Sans un mot un émoi,
Un trouble inavoué.

Un amour peut couver longtemps,
Et l'orgueil, comme les feuilles,
Le celer aux regards.
Mais un jour la flamme jaillit,
Libérant le cœur.

Et si le feu prend bien, avec vigueur,
Si l'on veille avec soin
À protéger la flamme,
Il peut durer, grandir et rayonner
Jusqu'au creux des nuits les plus sombres.

1

Charlotte King se redressa. Le sol rouge du jardin potager, d'où elle venait d'arracher les derniers tubercules de patates douces, était épuisé.

En se relevant, elle repoussa de la main une mèche de ses épais cheveux roux qui s'était libérée du ruban qui les retenait. Sa chevelure, ainsi que les taches de rousseur qui parsemaient légèrement son visage et son corps, étaient un héritage de sa grand-mère, un héritage dont elle se serait volontiers passée.

Tout en repoussant la mèche rebelle, ses doigts laissèrent une traînée de terre rouge sur sa joue mais elle ne s'en aperçut pas et ne se rendit pas compte à quel point cette tache faisait ressortir la couleur de ses yeux, d'un bleu inhabituel, presque électrique.

Charlotte était grande et maigre; maigre par manque de nourriture. Sa robe de guingan – trop large à présent – ne la mettait pas à son avantage. Cependant, elle avait fière allure et ses mouvements révélaient une grâce et une assurance plaisantes.

C'était une matinée chaude et douce de Caroline du Nord. Le ciel était sans nuages et d'un bleu vif mais la brise matinale était déjà tombée et l'après-midi promettait d'être d'une chaleur écrasante.

Charlotte s'essuya les mains sur son tablier puis se massa les reins. Elle se sentait déjà épuisée et la journée était à peine commencée. Jusque-là, elle avait préparé un maigre petit déjeuner pour sa mère alitée et pour elle-même, lavé la vaisselle et nourri l'unique cochon efflanqué que les Yankees (1) n'avaient pas trouvé ainsi que les quelques poulets qui restaient de la basse-cour autrefois florissante; elle s'efforçait à présent de trouver quelque chose qui donnerait plus de consistance au riz et aux légumes destinés à leur repas de midi.

Elle soupira en regardant les patates, tordues et rabougries mais suffisantes pour les sustenter aujourd'hui. Demain... elle s'en soucierait le moment venu. Elle avait suffisamment de préoccupations pour l'instant.

Elle se pencha, ramassa les patates et les mit dans son tablier.

En se tournant vers la maison, elle aperçut la route poussiéreuse qui passait à moins de cinquante mètres de l'endroit où elle se trouvait. Une silhouette s'avançait; un homme, elle le distinguait à présent. Un soldat, vêtu de l'uniforme gris terne des Confédérés.

Elle rassembla son tablier d'une main et mit l'autre en visière. L'homme avançait en boitant, soutenu par une béquille rudimentaire sous un bras. L'épaisse poussière de la route se soulevait autour de lui car il traînait un pied, le gauche. La poussière scintillait dans l'air immobile.

Charlotte se raidit tandis qu'il s'avançait péniblement vers elle. Son cœur bondit à la rencontre du guerrier, boiteux et vaincu, qui revenait dans un pays ruiné.

Pas à pas, il se rapprocha jusqu'à ce que ses yeux lui confirment ce que son cœur avait déjà deviné.

– Jefferson !

Le soldat leva la tête en entendant son nom.

---

(1) Nom donné aux Nordistes par les Sudistes. *(N.d.T.)*

– Doux Jésus, c'est Jefferson.

Charlotte se mit à courir, agrippant toujours son tablier à moitié rempli d'une main et relevant ses longues jupes de l'autre. Elle traversa le potager et poursuivit sa course sur la route, gênée par son fardeau mais refusant de s'en défaire. Ses yeux s'étaient remplis de larmes.

L'homme s'était arrêté et se tenait immobile à présent, au milieu de la route, appuyé sur sa béquille. Il était maigre, Seigneur, si maigre et marqué : il paraissait tellement plus vieux que son âge !

Elle se jeta sur lui, étreignant ses épaules à travers la toile grise usée, se rendant compte à quel point il était décharné. Elles étaient si larges lorsqu'il était parti; les King avaient toujours eu une forte carrure.

– Jefferson ! s'écria-t-elle. Nous pensions que vous étiez mort.

Son frère s'efforça de sourire mais la fatigue et la douleur transformèrent ce sourire en grimace. Elle aurait voulu lui exprimer sa sollicitude mais craignit de blesser son orgueil.

– Venez, Jefferson, l'encouragea-t-elle en l'aidant de son bras libre. Laissez-moi vous soutenir jusqu'à la maison.

Il ne dit rien, s'appuyant simplement sur elle, lui faisant supporter presque tout son poids, apparemment si faible et épuisé qu'une seule parole était au-dessus de ses forces.

Avec un effort considérable, Charlotte parvint à lui faire gravir les marches de la véranda où il se laissa tomber dans le vieux rocking-chair en chêne qui avait appartenu à Gardner King, leur père. Le visage de Jefferson était blanc comme un linge et elle sentit son cœur se serrer de pitié et de douleur.

– Je vais vous chercher quelque chose à boire, dit-elle en se hâtant à l'intérieur.

Que pouvait-elle lui donner ? Elle se souvint de la bouteille de whisky qu'elle avait mise de côté pour le cas où sa mère irait vraiment mal. Jefferson en avait encore plus besoin.

Après avoir déposé les patates douces dans l'évier, elle se tourna vers le placard. Il restait de la menthe fraîche et un peu de sucre. Les mains tremblantes, elle en écrasa au fond d'un grand verre, préparant machinalement la boisson que Jefferson et son père aimaient tous deux. Elle la faisait trop vite, pensa-t-elle; cependant, cette hâte semblait nécessaire. Le verre de julep à la main, elle rejoignit son frère sur la véranda.

Ses yeux étaient fermés et sa poitrine se soulevait à peine. Hésitante, elle lui toucha le bras. Il ouvrit les yeux et, pendant un moment, ne parut pas conscient de ce qui l'entourait.

– Buvez, dit-elle en rapprochant le verre de ses lèvres. Cela vous fera du bien.

Il hocha la tête et but goulûment tandis qu'elle penchait le verre. Après qu'il eut avalé les premières gorgées, les yeux de Jefferson s'ouvrirent et son regard s'anima. Il lui jeta un coup d'œil mais continua de boire jusqu'à ce que le verre soit vide.

Charlotte pensait déjà à ce qu'elle ferait ensuite. Il devait mourir de faim. Elle tuerait l'une des poules et ferait une soupe. Pendant que la soupe cuirait, elle lui préparerait quelques patates. Cela le réchaufferait et calmerait sa faim.

Elle vit qu'il s'était endormi mais son visage paraissait tendu et fatigué jusque dans le sommeil. Avec un pincement au cœur, elle retourna dans la maison et revint avec un couvre-pieds usé qu'elle posa sur lui car, malgré la chaleur grandissante, il avait l'air transi, comme si son sang n'était pas assez vif pour le maintenir en vie.

Après l'avoir ainsi recouvert, Charlotte s'assit à ses pieds, s'appuyant contre le rocking-chair, se souvenant du temps où elle se tenait à la même place à côté de son père.

Mais Jefferson était de retour. Tout irait mieux à présent. Il guérirait, retrouverait des forces et reprendrait en main ce qui restait de la ferme. Elle l'aiderait et, ensemble, ils redonneraient vie à la propriété. Elle ne serait plus seule à supporter le double fardeau de la ferme et de sa mère. Jefferson s'occuperait de tout dès qu'il serait remis.

Elle tendit le bras et frôla sa main. Elle était d'une maigreur pitoyable et couverte de cicatrices à peine guéries. Elle sourit et s'offrit le luxe d'une détente. Fermant les yeux, elle se mit à penser à l'avenir, lorsque la terre des King serait à nouveau prospère et que personne n'aurait plus faim.

Les retrouvailles entre sa mère et son frère ne furent pas à la hauteur de ses espérances.

Jefferson attendit deux jours avant de déclarer qu'il se sentait assez fort pour monter jusqu'à la chambre maternelle. Même alors, il sembla à Charlotte qu'il montrait un curieux manque de chaleur en la revoyant. Il embrassa la joue creuse de sa mère et sourit même en lui disant qu'il se sentait mieux qu'il n'en avait l'air, voulant ainsi apaiser les craintes qu'elle manifesta en le voyant; pourtant, ni sa voix ni son regard ne trahirent de réelle émotion, hormis l'expression de consternation qu'il avait eue en découvrant l'état de sa mère.

Charlotte était habituée à la voir mais un terrible changement marquait la femme aux joues roses et aux formes pleines qui avait présidé la maisonnée des King d'une main ferme et généreuse avant le départ de Jefferson à la guerre. Ses cheveux ternes, autrefois de la couleur des blés mûrs, étaient grisonnants et son teint lumineux était devenu jaunâtre. Quant à ses formes pleines, il n'en restait rien. Plus maigre que Jefferson, elle n'avait que la peau sur les os et s'affaiblissait de jour en jour.

Charlotte tenait la main de sa mère fermement, indignée et confuse devant l'indifférence de Jefferson. Il était souffrant et fatigué, elle le savait, mais il s'agissait de leur mère !

Lorsqu'ils eurent quitté la chambre de la malade et qu'ils furent de retour au salon, au rez-de-chaussée, il l'interrogea.

– De quoi souffre-t-elle ? Le médecin vous l'a-t-il dit ?

– Une tumeur au poumon, qui ne cesse de s'étendre.

– J'ai vu un cas semblable au camp de prisonniers. Elle est mourante.

C'était un commentaire froid, exprimé sans émotion apparente et Charlotte bouillait de colère. Pourquoi parlait-il et agissait-il ainsi ? Ses réactions n'étaient pas celles qu'elle avait attendues de lui. Il lui semblait aussi étranger qu'un inconnu et Charlotte ne savait pas comment réagir en face de cet être nouveau qui semblait habiter le corps de son frère. Elle se leva.

– Je vais préparer le dîner. Ce ne sera pas un repas comme nous en avions autrefois.

– Rien ne sera plus comme autrefois, dit-il froidement.

Charlotte s'en fut à la cuisine, le cœur lourd, mal à l'aise et préoccupée. Toute la joie du retour de son frère s'était évanouie. Il surmontera cela, quel que soit son problème, pensa-t-elle; cela prendra du temps, voilà tout.

Lorsque le maigre repas fut prêt, Charlotte le servit dans la salle à manger, sur la longue table qui paraissait bien trop grande pour deux personnes.

Jeff buvait une gorgée de bourbon entre chaque bouchée. La première bouteille était vide depuis longtemps et il s'en était procuré une autre quelque part. Son visage paraissait recouvert d'une ombre permanente et il fallait à Charlotte toute sa volonté pour ne pas broncher lorsque leurs regards se croisaient. Elle était frappée par l'absence de vie dans ses yeux bruns autrefois si vifs et pétillants.

— Tout a disparu, Charlotte, tout, dit-il soudain. Non seulement ce pour quoi papa a travaillé si dur, mais le Sud tout entier. Tout est mort. Rien ne revivra plus : les maudits Yankees y ont veillé. (Son rire saccadé résonnait amèrement.) Ce ne sera plus jamais pareil. Je ne serai plus jamais pareil.

Il but ce qui restait de bourbon dans son verre en rejetant la tête en arrière.

Le cœur de Charlotte se serrait en le voyant, cet homme vaincu et émacié. En même temps, elle ressentait une pointe d'agacement. La guerre avait été un enfer, elle le savait comme tout le monde. Pourtant, il y avait l'orgueil des King. Ils devaient se relever et rebâtir. Il fallait que, d'une manière ou d'une autre, elle parvienne à raviver la fierté de Jefferson.

— Tout n'est pas perdu, Jefferson, dit-elle avec entrain. Pas entièrement.

— Bien sûr que si. De quoi parlez-vous ? demanda-t-il, étonné.

Elle se leva d'un bond.

— Venez, je vais vous faire voir quelque chose. (Elle lui prit la main.) Suivez-moi, Jefferson.

Il fronça les sourcils.

— Sœurette, je reviens de l'enfer. Cela ne peut-il pas attendre ?

Elle refusa de s'apitoyer sur lui. C'était la dernière chose dont il avait besoin en ce moment.

— Ce que j'ai à vous montrer vous redonnera du courage.

Il secoua la tête à nouveau.

— Je crains que rien ne puisse accomplir un tel miracle.

— Ceci oui, je vous le promets. Venez.

Il soupira, se leva et la suivit sans plus de résistance. Charlotte prit une lampe suspendue au mur et sortit dans la nuit chaude. La lampe projetait une pâle lueur devant eux. Elle le conduisit à la remise à tabac, entre la maison et la grange.

La main sur le loquet, elle s'arrêta pour le regarder.

– J'ai été prévenue avant que les Yankees n'arrivent. Les Hollister m'ont envoyé Jimmie pour me dire que les soldats venaient, pillant et incendiant. Alors, avec l'aide de Jimmie, nous avons tout transporté jusqu'à la cave sous la grange. Puis nous avons recouvert la trappe avec de la poussière, de la paille et du crottin. Les soldats n'ont pas découvert la trappe. J'avais peur qu'ils ne mettent le feu à la grange mais ils ne l'ont pas fait. (Charlotte savait qu'elle jacassait mais ne pouvait s'en empêcher.) Ils ne l'ont pas brûlé. La chance était avec nous.

– Qu'est-ce qu'ils n'ont pas brûlé, Charlotte ? demanda-t-il avec une impatience grandissante. Au nom du ciel, de quoi parlez-vous ?

– De ceci.

Elle ouvrit toute grande la porte et ils furent immédiatement assaillis par l'arôme capiteux du tabac. Charlotte leva la lampe pour qu'ils puissent voir les étagères couvertes de feuilles de tabac dorées.

– C'est de la première qualité. Il provient de la dernière récolte de papa, celle qu'il a traitée avec le nouveau procédé.

Jeff regarda autour de lui, bouche bée.

– Papa a récolté ceci ? Quand ?

– L'année de sa mort, alors que vous étiez à la guerre. Si les Yankees l'avaient trouvé, ils nous auraient dépouillés. Dieu merci, j'ai eu le temps de le cacher.

L'intérêt momentané de Jeff s'était évanoui.

– Charlotte, dit-il d'un ton morne, je ne vois pas en quoi ceci me concerne. Très bien. Vous avez été assez maligne pour cacher une récolte de tabac. Qu'est-ce que cela change ?

— Mais ne comprenez-vous pas, Jefferson ? Ce tabac vaut beaucoup d'argent. Il y en a eu très peu de cultivé ici durant la guerre et, à présent qu'elle est finie, il y aura une grosse demande. Cela prendra du temps aux planteurs avant de faire redémarrer la production.

— Mais en quoi est-ce censé me remonter le moral ?

— Avec l'argent de la vente de ce tabac, nous pourrons nous rétablir financièrement et acheter de quoi faire à nouveau fructifier la terre.

— Vous voulez dire que vous pensez à cultiver la propriété ? Vous espérez que je vais devenir un fermier ? (Il la regarda d'un air incrédule.) Charlotte, je viens de vivre quatre années de misère et d'épreuves. Je n'ai pas l'intention de m'établir ici pour devenir fermier.

— Mais les King ont toujours été proches de la terre. Combien de fois papa ne nous a-t-il pas raconté comment grand-père était venu dans ce pays et s'y était établi ?

— Ma chère sœur, il y a une chose dont vous ne semblez pas encore vous rendre compte, reprit-il avec un soupir las. Le temps des belles plantations est fini pour toujours. Un planteur ne pourra plus siroter du bourbon sur sa véranda pendant que ses esclaves défricheront ses champs…

— Papa n'a jamais eu d'esclaves, vous le savez bien.

— Peu importe. (Il fit un vague geste de la main.) Il payait ses ouvriers. Même si nous pouvions trouver des hommes de confiance à embaucher, nous ne pourrions pas les payer. Si nous nous mettions à exploiter la terre, c'est nous qui devrions la travailler, comme des esclaves. Ou plutôt, c'est moi qui devrais le faire.

— Je travaillerai avec vous, fit-elle sur un ton déterminé.

— Vous, une femme, travailler aux champs ?

Aucune dame sudiste ne le ferait. Que penseraient nos voisins ?

— Je ne me tracasse pas pour nos voisins. Ce qui me préoccupe... (Elle s'interrompit pour le regarder attentivement.) Il faudra bien que vous travailliez, Jefferson. Qu'allez-vous faire si vous ne cultivez pas la terre ?

— Rien, pendant quelque temps. Et je ne vais certainement pas m'échiner à faire pousser du tabac.

— Comment comptez-vous suffire à vos besoins ? Ou bien pensez-vous que je vais vous entretenir, Jefferson ?

Il se redressa et, pendant un instant, une étincelle de l'ancien orgueil brilla dans ses yeux.

— Non, je ne compte pas là-dessus. Je ne suis plus un enfant, Charlotte. Ne vous inquiétez pas pour moi. Je me débrouillerai.

Il pivota sur ses talons, sortit de la remise et se dirigea en boitillant vers la maison. Charlotte, ravie d'avoir ranimé un peu de sa fierté, se hâta de le suivre. Elle le rattrapa au moment où il entrait dans la maison.

Il l'ignora et se dirigea vers la salle à manger.

— Jefferson, voulez-vous finir votre dîner ? Il est froid maintenant. Je peux vous le réchauffer.

— Ne prenez pas cette peine. Ce n'est pas de la nourriture que je veux. Je vais prendre un autre verre.

Il lui avait jeté sa réplique par-dessus son épaule, sur un ton blessant.

Charlotte éprouva un pincement de déception.

— N'allez-vous pas souhaiter bonne nuit à maman ?

Il s'arrêta dans l'encadrement de la porte et tourna vers elle un visage glacial.

— Je n'ai plus rien à lui dire. De quoi pourrions-nous nous parler ? Du monde cruel dont nous avons tous deux souffert ? Non, merci, ma chère sœur. Dites-lui bonsoir pour moi. Dites-lui (son expression devint sauvage) que je noie mon chagrin dans le bourbon. Peut-être devrait-elle en faire autant.

Il poussa la porte de la salle à manger et la claqua derrière lui.

Charlotte resta immobile, partagée entre la colère et la compassion. Il avait beaucoup souffert, elle n'en doutait pas un instant, mais c'était le cas de nombreux soldats confédérés. Depuis la fin des hostilités, ils étaient peu à peu revenus et la plupart avaient repris le cours de leur vie là où ils l'avaient laissé.

Il fallait que Jefferson prenne un nouveau départ, qu'il se ressaisisse et plus il attendrait, plus ce serait difficile. Pourtant, malgré sa souffrance et son abattement, elle avait perçu dans son regard une étincelle de l'orgueil des King. Elle était assez avisée pour comprendre que si elle le poussait trop loin maintenant, elle risquerait de le braquer à jamais.

Il lui faudrait s'armer de patience et laisser le temps opérer sa guérison. Cependant, l'alcool n'était pas la solution. Dieu merci, il n'y avait pas d'autres bouteilles à la maison. Étant donné que Jefferson n'avait pas d'argent, il ne pourrait pas en racheter. Elle serait ferme sur ce point-là. Elle ne lui donnerait pas un sou pour s'en procurer. Le peu qu'elle possédait était d'une nécessité absolue. S'il ne faisait rien pour améliorer leur situation, il faudrait qu'elle agisse toute seule.

Et si Jefferson ne s'était pas repris lorsqu'elle aurait vendu le tabac, elle ne lui donnerait pas un sou de cet argent-là non plus.

Elle fit demi-tour et se mit à gravir les marches de l'escalier pour aller à la chambre de sa mère. Elle s'arrêta sur le palier quelques instants afin de se reprendre. Il ne fallait pas que maman puisse deviner qu'elle s'était disputée avec Jefferson. Il fallait à tout prix éviter qu'elle devinât qu'il avait préféré aller boire que de venir lui souhaiter bonne nuit.

Le visage redevenu serein, elle lissa sa jupe, ouvrit la porte et entra. Ainsi qu'elle l'avait supposé, Alice King dormait. Assise dans son lit, sa tête retombait d'un côté, sur l'oreiller. Dans la lumière jaune de la lampe de chevet, son visage paraissait encore plus pâle et défait.

Charlotte contourna le lit et lui toucha légèrement l'épaule.

– Maman, glissez-vous sous les draps. Vous allez attraper un torticolis dans cette position.

Alice King se réveilla avec un petit cri et ses yeux d'un bleu passé restèrent vagues quelques secondes. Puis elle sourit avec un effort.

– Charlotte ! J'ai dû m'assoupir. (Elle tendit le cou, le regard plein d'espoir.) Où est Jefferson ? Où est mon fils ?

Charlotte ressentit une légère irritation. Jefferson avait toujours été le préféré de sa mère. Puis elle se réprimanda, honteuse d'avoir de telles pensées. Elle se força à sourire.

– Il est encore épuisé, maman. Je l'ai contraint à aller au lit de bonne heure.

– Je suis heureuse que mon petit garçon soit revenu, murmura sa mère en somnolant déjà à nouveau.

Charlotte écarta les cheveux humides du front de sa mère et resta à l'observer tandis qu'elle s'endormait. Le Dr Burns était vieux et Charlotte avait la nette impression qu'il n'était pas au courant des dernières découvertes médicales. Pourtant, c'était le seul médecin qu'elle pouvait joindre ou du moins le seul qui acceptât de soigner Alice King sans être payé comptant. Il prenait ses honoraires en tabac.

Bientôt, maman, promit Charlotte silencieusement, nous aurons l'argent du tabac et je ferai venir un médecin de Charleston.

Il ne fallut pas longtemps à Charlotte pour découvrir qu'il ne serait pas aussi facile de vendre son tabac qu'elle se l'était imaginé. Les négociants de Durham en manquaient mais aucun d'eux n'avait d'argent pour l'acheter. Ils lui proposaient de le prendre à crédit et de la payer lorsqu'il serait vendu; mais ils ne savaient pas combien de temps cela prendrait et elle avait besoin de l'argent maintenant.

Ils lui dirent que le seul homme à Durham à avoir de l'argent liquide était Sload Lutcher. Charlotte n'avait jamais rencontré Lutcher qui était un nouveau venu dans la région mais elle en avait entendu beaucoup parler. Ses origines étaient obscures; il était arrivé à Durham durant la guerre et s'était lancé dans le prêt sur gages. La rumeur prétendait qu'il s'était enrichi en tenant des maisons closes à La Nouvelle-Orléans et qu'il avait quitté cette ville au début de la guerre. Tous s'accordaient sur un point : il avait des disponibilités illimitées.

On avait eu besoin de lui à Durham et dans les environs. L'argent était rare durant la guerre; même les banquiers n'en avaient pas à prêter. À présent, c'était encore pire et Lutcher ne manquait pas de clients. Ses taux étaient exorbitants et Charlotte avait appris qu'il avait saisi plusieurs fermes près de Durham.

Elle conclut en fin de compte qu'elle ne perdrait rien à lui rendre visite. Elle avait épuisé toutes les possibilités de Durham et, dans une autre ville, il lui faudrait transporter son tabac pour le vendre, ce qu'elle voulait éviter. De toute façon, elle n'allait pas lui emprunter de l'argent mais lui vendre de la marchandise.

Sload Lutcher avait un bureau dans un entrepôt donnant sur Jackson Street, à trois rues de la gare. Elle s'aventura à pas timides à l'intérieur et fut immédiatement assaillie par l'arôme du tabac. L'entrepôt était à moitié rempli de feuilles séchées et une équipe d'hommes, principalement des Noirs, était occupée à les entasser. Au fond de l'entrepôt, une autre équipe coupait les feuilles pour en faire un produit fini. Il faisait chaud à l'intérieur du vaste bâtiment et une fine poussière de tabac flottait dans l'air comme un brouillard. Elle éternua deux fois de suite.

– Grands dieux ! s'exclama quelqu'un gaiement derrière elle. Quel éternuement pour une jeune personne si délicate !

Charlotte fit volte-face. Elle se trouva face à un petit homme grassouillet, au visage rond, aux yeux vifs et à la bouche souriante. Elle le fixa, les yeux écarquillés, éblouie par son accoutrement. Il portait un chapeau haut de forme, blanc comme neige, mais pour le reste, c'était une débauche de couleurs : un pantalon prune, une veste de velours rouge cerise, des bottes sang-de-bœuf. Sa chemise plissée était d'un jaune vif et il avait une cravate vert pomme. Une épingle avec un rubis aussi rouge que ses bottes retenait ladite cravate.

Comme s'il devinait ce qu'elle pensait, le petit homme se pavana.

– Vous êtes intimidée par mon aspect, jeune femme ? (Il se tourna à moitié et un rayon de lumière fit étinceler le rubis.) Il me surprend moi-même parfois.

Charlotte ne put s'empêcher de rire. De toute évidence, il était aussi vaniteux qu'un paon et pourtant il y avait quelque chose de si clownesque en lui qu'il était difficile de se sentir offensé par son extravagance.

– Intimidée sied autant qu'un autre mot. Je n'ai certainement jamais rien vu de pareil.

Il lui fit un grand sourire.

– Parfait, parfait. C'est l'effet que je cherche à produire. Lorsque je travaille, je veux être certain d'attirer l'attention de tous.

– Et quelle est au juste votre profession ?

Il se redressa de toute sa petite taille.

– Je suis, ma chère demoiselle, vendeur de tabac à la criée. Je m'appelle Clyde Watson. Certains me surnomment Dandy. (Ses yeux bruns pétillèrent de malice.) J'ignore pourquoi.

– Je suis Charlotte King, dit-elle. J'ai entendu parler des vendeurs de tabac à la criée mais nous n'en avons guère vu à Durham.

– C'est la raison de ma présence ici. Je veux initier les profanes à cet art. (Il se fit enthousiaste.) L'industrie du tabac est à la veille d'une grande expansion, notez-le, et les hommes de ma profession joueront un rôle important.

– Vous travaillez pour M. Lutcher ?

– Je viens d'avoir une entrevue avec la personne en question. (Il fit la grimace.) Je doute que M. Lutcher fasse jamais appel à mes services. Il manque du sens de la prévision. Mais dites-moi, mademoiselle King, pourquoi êtes-vous ici ? Êtes-vous dans le commerce du tabac ?

Charlotte eut un sursaut. Intriguée par cet homme, elle avait momentanément oublié le but de sa visite.

– À très petite échelle. Je suis venue voir M. Lutcher.

– J'espère que vous aurez plus de succès que moi. Vous le trouverez dans son bureau, en haut de ces marches.

Charlotte suivit du regard la direction qu'il indiquait. Dans la pénombre, au fond du bâtiment, se trouvait un escalier qui montait à une étroite passerelle sur laquelle donnaient plusieurs portes.

– Alors, il vaut mieux que j'y aille.

– Je vous souhaite bonne chance, chère mademoiselle. Permettez-moi de vous laisser ma carte au cas où vous auriez un jour besoin de mes services.

Il lui tendit une carte gravée et la salua d'un geste théâtral.

— Mes hommages, mademoiselle King.

Charlotte se fraya un passage vers le fond du bâtiment à travers les tas de tabac odorant et monta les marches. Le bureau qu'elle cherchait se trouvait au bout de la passerelle. Le nom de Sload Lutcher était inscrit sur la porte ouverte. Elle aperçut un homme assis derrière un vaste bureau, la tête penchée sur ses papiers. Elle frappa à la porte.

L'homme leva les yeux.

— Oui ?

— Monsieur Lutcher ?

— C'est moi. (Il avait une voix profonde et rocailleuse.) Que puis-je pour vous, madame ?

— Mademoiselle. Charlotte King.

Elle s'avança dans le bureau.

Il se leva et elle fut frappée par sa haute taille et sa maigreur. Il faisait plus d'un mètre quatre-vingts et il était effroyablement décharné. Il paraissait aussi émacié que Jefferson et elle se demanda s'il avait été malade. Ses mains, d'une longueur inhabituelle, étaient couvertes de poils noirs, comme les pattes d'une araignée. Mais ce fut son visage qui retint surtout l'attention de Charlotte. Il était allongé, osseux, avec des pommettes si proéminentes qu'elles jetaient de l'ombre sur le bas de sa figure. Le sourire qu'il lui adressa découvrit des dents jaunâtres et pointues comme des crocs. Elle frissonna.

Mais c'est seulement en rencontrant son regard qu'elle se sentit glacée. Ses yeux étaient petits et noirs, profondément enfoncés dans leurs orbites et totalement inexpressifs.

— King ? dit-il d'un air songeur. Êtes-vous apparentée à Gardner King qui possédait la plantation de tabac au nord de la ville ?

— Oui, c'était mon père.

— J'ai appris qu'il était mort peu de temps après mon arrivée à Durham. Mes condoléances, mademoiselle King. En quoi puis-je vous être utile ?

(Son regard se fit intense.) Si vous êtes venue emprunter de l'argent sur vos terres, je dois vous avertir que je ne prête plus d'argent sur hypothèque. (Il eut un sourire de prédateur.) J'ai été contraint de saisir plusieurs fermes et je ne trouve pas rentable de les exploiter.

— Oui, je l'ai entendu dire, répliqua-t-elle un peu plus vivement qu'elle n'en avait eu l'intention. (Elle ajouta rapidement :) Je ne suis pas venue vous emprunter de l'argent.

— Quel est donc l'objet de votre visite ?

Il était devenu plus distant à présent.

— J'ai entendu dire que vous achetiez du tabac...

— C'est l'essentiel de mes activités en ce moment. Mais j'ai dû être mal informé. J'ignorais que vous aviez produit une récolte de tabac depuis la mort de votre père.

— Ce n'est pas le cas mais j'ai toujours sa dernière récolte en ma possession.

— Les soldats de Sherman n'ont pas mis la main dessus ?

— Non, j'ai réussi à la cacher. Êtes-vous intéressé, monsieur Lutcher ?

— Certainement, mademoiselle King. Bien entendu, il faudrait que je l'inspecte. Je peux difficilement l'acheter sans la voir.

— Evidemment. J'avais prévu cela.

Lutcher feuilleta un petit carnet sur son bureau.

— Demain après-midi vous conviendrait-il ? Disons à deux heures ?

Lutcher vint le lendemain après-midi de bonne heure. Charlotte nettoyait la cuisine après avoir servi le déjeuner – Jefferson n'avait mangé que quelques bouchées –, lorsqu'elle entendit des voix. Elle s'essuya les mains en toute hâte, ôta son tablier et se dirigea vers la véranda. Elle savait que son frère s'y trouvait. Il lui avait réclamé une nouvelle bouteille de bourbon et, quand elle lui avait répondu qu'il n'y en avait pas, il était parti.

Jefferson était en conversation avec Sload Lutcher lorsque Charlotte sortit. Un buggy flambant neuf, attelé d'un cheval noir, stationnait devant la maison. Lutcher était vêtu d'un costume de drap noir élégant et ses bottes étaient luisantes. Il avait un pied sur la rambarde et essuyait soigneusement le cuir avec son mouchoir.

Il se redressa et souleva son chapeau.

— Votre frère me racontait quelques-unes de ses tristes expériences du camp de prisonniers, mademoiselle King, dit-il d'un ton grave. La façon dont les Yankees traitaient certains de nos pauvres soldats est une honte.

Et où étiez-vous, monsieur Lutcher, pensa-t-elle, quand ces pauvres soldats se battaient et mouraient ? Bien entendu, elle n'en souffla mot.

— Je vais vous montrer le tabac tout de suite, monsieur Lutcher, dit-elle à haute voix.

— Certainement, mademoiselle King.

— Je viens avec vous, sœurette, dit Jeff.

Charlotte eut une lueur d'espoir. Prenait-il enfin de l'intérêt aux affaires ? Puis elle se rendit compte qu'il pensait à l'argent qu'elle espérait tirer du tabac. Un instant, elle eut envie de lui demander de ne pas venir mais elle devina que cela provoquerait une scène et se tut.

Dans l'appentis, Lutcher se promena lentement entre les rangées de tabac, les mains derrière le dos, la tête rejetée en arrière en reniflant.

— Comme vous le voyez, c'est de la première qualité. Papa était un excellent planteur, dit Charlotte qui marchait derrière lui.

— J'en ai vu du meilleur mais il n'est pas mauvais, dit Lutcher. (Il s'arrêta et lui fit face.) Le problème, c'est que j'ai acheté beaucoup de tabac récemment et, avec les incertitudes présentes du marché, je dois me montrer un peu plus prudent...

— L'incertitude ! s'exclama Charlotte. Monsieur,

d'après ce que je sais, il y a pénurie de tabac étant donné qu'il y en a eu très peu de cultivé pendant la guerre.

— C'est peut-être vrai pour la plupart des régions mais j'ai le sentiment d'en avoir trop acquis. Non... (Il fit la moue.) Le maximum que je puisse vous en offrir, mademoiselle King, est dix cents la livre.

— C'est ridicule. À ce prix-là, ce serait presque vous en faire cadeau. Je ne peux pas vous le céder dans ces conditions.

— Vous avez toute ma sympathie, mademoiselle King. Il me paraît évident que vous avez un besoin pressant d'argent mais je suis un homme d'affaires, pas un philanthrope. (Il eut un sourire dédaigneux.) Cependant, pour vous montrer que je ne suis pas insensible, j'irai jusqu'à quinze cents la livre. C'est mon dernier prix.

— Je péférerais y mettre le feu. (Charlotte tremblait de rage.) Monsieur, vous êtes un scélérat. J'ai entendu des racontars à votre sujet et je vois maintenant que c'est la vérité. Vous savez que les autres acheteurs de tabac n'ont pas d'argent liquide et vous en profitez. Le Sud est à genoux et nous pourrions nous attendre à un pareil comportement de la part des Yankees mais pas de l'un des nôtres. Ce que vous me proposez est un vol légal. Pourquoi ne me mettez-vous pas simplement un revolver à la tempe et n'envoyez-vous pas vos laquais prendre notre tabac ?

Lutcher était devenu tout pâle et, pour la première fois, ses yeux inexpressifs s'animèrent, exprimant une rage difficilement contenue.

— Aucun homme n'oserait me parler ainsi et je ne supporterai pas un tel langage même de la part d'une femme.

— Vous êtes libre de partir, répliqua-t-elle en relevant la tête.

— Charlotte... (Jeff lui saisit le coude.) Vous ne devriez pas parler ainsi à M. Lutcher. Il nous a fait ce qu'il considère comme une proposition valable. Nous devrions peut-être l'accepter.

— Non ! (Elle se dégagea de son étreinte.) Je ne me laisserai pas dépouiller par un Sudiste encore plus méprisable qu'un aventurier yankee. Ceci est toujours le domaine des King, monsieur. Je vous prie de vous en aller.

— Il se pourrait que cela ne reste pas longtemps votre propriété si vous persistez dans cette attitude, dit Lutcher en serrant les dents.

— Mais tant qu'elle le restera, vous n'y serez pas le bienvenu.

— Très bien, je m'en vais. Mais vous le regretterez, je vous en donne ma parole.

— Charlotte, je vous en prie, dit Jeff. Je pense que nous devrions réfléchir à l'offre de M. Lutcher.

Charlotte l'ignora et fusilla Lutcher du regard. Elle sentit un frisson la parcourir en voyant l'expression venimeuse de ses yeux noirs et sut qu'elle s'était fait un ennemi pour la vie. Mais elle demeura inébranlable, refusant de céder.

Lutcher passa à côté d'elle d'un air glacial. Jeff le suivit en boitant.

— Monsieur Lutcher, je suis sûr que ma sœur changera d'avis lorsqu'elle se sera calmée...

Charlotte entendait le ton implorant de la voix de son frère à l'extérieur de l'appentis. Elle demeura immobile, se demandant si elle avait commis une folie. Que ferait-elle du tabac à présent ?

Elle sentit les larmes lui venir aux yeux mais se refusa à les laisser couler.

2

La petite ferme de Bradley Hollister était située à un demi-mille seulement de la propriété des King, sur la route de Durham. Elle était environ moitié moins grande et, même avant la guerre, Hollister avait du mal à en tirer un profit suffisant pour entretenir sa famille de six personnes.

En dépit de ses devoirs familiaux, Hollister et son fils aîné Joshua s'étaient portés volontaires au début du conflit. À peine six mois plus tard, Bradley Hollister était revenu, ayant perdu un bras dans une bataille. Son fils Joshua était mort : le boulet de canon qui avait frappé sa batterie l'avait lui-même pulvérisé.

Les Yankees avaient pillé la ferme des Hollister, comme bien d'autres; depuis son retour, Bradley Hollister et sa famille avaient vécu chichement, survivant grâce au produit de leur potager et au petit gibier que Jimmie, leur fils de seize ans, arrivait à tuer.

C'était un miracle, pensait Charlotte, de voir à quel point Bradley Hollister était resté optimiste; car, malgré les coups répétés du sort et de la guerre, il conservait un visage avenant et aucun de ses voisins ou amis ne l'avait jamais entendu se plaindre.

À présent, Charlotte faisait face à ce brave homme; elle voyait sa maigreur et les rides profondes qui barraient son visage et aurait souhaité pouvoir faire quelque chose pour lui et sa famille. Que n'y avait-il un moyen de se venger des Yankees pour ce qu'ils leur avaient fait subir à tous !

– Monsieur Hollister, je ne peux pas payer Jimmie pour le moment, expliqua-t-elle. Mais j'ai besoin de quelqu'un pour m'aider à préparer le tabac afin de pouvoir le vendre. Lorsque ce sera fait, il sera le premier payé.

— Charlotte, Jimmie sera ravi de vous aider. N'est-ce pas, fiston ?

Jimmie Hollister, maigre, osseux, toujours affamé, avait hérité le bon caractère de son père. Il hocha la tête timidement.

— Dame oui, je serai heureux de vous aider, mademoiselle Charlotte.

— Mon frère, voyez-vous, aimerait le pouvoir mais il n'est pas en bonne santé.

Charlotte trouvait l'explication nécessaire mais elle répugnait à mentir à cet homme qui avait souffert autant sinon plus que Jeff et avait surmonté ses épreuves en gardant un moral intact.

Hollister hocha la tête, le visage empreint de gravité.

— Oui, Jeff a dû passer par l'enfer. Mais il se remettra avec le temps, Charlotte. Dommage que vous n'ayez pas pu vendre votre tabac tel quel à Durham.

— Le seul homme qui eût de l'argent pour acheter, répondit Charlotte en fronçant les sourcils, est Sload Lutcher et il ne m'en a offert que quinze cents la livre.

Hollister fit la grimace.

— Cet individu ! Il est venu ici une fois m'offrir un prêt sur hypothèque. J'ai eu assez de bon sens pour deviner ce qu'il manigançait. S'il continue comme ça, il sera bientôt propriétaire de toutes les terres autour de Durham.

Il cracha un jet de salive et se frotta l'épaule à l'endroit où son bras avait été amputé.

— Oui, je ressens la même chose. (Elle sourit à Jimmie.) Puis-je compter sur vous demain matin ?

Le jeune homme hocha vivement la tête.

— J'y serai à la première heure.

— Merci, monsieur Hollister, dit-elle. Et à vous aussi, Jimmie.

Hollister haussa les épaules.

— C'est à cela que servent les voisins, à aider leurs amis en cas de besoin.

Charlotte monta à cheval. C'était une vieille jument mais le seul cheval de selle qui lui restait. Elle reprit le chemin de la maison. Elle n'avait pas dit à Hollister ce qu'elle avait l'intention de faire du tabac lorsqu'il serait prêt pour la vente; elle avait eu peur qu'il ne se moquât d'elle ou ne la prît pour une folle.

Elle n'avait rien dit de son plan à Jeff non plus. En fait, elle ne lui avait pas adressé la parole depuis la visite de Sload Lutcher la veille. Lorsqu'elle arriva dans la cour, elle vit son frère qui l'attendait sur la véranda. Elle l'ignora et poursuivit son chemin jusqu'à la grange derrière la maison. Il la suivit en boitant et arriva à temps pour l'aider à desseller. Charlotte mena sa jument jusqu'à la porte de la grange et lui donna une tape sur la croupe pour l'envoyer rejoindre les deux chevaux de trait qu'elle avait réussi à cacher aux Yankees. Jeff s'approcha d'elle.

— Charlotte, je veux vous parler de Sload Lutcher...

Elle lui fit face, rouge de colère.

— Non ! Je ne veux plus jamais entendre parler de cet homme.

— Charlotte, écoutez-moi. Je sais que vous êtes restée ici, que vous avez maintenu les choses en état, sauvé la récolte de tabac et pris soin de maman. Cela vous donne le droit de prendre les décisions mais n'ai-je pas des droits aussi ? Je suis un King et cette propriété m'appartient autant qu'à vous.

Elle le regarda fixement en dominant sa colère.

— J'admets que vous avez votre mot à dire. Je pensais simplement que vous ne vous y intéressiez pas. Que suggérez-vous ?

— Je prétends que nous devrions accepter l'offre de Lutcher.

– Non ! Je ne suis pas d'accord. Le tabac se vend jusqu'à cinquante cents la livre à certains endroits. Il nous en offre moins du tiers. Il y a plus de deux cents livres de tabac. Avec lui, nous n'en obtiendrons pas plus de trois cents dollars en tout.

– Cela vaut mieux que rien, dit-il obstinément. Qu'allez-vous en faire ? Le laisser moisir ?

– Non. J'ai un plan… (Elle prit une profonde inspiration.) Je sais qu'il y a des magasins un peu partout qui ont un besoin urgent de tabac. Je vais donc court-circuiter les grossistes et m'adresser directement aux détaillants.

Il parut ahuri.

– Je ne comprends pas…

– Je vais préparer le tabac pour pouvoir le vendre directement. Jimmie Hollister va venir m'aider demain matin. Puis je chargerai tout dans le vieux chariot et j'irai le vendre au porte-à-porte s'il le faut.

– Vous devez avoir perdu la tête ! s'écria-t-il. Une femme faisant du colportage en charrette à travers le pays !

– Je me débrouillerai, dit-elle courageusement.

– Je ne le permettrai pas. Ma sœur en colporteuse ! Que penseront les gens ?

– Je me moque de ce qu'ils penseront, dit-elle avec raideur. Si vous trouvez que ce n'est pas ma place, alors vous n'avez qu'à y aller. Je suis prête à l'accepter.

Il recula en secouant la tête.

– Non, Charlotte, non. Je ne veux pas que les gens se moquent de moi.

La voix de sa sœur tremblait de colère.

– Alors, vous ne me laissez pas le choix car j'ai l'intention de vendre ce tabac au meilleur prix que je pourrai obtenir.

Charlotte et Jimmie Hollister se mirent à la tâche le lendemain matin. C'était un travail pénible et poussiéreux. Il fallait battre les feuilles au fléau de bois puis tamiser le tabac et l'empaqueter dans des sacs de toile d'une livre. Ainsi préparé, il était prêt à priser ou à être roulé, et c'étaient là les débouchés du marché local. Pour les cigares, on aurait utilisé les feuilles entières mais il n'y avait pas de fabriques de cigares dans la région.

En quelques minutes, l'air à l'intérieur de l'appentis fut rempli de poussière de tabac. Celle-ci s'infiltrait dans les cheveux de Charlotte, dans ses vêtements et la faisait éternuer. Elle avait espéré que Jeff offrirait de les aider mais il était parti tôt ce matin-là, à cheval, en direction de Durham.

Jimmie Hollister était un compagnon de travail gai et courageux et ils travaillèrent côte à côte, ne s'arrêtant que pour manger un morceau de poulet froid au déjeuner. Charlotte avait sacrifié une de ses volailles; Jimmie travaillait dans l'espoir d'être payé plus tard et le moins qu'elle pouvait faire était de le nourrir.

Tout en déjeunant, Charlotte lui exposa ses projets, tout en s'armant déjà contre ses moqueries.

Contrairement à ses craintes, le visage de Jimmie s'éclaira d'enthousiasme.

— Je trouve que c'est une fameuse idée, mademoiselle Charlotte. Une grande aventure ! J'aimerais bien vous accompagner, ajouta-t-il d'un air songeur.

Surprise et ravie de sa réaction, elle réfléchit.

— Je serais heureuse de vous emmener avec moi, Jimmie. Mais n'a-t-on pas besoin de vous à la maison ?

— Non, pas en ce moment. Il n'y a pas grand-chose à faire dans une ferme à cette époque-ci de l'année. (Il prit un air maussade.) Ce serait même sans doute mieux pour la famille d'avoir une bouche de moins à nourrir. Vous êtes sûre que vous voudriez bien de moi ?

— Cela me faciliterait beaucoup la tâche si vous

étiez là pour m'aider. Je ne pourrais pas vous payer beaucoup pourtant et vous devriez attendre jusqu'à ce que le tabac soit vendu.

— Cela n'a pas d'importance, mademoiselle Charlotte. Je ne m'attends pas à gagner beaucoup plus que ma nourriture, de toute façon. Je pourrais aussi apporter ma vieille carabine pour chasser un peu de gibier.

— Pas si vite, dit-elle en riant. Mon départ n'est pas encore décidé. D'abord, je dois vérifier si l'on peut remettre en état le vieux chariot pour ce voyage. Il n'a pas servi depuis la mort de papa.

— Je peux le réparer. Je sais m'y prendre. (Il se leva d'un bond.) Allons y jeter un coup d'œil pour voir s'il a beaucoup souffert.

Charlotte le suivit jusqu'à la grange en secouant la tête d'un air amusé. Le chariot avait déjà quelques années. Il était remisé dans un coin, couvert de poussière et de toiles d'araignée. Charlotte espérait qu'il était encore réparable.

Jimmie Hollister en fit le tour puis s'accroupit pour regarder en dessous, se mettant à quatre pattes pour mieux voir. Lorsqu'il se redressa enfin, il prit une pose pensive, le menton appuyé sur la main pour se donner un air de maturité qui fit sourire Charlotte.

— Oui, c'est réparable, annonça-t-il. Cela demandera beaucoup de travail. Quelques lattes pour le plancher mais je pense que nous arriverons à trouver assez de chutes de bois pour cela. Les roues ont besoin d'être recerclées mais je sais faire des jantes. Les rayons ont du jeu et ont besoin de tremper dans l'eau un jour ou deux. Nous aurons aussi besoin d'une bâche pour le couvrir afin de protéger le tabac de la pluie. C'est la seule chose que vous aurez à acheter, mademoiselle Charlotte. Pouvez-vous le faire ?

— J'ai encore un certain crédit à Durham. Je suis sûre que M. Burns qui tient le bazar me donnera assez de toile pour en fabriquer une et je le réglerai à mon retour.

– Alors, je m'en charge. (Jimmie hocha la tête d'un air résolu.) Dès que nous en aurons fini avec le tabac, je m'y mettrai. Non, je vais commencer ce soir. Je peux travailler à la lumière d'une lampe, si besoin est.

– Jimmie ! Je ne voudrais...

– Ne vous inquiétez pas, dit-il gaiement. J'aime m'occuper. Et puis, il faut que vous vendiez ce tabac aussi vite que possible.

Ils retournèrent à l'appentis pour une autre demi-journée de dur labeur. Tout en travaillant, Charlotte repensa à un rêve qu'elle avait couvé pendant un certain temps et qu'elle avait espéré partager avec Jeff. À présent, elle savait que ce n'était pas possible.

Si elle réussissait à vendre ainsi son tabac, quel mal y aurait-il à recommencer plusieurs fois de suite ? Elle savait qu'il y avait beaucoup de petits producteurs aux environs de Durham qui n'étaient pas contents de vendre leurs récoltes à des hommes comme Sload Lutcher, pour une bouchée de pain. S'ils consentaient à lui laisser leur tabac en dépôt, elle pourrait réaliser un bon profit et cela lui donnerait la possibilité de concrétiser son rêve – ouvrir une fabrique de tabac à Durham. Avec la crise actuelle, de nombreux bâtiments étaient vides, en location à très bas prix.

Mais si elle réalisait ce rêve, il fallait trouver un nom pour sa marchandise, une marque personnelle dès cette première tournée. Le reste de l'après-midi elle y réfléchit, rejetant plusieurs idées et revenant toujours à la première : *Le roi des tabacs* (1).

Elle en parla à Jimmie lorsqu'ils eurent fini leur journée.

– J'essaie de trouver un nom pour mon tabac. Que pensez-vous de « Le roi des tabacs » ?

(1) Jeu de mots sur *King. (N.d.T.)*

– Je trouve cela splendide, mademoiselle Charlotte.

Elle hocha la tête, satisfaite.

– Alors, c'est adjugé.

– Je vais rentrer à la maison pour dîner et je vais mettre papa au courant de tout. Je reviendrai plus tard pour travailler sur le chariot.

Charlotte n'avait jamais manié l'aiguille comme la plupart des femmes de son temps et de son éducation. Cependant, elle avait appris à coudre par nécessité. Après le dîner, solitaire ce soir-là puisque Jeff n'était pas rentré, et après avoir porté un plateau à sa mère, elle s'enferma dans une pièce du rez-de-chaussée avec les sacs destinés au tabac et une bobine de fil rouge. Elle s'attela à la tâche de broder les lettres de sa marque sur les sacs.

Elle perdit la notion du temps et sursauta lorsqu'elle entendit Jeff l'appeler. Elle alla jusqu'à la porte.

– Oui, Jefferson, je suis ici.

Il traversa le vestibule en boitillant vers elle. Son visage était rouge, ses cheveux ébouriffés. Il était évident qu'il avait bu. Il la fusilla du regard.

– Que fait le fils Hollister dans notre grange ?

– Il répare le chariot.

– Alors, vous vous entêtez dans ce projet stupide ?

– Oui, je vous l'ai déjà dit. Et Jimmie ne pense pas que ce soit stupide.

– Quel âge a-t-il ? dit Jeff, méprisant. Dix-sept ans ? Qu'en sait-il ?

– Il va même venir avec moi pour que je ne sois pas seule. Venez voir, Jeff, ce que je suis en train de faire.

Elle le conduisit dans la pièce et étala l'un des sacs pour lui montrer l'inscription qui ressortait sur la toile. Elle espérait que ce nom de famille éveillerait en lui de l'enthousiasme.

Il contempla son travail froidement.

– Je vois que vous êtes décidée à poursuivre votre idée jusqu'au bout. S'il arrive quelque chose, ce sera votre affaire. Je m'en lave les mains.

Il fallut presque une semaine entière à Charlotte et à Jimmie pour finir de battre le tabac, le mettre dans les sacs et réparer le chariot. Charlotte acheta de la toile à crédit à Durham et, avec l'aide de Jimmie, confectionna une bâche.

Puis, lorsque tout fut terminé, ils chargèrent le tabac un soir et se préparèrent à partir de bonne heure le lendemain matin.

Charlotte recula un peu et contempla le véhicule avec un sentiment de satisfaction intense.

– Je vous suis infiniment reconnaissante, Jimmie. Sans vous, je n'y serais jamais arrivée. Je m'en rends compte à présent.

– Je suis content d'avoir une occupation, mademoiselle Charlotte. Tout est prêt maintenant. À quelle heure dois-je venir demain matin ?

– Que dites-vous de six heures ? Je veux partir aussitôt que possible.

– Entendu. Bonsoir, mademoiselle Charlotte.

– Bonsoir, Jimmie.

Elle le suivit du regard jusqu'à ce qu'il disparaisse dans la nuit puis rentra dans la maison. Elle avait déjà empaqueté le peu de vêtements qu'elle avait l'intention d'emporter. Elle trouva son frère sur la véranda. Il avait réussi à se procurer de l'alcool quelque part et était assis, un verre à la main, les pieds posés sur la rambarde. Elle ne lui avait pas demandé où il avait trouvé l'argent pour s'acheter du whisky.

– Je serai sans doute partie avant que vous ne vous leviez, Jefferson, alors, je vous dis au revoir.

– Je vous souhaite un bon voyage, chère sœur. (Il leva son verre à sa santé.) Je m'occuperai de tout ici.

– Et de maman ! Vous avez promis de prendre soin d'elle.

– Bien entendu ! Elle est également ma mère. Et je vous souhaite sincèrement de réussir. Je sais que je ne me suis pas conduit comme un frère aurait dû le faire mais j'ai besoin d'un peu plus de temps, c'est tout. Peut-être qu'à votre retour je ressemblerai plus...

– Au Jefferson d'autrefois ? (Touchée, elle lui rebroussa les cheveux en arrière.) Je le souhaite de tout cœur, Jefferson. Avec l'argent que j'espère gagner durant ce voyage, tout sera plus facile pour nous, vous verrez.

– J'aimerais pouvoir y croire.

– Faites-moi confiance. Reposez-vous, veillez à votre santé, et nous en reparlerons à mon retour.

Réjouie par ce changement d'attitude, Charlotte monta se coucher.

C'est ainsi qu'elle s'embarqua pour ce voyage décisif, avec enthousiasme, à la pointe du jour le lendemain matin. Jefferson et sa mère dormaient encore et Charlotte ne les dérangea pas.

Elle avait médité quelque temps sur la route à prendre et décidé finalement de se diriger vers le sud, en direction de la côte. Les régions situées plus à l'ouest avaient moins souffert de la guerre mais dans cette direction, elle aurait rencontré un terrain montagneux qui aurait rendu sa progression lente et difficile. Elle savait aussi que les villes proches de la côte donnaient des signes d'une nouvelle prospérité, étant donné que les ports étaient ouverts à nouveau et que le commerce maritime renaissait. Elle avait l'intention de pousser jusqu'à Savannah, s'il le fallait.

Tandis qu'ils avançaient lentement sur la route, elle fut attristée par la désolation laissée par la guerre. Les champs étaient désespérément vides, la plupart des belles plantations avaient disparu, brûlées par les Nordistes et il n'y avait rien qui fût en voie de reconstruction. Les petites fermes qu'ils croisaient, trop insignifiantes pour intéresser les soldats yankees, étaient occupées mais les fermiers étaient désœuvrés et fixaient Charlotte avec des regards hostiles.

Parfois, la route était encombrée par des usagers de toutes sortes : des chevaux, des mules, des chariots, et de nombreux hommes à pied. Un peuple vaincu qui ne se dirigeait nulle part. La plupart des hommes étaient des soldats encore revêtus de leurs uniformes gris, la couleur de la défaite, pensat-elle. Les hommes regardaient le chariot rénové avec envie et nombreux étaient ceux qui dévisageaient la jeune fille.

Charlotte frissonna. Elle était heureuse que Jimmie fût avec elle. Confiante de pouvoir dominer la plupart des situations, elle n'en appréciait pas moins d'avoir un homme avec elle, même s'il s'agissait encore d'un adolescent. Il avait déjà la taille d'un adulte et la carabine qu'il portait à l'épaule, tout en marchant à côté du chariot, était rassurante.

Elle avait l'intention de descendre vers le sud pendant plusieurs jours avant de commencer à colporter le tabac; elle claqua de la langue pour encourager les chevaux et ils poursuivirent leur chemin.

Des colporteurs de tout acabit convergèrent vers le sud dans les années qui suivirent la guerre. Les magasins avaient de faibles stocks et il se passerait sans doute des années avant que leurs étagères ne soient à nouveau remplies. Peu de produits, en effet, étaient fabriqués dans le Sud. Presque tout devait être importé des États du Nord et les relations étaient encore tendues. De plus, les transports restaient incertains.

Cependant, les colporteurs pouvaient charger leurs chariots dans les ports du Sud et s'acheminer de ville en ville, de boutique en boutique. Même avant la guerre, le marchand itinérant avait prévalu dans le Sud. Il était non seulement un pourvoyeur de marchandises dans les villages isolés mais apportait aussi des nouvelles du monde extérieur. Il était le bienvenu comme messager, répandant parmi les Noirs et les Blancs des récits sur les esclaves fugitifs, les nouvelles nationales et internationales et celles du conflit qui allait poindre. Ce fut par les colporteurs que de nombreux villages apprirent la déclaration de la guerre. Étant donné qu'à cet égard ils étaient précieux, les Noirs, les Blancs pauvres et les planteurs leur accordaient le même statut.

Le colporteur, fut encore mieux accueilli dans les années qui suivirent immédiatement la guerre, non seulement pour ses marchandises mais aussi pour les nouvelles qu'il répandait alors que les communications étaient encore plus rares qu'avant.

Un grand nombre d'entre eux étaient juifs.

L'un se nommait Ben Ascher.

Juifs allemands, les Ascher étaient venus dans le Sud en 1830 après avoir émigré des ghettos d'Allemagne. Levi Ascher, le père de Ben, s'était fixé à Charleston, en Caroline du Sud, où il avait ouvert une boutique. Ben, le dernier de ses six enfants, était né en 1840.

Dès qu'il fut assez grand, Ben travailla dans la boutique de son père lorsqu'il n'était pas à l'école, tout comme le faisaient ses frères et sœurs. À la déclaration de la guerre, les deux fils aînés s'engagèrent dans l'armée confédérée; Peter, le puîné, fut tué à Bull Run.

Ben, bien que sudiste de naissance et d'éducation, était viscéralement opposé à l'esclavage. D'âge à s'engager, il refusa de le faire. Lorsque cela se sut, il fut totalement rejeté, non seulement par les citoyens de Charleston, mais aussi par sa propre famille dont les membres étaient d'une loyauté absolue envers le Sud.

Au cours d'une violente discussion, Levi Ascher, homme d'une stature imposante à la barbe noire, alors dans la soixantaine, se mit en colère.

– J'ai honte de vous, mon fils. Ce pays a été bon pour nous. Nous y vivons bien. Vos grands-parents étaient méprisés et insultés en Europe et toujours à deux doigts de la famine. Ici, nos voisins nous considèrent comme leurs égaux et ils fréquentent mon magasin. Et à présent que le Sud a besoin de ses fils pour défendre son existence, vous refusez de vous battre.

– Si par égaux vous voulez dire que nous sommes reçus dans les maisons riches où nous sommes servis par des esclaves... alors oui, nous sommes égaux. Je suis contre l'esclavage, papa, et je ne me battrai pas pour le défendre.

– Je suis contre aussi, Benjamin, mais c'est une institution sudiste et nous vivons dans le Sud. Je suis contre la guerre aussi et mes fils se battent et risquent leur vie mais c'est ainsi que va le monde.

– Ce n'est pas là ma conception du monde !

– Que savez-vous de tout cela ? dit Levi d'un ton méprisant. Vous n'êtes pas encore majeur. Pourquoi faut-il que les jeunes soient toujours si arrogants dans leurs convictions ?

– Je suis désolé que vous me trouviez arrogant, dit Ben obstinément, mais je ne changerai pas d'opinion par opportunisme.

– Vous êtes aussi têtu qu'arrogant, Benjamin. (Son père poussa un soupir.) Vous passerez pour un lâche, si vous ne combattez pas.

– J'en prends mon parti. Ne vous inquiétez pas, papa, je ne resterai pas à Charleston pour vous faire honte.

Fidèle à sa parole, Ben quitta Charleston le lendemain. Il partit à pied avec un sac au dos bourré de breloques, d'étoffes et de nombreux articles à vendre. Durant toutes les années de guerre, il sillonna les routes poussiéreuses du Sud, évitant les secteurs où la bataille faisait rage. Il suivait les routes secondaires, bravant les fermiers armés de leurs fusils, derrière qui se tenaient femmes et enfants.

La plupart des familles qu'il visitait étaient éloignées du conflit et s'en préoccupaient peu. L'argent était rare, bien entendu, et Ben troquait ses marchandises contre ce qui était disponible – des poulets, des édredons et autres objets manufacturés qu'il échangeait en ville contre de nouvelles marchandises.

Il avait un instinct très sûr du commerce et réussit de bonnes affaires grâce à sa perspicacité. Lorsque la guerre prit un tournant défavorable pour les Sudistes, Ben éprouva quelques remords à tirer profit du conflit. Pourtant, il ne s'était jamais considéré concerné par son enjeu et il rendait de réels services – il était la seule source de ravitaillement pour une grande partie des familles qu'il visitait. Pourquoi, dès lors, devrait-il se sentir coupable ?

Dans certaines occasions, surtout lorsqu'il devint évident que la défaite était imminente, on lui reprocha de ne pas s'être engagé.

Mais Ben était devenu un gaillard solide, aux larges épaules. Les cheveux noirs, des yeux bruns au regard vif, il dégageait une impression de force. Il ne reculait jamais devant un défi et ne dut que rarement utiliser ses poings. Il n'aimait pas se battre mais savait le faire et grâce à sa force peu commune et à son agilité, sortait la plupart du temps vainqueur de ces bagarres à moins d'être submergé par le nombre.

Il eut le flair de prévoir la défaite longtemps avant qu'elle ne vienne et la prévoyance de convertir tout son argent liquide en or, se rendant compte que la monnaie fédérale serait sans valeur à la fin du conflit.

Un mois après la fin des hostilités, il retourna à Charleston et trouva la ville en ruine. L'économie était virtuellement détruite et son père en proie à une profonde désillusion. Levi Ascher avait toujours sa boutique mais peu d'argent pour acheter de la marchandise et ses clients n'en avaient pas pour payer celle qu'il avait en réserve.

— Vous aviez raison, mon fils, dit-il à Ben. Cette guerre était une grave erreur. J'ai perdu un fils et il se pourrait que je perde ma boutique d'un jour à l'autre maintenant.

— J'ai prospéré, papa. C'est triste de l'avoir fait alors que le Sud mourait autour de moi mais, comme vous me l'avez dit un jour, ainsi va la vie. En tout cas, j'ai de l'argent. De l'or, pas de la monnaie confédérale sans valeur. Je suis prêt à en utiliser une partie pour réapprovisionner votre magasin.

Le visage de Levi Ascher s'éclaira.

— Alors, vous allez participer à mes affaires ?

Ben secoua la tête.

— Non, papa, dit-il avec douceur. J'ai l'intention de continuer ce que je fais jusqu'à ce que quelque chose de meilleur se présente. J'aime bien ce mode de vie.

— Un colporteur, fit son père avec une grimace. Quelle sorte de vie est-ce là ? Venez avec moi et nous pourrons bâtir quelque chose qui rendra notre nom célèbre. Je ferai de vous mon associé à part entière.

— C'est une vie agréable, papa. J'ai une liberté que je n'aurais jamais avec vous. Je vous aime, papa, mais je sais ce qui arriverait si je travaillais avec vous. Même associé à part entière, vous voudriez toujours n'en faire qu'à votre tête. Vous savez que c'est la vérité.

— Alors, que comptez-vous faire, Benjamin ? (Le vieil homme se raidit en se redressant.) Cet or dont vous parlez... je n'accepterai pas la charité.

— Papa, papa, dit Ben sur un ton de reproche. J'ai travaillé dur pour gagner cet or et je n'ai pas l'intention d'en faire cadeau. Voici ce à quoi je pense. Nous l'utiliserons pour réapprovisionner votre magasin et, de temps en temps, je puiserai dans votre stock pour me fournir en marchandises que je vendrai durant mes voyages. De cette façon, nous en tirerons tous deux un bénéfice. Accord conclu ?

Il fut conclu, et bientôt Ben repartit colporter ses marchandises. Il ne partait pas à pied cette fois, avec un ballot sur le dos. Il acheta un cheval et une charrette qu'il chargea de produits à vendre ou à troquer.

Durant les mois qui suivirent, Ben parcourut d'innombrables kilomètres, visitant les petits fermiers et les esclaves émancipés. Il devint un personnage familier et les Noirs libérés l'appelèrent « l'homme au magasin roulant ». Les Blancs et les Noirs se rassemblaient autour de lui avec impatience dès qu'il déballait ses produits sur les planchers ou la terre battue. Il ouvrait des flacons d'épices, il étalait des rubans et des cotonnades aux couleurs vives – de jolies choses que les femmes n'avaient pas vues depuis le début de la guerre. Étant donné que l'argent liquide était encore rare, il troquait sa marchandise contre ce qu'ils avaient à lui offrir.

Une nouvelle forme de commerce se répandait tout à travers les États du Sud : les bazars ruraux. Les jeunes hommes de retour de la guerre n'avaient pas d'argent mais des grossistes prévoyants imaginèrent un système grâce auquel les fermiers pouvaient acheter à crédit. En échange d'une hypothèque sur sa récolte, le fermier pouvait se procurer des semences, de la nourriture, des vêtements et même du matériel agricole pour l'année à venir. Les bazars ruraux s'installèrent dans les campagnes, s'élevant du jour au lendemain comme des champignons. Le gérant servait de postier, d'entrepreneur des pompes funèbres, d'arbitre dans les disputes locales et jouait même parfois un rôle politique.

Ce système profita également aux colporteurs. Ce qu'ils recevaient en échange de leurs marchandises, ils l'écoulaient dans les bazars contre argent sonnant.

C'est ainsi que Ben arriva un jour devant un bazar non loin de Florence, en Caroline du Sud, en une fin d'après-midi d'automne. Il arrêta sa charrette et remarqua un chariot stationnant à proximité, avec un jeune homme grand et maigre appuyé contre une des roues.

Il descendit, s'étira, fit un signe de tête au jeune homme et entra dans la boutique. Il y faisait sombre et, à l'exception du propriétaire, un ancien soldat confédéré qui avait ouvert le bazar quelques mois auparavant et d'une femme en robe de guingan, il n'y avait personne. Le propriétaire, Len Thompson, était en discussion avec la femme. Elle était grande, avait de longs et épais cheveux roux et Ben apercevait des taches de rousseur sur sa joue. Elle parlait avec animation en agitant ses mains fines. Devant elle était posé un sac de toile.

En se rapprochant, Ben vit les lettres brodées sur le sac : *Le roi des tabacs.*

— Je ne peux pas vous laisser mon tabac en dépôt, dit la femme avec vivacité. J'aurais pu le faire à Durham. J'ai besoin d'argent liquide.

Len Thompson écarta les mains.

— Je suis désolé, mademoiselle King. Je n'en ai pas. Si vous vouliez jeter un coup d'œil autour de vous, nous pourrions peut-être trouver de quoi échanger votre tabac contre telle ou telle marchandise.

Les épaules de la femme s'affaissèrent un peu.

— C'est ce que répondent les autres. Tout le monde a besoin de tabac mais personne ne veut le payer.

— Ce n'est pas que je ne le veuille pas mais je n'ai pas d'argent. Peut-être qu'à votre prochain passage...

— Cela ne m'est pas de grande utilité maintenant, dit-elle d'une voix fatiguée. Merci tout de même, monsieur Thompson, de m'avoir consacré du temps.

Lorsqu'elle se retourna, son regard croisa celui de Ben et il ressentit un choc. Elle avait les yeux d'un bleu intense, des yeux qui brillaient d'intelligence et, dans l'instant présent, de désespoir. Elle était belle, d'une beauté presque trop éclatante, et bien plus jeune qu'il ne l'avait supposé. Elle quitta la boutique avec beaucoup de grâce.

– Bonjour, Ben, dit Len Thompson. Je suis désolé pour la fille mais que puis-je faire ?

Ben lui fit un signe de tête.

– Je reviens dans une minute, Len.

Il sortit rapidement. La femme se dirigeait d'un pas décidé vers le chariot. Il l'appela.

– Mademoiselle King !

Elle se retourna et le dévisagea d'un air froid.

– Oui ?

– Puis-je vous parler un instant ? Je suis Ben Ascher.

Elle hésita, faisant visiblement un effort pour être aimable car elle était toujours plongée dans ses sombres pensées.

– Je m'appelle Charlotte King et voici Jimmie Hollister.

Le jeune homme se redressa, attentif, et tendit la main pour saisir un vieux fusil dans le chariot.

– Inutile de prendre une arme, fiston. Je ne vous veux aucun mal. J'ai simplement entendu votre discussion, mademoiselle King, et j'ai un conseil à vous donner. Pardonnez-moi si je suis trop direct.

– Un conseil ? Lequel ?

– D'après ce que j'ai entendu, vous avez un chargement de tabac à vendre ?

– Oui, c'est la dernière récolte de feu mon père et c'est de la toute première qualité.

– Je n'en doute pas. (Il fit un signe vers sa charrette.) Je suis aussi colporteur.

– Vous voulez acheter mon tabac ? demanda Charlotte avec espoir.

— J'ai bien peur que non, mademoiselle King. Elle parut déçue.

— Personne ne semble en vouloir.

— Je pourrais vous en prendre un sac ou deux mais je n'ai pas de place pour davantage. Le problème, c'est que vous commettez une erreur en vous y prenant comme vous l'avez fait avec Len Thompson. L'argent liquide est rare, vous devez le savoir. Alors, au lieu de vendre, vous devriez faire du troc...

— Mais cela ne m'avancera pas, dit-elle, l'air consterné. J'aurais pu faire quelque chose de ce genre à Durham. J'ai un besoin urgent d'argent liquide, monsieur Ascher.

— N'en sommes-nous pas tous au même point ? répondit-il froidement. Mais c'est ainsi que vont les choses à présent dans le Sud. Il faut que vous appreniez à en tirer profit. Et cela peut, en effet, être profitable. Prenez Len, par exemple. Vous pouvez troquer votre tabac avec lui pour un prix excédant sa valeur en argent liquide. Il a besoin de tabac pour ses clients.

— Mais que ferai-je de ces marchandises ?

— Vous les vendrez aux commerçants qui ont de l'argent liquide. C'est une procédure plus compliquée, certes, mais aussi plus profitable à long terme. Sans quoi, vous rentrerez chez vous avec la plupart de votre tabac invendu, j'en ai peur.

Elle se passa la main dans les cheveux d'un air distrait.

— Je ne m'y connais pas en troc.

— Alors, il faudra que vous appreniez, dit-il avec douceur. J'ai fait plusieurs tournées dans cette région et je connais les commerçants qui ont de l'argent disponible. (Il lui donna rapidement le nom et l'adresse de plusieurs d'entre eux dans les environs immédiats.) Combien avez-vous de tabac ?

— Je suis partie avec un peu moins de deux cents

livres. J'ai réussi à en vendre une douzaine de sacs, c'est tout.

– Avec les premiers noms que je vous ai donnés, je suis certain que vous pourrez en écouler la plus grande partie.

Elle redressa les épaules avec détermination et son regard s'affermit.

– Je vais suivre votre conseil en commençant par M. Thompson. (Elle fit deux pas en direction du magasin puis s'arrêta pour le dévisager attentivement.) Je vous remercie, monsieur Ascher, mais je dois admettre que je suis intriguée. Pourquoi agissez-vous ainsi avec moi ?

Il haussa les épaules.

– Appelez cela un service d'un colporteur à un autre.

La regardant se diriger vers le magasin, Ben pensa : Pourquoi, en effet ? Son père aurait dit qu'il avait attrapé un coup de soleil à dévoiler ainsi les secrets du négoce à une concurrente.

Pourtant, cette fille avait quelque chose qui l'attirait. Durant ses pérégrinations, Ben avait eu sa part d'aventures mais toujours passagères, et jamais il n'avait éprouvé cet attrait puissant qu'il avait ressenti dès que leurs regards s'étaient croisés dans le magasin.

Étant donné que Charlotte King sillonnait à peu de chose près le même secteur que lui, il était probable que leurs chemins se croiseraient à nouveau.

3

Clint Devlin posa une carte.

– J'en prends une, dit-il.

De l'autre côté de la table, Remson lui en donna une. Clint la ramassa et y jeta un rapide coup d'œil. Un quatre. Cela lui donnait une double paire de quatre par les huit. Il sentit le souffle de Marcy, mais le seul signe d'excitation qu'elle laissa paraître fut une légère crispation de ses doigts sur son épaule.

D'un geste assuré, Clint ramassa le fin cigare posé sur une soucoupe et aspira la fumée. Cela faisait trois heures qu'il jouait contre les quatre marchands de coton nordistes et c'était la première main décente qu'il avait. Bien qu'ayant joué avec prudence, il en était de plus de cent dollars de sa poche, somme qu'il ne pouvait pas se permettre de perdre. Si la chance le favorisait, il pourrait se refaire avec cette main.

Lorsque la dernière carte fut servie et que les joueurs annoncèrent leurs paris d'ouverture, tous passèrent à l'exception de Clint et de Harvey Remson, le donneur, un homme costaud et bruyant, aux vêtements si froissés qu'on aurait dit qu'il avait dormi tout habillé.

— Eh bien, Reb (1), on dirait que ça se joue entre vous et moi. Je mise tout... (Remson fit un geste du pouce vers les billets devant lui puis poussa tout son argent vers la cagnotte.) Soixante-quinze dollars.

Clint garda un visage impassible mais eut un frisson de doute. Remson avait-il tiré une meilleure main ? Mentalement, Clint compta l'argent qui lui restait. S'il égalait la mise de Remson, il serait à sec. Cependant, s'il se dégonflait, il renoncerait à la meilleure donne qu'il avait eue de tout l'après-midi. Il avait appris, au cours du jeu, que Remson était un bluffeur insolent.

Avec un haussement d'épaules, Clint plongea la main dans sa poche, compta soixante-quinze dollars sur le bord de la table puis les poussa en avant.

— Je dis que c'est du bluff, Remson.

(1) Diminutif de *rebel* – terme désignant les Sudistes. *N.d.T.*

– Du bluff ? (Remson éclata d'un rire triomphal.) Il vous faudra une main sérieuse pour me battre, Devlin. J'ai... (sans attendre de voir les cartes de Clint, Remson abattit son jeu sur la table) ...quatre as ! Voyons si vous pouvez les battre !

Clint se pencha en avant en clignant des paupières. Les doigts de Marcy s'incrustèrent douloureusement dans son épaule.

– Impossible, dit-il lentement. Je n'ai qu'une misérable double paire.

Aussi discrètement que possible, il glissa ses mains sous la table et de la droite saisit la crosse de son colt.

– Cela vous apprendra à jouer avec des gros bonnets, Reb, s'esclaffa Remson en tendant les deux mains pour rafler la cagnotte.

– Vous avez peut-être raison, l'ami, mais supposons que vous attendiez un moment avant de ramasser l'argent ? (Clint dégaina son colt et arma le chien avec un bruit sec qui résonna dans la chambre d'hôtel devenue soudain silencieuse. Le canon était pointé sur le cœur de Remson.) Vous avez triché, l'ami. Non seulement cela mais vous l'avez fait d'une façon stupide en prenant quatre as alors que j'en avais un aussi. (Il retourna ses cartes et tapota sa cinquième carte de l'index gauche.) Marcy, ramassez mon argent et quittons cet endroit.

Tandis que Marcy Reynolds raflait la cagnotte, entassant les billets et les pièces dans son réticule, Clint se leva avec précaution, l'œil aux aguets, le colt pointé sur Remson dont le visage était vert de rage.

– Partez devant, Marcy, dit Clint. Je vous suis dans un instant.

– Vous ne vous en sortirez pas comme ça, Reb, hurla Remson.

– Je crois que si, Yank.

Il sortit lentement à reculons, l'arme toujours

dirigée vers les joueurs. Une fois dans le couloir, il rengaina le colt.

— Dépêchons-nous, ma chère, dit-il d'une voix pressante. Aux écuries ! Heureusement que j'avais prévu un départ précipité et que j'ai déjà préparé nos fontes. Il ne nous reste plus qu'à seller et à filer.

Marcy le regarda d'un air intrigué.

— Pourquoi tant de hâte, Clint ? Vous avez pris cet homme en train de tricher et vous êtes dans votre droit.

— Le droit ne compte pas beaucoup pour ces gens-là. (Il lui prit le coude pour la presser à descendre les marches. Marcy était belle et c'était une excellente compagne au lit mais ce n'était pas la femme la plus intelligente que Clint ait connue.) Lorsqu'ils auront eu un instant pour se ressaisir, ces types vont nous poursuivre à la demande de Remson. Il serait sage de mettre autant d'espace que possible entre cette ville et nous.

À la sortie de l'hôtel, il tourna à droite, se dirigeant vers les écuries deux rues plus loin. Marcy et lui étaient à Fayetteville, en Caroline du Nord, depuis trois jours. Clint y était arrivé avec presque mille dollars en poche, espérant acheter du coton qui se vendait à bas prix dans le Sud. Acheté ici à vingt cents la livre, il pouvait être vendu le double dans le Nord. Malheureusement pour Clint, la plupart du coton avait déjà été acheté par des spéculateurs nordistes comme les quatre hommes du jeu de poker; ils attendaient un train pour expédier leur coton vers le nord.

Ne trouvant pas à en acheter, Clint avait traîné en ville, s'engageant dans une autre partie de poker deux jours auparavant, durant laquelle il avait perdu deux cents dollars. Aujourd'hui, il avait eu la chance d'en regagner une partie – à condition de pouvoir quitter la ville sain et sauf.

Il entra dans les écuries avec Marcy et se mit à seller les chevaux. Marcy essaya de l'aider mais ne réussit qu'à le ralentir. Excédé, il lui donna une tape sur sa croupe bien rebondie.

– Laissez-moi faire, chérie. Avec votre aide, nous serions encore ici à Noël.

Marcy s'écarta en faisant la moue. Âgée de presque trente ans, avec de longs cheveux noirs, des yeux bruns ardents et un teint crémeux, Marcy travaillait dans une taverne à Savannah lorsque Clint l'avait rencontrée. Il l'avait séduite et, la trouvant non seulement consentante mais aussi très experte en amour, il lui avait proposé de se joindre à lui pendant quelque temps.

Marcy ne lui procurait pas seulement un divertissement. Elle lui était extrêmement utile lors des fréquentes parties de poker auxquelles il jouait, comme celle qu'il venait de quitter, car elle savait distraire l'attention des joueurs de la partie.

Je suis tombé bien bas, pensa-t-il amèrement, pour en être réduit à traîner une femme avec moi lors de mes parties de poker.

Il ne valait guère mieux qu'un joueur professionnel. Il y avait certes d'anciens Confédérés qui étaient dans une situation plus précaire que la sienne, mais Clint refusait de se comparer à eux. Il avait de la cervelle, une énergie indomptable et était animé d'une ambition dévorante – il était décidé à devenir un homme riche et puissant. Il avait fini la guerre sans une égratignure quoique ayant combattu avec fougue et courage – pour une cause qu'il savait perdue d'avance. Engagé comme simple soldat, il avait terminé la guerre avec le grade de commandant et reçu la Médaille d'honneur de la Confédération pour sa bravoure à la bataille de Spottsylvania Court House.

À l'armistice, il s'était retrouvé couvert de gloire avec, en poche, une poignée de dollars sans la moindre valeur. Étant donné que Clint avait été élevé à l'orphelinat d'Atlanta, il n'avait pas de famille chez qui retourner. Pourtant, il ne succomba pas à l'amertume de la défaite comme tant d'autres. Il était décidé à devenir quelqu'un.

Il se retrouvait à présent avec quelques misérables dollars, sur le point de fuir devant la colère de quatre joueurs de poker.

Tout en serrant la sangle du cheval de Marcy, Clint tourna la tête vers elle.

— Allez-y, ma belle. Montez.

Lorsqu'il l'eut aidée à se mettre en selle, Marcy le regarda en faisant la moue.

— Il semblerait que nous ne restions jamais plus de quelques heures au même endroit.

Il en avait assez de cette éternelle moue. Réprimant son irritation, il prit son air insouciant.

— Je vous ai prévenue que j'étais un vagabond, chérie.

— Où allons-nous maintenant ?

Pesant la question, Clint ne répondit pas avant d'être à cheval, les rênes en main.

— Vers le sud, je suppose — en Caroline du Sud ou peut-être même en Géorgie. Je devrais pouvoir trouver un endroit où ces maudits acheteurs de coton yankees ne sont pas encore passés.

La nuit était presque tombée lorsqu'ils sortirent de Fayetteville. Clint regardait sans cesse par-dessus son épaule pour s'assurer que les joueurs de poker ne les poursuivaient pas mais il ne distingua personne. Néanmoins, il ne fut pas tranquille avant d'avoir mis une bonne distance entre la ville et lui.

Ils s'arrêtèrent peu avant minuit lorsque Clint jugea qu'ils étaient hors de danger. Ils dressèrent leur campement près d'un bouquet d'arbres, le long d'un ruisseau. Il ramassa du bois pour faire un petit feu, remplit la cafetière d'eau et la mit à chauffer. Marcy avait déjà déroulé les couvertures et dormait à poings fermés.

Accroupi sur ses talons auprès du feu, Clint alluma un cigare et attendit que le café soit chaud. La lueur des flammes mettait ses traits énergiques en relief : le reflet cuivré du feu faisait ressortir ses pommettes hautes et son nez aquilin. Son visage donnait l'impression qu'il avait du sang indien dans les veines mais il n'en savait rien car il ignorait tout de ses parents. On l'avait trouvé dans une corbeille à la porte de l'orphelinat d'Atlanta. Un bout de papier était épinglé sur la couverture qui l'enveloppait, portant ces deux mots : Clint Devlin.

Avec ses cheveux châtain clair et drus, ses yeux noisette pétillants et sa bouche souriante sous sa fine moustache, Clint était considéré comme remarquablement beau par les femmes. De surcroît, à vingt-huit ans, il mesurait un bon mètre quatre-vingt-trois, avait de larges épaules, une élégance naturelle en tous ses gestes. Il savait se servir de ses poings et maniait habilement les armes : son caractère capricieux, cependant, lui jouait des tours.

De mauvaise humeur, il méditait devant le feu mais c'était contre lui-même qu'il était irrité. D'un naturel optimiste, Clint avait tendance à voir le bon côté des choses. Pourtant, il demeurait que la guerre était finie depuis presque un an et qu'il n'avait atteint aucun des buts qu'il s'était fixés.

Il savait qu'il y avait une fortune à faire grâce au coton, en cet après-guerre. Les filatures du Nord en avaient un besoin urgent pour retrouver un rythme de production normal. Tout ce qu'il fallait, c'était découvrir un endroit où les spéculateurs avides n'aient pas encore sévi, investir tout l'argent qu'il possédait, vendre à bon prix le coton ainsi acquis et réinvestir son capital. Cela pouvait produire une jolie somme avant que le marché du coton ne se stabilisât.

La cafetière déborda, faisant grésiller les flammes et arrachant Clint à sa rêverie. Prenant son mouchoir, il se versa un quart de café. Il entoura le gobelet métallique de ses mains et but deux tasses avant de terminer son cigare.

Il eut soudain faim et se souvint qu'ils n'avaient

pas dîné. Il jeta un coup d'œil vers Marcy en se demandant s'il arriverait à la tirer de sous les couvertures. Mais elle était toujours grognonne lorsqu'on la réveillait. Cela n'en valait pas la peine et il se sentait las. Il décida d'attendre le lendemain. Il se réveillait toujours au lever du soleil et avait de toute façon l'intention de partir à l'aurore.

Il posa la cafetière à moitié vide à côté du feu, prête à être réchauffée le lendemain, couvrit le foyer de terre et déroula ses couvertures.

Il enleva ses bottes puis son pantalon et sa chemise. La nuit était un peu fraîche mais, en homme délicat, il détestait dormir tout habillé. Il étala ses couvertures à côté de Marcy et s'étendit. Si sa mémoire était bonne, Marcy se blottirait contre lui avant la fin de la nuit et ils se tiendraient chaud mutuellement.

Comme il l'avait prévu, Clint s'éveilla au cours de la nuit et sentit Marcy serrée contre lui. Il se rendormit en souriant.

Il se réveilla une deuxième fois en sentant les mains de Marcy sur son corps et ses lèvres dans ses cheveux. Il entrouvrit les yeux et vit que le ciel, à l'est, se teintait de rose. Il resta immobile afin qu'elle ne se rende pas compte qu'il était déjà réveillé. Mais bientôt, les caresses de Marcy se firent si convaincantes qu'il lui fut impossible de le cacher.

— Allons, Clint Devlin, murmura-t-elle à son oreille. Cela fait un moment que vous ne dormez plus.

— Comment pouvez-vous l'affirmer ? demanda-t-il d'un air innocent.

— Certainement pas en lisant dans vos pensées...

Il se tourna sur le côté et lui prit les seins à pleines mains, la réduisant au silence. Elle ferma les yeux et frissonna. Bien qu'elle se fût couchée tout habillée, à l'exception de ses bottes, elle était nue maintenant. Il caressa son corps d'une main fébrile.

Elle gémit, les yeux toujours fermés, et leva le visage, cherchant ses lèvres. Entraînés dans une étreinte passionnée, ils rejetèrent les couvertures. L'air matinal pinçait la chair de Clint mais la chaleur du corps de Marcy fit qu'il resta insensible au froid.

En dépit de tous ses défauts – et ils étaient nombreux –, Marcy était une joyeuse compagne, robuste et totalement libérée quand il s'agissait de faire l'amour. Lorsque les caresses de Clint se firent plus intimes, elle cessa de rire et se renversa en arrière, les yeux mi-clos, l'attirant sur elle, en elle bientôt.

Ses yeux se troublèrent, elle soupira doucement et resta détendue pendant un moment. Puis elle se mit à bouger, s'adaptant à son rythme, et ils furent emportés tous deux par l'élan de la passion. Lorsqu'ils atteignirent le point culminant, Marcy murmura d'une voix étouffée :

– Clint, c'est bon, c'est bon...

Lorsque leur désir fut apaisé, ils restèrent enlacés, le souffle court. Clint enfouit son visage dans le cou de Marcy tandis qu'elle lui caressait les cheveux. Ils avaient complètement rejeté les couvertures et Clint se sentit frissonner.

Il allait les recouvrir tous deux lorsqu'il entendit des bruits de pas dans les feuilles mortes derrière eux et une exclamation étouffée de surprise. Clint roula instantanément sur le côté, essayant de se rappeler où il avait laissé son colt, persuadé que Remson les avait découverts – non seulement dans une position délicate mais aussi fort vulnérable.

Puis il resta pétrifié en apercevant la jeune femme en longue robe de guingan, un seau en bois à la main, immobilisée à la lisière des arbres à quelques pas de lui. Clint remarqua ses longs cheveux roux, ses yeux d'un bleu intense, son visage bien dessiné et il se détendit en souriant paresseusement.

– Bonjour, madame. Désolé de ne pas avoir de chapeau pour vous saluer, mais comme vous pouvez le constater...

Il fit un geste désignant sa nudité.

– Oh !

La femme porta la main à sa bouche et son visage devint cramoisi. Rassemblant ses jupes de sa main libre, elle fit demi-tour et s'enfuit entre les arbres.

Charlotte ne se considérait pas comme une femme prude mais ce qu'elle venait de voir était dégoûtant. Un homme et une femme couchés nus sur des couvertures et il eût fallu qu'elle fût aveugle pour ne pas se rendre compte qu'elle les avait surpris en train de faire l'amour, impudiques comme deux bêtes sauvages qui s'accouplent. De plus, cela ne semblait pas les gêner qu'elle soit arrivée à un moment si inopportun. Pas l'homme, en tout cas ; il n'avait pas paru le moins du monde perturbé.

Pourtant, tout en se hâtant vers l'endroit où ils avaient dressé leur campement la veille, elle s'aperçut qu'elle se remémorait certains traits de l'homme – un visage avenant sous une tignasse de cheveux clairs, une bouche incurvée en un sourire moqueur, de solides épaules, des hanches étroites et...

Avec un effort, elle chassa de son esprit ce souvenir. La seule fois où elle avait vu des garçons nus, c'était lorsqu'elle avait épié Jeff et deux de ses copains qui nageaient tout nus, un été, mais Jeff n'avait que onze ans à cette époque.

Elle était légèrement essoufflée en atteignant le chariot. Ils avaient dressé leur camp au bord de la route la veille, n'ayant pu se rapprocher du ruisseau à cause des arbres. Après un rapide petit déjeuner, Charlotte s'était rendu compte que leur réserve d'eau s'épuisait. Pendant que Jimmie attelait l'équipage, elle avait pris le seau pour aller jusqu'au ruisseau.

Lorsqu'elle revint, Jimmie avait presque fini. Elle fit semblant de vider de l'eau dans le tonneau arrimé sur le côté du chariot. Il était encore plein au quart et ils pourraient le remplir ailleurs. Elle n'allait certainement pas dire à Jimmie ce qu'elle venait de voir.

– C'est prêt, mademoiselle Charlotte, cria-t-il.

Elle grimpa sur le siège, prit les guides et claqua de la langue. Le chariot remonta sur la route poussiéreuse en grinçant et elle prit la direction du nord. Ils rentraient à la maison. Elle avait vendu tout son tabac et réalisé un joli profit.

Son succès chassa toutes les autres pensées de son esprit et elle oublia le couple sur les couvertures.

Elle était fermement décidée à recommencer d'autres tournées maintenant qu'elle avait appris à le faire. Mais si Ben Ascher, cet homme aimable, ne l'avait pas conseillée si généreusement, l'équipée aurait été un désastre. Charlotte espéra qu'elle le rencontrerait à nouveau durant ses pérégrinations pour pouvoir lui exprimer sa gratitude.

Elle l'avait écouté et avait troqué son tabac contre des marchandises qu'elle avait vendues à des commerçants qui avaient de l'argent liquide. Le stade initial passé, Charlotte avait découvert qu'elle était douée pour le marchandage et, conformément à la promesse de Ben Ascher, elle avait en fin de compte fait plus de profits que si elle avait vendu directement son tabac. En moyenne, elle en avait obtenu près de cinquante cents la livre. Elle rentrait chez elle avec près de mille dollars.

Elle pourrait faire venir un bon docteur pour examiner sa mère. S'il n'y en avait pas près de chez elle, elle pouvait maintenant se permettre d'emmener sa mère dans une plus grande ville où elle en trouverait un. Il y aurait aussi de l'argent pour Jeff et, si elle était raisonnable, il lui en resterait pour acheter d'autre tabac et repartir.

Charlotte ne se souvenait pas d'avoir été aussi heureuse, pas depuis que la guerre avait détruit leur famille si unie et que son père était mort.

Elle se mit à chanter doucement et Jimmie, assis à côté d'elle sur le siège du chariot, sourit. Charlotte s'interrompit, légèrement embarrassée.

– Vous paraissez heureuse, mademoiselle Charlotte.

– Je le suis, Jimmie. Tout a si bien marché pour moi, pour nous. Maintenant, je peux vous payer ce que je vous dois. Sans votre aide, je ne crois pas que j'y serais parvenue.

– Ce n'est rien, mademoiselle Charlotte, dit-il, confus. Vous vous en êtes très bien tirée. Vous êtes une personne formidable.

Ses yeux brillaient d'admiration et aussi d'un autre sentiment qu'elle ne parvint pas à définir tout de suite. Baissant les yeux, elle l'observa entre ses longs cils et remarqua à quel point il avait grandi. Ses épaules aussi semblaient plus larges. Oui, c'était encore un adolescent mais il devenait rapidement un homme et elle ne s'en était pas rendu compte.

Elle était désorientée. Que devait-elle faire ?

Pour la première fois, elle se sentit mal à l'aise en sa présence et elle en fut irritée. Pourquoi, lorsque tout allait bien, fallait-il toujours qu'un problème survienne ? Les bons moments ne duraient jamais. Elle sentait le regard admiratif de Jimmie posé sur elle et, agacée, elle claqua de la langue pour faire avancer les chevaux. Elle était ridicule. Il fallait que tout garçon devienne un homme. Il ne pouvait pas rester toujours un enfant. Et cela n'avait rien d'extraordinaire, pensa-t-elle. Elle était la seule femme de moins de cinquante ans que Jimmie voyait régulièrement. Il oublierait sa toquade dès qu'il rencontrerait des filles de son âge.

Ses pensées se tournèrent à nouveau vers la maison. Elle avait hâte d'y arriver. Quelles grandes nouvelles elle avait pour Jeff et sa mère !

Charlotte arrêta le chariot devant la maison au milieu de l'après-midi. Alors qu'elle tirait sur les guides, Jeff apparut sur la véranda.

– Jefferson, je suis de retour et tout s'est merveilleusement bien passé ! cria-t-elle.

Il ne quitta pas la véranda et elle sentit une pointe de déception. Il aurait pu au moins montrer un peu d'enthousiasme et s'avancer pour l'accueillir. Elle sauta à terre et se tourna vers Jimmie.

– Pouvez-vous conduire le chariot jusqu'à la grange et dételer les chevaux, Jimmie ? Je veux parler à Jefferson et courir voir maman.

– Oui, mademoiselle Charlotte.

Il rassembla les guides et contourna la maison.

Charlotte se précipita vers Jeff. Il avait le visage grave et tendu mais elle le remarqua à peine, tant elle était heureuse de revenir triomphalement.

– Jefferson, j'ai vendu tout le tabac et j'en ai obtenu presque cinquante cents la livre. Maintenant, je pourrai faire soigner maman convenablement.

– Charlotte...

– Je vais le lui dire tout de suite, l'interrompit-elle.

Jeff lui saisit le bras au passage et la retint.

– Charlotte, il est trop tard pour cela.

Elle le regarda sans comprendre.

– Trop tard ? Bien sûr que non. Tout ce dont maman a besoin, c'est d'un médecin compétent.

– Charlotte, il est trop tard. Maman est morte hier dans l'après-midi.

Elle resta muette d'incrédulité. Tout ce qu'elle saisit fut ses derniers mots.

– Dans l'après-midi ? Vous ignorez donc quand exactement ?

– Je... (Il avala sa salive et détourna le regard.) J'étais absent...

Elle se cramponna à son bras.

– Vous m'aviez promis de prendre soin d'elle ! s'écria-t-elle. Vous me l'aviez promis.

– Charlotte, dit-il d'un air piteux, il n'y avait rien à faire. Elle est morte, tout simplement.

Les larmes lui montèrent aux yeux.

– Après tout ce que j'ai enduré, après avoir trouvé l'argent pour le docteur, en arriver là ! Si j'étais restée ici, elle serait encore vivante.

– Charlotte, vous n'auriez rien pu faire. Personne n'aurait pu la sauver.

Elle pleurait à présent.

– À quoi sert l'argent désormais ? dit-elle d'une voix étouffée. Autant le brûler.

– Au sujet de l'argent...

– Quoi ? demanda-t-elle à travers ses larmes.

– Pendant votre absence... (Il détourna le regard.) J'avais besoin si désespérément d'argent que je suis allé trouver Sload Lutcher. Il a eu la gentillesse de me prêter sept cents dollars sur la ferme mais seulement jusqu'à votre retour. J'ai tout dépensé, Charlotte, tout. Il faut le rembourser, sinon la ferme lui appartiendra.

4

Alice King fut enterrée le lendemain, non loin d'un bouquet d'arbres, près de la maison ; à côté de la tombe de Gardner King, son mari.

C'était une belle journée ensoleillée, d'une fraîcheur déjà automnale et la brise, qui faisait bruire les feuilles du grand peuplier à l'ombre duquel reposait à présent sa mère, fit frissonner Charlotte. Elle se sentait perdue, vidée ; elle avait pleuré longtemps la nuit précédente mais à présent elle n'avait plus de larmes. Elle se tenait immobile, les yeux secs, écoutant d'un air morne Bradley Hollister qui prononçait quelques paroles au pied du cercueil.

Peu de gens assistaient aux funérailles. Il y avait la famille Hollister et deux autres voisins; Jeff se tenait à côté d'elle. Lorsque Hollister se tut, Charlotte sentit Jeff bouger et ses yeux se poser sur elle. Elle refusa de le regarder. Tout ce qu'elle avait éprouvé autrefois pour lui était mort à présent, pour toujours. Elle ne serait jamais complètement convaincue que sa mère n'aurait pas survécu, si Jeff était resté à son chevet.

Bradley Hollister s'approcha d'elle.

— Charlotte, Jeff et vous devriez rentrer à la maison, dit-il avec douceur. Jimmie, les autres hommes et moi, nous nous occuperons du reste.

— Bien, monsieur Hollister, dit-elle d'une voix morne. Je vous remercie pour votre bonté.

Après un dernier regard sur le cercueil, elle se tourna et partit vers la maison. Adieu, maman, pensa-t-elle. Pardon pour tout.

Elle entendit des pas derrière elle et la voix de Jeff.

— Charlotte, attendez. Je veux vous parler.

Elle refusa de l'attendre.

— Je n'ai rien à vous dire.

Il la rattrapa.

— Il faudra bien que vous me parliez un jour. Vous ne pourrez pas m'ignorer indéfiniment.

Indifférente, elle poursuivit son chemin.

— Charlotte, je suis vraiment navré, dit-il d'une voix torturée. J'essaierai de faire mieux, je le promets. Je ne sais pas ce qui m'a pris depuis que je suis revenu à la maison.

Furieuse, elle répliqua d'une voix mordante :

— Il est trop tard pour se désoler, Jefferson. Maman est morte et maintenant je vais devoir aller trouver Sload Lutcher pour que nous ne perdions pas la propriété, elle non plus.

Elle poursuivit son chemin, le plantant là. Elle

craignait les heures à venir. Les voisins avaient tous apporté de la nourriture et l'une des femmes était en train de préparer le repas. C'était une épreuve dont Charlotte avait peur, car la seule chose qu'elle souhaitait, c'était s'enfermer dans sa chambre. Mais elle devait remplir son rôle d'hôtesse et elle s'arma de courage, espérant que cela ne durerait pas trop longtemps. Elle voulait partir pour Durham, affronter Sload Lutcher et sa vilenie.

Elle réussit à tenir tout l'après-midi, acceptant les condoléances aussi aimablement que possible. Ces gens étaient ses amis, de précieux amis. Elle évita Jeff autant que possible et le vit bientôt s'éclipser puis revenir ébouriffé et cramoisi. Elle devina qu'il avait une bouteille cachée quelque part, achetée grâce à l'argent de Sload Lutcher.

Malheureusement, un des voisins ne partit que bien après la tombée de la nuit, trop tard pour qu'elle puisse aller à Durham. Épuisée de chagrin, Charlotte se coucha dès le départ du dernier invité et dormit bien, malgré ses tourments.

Elle partit de bonne heure le lendemain, après un maigre petit déjeuner, se glissant hors de la maison sans réveiller son frère.

Elle arriva à la fabrique de tabac de Lutcher juste avant midi et se dirigea directement vers son bureau. Lorsque Lutcher la vit apparaître dans l'encadrement de la porte, il s'adossa contre sa chaise avec un sourire.

– Félicitations, mademoiselle King. J'ai entendu dire que votre voyage a été une réussite.

– Certes, répondit-elle d'une voix acerbe, mais je trouve vos félicitations hypocrites. Je doute fort que vous souhaitiez mon succès. Pour votre information, j'ai obtenu une moyenne de cinquante cents la livre de tabac.

Il haussa les épaules.

– Cela en valait-il la peine, mademoiselle King ?

J'imagine que ce n'est pas très prudent pour une femme seule de faire du colportage.

— Je n'étais pas seule; Jimmie, le fils de Bradley Hollister, m'accompagnait. Vous n'intimidez pas tout le monde, monsieur Lutcher, ajouta-t-elle avec une pointe d'ironie. Mon frère vous doit sept cents dollars, je crois. J'ai la somme nécessaire et je voudrais que vous me remettiez sa reconnaissance de dette.

— Très bien, dit-il en haussant à nouveau les épaules.

Il sortit le papier d'un tiroir et le lui remit contre l'argent.

— Vous êtes encore plus vil que je ne le pensais, monsieur, d'avoir profité ainsi de la faiblesse de mon frère et de provoquer la mort de ma mère.

Il la toisa froidement.

— Je ne suis en rien responsable de la mort de votre mère. Mes condoléances, mademoiselle King. Quant à votre frère, il est adulte. Je ne suis pas allé le chercher; c'est lui qui est venu me trouver et je vous prie de noter que je ne lui ai pas compté d'intérêts comme d'autres prêteurs sur gages l'auraient fait.

— Ce n'est pas par bonté d'âme. Vous espériez que mon voyage serait un échec et que je serais incapable de vous rembourser. Vous auriez alors saisi notre ferme pour une bouchée de pain. (Elle bouillait de colère à présent et ses doigts étaient crispés sur son sac.) Je vous interdis de traiter avec Jefferson à l'avenir et, si vous le faites, vous le regretterez.

Lutcher ne perdit pas son calme.

— Je vous suggère d'en parler à votre frère, mademoiselle King. Je suis un homme d'affaires et personne ne me dit ce que je dois faire. (Son sourire devint venimeux.) Je vous conseille aussi de prendre garde à ce que vous dites, mademoiselle. Les menaces ne vous siéent pas et n'ont aucun effet sur moi.

La colère de Charlotte augmenta.

– Vous êtes un homme infâme, dit-elle d'une voix tremblante. Un vautour qui se nourrit de notre malheur. Mon frère a été brisé par cette guerre et vous en profitez. Je ne connais rien de plus méprisable.

Lutcher était devenu d'une pâleur mortelle. Il se redressa de toute sa taille, terrifiant. Ses yeux flambaient de rage.

– Vous autres grands planteurs, vous vous considérez comme très supérieurs aux gens comme moi qui doivent travailler dur pour gagner leur argent...

– Notre ferme peut difficilement être appelée une grande plantation, monsieur Lutcher et, d'après ce que j'ai entendu dire, vous n'avez pas beaucoup travaillé pour acquérir votre fortune. On peut difficilement prétendre qu'être tenancier de maison close soit un travail.

– Assez. (Lutcher frappa son bureau du plat de la main.) Je n'en écouterai pas davantage. Vous êtes sur ma propriété en ce moment, mademoiselle King, et j'exige que vous vous en alliez.

– Volontiers.

D'un geste méticuleux, elle souleva ses jupes du sol comme pour éviter toute souillure et sortit, la tête haute, de l'entrepôt.

Sa colère tomba sur le chemin du retour. Elle se sentit faible et épuisée.

Elle se rendit compte qu'elle s'était fait un ennemi pour la vie. Sload Lutcher était un homme dangereux et arrogant. Sa cupidité en faisait un adversaire sans scrupules.

Cependant, elle ne regrettait pas une seconde ce qu'elle avait dit car ce n'était que la vérité. Il fallait montrer aux hommes de son acabit que tout le monde ne tremblait pas devant eux.

Après tout, que pouvait-il faire ? En dépit de sa colère, il n'oserait jamais l'agresser physiquement.

Elle donna un coup de talon dans les flancs de son cheval et repartit vers la ferme.

Sload Lutcher arpentait son bureau dans tous les sens d'un pas furieux. Il lui avait fallu toute sa volonté pour s'empêcher de saisir cette maudite femme à la gorge.

Toute sa vie, il avait souffert du mépris des gens de sa caste. À La Nouvelle-Orléans, les planteurs distingués et les hommes puissants de Garden District avaient fréquenté ses établissements, fait l'amour avec ses catins, tout en l'ignorant comme s'il n'avait pas existé.

Lutcher avait pris leur argent en grinçant des dents, s'enrichissant par la même occasion. Mais son commerce s'était effondré lorsque les Yankees avaient établi le blocus de la ville. D'ailleurs, il avait deviné que la guerre détruirait ses maisons closes et qu'avec le temps la monnaie confédérale perdrait toute valeur. Alors, il les avait vendues, convertissant son argent en or, et avait quitté la ville pour toujours.

Il avait sillonné le Sud de long en large, cherchant l'endroit qui offrait le plus d'opportunités. Pendant un temps, il avait envisagé de s'installer dans le Nord mais conclu que les possibilités étaient meilleures ici. Dans le Nord, il aurait eu à faire face à la compétition tandis que le Sud serait en ruine pendant de nombreuses années encore, proie facile pour un homme ambitieux et riche, prêt à tout pour réussir.

Il avait finalement fixé son choix sur Durham. Lutcher avait deviné qu'il pourrait acheter des terrains à bas prix aux fermiers et planteurs ruinés. Mais à la fin de la guerre, il avait découvert un moyen meilleur encore pour faire une fortune rapide et acquérir le pouvoir : le tabac.

Lutcher s'intéressait toujours à la terre, surtout aux domaines fertiles des plantations de tabac autour de Durham. Mais il fallait du temps pour faire fructifier ce genre d'investissements. La production de tabac à priser et de cigarettes offrait le meilleur moyen de s'enrichir rapidement et, peu à peu, il avait tourné ses efforts dans cette direction.

Il avait rencontré peu d'opposition chez les petits producteurs – jusqu'à Charlotte King. Au début, elle n'avait été qu'une faible source d'irritation; après tout, elle n'avait que deux cents livres de tabac et peu de possibilités d'en cultiver d'autre. Lutcher avait pu se moquer de sa résistance, certain qu'en fin de compte elle viendrait le supplier de lui acheter sa récolte à n'importe quel prix.

À présent, c'était une autre histoire. Elle avait réussi à réaliser un profit en se dressant contre lui. C'était déjà vexant en soi mais que serait-ce si elle servait d'exemple aux autres producteurs ? S'ils l'imitaient, Lutcher se trouverait à court de marchandise pour sa fabrique.

Il fallait faire quelque chose pour la discréditer, et cela rapidement. Non seulement dans l'intérêt de ses affaires mais pour la punir de son insolence. Elle était de la même étoffe que ceux qui l'avaient méprisé à La Nouvelle-Orléans et il ne tolérerait plus cela.

Il marcha jusqu'à la porte et appela :

– Jenks ! Cob Jenks, venez ici.

Quelques instants plus tard, un homme trapu, mal vêtu, arriva en pressant le pas sur la passerelle. Jenks était d'un caractère brutal, avec peu de cervelle, mais il avait trouvé au service de Sload Lutcher un excellent débouché pour ses talents. Ce dernier le payait bien, s'assurant ainsi de sa fidélité aveugle. Jenks avait de longs bras qui lui tombaient presque jusqu'aux genoux; son visage osseux et l'épaisse toison qui lui recouvrait le dessus des mains et les bras lui donnaient une apparence simiesque.

– J'ai du travail pour vous, Jenks, dit Lutcher

sans préambule. Je veux que vous vous y atteliez tout de suite. Laissez tomber tout le reste pour le moment.

– Entendu, monsieur Lutcher. Dites-moi de quoi il s'agit, ce sera fait, répondit Jenks de sa voix râpeuse.

– La femme qui vient de sortir d'ici, l'avez-vous vue ?

– Oui, monsieur. (Jenks fit claquer ses lèvres.) Un beau brin de fille, n'est-ce pas ?

– Elle s'appelle Charlotte King. Elle me crée des ennuis et je veux que vous y mettiez fin.

Les yeux de Jenks se mirent à briller.

– Qu'avez-vous en tête ?

– D'abord son frère. C'est à lui que vous avez fourni du whisky et c'est à lui que vous fournissez une entraîneuse de temps en temps.

Jenks hocha la tête.

– Oui, je vois qui c'est. Pour un homme écrasé par la guerre, c'est sûr qu'il a le goût de l'alcool et des femmes.

– Je crois qu'il en aurait aussi pour les cartes, de temps à autre. Introduisez-le dans quelques parties mais assurez-vous qu'il perde.

– Pas de problème ! Je connais juste les hommes qu'il faut. Ils le plumeront comme un poulet.

– Voyons la fille maintenant. Elle a refusé de me vendre son tabac et l'a colporté. Elle va probablement encore essayer de faire de la vente ambulante. Je veux que vous alliez voir les fermiers qui ont du tabac à vendre. Dites-leur que s'ils traitent avec elle, ma fabrique ne leur achètera plus rien à l'avenir. (Lutcher eut un sourire déplaisant.) Exprimez-vous d'une façon encore plus forte, si nécessaire, mais assurez-vous qu'il n'y ait pas de témoins lorsque vous le ferez. Suggérez-leur que leurs remises à tabac pourraient brûler, s'ils lui vendent leur récolte.

– Je m'en occupe, monsieur Lutcher.

— Et si tout cela échoue, si elle réussit à en rassembler un autre chargement, je veux que vous preniez deux hommes et que vous la suiviez. Mettez le feu à son chariot, si rien d'autre ne marche. Peut-être... (Lutcher sourit froidement) ...peut-être devriez-vous vous amuser un peu avec elle. Cela serait sans doute dissuasif.

— Ce serait un plaisir avec une belle fille comme ça. Que dois-je faire du gars qui l'accompagne ?

— Qui est-ce ?

— Le jeune Hollister. Il était avec elle la dernière fois, m'a-t-on dit.

— Oui, elle y a fait allusion. Il ne devrait pas donner beaucoup de mal à trois hommes. (Lutcher se tut et réfléchit un moment.) J'ai une meilleure idée. Mlle King s'imagine qu'elle nous est supérieure. Quelques ragots répandus en des lieux bien choisis devraient régler ce problème. Voici ce que je veux que vous fassiez, Jenks...

Le lendemain de sa confrontation avec Sload Lutcher, Charlotte attela les chevaux et partit chez les Hollister.

Le père et le fils sortirent pour l'accueillir.

— Merci, Charlotte, dit Bradley Hollister, pour l'argent que vous avez donné à Jimmie. Il est tombé bien à point.

— J'ai été heureuse de m'acquitter envers lui de ce que je lui devais. Cela valait bien plus. Sans lui, je ne crois pas que j'aurais réussi.

Elle sourit chaleureusement à Jimmie qui rougit et détourna la tête. Elle pensa qu'il faudrait faire attention à ce qu'elle lui dirait à l'avenir; une parole de trop et il se laisserait emporter par ses sentiments. Charlotte reporta son attention sur M. Hollister.

— J'ai besoin de Jimmie, si vous pouvez vous passer de lui. Je repars en tournée mais, puisque mon tabac est vendu, il va falloir que j'aille trouver les fermiers pour les persuader de me confier le leur en dépôt.

Bradley Hollister fronça les sourcils.

– J'ai entendu parler de quelque chose qui pourrait signifier des ennuis pour vous, Charlotte. Il paraît qu'un certain Cob Jenks, l'homme de main de Lutcher, va de ferme en ferme pour dire aux planteurs de ne pas vous vendre leur tabac. S'ils le font, Lutcher ne leur en achètera plus.

Charlotte fut soudain alarmée.

– Je ne pensais pas qu'il irait jusque-là. Croyez-vous que les fermiers tiendront compte de ses menaces ?

Hollister haussa les épaules.

– Difficile à dire. Lutcher n'est pas aimé mais c'est à peu près le seul acheteur de tabac dans cette région, même s'il n'en offre qu'un prix dérisoire. J'ai une idée... Supposez que je vienne avec vous à la place de Jimmie, Charlotte ? Je connais mieux les fermiers que vous. Je peux peut-être les convaincre qu'ils ont intérêt à vous faire confiance plutôt que de se soumettre à Sload Lutcher.

– J'en serais très heureuse, monsieur Hollister. Je vous indemniserai pour votre temps...

– Non, non. (Hollister leva la main.) Considérez cela simplement comme un service de voisin à voisin.

Il fut bientôt évident que la présence de Bradley Hollister était d'une grande aide. Les menaces de l'homme de main de Lutcher mises à part, Charlotte fut accueillie avec scepticisme par la plupart des fermiers mais, dans la majorité des cas, Hollister parvint à vaincre leur résistance.

De nombreux planteurs de tabac avaient déjà vendu leur récolte. Cependant, certains avaient attendu dans l'espoir d'en obtenir un meilleur prix que celui offert par Lutcher. Dès qu'ils eurent surmonté leurs préjugés contre une femme et lorsque Hollister leur apprit à quel point Charlotte avait eu du succès avec sa première tournée, la plupart d'entre eux acceptèrent de lui confier leur tabac en dépôt.

Peu nombreux étaient ceux qui se souciaient des menaces de rétorsion de Lutcher. L'un des fermiers s'exprima ainsi :

– J'ai eu assez peur pendant la guerre. À chaque minute, je craignais d'être tué, alors, pourquoi devrais-je avoir peur de ce genre de menaces ? Et de la part d'un Sudiste par-dessus le marché ! Vous pouvez prendre mon tabac, mademoiselle King. Si cela ne marche pas, Lutcher n'est pas le seul débouché en Caroline du Nord.

En une semaine, Charlotte parvint à charger son chariot et elle se prépara à partir un jeudi matin. Jimmie avait accepté de l'accompagner avec empressement. La veille de son départ, elle était seule à la maison. Jeff était sorti, elle ne savait où; elle ne l'avait pas vu depuis la mort de leur mère.

Elle faisait sa malle lorsqu'elle entendit frapper à la porte d'entrée. Elle l'ouvrit et se trouva face à Bradley Hollister. Il paraissait mal à l'aise en franchissant le seuil.

– Charlotte, je ne sais pas comment vous dire...

Il s'interrompit, l'air gêné.

– Qu'y a-t-il, monsieur Hollister ?

– C'est au sujet de Jimmie.

– Quelque chose lui est arrivé ? demanda-t-elle, inquiète.

– Non, non, il va très bien. C'est juste qu'il ne peut pas partir avec vous.

– Pourquoi ? Il a dit qu'il aimait le colportage.

– Oui, oui, et il est bouleversé que je lui interdise de partir. Il est arrivé quelque chose, voyez-vous.

Elle l'observa attentivement et vit qu'il était rouge d'embarras.

– De quoi s'agit-il, monsieur Hollister ? demanda-t-elle d'une voix douce.

– Il y a des ragots qui circulent, j'en ai peur. Au sujet d'un gars de dix-sept ans qui part avec une jeune femme célibataire. Les gens disent que c'est honteux.

Charlotte étouffa un cri d'indignation.

– Mais c'est ignoble. Qui ose dire de pareils mensonges ? (Elle lui prit le bras.) Vous ne le croyez sûrement pas ? Il ne s'est rien passé, je le jure.

– Je le sais, Charlotte, s'empressa-t-il de dire. Inutile de me le jurer. Mais il ne s'agit pas de ce que je crois ou non mais de ce que pensent les voisins. S'il ne tenait qu'à moi, je ne m'en soucierais pas mais...

– Je comprends, monsieur Hollister. (Charlotte lui tapota le bras.) Vous vous inquiétez pour Jimmie.

– Plus encore pour vous, Charlotte. Une jeune femme doit faire attention à ne pas ternir sa réputation. Jimmie, lui, s'en remettrait.

– Si c'est pour moi que vous vous inquiétez, c'est inutile. Je ne me soucie pas de ce que pensent les gens. S'ils ont l'esprit mal tourné, c'est leur problème, pas le mien.

Hollister secouait la tête de droite à gauche.

– Je m'en préoccupe, moi. Si votre réputation souffrait à cause de quelqu'un de ma famille, je ne me le pardonnerais jamais. Ce qu'il y a, c'est que, vu l'état d'esprit de Jimmie, il pourrait très bien s'enfuir pour vous rejoindre malgré tout. S'il le faisait, je veux que vous me promettiez de le renvoyer à la maison.

– Je vous le promets, monsieur Hollister. (Charlotte se mordilla la lèvre en réfléchissant.) Je me demande qui a lancé cette rumeur juste au moment où je suis sur le point de partir. Cela fait bientôt deux semaines que je suis revenue et personne n'avait rien dit jusque-là.

Le visage de Hollister se crispa de colère.

– C'est Jenks, l'homme de main de Lutcher. Après avoir échoué dans sa tentative de décourager les fermiers de traiter avec vous, il a dit à qui voulait l'entendre que c'était une honte de voir une femme telle que vous voyager en compagnie d'un garçon de l'âge de Jimmie. J'ai été tenté de charger le vieux fusil et d'aller à sa recherche mais je ne suis plus aussi adroit qu'autrefois... (Il fit un signe de tête vers son épaule.) Je ne suis que la moitié d'un homme à présent.

– Vous êtes plus courageux que la plupart de ceux que je connais, répliqua-t-elle vivement. Mais c'est mieux ainsi, monsieur Hollister. En poursuivant Jenks, vous n'auriez fait que donner crédit à ses ragots. Je suis vraiment désolée d'avoir entraîné votre famille dans tout ceci. Dites-le à Jimmie de ma part, voulez-vous ?

– Je n'y manquerai pas, Charlotte. Et ne vous faites pas de soucis pour nous. Nous survivrons. Allez-vous... (il hésita) ...allez-vous partir malgré tout ?

– Plus que jamais, dit-elle d'un ton décidé. Rien de ce que Sload Lutcher manigancera ne pourra m'arrêter.

Pourtant, après le départ de Hollister, Charlotte se sentit moins confiante. Elle avait vu tant d'épaves humaines sur les routes; une femme seule avec un chariot rempli de tabac et de marchandises serait une proie facile pour eux. Pendant un moment, elle fut tentée de demander à Jeff de l'accompagner mais elle abandonna cette idée. Elle avait pris seule sa décision et était déterminée à la mettre à exécution.

Elle se souvint du vieux revolver que Gardner King possédait et se mit à sa recherche. Elle le trouva finalement dans une malle, au grenier. C'était un *collier* à cinq coups, datant de 1810. Charlotte ignorait tout des armes; elle en avait toujours eu peur. Cependant, au début de la guerre, son père lui avait appris à charger le revolver à pierre et à tirer afin qu'elle puisse se défendre en cas de besoin. Elle savait donc s'en servir de façon sommaire.

Elle saisit le revolver à deux mains et visa le mur. Elle ferma les yeux et la rage la saisit en pensant au visage grimaçant de Lutcher. Elle avait toujours douté d'être capable de tirer sur quelqu'un mais elle savait à présent qu'elle tuerait volontiers cet homme. Quel être méprisable ! Répandre ainsi une rumeur ignoble !

Pauvre Jimmie ! Il ne lui parlerait sans doute jamais plus.

Elle abaissa le revolver et descendit du grenier pour aller finir ses bagages.

Lorsqu'elle partit de bonne heure le lendemain matin, le revolver était posé sur le siège à côté d'elle, prêt à servir. Elle le recouvrit soigneusement avec un pli de sa jupe.

L'aube se levait à peine lorsqu'elle engagea le chariot sur la route. Il faisait frais et elle serra un châle autour de ses épaules.

À deux kilomètres de la maison, elle entendit quelqu'un arriver en courant derrière le chariot. Crispée, elle tendit la main vers le revolver puis se détendit, en se gourmandant. La tournée n'allait pas être agréable si elle sursautait au moindre bruit inhabituel.

Quelques instants plus tard, Jimmie Hollister trottait à hauteur de son siège. Elle tira sur les guides, arrêtant l'attelage.

Jimmie tenait son fusil à la main. Il respirait avec peine et avait dû courir depuis chez lui. Il lui tendit le fusil.

— Puisque je ne peux pas vous accompagner, mademoiselle Charlotte, j'ai pensé que vous aimeriez peut-être prendre ceci pour votre protection.

— C'est très gentil de votre part, dit-elle en lui

souriant avec douceur. Mais vous en aurez besoin pour tenir à distance les hordes d'écureuils pendant mon absence. D'ailleurs, j'ai un vieux revolver de papa avec moi.

— Mademoiselle Charlotte...

Il avala sa salive en détournant le regard.

— Oui, Jimmie ?

— Je suis désolé de ces ragots qui circulent. Vous savez que je ne ferais jamais rien...

Il se tut, confus et rouge comme un coq.

— Je sais, Jimmie, je sais. C'est pourtant une dure leçon qu'il faut apprendre. Beaucoup de gens ont l'esprit mal tourné. Ils sont prêts à croire toutes les horreurs qu'on leur raconte sur les autres.

Sans réfléchir, elle tendit la main et lui caressa la joue. Il sursauta et elle retira sa main.

— Je voulais provoquer Jenks à cause des mensonges qu'il a racontés mais papa m'en a empêché.

— Inutile, Jimmie. Le mieux, c'est encore d'ignorer ce genre de choses. Si vous réagissez, les gens n'en seront que plus convaincus que c'est vrai.

— Mais vous partez toute seule, mademoiselle Charlotte. Ce n'est pas juste.

— Tout ira bien, Jimmie. Maintenant, rentrez chez vous et ne vous inquiétez pas. Je serai de retour avant que vous n'ayez eu le temps de vous en rendre compte.

Elle donna une secousse aux guides et les chevaux se remirent en marche. Jimmie accéléra le pas pour rester à hauteur du chariot, puis s'arrêta en agitant la main.

Une heure plus tard, Charlotte eut une raison de douter de sa confiance en elle. Elle ne prêta pas attention au martèlement des sabots d'un cheval derrière elle, étant donné que la route n'était pas déserte. Mais lorsque le cheval la rejoignit et ralentit pour se régler sur l'allure du chariot, elle se tourna vers lui et sursauta.

Un homme trapu au visage brutal lui sourit.

– Que fait une jolie fille comme vous, toute seule sur les routes ? Vous devriez être à la maison à veiller au bonheur de quelque veinard.

Il avait un visage simiesque et le dos des mains couvert de poils noirs. Se souvenant d'une vague description qu'on lui en avait faite, Charlotte devina à qui elle avait affaire.

– Vous êtes Cob Jenks, n'est-ce pas ? Le tueur à gages de Lutcher.

Il parut saisi puis prit un air mauvais.

– Je travaille pour M. Lutcher, c'est sûr, mais je ne suis pas un tueur à gages.

– C'est exactement ce que vous êtes, d'après ce qu'on m'a dit. Et vous êtes l'homme qui a répandu d'ignobles mensonges sur Jimmie Hollister et sur moi.

– Je ne pense pas que ce soient des mensonges. Que ferait d'autre une mignonne comme vous, voyageant à travers le pays en compagnie d'un pareil gaillard ? (Il rit d'une manière obscène.) Il se défend sous les couvertures ?

– Vous êtes un immonde scélérat, fit-elle, outrée.

– Je ne dis que la vérité telle que je la vois. Ce que je ne comprends pas, c'est pourquoi vous perdez votre temps avec un gamin alors qu'il y a des hommes comme moi dans le coin. (Il rapprocha son cheval du chariot.) Alors, pourquoi ne descendriez-vous pas pour que je vous montre ce que c'est avec un homme, un vrai ?

La main de Charlotte se resserra sur le revolver posé sur le siège. Tandis que Jenks se penchait plus près encore, elle le lui mit brusquement sous le nez en l'armant.

Jenks devint pâle et écarquilla les yeux.

– Attention avec ce truc-là, ma petite dame, dit-il nerveusement. Il m'a l'air assez vieux pour exploser et nous envoyer tous deux au royaume des cieux.

– J'en prendrais volontiers le risque plutôt que

de vous laisser poser les pattes sur moi. Ne vous y trompez pas, monsieur Jenks, je sais m'en servir et n'hésiterai pas à le faire. (Elle avança encore son arme.) Maintenant, tournez votre cheval et allez-vous-en. Si je vous vois encore près de mon chariot, je vous tue.

Jenks leva les mains.

– Bon, bon, ma belle, fit-il avec un sourire mauvais. Mais vous n'aurez pas toujours ce *collier* sous la main. Je vous surprendrai sans lui et alors, nous verrons ce que nous verrons.

Il fit pivoter son cheval et Charlotte resta tendue jusqu'au moment où elle n'entendit plus le bruit des sabots du cheval qui s'éloignait au galop. Puis elle se sentit devenir toute faible de soulagement et remercia le ciel d'avoir eu la prévoyance de prendre le revolver avec elle.

Elle arrêta l'attelage et resta recroquevillée sur son siège en frissonnant pendant un moment. Cob Jenks était un homme dangereux, que rien n'arrêterait. Elle envisagea d'abandonner son projet. Si elle devait rester sur ses gardes à tout instant, comment pourrait-elle réussir ?

Puis elle se redressa avec détermination. Jenks avait sans nul doute voulu la décourager mais il n'y parviendrait pas. Elle l'avait chassé cette fois et le ferait encore si nécessaire.

Elle secoua les guides et repartit.

Durant les jours qui suivirent, Charlotte se détendit peu à peu car elle ne fut plus importunée. Elle en conclut que Jenks, comme la plupart des crapules, n'était au fond qu'un lâche; il la laisserait tranquille maintenant qu'elle lui avait montré qu'elle était prête à résister.

Ce qui contribuait à lui remonter le moral, c'était le succès de son entreprise. Tous les commerçants chez qui elle s'arrêtait l'attendaient avec impatience. Ils n'avaient pas d'autres sources d'approvisionnement et ne comptaient que sur elle. Sa première tournée lui avait préparé le chemin et bientôt elle se rendit compte qu'elle aurait pu amener un chargement deux fois plus important. Un autre facteur contribuait à la rapidité de son voyage. Les commerçants, dans la plupart des cas, avaient amassé de l'argent liquide en prévision de son passage et elle n'avait pas autant de troc à faire.

Il devint bientôt évident qu'elle se débarrasserait de tout son tabac en une semaine, ce qui était inespéré. Plus tôt elle pourrait retourner chercher un autre chargement, mieux ce serait.

Elle travailla par conséquent plus longtemps tous les jours qu'elle ne l'aurait fait normalement, restant sur les routes jusqu'après le coucher du soleil. L'un des inconvénients qui en résultaient était qu'elle ne trouvait pas toujours d'endroit convenable pour dresser son campement avant la tombée de la nuit.

Un jour, elle se trouva sur une route longtemps après le coucher du soleil, cherchant en vain un emplacement pour s'arrêter. Elle était quelque part en Caroline du Sud et croyait se souvenir qu'il y avait un ruisseau non loin d'où elle se trouvait. Mais après la tombée de la nuit, ne voyant plus rien, elle décida de s'arrêter au bord de la route dès qu'elle le pourrait.

Elle se redressa en entendant un bruit de cavalcade derrière elle. Étant donné que rien ne s'était passé depuis son affrontement avec Cob Jenks, elle avait cessé de placer le revolver sur le siège à portée de main. Elle se retourna et le chercha fébrilement à tâtons sur le plancher du chariot.

Juste au moment où ses doigts se refermaient dessus, elle sentit quelqu'un bondir sur le siège. Elle se retourna vivement, le revolver au poing, et aperçut un visage connu penché sur elle – Cob Jenks !

Charlotte arma le revolver et le visa au visage.

Avant qu'elle ne puisse appuyer sur la détente, quelqu'un lui saisit le bras et le lui tira vers le haut. Le coup partit en l'air, inoffensif. Ce n'est que lorsque son bras fut tordu cruellement vers l'arrière, la faisant crier de douleur, qu'elle se rendit compte qu'un deuxième homme se trouvait sur le siège. La douleur l'obligea à lâcher l'arme qui tomba par terre.

Jenks se mit à rire.

— Eh bien, ma belle ! Pas si fière maintenant, n'est-ce pas ? Descendons-la de ce maudit chariot, Jess. (Il éleva la voix.) Barney ! Donnez-nous un coup de main pour maîtriser cette garce.

Ils étaient trois, au moins trois. Avant qu'elle n'ait eu le temps de retrouver ses esprits pour se débattre, trois paires de mains la saisirent et la jetèrent brutalement sur le sol. Elle eut le souffle coupé. Ils la relevèrent immédiatement et la traînèrent hors de la route.

— Que faites-vous ? parvint-elle à dire.

Jenks se mit à rire, d'un rire aigu et grinçant qui la fit frissonner.

— Vous le verrez bientôt, ma belle. Quand on en aura fini avec vous, vous ne penserez qu'à trouver un trou pour vous cacher et vous oublierez votre tabac.

Elle commença à se débattre mais c'était inutile. Elle n'avait pas la moindre chance contre trois hommes. Deux d'entre eux lui tenaient fermement les bras et Jenks était derrière elle. Elle sentit qu'il retroussait ses jupes puis qu'il la tripotait avec avidité.

Elle ouvrit la bouche et poussa un hurlement strident. Un coup sur la tête l'assomma à moitié et une main calleuse vint se plaquer sur sa bouche.

5

Ben Ascher avait entendu dire que Charlotte King était revenue dans le secteur avec un nouveau chargement de tabac et, depuis trois jours, il essayait de la rejoindre.

Ce jour-là, d'après les renseignements fournis par un commerçant, il n'était plus qu'à une heure derrière elle. Étant donné qu'il roulait en charrette, Ben avait calculé qu'il la rattraperait d'un moment à l'autre. Pourtant, à la tombée de la nuit, il n'avait pas encore aperçu son chariot.

Il poursuivit son chemin, décidé à la rejoindre, maintenant son cheval au pas. La lune était à demi cachée par les nuages et il ne voyait pas très loin devant lui.

La journée avait été longue et il somnolait sur le siège lorsqu'il fut réveillé par un cahot. Son cheval hennit et se cabra dans les brancards. Instantanément en alerte, Ben reprit les guides et arrêta la charrette.

Il apercevait un chariot couvert droit devant lui, au milieu de la route. Un sentiment de danger fit vibrer tous ses nerfs. À présent, il voyait trois chevaux sellés attachés au chariot. Pourtant, il n'y avait pas trace de leurs cavaliers. Le chariot ressemblait à celui de Charlotte mais où était-elle ? Et où étaient les cavaliers des trois chevaux ?

Ben attacha les guides et se préparait à sauter à terre lorsqu'il entendit un cri strident s'élever du bouquet d'arbres à droite de la route. Il s'immobilisa puis saisit rapidement le colt qu'il gardait dans le coffre, sous son siège, et descendit.

Tandis qu'il repérait les alentours, le cri s'éleva à nouveau, étouffé cette fois. Le colt au poing,

Ben s'avança en direction d'où il venait. Il avait envie de foncer droit devant mais se retint, sachant qu'il y avait trois hommes. Il ne serait d'aucune aide à Charlotte s'il tombait, tête baissée, dans une embuscade.

Il quitta la route et s'avança sous les arbres. Il entendait des bruits de lutte à présent puis une voix rageuse.

— Bon sang, vous ne pouvez pas, à deux, tenir cette garce tranquille pendant que je descends mon pantalon ?

Ben se cacha derrière un arbre. Il passa la tête derrière, juste au moment où la lune perçait à travers les nuages. Ce qu'il vit lui coupa le souffle. Charlotte était étendue par terre, écartelée. De chaque côté d'elle, un homme essayait de l'immobiliser. Un autre était agenouillé entre ses cuisses écartées. La robe de Charlotte était remontée jusqu'à la taille et découvrait ses jambes.

La colère aveugla Ben. Sans plus de précautions, il contourna l'arbre, tenant son revolver à deux mains.

— Pas un geste ! Je ferai voler la cervelle en éclats au premier qui bouge.

Les trois hommes restèrent pétrifiés, le regardant bouche bée. Ben se rapprocha pour qu'ils voient bien le colt.

L'un des hommes qui tenaient Charlotte la lâcha, bondit sur ses pieds et plongea la main sous son manteau. Ben tira et la balle souleva un nuage de poussière entre les pieds de l'homme.

— La prochaine sera mortelle, dit-il d'une voix rude. C'est le seul coup de semonce que je tirerai. Maintenant... levez-vous tous.

Les deux individus encore à genoux se redressèrent lentement. Ben remarqua que celui qui était devant Charlotte était un homme laid, au visage de brute. Il devina que c'était leur chef.

— Vous, là-bas ! (Ben pointa son arme sur lui.)

Sortez votre revolver de son étui et jetez-le par terre.

– Écoutez, étranger, tout ça ne vous regarde pas, dit l'homme d'une voix rauque. Pourquoi vous en mêlez-vous ?

– J'en fais mon affaire, dit Ben. Obéissez ou je vous tire une balle dans la jambe et vous partirez d'ici en rampant.

L'homme prit son arme et la jeta.

– Vous deux, faites-en autant et vite. Ma patience est à bout.

Lorsque les trois armes furent par terre, Ben redressa son colt.

– J'ai vu trois chevaux attachés là-bas. Reculez jusqu'à la route puis montez et filez. Il me reste cinq cartouches et, croyez-moi, je suis bon tireur.

Deux des hommes reculèrent tout de suite mais leur chef s'attarda.

– Écoutez, monsieur... (Il fit un geste.) Et nos revolvers ? Ce n'est pas prudent de voyager sans arme par les temps qui courent.

Ben grimaça un sourire.

– Je les garde. Appelons ça un butin de guerre. Maintenant, filez.

L'homme s'éloigna de mauvais gré. Ben jeta un bref regard vers Charlotte. Elle était immobile et il supposa qu'elle s'était évanouie. Il avait hâte de la réconforter mais n'osait le faire avant de s'être assuré du départ des trois vauriens. Il se pencha pour rabattre sa robe puis s'avança rapidement entre les arbres vers la route.

Il resta aux aguets jusqu'à ce qu'il entende le bruit des sabots s'éloigner vers le nord. Il s'obligea à rester immobile jusqu'à ce que le silence revienne, puis retourna en toute hâte vers Charlotte.

Tandis qu'il s'agenouillait à ses côtés, elle remua en gémissant. De la main, Ben lui souleva doucement la tête.

– Mademoiselle King, vous allez bien ?

Elle ouvrit les yeux mais le regarda sans le reconnaître.

– Ils sont partis, s'empressa-t-il de dire. Je suis Ben Ascher. Vous vous souvenez de moi ?

– Monsieur Ascher ? (Elle s'interrompit, ferma les yeux puis les rouvrit.) Oui, je me souviens de vous. Ils sont partis ? Dieu merci ! Et merci d'être arrivé au moment opportun.

– Vous n'avez rien ? demanda-t-il, inquiet. Ils ne vous ont pas...

– Non, vous êtes arrivé à temps, dit-elle d'une voix faible. Seules ma dignité et ma fierté ont souffert.

– Le garçon avec qui vous étiez... lui ont-ils fait quelque chose ?

– Il n'est pas avec moi. Je suis toute seule.

– Ce n'est pas prudent, mademoiselle King, dit-il sévèrement. Il y a beaucoup d'hommes brutaux et prêts à tout qui rôdent, de nuit, sur ces routes. Comme ces trois-là.

– Je n'avais pas le choix et ce n'est pas par hasard que ces trois hommes m'ont attaquée. Je connais leur chef, un dénommé Cob Jenks. Il est de Durham.

– Vous les connaissez ! s'exclama Ben, surpris. Vous voulez dire qu'ils vous ont suivie à dessein ?

– Oui... monsieur Ascher, c'est une longue histoire et je veux bien vous la raconter mais est-ce que cela peut attendre jusqu'à ce que nous ayons établi notre campement ? Vous êtes... (Prise soudain de panique, elle s'accrocha à son bras.) Vous resterez près de moi cette nuit ? Je ne sais pas ce que je ferais s'ils revenaient.

– Il ne me viendrait pas à l'esprit de vous laisser toute seule cette nuit. Je connais bien cette route. À environ deux kilomètres, il y a une petite clairière au bord d'un ruisseau. C'est un endroit idéal pour camper. Je vous guiderai avec ma charrette, mademoiselle King.

Après l'avoir aidée à s'installer dans son chariot, Ben remonta sur sa charrette et la conduisit jusqu'à l'endroit dont il lui avait parlé. Lorsque Charlotte arrêta son attelage derrière lui, il détela ses chevaux puis le sien pendant que Charlotte déchargeait de la nourriture et des ustensiles de cuisine. Ben remplit trois seaux d'avoine de ses propres réserves, attacha les chevaux et les laissa manger en toute quiétude. Puis il ramassa rapidement du bois mort et fit un feu.

— Voulez-vous préparer le dîner, demanda-t-il, ou bien préférez-vous que je le fasse ? J'ai appris à bien faire la cuisine pendant mes voyages.

À la lueur du feu, le sourire de Charlotte était encore hésitant.

— Non, je vais le faire, monsieur Ascher. Cela m'occupera l'esprit et me fera oublier ce qui vient de se passer.

Tandis que Charlotte préparait du café, une galette de maïs, et faisait réchauffer un reste de ragoût de la veille, Ben, devinant qu'elle n'était pas encore prête à parler des événements de la nuit, se mit à bavarder à bâtons rompus.

— D'après ce que j'ai entendu dire, vous avez eu du succès avec la vente de votre tabac.

Cette fois, elle sourit plus fermement.

— Oui, grâce à vous.

— Qu'ai-je à voir là-dedans ?

— Les conseils que vous m'avez donnés lors de mon premier voyage m'ont été d'une grande aide. C'est grâce à eux que cette tournée a été un succès et celle-ci promet d'être encore plus fructueuse. Sans vous, j'aurais échoué lamentablement, j'en suis persuadée.

Ben se sentit un peu embarrassé.

— N'importe qui en aurait fait autant.

— C'est faux, monsieur Ascher. Je suis une concurrente pour vous et beaucoup de gens feraient tout leur possible pour ne pas favoriser quelqu'un qui peut leur porter ombrage. Voulez-vous me passer votre assiette ? (Ben lui tendit son assiette de fer et Charlotte le servit.) J'espère que vous n'avez rien contre le ragoût réchauffé ?

— Rien du tout. (Il prit quelques bouchées.) Il est délicieux et la galette aussi.

Ils se turent un moment et mangèrent avec appétit. Ben remarqua que Charlotte semblait retrouver ses esprits. C'était une femme de caractère, et il faudrait plus qu'une tentative de viol de la part de trois vauriens pour la décourager.

— J'admets que je suis intrigué, mademoiselle King. Comment se fait-il qu'une femme comme vous se soit lancée dans le colportage du tabac ?

— Une femme comme moi ?

Elle le regarda attentivement.

— Ce que je voulais dire, fit-il en rougissant, c'est qu'il est inhabituel de voir une femme faire ce métier. Vous êtes une jeune personne de bonne éducation et j'ai pensé... (Confus, il se mit à rire.) Je m'enfonce, n'est-ce pas ? Mais il est inhabituel, par les temps qui courent, de voir une femme faire ce travail.

— D'une certaine façon, j'y ai été contrainte, monsieur Ascher...

— Je vous en prie, appelez-moi Ben.

— Très bien, Ben, à condition que vous m'appeliez Charlotte. Je pense que les services que vous m'avez rendus vous en donnent le droit.

Ben sourit.

— J'accepte le marché. Maintenant, pardonnez mon interruption et continuez votre histoire.

Commençant par la mort de son père et la manière dont elle avait réussi à cacher le tabac, Charlotte lui raconta tout ce qui lui était arrivé. C'était la première fois qu'elle se confiait ainsi à quelqu'un et elle se sentit soulagée d'un grand poids lorsqu'elle eut terminé.

— Ce Lutcher m'a l'air d'un véritable scélérat,

dit Ben pensivement. Vous croyez vraiment que c'est lui qui a envoyé ce Jenks et ses acolytes après vous ?

– J'en suis convaincue. Jenks n'avait pas d'autre raison de me suivre. Il n'y a du moins aucun doute que c'est lui qui a répandu ces ignobles ragots sur mon compte.

– Lutcher doit être à demi fou pour en arriver à de telles extrémités.

– Je suppose que j'ai commis une erreur en lui disant ce que je lui ai dit. Mais je ne le regrette pas. Ce n'est que la stricte vérité. Cependant, en dehors de cela, Sload Lutcher a peur que les autres planteurs ne me vendent leur tabac, si je réussis dans mes projets, et qu'il vienne à en manquer pour sa fabrique. Je ne peux qu'espérer... (Elle eut soudain un frisson.) J'espère que vous aurez découragé ces hommes et qu'ils ne reviendront pas.

Il se pencha vers elle et lui prit la main.

– Vous n'allez pas continuer seule, Charlotte. J'ai pris la décision de vous accompagner jusqu'à ce que vous ayez vendu tout votre tabac.

Charlotte regarda la main de Ben qui tenait la sienne. Cela déclencha un tumulte de sentiments et elle voulut la retirer puis conclut qu'elle accordait peut-être trop d'importance à un geste amical.

– Je ne peux pas vous permettre de faire cela; vous perdriez sans doute de l'argent en m'accompagnant. Ce n'est pas que je n'apprécie pas votre offre, ajouta-t-elle. C'est très amical de votre part.

– Je n'ai pas d'itinéraire bien défini. Les magasins que vous visiterez font partie de mes clients aussi. De cette façon, j'allierai les affaires et le plaisir, car ce sera un véritable plaisir pour moi, je vous l'assure, Charlotte.

Il souriait avec tendresse et ses yeux brillaient chaleureusement. Encore plus confuse, Charlotte bondit sur ses pieds.

– La journée a été longue et éprouvante et je

l'oublierais volontiers. Je vais laver les plats et me coucher.

Ben se leva aussi et se mit à l'aider. Lorsqu'ils eurent fini, il recouvrit le feu de terre et Charlotte alla faire son lit.

– Je vais dérouler mes couvertures sous le chariot, Charlotte. Ainsi, je serai à proximité avec mon arme. J'ai le sommeil léger. C'est une chose que j'ai apprise à acquérir durant mes pérégrinations sur les routes. Cela m'a sauvé la vie plus d'une fois.

Charlotte grimpa sur le chariot pour aller se coucher.

– Bonsoir, Ben, et merci encore.

Son visage faisait une tache lumineuse dans le clair de lune.

– Bonne nuit, Charlotte, dit-il avec douceur.

Charlotte se déshabilla rapidement et se glissa entre ses couvertures. C'était rassurant de savoir qu'un homme dormait sous le chariot à portée de voix. Cela lui donnait un sentiment de sécurité qu'elle n'avait pas éprouvé depuis la mort de son père. Ben Ascher était un homme très capable, en pleine possession de ses moyens. Elle pensa avec chaleur à la manière dont il avait maîtrisé les trois bandits...

Elle s'efforça de détourner ses pensées de cet épisode, décidée à oublier Jenks et ses acolytes.

Pourtant, lorsqu'elle s'endormit, son sommeil fut troublé par des cauchemars.

Ben avait, en effet, le sommeil léger mais il était également capable de s'endormir immédiatement lorsqu'il se couchait. Ce soir, il n'y parvenait pas. Il ressentait avec acuité la présence de Charlotte King à quelques centimètres au-dessus de sa tête et il repensait au moment où il lui avait pris la main. À ce contact, il avait ressenti une vague de chaleur l'envahir.

Charlotte était une femme ravissante, chaleureuse et ouverte, et Ben savait que sa première réaction se confirmait : il était amoureux d'elle. Le coup de foudre était une chose dont il avait entendu parler mais à laquelle il n'avait jamais cru. Maintenant il constatait que cela pouvait arriver.

Il s'endormit enfin mais fut bientôt réveillé par un cri. Il rejeta ses couvertures, saisit son colt et s'accroupit à la limite du chariot, prêt à bondir, tous les sens en éveil. Pourtant, il ne vit rien aux alentours : ni hommes ni chevaux.

Il grimpa sur le siège, écarta la toile et se pencha à l'intérieur. Un rayon de lune éclaira Charlotte. Tandis qu'il l'observait, elle gémit et fit un geste brusque du bras. Il était évident qu'elle rêvait.

Après un instant d'hésitation, Ben se glissa à l'intérieur, laissant son arme sur le siège. Il lui prit les mains et l'appela doucement par son nom.

Elle ouvrit les yeux lentement et le dévisagea.

– Tout va bien, Charlotte, dit-il d'un ton apaisant. Vous ne faisiez qu'un mauvais rêve.

– Ben, murmura-t-elle en s'agrippant à ses mains comme si elle cherchait du réconfort.

Puis elle l'attira vers elle. Après un instant de résistance, il souleva la couverture et s'étendit auprès d'elle.

À moitié endormie, Charlotte se blottit contre lui et posa la tête sur son épaule. Encore tout tiède de sommeil, son corps était d'une infinie douceur entre les bras de Ben et il se mit à la désirer avec une acuité presque douloureuse.

Je serais le pire des salauds, pensa-t-il, si je profitais d'elle maintenant.

Elle bougea à nouveau, tournant le visage vers lui. Ses cheveux caressèrent son visage. Ses lèvres entrouvertes frôlaient les siennes et il sentit son souffle tiède sur sa joue. Emporté par un désir si puissant qu'il annihilait toute autre pensée, il posa ses lèvres sur celles de Charlotte, avec douceur, prêt à reculer instantanément, si elle résistait. Elle ne le fit pas et son baiser se fit peu à peu plus exigeant. Charlotte, passive au début, l'embrassa bientôt avec une fougue égale à la sienne.

Incapable de se maîtriser, il laissa ses mains la parcourir, découvrant les douces courbes de son corps à travers le voile ténu de sa chemise de nuit.

Lorsqu'elle sentit les lèvres de Ben sur les siennes, Charlotte était encore à moitié endormie. Elle pensa tout d'abord qu'elle faisait un rêve, agréable cette fois car il n'avait rien d'effrayant ni de menaçant. Tandis que son sang s'échauffait sous les douces caresses de Ben, un désir s'éveilla en elle, désir souvent éprouvé durant les années qui avaient suivi son adolescence et qui n'avait jamais été comblé.

La douceur des bras de Ben, ses caresses tendres, contrastaient tellement avec la brutalité de Jenks et de ses acolytes qu'elle les accueillit avec joie. Quelque part dans son subconscient, elle savait que ce qui allait bientôt arriver apaiserait l'attente tourmentée de son corps. Elle n'éprouvait aucun sentiment de bien ou de mal car cela semblait la chose la plus naturelle du monde.

Elle gémit dans les bras de Ben, le corps brûlant d'un désir intense. Sa chemise de nuit était remontée à présent et les mains de Ben étaient sur sa chair.

– C'est bon, si bon, murmura-t-elle.

Lorsque la main de Ben frôla doucement son pubis, elle s'arc-bouta contre lui. Instinctivement, elle tendit la main et l'appuya contre la rigidité tendue de son sexe.

Ben poussa un gémissement et se recula un instant pour se débarrasser de son vêtement. Puis il fut à nouveau contre elle et Charlotte l'accueillit avec un cri étouffé. Lorsqu'il la pénétra, elle ressentit une douleur aiguë bientôt suivie d'un violent plaisir. Elle l'entoura de ses bras, lui caressant le dos dont elle sentait les muscles puissants.

Les sensations éprouvées par ses coups de boutoir étaient nouvelles pour elle et elle frissonna sous l'assaut, parvenant peu à peu à s'adapter à son rythme de plus en plus rapide.

Des lumières brillantes dansaient derrière ses paupières tandis qu'ils atteignaient tous deux le point culminant du plaisir. Elle fut prise d'un spasme et, au même instant, Ben gémit en frissonnant.

Tandis que le tumulte de ses sensations s'apaisait peu à peu, Charlotte se laissa aller à une langueur agréable, serrant Ben contre elle.

Puis elle retrouva lentement ses esprits et prit pleinement conscience de ce qu'elle venait de faire. Selon tous les préceptes qu'on lui avait enseignés, sa conduite était répréhensible.

Mais pourquoi, alors, se sentait-elle tellement bien ? L'esprit encore submergé par ce qui venait de se passer, revivant le tumulte de ses sensations qui avaient tout bouleversé en elle, Charlotte eut envie de rire, mais quelque chose l'avertit de ne pas révéler ses sentiments à Ben.

Elle bougea légèrement en murmurant et Ben roula de côté pour s'étendre auprès d'elle. Lui aussi était tourmenté par des émotions contradictoires. Il sentait qu'il devait s'excuser mais ne savait de quoi au juste. Il avait aussi l'impression que cela gâcherait ce qui venait de se passer. Il avait la certitude à présent, renforcée par leur union physique, qu'il était follement amoureux d'elle. Il aurait voulu lui faire part de ses sentiments mais craignit qu'il ne soit encore trop tôt pour cela.

Finalement, il ne dit rien. Il rajusta ses vêtements et se pencha pour déposer sur ses lèvres un léger baiser – un baiser chaste et rempli de tendresse.

– Bonne nuit, Charlotte, murmura-t-il. Vous dormirez sans rêves maintenant, je l'espère.

Charlotte, comme engourdie, ne prononça que son nom dans un souffle. Après son départ, elle s'endormit et cette fois ne fit pas de cauchemars.

Le lendemain matin, comme par un consentement mutuel et tacite, ils firent tous deux comme si rien ne s'était passé.

Après un rapide petit déjeuner, Ben attela les chevaux au chariot de Charlotte, puis le sien à sa charrette.

— Charlotte, je vais vous suivre. De cette façon, vous pourrez régler l'allure et Jenks ne pourra pas vous surprendre par-derrière.

— Monsieur Ascher... Ben, êtes-vous certain que je ne vous cause pas trop d'embarras ? J'ai la conviction que vous avez effrayé Jenks pour de bon. À l'heure actuelle, il est déjà sans doute à mi-chemin de Durham.

— Je n'en suis pas aussi certain que vous. (Son regard s'appesantit sur elle.) Essayez-vous de vous débarrasser de moi ? Hier soir, vous sembliez heureuse d'avoir ma compagnie pour le reste du voyage.

— Non, non, je ne cherche rien de tel. (Charlotte sentit le rouge lui monter aux joues.) Si vous êtes certain que je ne vous retarde pas, je serai heureuse que vous restiez.

— Vous ne me retarderez pas, dit-il gravement.

Tandis que son chariot se mettait en branle, Charlotte pensait à l'homme qui la suivait. En dépit du plaisir qu'elle avait pris la nuit précédente, le souvenir de leur étreinte lui fit monter le rouge aux joues et enflamma son corps. Pourtant, elle était décidée à ce que cela ne se reproduise plus.

Ce n'était pas qu'elle eût l'impression d'être particulièrement coupable, ainsi que les dames âgées de sa connaissance prétendaient qu'on devait se sentir après un pareil acte. C'était simplement qu'une liaison sentimentale avec Ben Ascher représentait, à ce moment précis, une menace pour son indépendance et pour les vœux qu'elle avait formés de surmonter la pauvreté où l'avait plongée la guerre et de réussir dans la vie.

Son expérience des hommes était limitée. Pourtant, elle devinait que Ben n'était pas du genre à prendre leur aventure à la légère; il pouvait réclamer ou du moins espérer un certain engagement de sa part et elle n'était pas prête pour cela.

À compter de ce moment, elle prendrait soin de garder ses distances avec lui.

Peu après midi, ils s'arrêtèrent devant une boutique de campagne, leur première halte de la journée.

Charlotte remarqua un homme appuyé contre le mur, fumant un fin cigare. Un chapeau de planteur lui dissimulait le visage mais il se redressa et rejeta le chapeau en arrière d'une pichenette. Il y avait quelque chose d'étrangement familier dans son aspect mais elle ne parvenait pas à saisir quoi.

Ben aligna sa charrette le long du chariot. Il sauta à terre pour l'aider à descendre et ils s'avancèrent vers la boutique. En arrivant à la hauteur de l'homme au cigare, Ben poussa une exclamation.

– Clint ! Voilà un plaisir imprévu !

Il y avait une chaleur amicale dans sa voix.

– Bonjour, Ben, fit l'homme d'une voix traînante. Comment va le marchand ambulant ?

– J'aimerais vous présenter un de mes amis, fit Ben. Charlotte King, voici Clint Devlin. Clint est un négociant en coton.

– Comment allez-vous, mademoiselle King ?

Clint Devlin sourit paresseusement et c'est alors que Charlotte comprit.

– Je ne vous avais pas reconnu, monsieur Devlin, tout habillé comme vous l'êtes, dit-elle d'une voix glaciale.

Ces paroles lui avaient échappé et elle fut soudain affreusement gênée. Que penserait Ben ? Elle le regarda du coin de l'œil et vit son expression interdite.

— Je ne comprends pas... dit-il lentement.

— Oui, nous nous sommes déjà rencontrés, mademoiselle King et moi, si l'on peut dire, fit Clint avec un sérieux imperturbable. Mais nous n'avons pas été formellement présentés l'un à l'autre.

Quel homme agaçant, pensa Charlotte, et elle reprit la parole sans réfléchir.

— Où est l'amie qui vous accompagnait, monsieur Devlin ?

— C'était plutôt une compagne de voyage qu'une amie, mademoiselle King, répondit-il, l'air moqueur. À présent, je voyage en solitaire.

À la mention d'une amie de Clint, Ben parut se détendre un peu.

— Cela, Charlotte, est une situation fort inhabituelle. Je ne me souviens guère d'avoir vu Clint sans une... compagne de voyage.

Clint rit en fixant Charlotte dans les yeux.

— Nous avons tous des passes difficiles, Benbo. Même moi. Mais dites-moi, vous voyagez ensemble ?

— Mlle King fait une tournée de colportage de tabac, répondit Ben calmement. Elle a été attaquée par des vauriens la nuit dernière et j'ai eu la chance d'arriver à temps pour lui venir en aide.

Clint se tourna à nouveau vers Charlotte.

— C'est une chance, en effet.

Charlotte fut mortifiée par ce que cette remarque impliquait.

— Je suis très reconnaissante envers M. Ascher, dit-elle avec colère. Il a été assez galant pour me secourir dans une situation dangereuse et a consenti à m'accompagner pendant le reste de ma tournée.

— Si vous avez besoin d'un autre chevalier servant, je serai toujours disponible, répliqua Clint froidement.

Charlotte, excédée par les manières arrogantes

de Devlin, le toisa d'un air glacial et entra dans la boutique.

Ben ne parla plus de Clint Devlin jusqu'à ce qu'ils aient dressé leur campement ce soir-là. Charlotte avait été distante toute la journée, furieuse contre Clint Devlin et encore plus contre elle-même. Si Devlin avait de telles pensées en la voyant voyager en compagnie de Ben, combien d'autres personnes pensaient la même chose ? Elle en rougit, non sans raison. Le mieux serait de se séparer de Ben mais elle hésitait à le faire pour deux raisons. D'abord, ce serait grossier de sa part après ce qu'il avait fait pour elle; ensuite, bien qu'elle refusât de se l'avouer, elle craignait toujours que Jenks et ses deux acolytes ne surgissent à nouveau.

— Vous savez, Charlotte, dit Ben au cours de leur repas, je ne prendrais pas trop à cœur les remarques de Clint Devlin. Il adore taquiner les gens. C'est aussi un cynique impénitent et il a tendance à attribuer aux autres ses propres défauts. Au fait, comment avez-vous fait sa connaissance ?

— Nous avons campé à proximité l'un de l'autre un soir, répondit-elle d'un air dégagé. Nous nous sommes aperçus par hasard sans avoir été présentés. (Elle but une gorgée de café.) Si Devlin pense au pire, que croiront les autres gens ?

— Qu'est devenue la Charlotte King qui défiait les ragots de Durham ? demanda Ben avec une pointe d'ironie.

Elle rougit sous son regard scrutateur.

— Ces ragots-là concernaient un jeune garçon. Seuls les gens à l'esprit mal tourné pouvaient y ajouter foi.

— Charlotte, les personnes avec qui vous êtes en contact ici ne sont pas vos voisins. Elles ne s'intéressent qu'aux affaires qu'elles font avec vous, pas à votre vie privée.

Elle remplit à nouveau l'assiette de Ben.

– Heureusement, il ne reste plus qu'une journée avant que tout mon tabac ne soit vendu, dit-elle avec satisfaction. Après, je pourrai repartir chez moi et vous, poursuivre votre chemin, Ben.

– Vous essayez encore de vous débarrasser de moi ?

– Non, bien sûr, répondit-elle trop vite, mais je me sens coupable de vous gêner dans vos affaires.

– Vous n'allez pas me lâcher aussi facilement. Vous semblez avoir oublié Jenks. Il pourrait encore vous guetter. Non, ma chère Charlotte, je reste avec vous jusqu'à ce que vous soyez en sécurité à Durham.

– Je ne peux pas vous laisser faire cela, Ben, dit-elle, consternée. Vous avez vos propres affaires qui vous attendent.

– Est-ce pour cela que vous vous inquiétez ou bien avez-vous peur de ce que vos voisins pourront penser s'ils vous voient revenir en ma compagnie ? demanda-t-il. Quant à mes affaires, j'ai envisagé d'étendre mon territoire et Durham me paraît un excellent endroit pour commencer. (Ses yeux pétillèrent de malice.) Surtout à présent que j'y connais quelqu'un.

Charlotte se tut et se remit à manger. Ben Ascher était tenace, c'était certain. En vérité, elle n'était pas mécontente qu'il l'accompagnât jusqu'à sa demeure. En effet, elle aurait près de mille dollars sur elle dont la plus grande partie reviendrait aux fermiers. Si Jenks l'attendait sur le chemin du retour et la dépouillait, elle ne pourrait jamais affronter les fermiers qui lui avaient fait confiance.

En même temps, elle craignait le moment où il faudrait se coucher ce soir. Que faire s'il insistait pour...

Elle sentit son visage s'enflammer à nouveau. Avait-elle peur de lui ou d'elle-même ? Aurait-elle la force de dire non, alors que le souvenir de la nuit dernière était encore présent à son esprit ?

Comment puis-je espérer le repousser, pensa-t-elle avec une pointe d'humour, puisque c'est un homme et qu'il est beaucoup plus fort que moi ?

Non sans quelque regret, elle n'eut pas à le repousser. Lorsque le moment vint de se coucher, Ben lui dit simplement :

– Bonne nuit, chère Charlotte. Dormez bien.

Il l'aida à monter sur le chariot puis lui tourna le dos et retourna auprès du feu pour boire une dernière tasse de café. Charlotte l'observa pendant qu'il s'accroupissait auprès du feu. N'avait-il pas apprécié la nuit précédente ? Elle se rendit compte qu'elle était blessée par son attitude désinvolte. C'était le rôle de la femme de repousser l'homme, pas le contraire.

Elle sourit de son ressentiment mais elle se sentait encore vexée lorsqu'elle se glissa sous les draps.

Ben, couché sous le chariot, resta longtemps éveillé, troublé par la proximité de Charlotte. Il savait que ce serait une erreur d'essayer de s'imposer à elle ce soir, surtout sans incitation de sa part, et Charlotte ne lui avait donné aucun signe de cet ordre.

Par tempérament, Ben était un homme patient. Il avait constaté que le vieil adage : « Tout vient à point à qui sait attendre », était applicable à la plupart des situations. Il n'avait certes jamais eu l'occasion de le faire dans une relation amoureuse; mais puisqu'il désirait conserver avec Charlotte des contacts durables, il jugea sage de s'armer de patience.

Malheureusement, la logique n'apaisa pas ses élans physiques et il attendit en vain d'entendre Charlotte crier dans son sommeil pour avoir un prétexte d'aller la rejoindre.

Charlotte vendit le reste de son tabac le lendemain et son chariot reprit la direction de Durham.

Elle n'essaya plus de dissuader Ben de l'accompagner car elle se sentait vraiment plus en sécurité avec lui.

Leurs journées s'écoulaient agréablement mais, à l'heure du coucher, ils étaient attentifs à ne pas dire un mot de trop. Pas un soir, ils ne partagèrent la même couche.

Cob Jenks et ses hommes n'avaient plus donné signe de vie et Charlotte les avait presque oubliés lorsqu'elle arrêta le chariot devant sa maison.

Puis, au moment où elle tendait les guides, Jenks apparut sur la véranda. Charlotte blanchit de peur. Puis la colère la prit. Comment osait-il venir chez elle, dans sa maison ?

Ben se hâta de la rejoindre pour l'aider à descendre.

— Ne vous inquiétez pas, Charlotte, dit-il à voix basse. Je m'en charge. (Sa main se referma sur la crosse de son colt.) Restez là pendant que je lui parle.

— Non ! Il n'a aucun droit ici.

Elle repoussa sa main et s'avança vers la véranda.

— Que faites-vous chez moi ? J'exige que vous partiez tout de suite.

Jenks s'appuya contre un pilier de la véranda et sourit d'un air insolent.

— Je suggère que vous fassiez ce qu'elle vous dit, Jenks, fit Ben en s'avançant. C'est sa propriété et vous violez la loi.

Jenks se redressa.

— Ce n'est plus votre propriété, ma belle.

— Que dites-vous ? demanda Charlotte, désorientée. Où est mon frère ?

Jenks haussa les épaules.

— La dernière fois que j'ai entendu parler de lui, il était à Durham. Quant à ce que je disais, votre frère a vendu la plantation avec tout ce qui s'y trouve à M. Lutcher. Voici le contrat de vente. (Il sortit un papier et l'agita.) Tout est parfaitement légal.

– Je ne vous crois pas ! s'écria Charlotte avec colère.

– Voyons, ma belle, le nom inscrit en bas de l'acte est Jefferson King. C'est bien votre frère, non ?

– Si son nom s'y trouve, c'est qu'on l'a contraint à signer, répliqua Charlotte, les dents serrées.

Jenks éclata de rire.

– La seule chose qui l'y ait contraint, c'est tout l'argent qu'il devait pour l'alcool, les filles et le jeu. M. Lutcher a dû payer ses dettes... (Il consulta à nouveau le papier.) Plus mille dollars en liquide, dit l'acte de vente. (Son visage prit une expression mauvaise.) C'est donc vous qui n'avez plus rien à faire ici. Cette propriété appartient à M. Lutcher et cela comprend tout ce qu'il y a dans la maison. Considérez-vous heureuse que je vous laisse ce chariot et les chevaux en plus.

Charlotte leva la tête avec défi.

– Cette maison m'appartient. Il faudra que vous me jetiez dehors.

Jenks ricana :

– Je peux le faire si cela devient nécessaire. Hé, vous autres, venez voir.

Deux hommes armés de fusils le rejoignirent.

Ben lui posa la main sur l'épaule.

– Charlotte, nous ne pouvons rien faire ici. Allons en ville voir un avocat pour savoir quels sont vos droits.

Charlotte se laissa emmener. Sur le siège du chariot, tandis qu'elle s'éloignait de la maison qui avait été la sienne pendant vingt-deux ans, elle était aveuglée par des larmes de désespoir.

6

Jeff King, pieds nus et vêtu seulement d'un pantalon, était assis dans le fauteuil râpé d'une chambre d'hôtel miteuse, un verre de bourbon à la main. Il fixait le mur d'un regard vide, s'efforçant de ne pas penser.

Il sursauta au coup frappé à la porte et eut un geste brusque de la main, faisant gicler l'alcool hors de son verre. Il posa celui-ci sur le sol, se leva et se dirigea d'un pas incertain vers la porte.

Une femme plantureuse, maquillée à outrance, se tenait sur le seuil.

– C'est vous, Jefferson King ? (Il hocha la tête.) Je m'appelle May. Cob Jenks m'envoie.

Le regard de Jeff s'attarda sur les rondeurs qui débordaient de son corsage.

– Entrez, May.

Elle s'avança dans la pièce, laissant sur son passage une traînée de parfum capiteux. Jeff ferma la porte et poussa le verrou.

Lorsqu'il se tourna vers elle, May était déjà à côté du lit et enlevait sa robe. Elle ne portait pas grand-chose dessous et se retrouva nue en quelques secondes. Elle lui lança un regard séducteur, s'étendit sur le lit et lui fit signe d'approcher.

– Je suis prête, mon chou.

Jeff enleva son pantalon et la rejoignit, espérant trouver un moment d'oubli. Il n'était même pas certain d'être à la hauteur – il n'avait cessé de boire tout l'après-midi. Mais May avait du métier et eut tôt fait de l'éveiller. Il se retrouva bientôt en elle.

Tandis qu'il la pénétrait, May roucoula :

– C'est ça, mon chou. Vous êtes un vrai homme,

contrairement à bien d'autres que je connais. Dépêchons-nous maintenant… c'est ça !

Jeff atteignit très vite un bref spasme de plaisir
et elle s'écarta rapidement, se leva et se rhabilla.

Il resta étendu sur le lit à l'observer. C'est cela
l'ennui, avec une professionnelle, pensa-t-il, tout
va trop vite. Avec une autre femme, il aurait
peut-être pu sombrer dans l'oubli plus longtemps.
Mais quelle femme voudrait de lui, un infirme,
sans être payée ?

Il songea à demander à May de rester pour la
nuit mais à présent son faible désir avait été apaisé
et il était rempli de dégoût – non seulement d'elle
et de son visage vulgaire, mais aussi de lui-même.

Tandis qu'elle s'apprêtait à partir, Jeff s'assit sur
le bord du lit.

– L'argent est sur la commode contre le mur.

– Inutile, mon chou. (Elle lui fit un sourire de
commande.) Cob Jenks m'a déjà payée. Il m'a dit
que vous pouviez considérer cela comme une prime.

Jeff refoula un éclat de rire amer. Une prime !
Les trente deniers payés à Judas ! Il avait trahi sa
propre sœur et maintenant il recevait en prime un
salaire de Judas – une catin.

Lorsque la porte se referma sur May, Jeff se
leva, remit son pantalon et se versa un verre de
bourbon puis tira le fauteuil vers la fenêtre.

Il s'assit et contempla la nuit qui tombait sur les
rues de Durham.

Jeff savait qu'il s'était mal conduit depuis son
retour mais il ne pouvait pas s'en empêcher. Il
mettait ses erreurs sur le compte de la guerre. Si
le Sud avait été victorieux, il en serait peut-être
sorti intact mais avec la défaite, son âme était
marquée au-delà de toute rédemption.

Il avait lutté contre la séduction de l'argent de
Lutcher mais il ne se sentait redevenir un homme
que lorsqu'il était imbibé d'alcool et dans les bras
d'une femme; ou encore lorsqu'il était assis à une

table de poker avec des cartes en main. L'argent posé devant lui sur la table, celui de Lutcher, le mettait sur le même pied que les autres joueurs. Mais Jeff n'avait jamais été bon au poker et l'alcool dont il abusait le rendait encore plus médiocre, le faisant perdre régulièrement. Il y avait cependant toujours l'espoir que le jeu suivant serait le départ d'une période de chance, qu'il gagnerait gros et pourrait ainsi aller trouver Charlotte, les poches pleines d'argent, suscitant son admiration.

C'était son dû. De frustration, il donna un coup de poing sur le bras du fauteuil et but. Il avait vécu presque quatre ans d'enfer et ce n'était pas juste qu'à son retour il soit contraint de gratter la terre comme le dernier des ouvriers agricoles. Il méritait mieux que cela.

Pendant la première absence de Charlotte, il avait emprunté sept cents dollars à Sload Lutcher pour se procurer de l'alcool et des femmes. Il avait la certitude de pouvoir gagner assez au jeu pour pouvoir rembourser sa dette; mais il n'avait pas eu de chance et avait perdu tout ce qui lui restait.

Il avait essayé de dire à Charlotte à quel point il était malheureux qu'elle soit contrainte de rembourser cet argent avec ce qu'elle avait gagné mais elle avait refusé de l'écouter.

Se rendant compte à quel point elle était bouleversée par la mort de leur mère, il ne lui en avait pas voulu. Le lendemain de son deuxième départ, Jeff était allé trouver Lutcher, certain que sa chance au poker allait tourner. En une nuit, il avait perdu les mille dollars qu'il avait empruntés. Lorsqu'il était allé revoir Lutcher pour en redemander, celui-ci n'y avait consenti qu'à condition que Jeff lui vende la propriété. Contre sa signature sur l'acte de vente, il annulerait sa dette et lui donnerait mille dollars de plus.

Jeff y avait consenti en fin de compte, se disant que la ferme ne valait plus rien, de toute façon.

Avec mille dollars de plus, il pourrait regagner l'argent perdu et installer Charlotte luxueusement à Durham; une ferme n'était pas un endroit pour une femme de la classe de Charlotte. S'il la laissait faire, elle gâcherait sa vie là-bas. Il lui faisait une faveur, en somme.

Cependant, ses beaux projets avaient échoué une fois de plus. Que faire à présent ? Il lui restait environ cinquante dollars, à peine assez pour payer ses repas et sa note d'hôtel pour une semaine.

Une idée lui traversa l'esprit. Charlotte serait de retour d'un jour à l'autre à présent. Si cette tournée avait été aussi réussie que la précédente, elle aurait de l'argent. En laissant passer quelques jours pour lui donner le temps de surmonter le choc que lui ferait la nouvelle de la vente de la ferme, il pourrait peut-être se faire entendre d'elle...

Non ! Il se frappa la cuisse du poing. Un homme ne pouvait s'humilier que jusqu'à un certain point. D'ailleurs, la coupe était pleine; elle ne lui pardonnerait jamais cette dernière trahison.

Lutcher avait laissé entendre qu'il pourrait lui trouver quelque chose. Jeff répugnait à aller le retrouver mais s'il n'avait pas d'autre choix...

Il but le reste de la bouteille, tituba jusqu'au lit et sombra dans le sommeil.

Lorsque Charlotte alla consulter un avocat à Durham, Ben l'accompagnait. Ralph Chambers avait la soixantaine et exerçait à Durham depuis longtemps. Il était respecté, très compétent, et le père de Charlotte avait fait appel à ses services dans les quelques occasions où il avait eu besoin de conseils juridiques.

Grassouillet, le visage charnu avec des bajoues semblables à celles d'un chien courant, Chambers arborait toujours une expression sinistre qui le devint encore plus lorsque Charlotte lui eut exposé ses malheurs.

— Mademoiselle King, dit-il avec un soupir, il n'y a pas grand-chose à faire d'après moi. Vous pouvez traîner votre frère et ce Sload Lutcher devant un tribunal mais, à mon avis, cela vous coûterait cher et en fin de compte vous n'y gagneriez rien.

— Mais je dois avoir un certain nombre de droits ! s'écria Charlotte.

— Je crains que non, mademoiselle King. Selon la loi, le fils aîné est considéré comme le seul héritier. Votre frère avait parfaitement le droit de vendre la propriété. Ne vous méprenez pas; je pense que lui et Lutcher sont méprisables de ne pas avoir tenu compte de vos souhaits en la matière. Hélas, la morale n'a aucun poids dans une affaire de cette nature.

— Ce que vous dites, c'est que les femmes n'ont aucun droit légal, fit-elle avec amertume.

— C'est malheureusement vrai, surtout en ce qui concerne les droits de propriété, répondit-il. Peut-être qu'un jour cela changera mais, dans ce cas précis, vous n'avez aucun recours légal. Ceci n'est que mon opinion et vous voudrez peut-être consulter un autre avocat sur ce point.

— Ce serait une perte de temps, monsieur Chambers, j'en suis persuadée. Je suppose que je m'attendais à cela mais j'étais si bouleversée que j'ai cru devoir essayer de faire quelque chose. (Elle se leva. Elle se sentait vieille et lasse.) Combien vous dois-je ?

— Rien, ma chère. Je serais la pire des fripouilles si je vous faisais payer un conseil aussi démoralisant. (Il se leva également.) Si je puis vous aider à nouveau, n'hésitez pas à venir me voir. J'admirais beaucoup votre père. Gardner King était un homme de valeur, si différent...

Il se tut, gêné.

— ... de son fils, dit Charlotte avec amertume. Merci encore, monsieur Chambers.

Ben lui prit le bras et ils quittèrent le bureau de l'avocat. C'était le milieu de l'après-midi et le soleil hivernal était exceptionnellement chaud. Charlotte s'arrêta, éblouie par la lumière.

– Je viens de me rendre compte que c'est bientôt Noël. Un fameux Noël, n'est-ce pas, Ben ? Maman morte, mon frère dressé contre moi et ma maison disparue.

– Charlotte... (Ben lui serra le bras.) Vous vous apitoyez sur vous-même ? Cela ne ressemble pas à la Charlotte que j'ai appris à connaître.

– Non, non ! Je suis furieuse, dit-elle d'un ton véhément. Je n'ai jamais été aussi furieuse de ma vie. Il faut que je trouve un moyen pour me venger de Sload Lutcher.

– Vous ne pensez pas à quelque chose de stupide, j'espère. Je méprise autant que vous cet homme que je ne connais même pas, mais jusqu'ici, tout ce qu'il a fait me semble légal, excepté l'attaque de Jenks, et il serait difficile de prouver qu'il en est l'instigateur.

– Je ne pense à rien d'illégal, Ben. Je veux le battre à son propre jeu. Je ne crois pas vous en avoir déjà parlé mais je nourris un rêve depuis la fin de la guerre. Je veux ouvrir une fabrique de tabac à Durham et manufacturer mes propres produits comme le fait Lutcher. Je suis convaincue que le commerce du tabac est à la veille d'un développement important.

Ben la regarda, songeur, tout en se grattant le menton.

– Vous pouvez encore le faire.

– Comment ? Je pensais soit hypothéquer soit vendre la ferme pour avoir de quoi louer un bâtiment ici à Durham et avoir de quoi faire démarrer au moins la production. À présent, je n'ai plus de ferme. Cela prendrait un temps infini pour amasser assez d'argent en colportant du tabac et même si j'y parvenais, il serait sans doute trop tard.

– Il y a peut-être une autre possibilité. (Il regarda des deux côtés de la rue.) J'ai faim, allons donc manger et nous en parlerons.

Il la conduisit dans un petit restaurant à une rue de là. Charlotte n'avait pas pris de déjeuner dans sa hâte de consulter l'avocat et les mauvaises nouvelles qu'elle venait d'apprendre lui avaient coupé l'appétit.

Cependant, les bonnes odeurs de cuisine, dans le petit restaurant propre, réveillèrent sa faim. Ben commanda leur repas : poulet rôti, galette de maïs et un gâteau de patates douces.

Lorsqu'on apporta les plats, Charlotte mangea avec entrain, n'écoutant Ben que d'une oreille distraite. Il parlait avec animation de sa vie à Charleston et de la raison pour laquelle il s'était lancé dans le colportage. Elle se demandait pourquoi il lui racontait tout cela et conclut finalement que c'était pour la distraire de ses ennuis.

Mais soudain elle se rendit compte que son bavardage apparemment décousu avait un but précis.

– Je guettais donc une occasion de me lancer dans une affaire solide avec de bonnes perspectives d'expansion. J'aime le colportage, mais je n'ai pas l'intention d'en faire jusqu'à la fin de ma vie.

Elle le dévisagea, intéressée.

– Qu'avez-vous à l'esprit ?

– Voilà... (Il hésita, cherchant ses mots.) Je suis d'accord avec ce que vous avez dit et je crois comme vous que le commerce du tabac est promis à un bel avenir. Mais pour que cela soit rentable, il faut qu'il soit fait à grande échelle avec une fabrique d'une bonne taille, des ouvriers qualifiés et plusieurs représentants sur le terrain.

– C'est très beau, tout cela, Ben, mais... (Elle écarta les mains dans un geste d'impuissance.) Je n'ai tout simplement pas assez d'argent.

– Je le sais, Charlotte, répliqua-t-il, mais j'ai en tête une association. J'ai mis de côté pas mal d'argent durant ces dernières années. Je serais prêt à investir dans une fabrique et tout ce dont nous aurions besoin.

Elle secoua la tête.

— Mais pourquoi avez-vous besoin de moi ? Que puis-je apporter dans une association d'équivalent à votre investissement ? (Elle le regarda soudain d'un air soupçonneux.) Ce n'est pas parce que vous avez pitié de moi, j'espère ?

— Non, Charlotte, répondit-il en riant. Je vous aime beaucoup mais je ne suis pas altruiste à ce point. Je suis inconnu ici et je pense que Durham est l'endroit logique pour implanter une telle fabrique. D'un autre côté, vous, vous êtes connue et vous avez déjà gagné l'estime des planteurs de tabac. Une de vos contributions importantes serait ce que les hommes d'affaires appellent inspirer la confiance. Ne vous inquiétez pas, Charlotte, vous serez un élément de valeur dans une association. Je vous connais assez pour apprécier votre acharnement au travail, votre ambition et votre énergie.

Charlotte le fixa en se mordillant la lèvre.

— Cela me paraît insuffisant, Ben. Il est possible que je puisse mériter une place dans une association. Je m'y efforcerais certainement. Cependant, j'ai le sentiment que vous ne me dites pas tout.

— Très bien, je serai franc. Il y a une autre raison pour laquelle j'aurai besoin de vous, si je me lance dans ceci.

— De quoi s'agit-il, Ben ?

— Je suis juif et il y a beaucoup de gens qui n'aiment pas et même refusent de faire des affaires avec les juifs. Si vous preniez en charge les contacts commerciaux, le problème ne se poserait pas.

— Je n'ai rien entendu dire de tel autour de Durham, dit-elle, surprise. Il y a un certain nombre de juifs ici et jamais cela n'a posé de problème.

— Ce sont sans doute des commerçants ou quelque chose d'approchant. Mais partout où nous allons, nous autres juifs avons la réputation d'être durs en affaires. Ce n'est pas justifié mais c'est ainsi. Perspicaces, oui, nous le sommes. Les Sudistes se méfient encore lorsqu'ils font des affaires avec nous. À une petite échelle, telle que le colportage, il n'y a aucun problème. Il y a aussi autre chose, en rapport avec la guerre. Il est dit que les juifs ne se sont pas battus mais ont bâti des fortunes pendant le conflit. Ceci est également faux. Il y a quelque dix mille juifs qui ont combattu pour le Sud pendant la guerre et je n'en connais aucun qui ait fait fortune grâce à elle. Mon père, par exemple, a tout perdu, y compris un fils. Malheureusement (il eut un faible sourire), j'ai choisi de ne pas me battre, alors si les gens avec qui nous ferons des affaires l'apprennent...

Il haussa les épaules. Remise de sa surprise, Charlotte trouvait l'idée excitante. Elle en examinait tous les aspects mais prenait garde à ne pas manifester trop d'enthousiasme.

– À la façon dont vous présentez les choses, Ben, une association paraît valable mais je prévois bien des obstacles à résoudre avant que nous puissions nous lancer.

Il sourit légèrement.

– Et je suis certain que bien d'autres, inattendus, se dresseront, mais si nous gardons les yeux fixés sur ce que nous réaliserons si nous réussissons, cela en vaudra la peine.

– Vous êtes un optimiste, Ben Ascher, dit-elle en riant. Par exemple, vous parlez de la manufacture de cigarettes. Je me rends parfaitement compte que les cigarettes sont promises au succès. Mais c'est un article nouveau et, jusque-là, aucun fabricant de Durham ou des environs n'en a produit. Ils s'en sont tenus au tabac à priser, à chiquer, à pipe et à rouler. Je sais que la manufacture des cigarettes a quelque chose d'un art, nécessitant une main-d'œuvre expérimentée. Nous pouvons trouver des gens, hommes ou femmes, dans les environs de Durham pour les autres tâches mais où trouverions-nous des ouvriers capables de produire des cigarettes toutes faites ?

— À New York, répliqua Ben instantanément. La production de cigarettes atteint son plein rendement là-bas. Ils sont parvenus à prendre l'avantage sur le Sud à cause de la guerre. Cependant, c'est le Sud qui est l'endroit logique pour la production des cigarettes puisque c'est là que se trouve le tabac.

— Mais comment pouvez-vous être certain que ces ouvriers qualifiés voudront bien venir ici ?

— Ils ne demanderont pas mieux, dit-il avec conviction. Ils ont émigré dans ce pays pour fuir les ghettos d'Europe et, à New York, ils vivent dans des conditions encore pires, entassés dans des taudis et travaillant pour des salaires de misère. Offrez-leur un salaire décent et ils viendront en masse, ravis d'emmener leurs familles dans des maisons convenables et de trouver de l'air pur et des espaces libres.

— Vous semblez savoir beaucoup de choses sur eux, Ben.

— Ce sont mes coreligionnaires, Charlotte, des juifs immigrés qui sont venus en Amérique à la recherche d'une vie meilleure et qui ne l'ont pas encore trouvée.

— Vous avez beaucoup réfléchi à tout ceci, c'est évident. Je croyais que vous ne veniez d'y penser que depuis quelques jours.

— C'est exact en ce qui concerne le tabac. (Il hocha la tête, le visage grave.) Mais je suis au courant de leur triste condition depuis longtemps et un de mes rêves a été de lancer une industrie qui utiliserait leurs talents.

Charlotte sourit et tendit la main à travers la table pour toucher la sienne.

— Qui a dit que vous n'étiez pas altruiste ?

— Je ne le suis pas vraiment. Ces gens-là sont

d'habiles ouvriers et leurs talents nous profiteront autant qu'à eux-mêmes. (Il se pencha vers elle avec ardeur.) Qu'en pensez-vous ? Êtes-vous prête à en faire l'essai ?

Elle recula, à nouveau sur ses gardes.

– C'est si soudain, si nouveau; il faut que j'y réfléchisse. Quels sont vos projets dans l'immédiat, Ben ?

– Eh bien... je dois retourner à Charleston pour charger de nouvelles marchandises. J'ai vendu tout ce que j'avais. Ensuite, je reviendrai sans doute par ici. Ce territoire est nouveau pour moi et je pense que je vais le prospecter.

– D'ici là, j'aurai pris une décision. Je vais y réfléchir entre-temps. Cela vous convient-il ?

– C'est parfait. D'ailleurs, je ne voudrais pas qu'il en soit autrement. Je n'aurais pas confiance dans un associé qui prendrait une telle décision sans y réfléchir un peu. Qu'allez-vous faire entre-temps ?

– D'abord, il faut que je trouve un logement. La veuve Carstairs loue des chambres ici en ville et je suis certaine de pouvoir m'installer chez elle. Puis il faut que je fasse la tournée des planteurs de tabac pour leur donner leur argent.

– Vous n'avez pas l'intention de repartir faire du colportage ? Toute seule ? demanda-t-il, inquiet.

– Peut-être. Mais si je le fais, je ne serai pas seule. Si Bradley Hollister ne laisse pas Jimmie m'accompagner, je pourrai peut-être le persuader de venir à sa place. Il a besoin d'argent.

Ben fronçait les sourcils.

– Un manchot ? Il sera de peu d'utilité si Jenks vous attaque à nouveau. Je souhaiterais que vous ne partiez pas, Charlotte, ou du moins que vous m'attendiez.

– Je ne vais pas trembler de peur devant Cob Jenks pour le restant de mes jours. Il y a une chose que nous devons mettre au point, Ben

Ascher, ajouta-t-elle avec chaleur. Surtout si nous sommes appelés à devenir partenaires... Vous ne me donnez pas d'ordres. Si je décide de repartir faire du colportage, je le ferai. Rien de ce que vous pourrez me dire ne m'arrêtera.

– Je suis seulement préoccupé par votre sécurité, Charlotte, dit-il avec douceur. Je tiens à vous. Après tout, nous avons partagé quelques instants de... d'intimité.

Elle se raidit.

– Je me demandais quand vous alliez en parler.

– Que dois-je faire ? Oublier que cela s'est passé ?

– C'est ce que je souhaiterais.

– Désolé, je ne peux pas vous satisfaire sur ce point. Je n'oublierai pas cette nuit.

– Cela ne se renouvellera plus jamais.

– Jamais ? C'est très long, chère Charlotte.

– Il y a autre chose que vous devriez comprendre. Je ne vais pas m'associer avec un amant. Nos relations seront strictement professionnelles.

Ses yeux sombres la regardèrent tristement.

– Si c'est ce que vous voulez... Je vous aime, Charlotte, je veux que vous le sachiez.

– Vous voyez ? C'est justement de cela que j'ai peur, que nos relations prennent un tour personnel.

– Peur ? De quoi ? Il y a des exemples où mari et femme ont partagé les mêmes activités professionnelles. Laissez-nous une chance; vous m'aimerez peut-être avec le temps. (Il esquissa un sourire.) On dit que je gagne à être connu. Vous avez, j'en suis certain, l'intention de vous marier un jour.

– Pas avant très longtemps.

Charlotte avait déjà pris sa décision quant à la proposition de Ben mais elle ne le lui dit pas. Elle prit congé de lui le lendemain lorsqu'il partit pour Charleston et promit de lui donner une réponse lorsqu'ils se reverraient. Il lui était venu à l'esprit que si elle le tenait en haleine, cela pourrait renforcer sa position lorsque le moment serait venu de former leur association.

Lorsqu'elle se fut installée dans la pension de famille de la veuve Carstairs, elle sella un de ses chevaux de trait et fit la tournée des fermiers.

Il était possible que si elle allait trouver Lutcher, il lui permettrait au moins de retourner chez elle pour prendre son cheval de selle et quelques effets personnels mais sa fierté le lui interdisait. Elle ne voulait demander aucune faveur, petite ou grande, à cet homme. Elle survivrait. De cette façon, elle prendrait un nouveau départ, sans souvenirs du passé. Sa résolution de battre Lutcher sur son propre terrain était le facteur primordial de sa décision de s'associer avec Ben.

C'est dans cet état d'esprit qu'elle se rendit chez les fermiers qui lui avaient confié leur tabac en dépôt. Après leur avoir demandé le secret, elle leur posa à chacun la même question : si Ben Ascher et elle ouvraient une fabrique de tabac à Durham, leur fourniraient-ils du tabac dans les mêmes conditions ?

Heureux d'avoir réalisé un joli profit grâce à Charlotte, ils furent tous d'accord pour coopérer avec elle. Avec l'argent qu'ils avaient gagné grâce à ses efforts, ils seraient en mesure de planter abondamment pour l'année prochaine et la récolte serait prête lorsque la fabrique ouvrirait.

Encouragée par leurs promesses, Charlotte revint vers Durham d'excellente humeur. Elle leur avait promis à tous qu'elle repasserait au cours de la semaine avec le chariot pour prendre un nouveau chargement de tabac à colporter et, gardant cela à l'esprit, elle s'arrêta en chemin chez Bradley Hollister.

Hollister la dévisagea attentivement.

– Cela ne va-t-il pas faire jaser encore plus,

Charlotte, si l'on apprend que vous voyagez en compagnie d'un homme ?

– Cela ne me gêne pas, si cela ne vous dérange pas non plus. (Charlotte rit soudain.) Peut-être devrions-nous en parler à votre femme d'abord. C'est elle la première concernée.

– Ma femme a confiance en moi, Charlotte, dit-il gravement. Elle n'y verra sans doute pas d'objection. Avez-vous eu des ennuis durant votre dernière tournée ?

– Oui. C'est pourquoi j'ai besoin de quelqu'un pour m'accompagner. (Succinctement, elle lui raconta ce qui s'était passé, parlant de Ben aussi peu que possible.) M. Ascher est reparti chercher de nouvelles marchandises à Charleston et je vais me mettre en route avant son retour.

– Je serais heureux de vous accompagner, Charlotte. J'aimerais avoir l'occasion d'abattre ce Jenks comme le chien qu'il est, s'il essayait de vous agresser à nouveau, ajouta-t-il d'un air menaçant.

La chance avait enfin souri à Clint Devlin et il était heureux lorsque l'acheteur lui paya les quarante balles de coton. Ils étaient à la station de chemin de fer d'une petite ville, non loin de Florence, en Caroline du Sud.

Clint plia les billets et les mit dans sa poche.

– Je suis preneur pour tout le coton que vous pourrez trouver, Devlin, dit Hampstead, son acheteur. Pensez-vous en avoir bientôt d'autre ?

– J'en doute, Hampstead. J'ai ratissé toute la région durant le mois écoulé et il n'en reste pratiquement plus. J'ai eu de la chance de trouver celui-ci. Il était entreposé dans une grange depuis avant la guerre. Le fermier a été tué dans une bataille et sa femme ignorait l'existence du coton et ne l'a découvert qu'il y a quelques jours.

Ce que Clint ne dit pas à l'acheteur, c'est que

la femme avait vendu la ferme et était partie définitivement pour le Nord. Elle avait été ravie de
céder le coton à un prix minime et Clint avait
réalisé un bon profit dans la transaction.

– Enfin, si vous en trouvez, faites-moi signe et
je l'achèterai. Vous savez où me joindre.

Clint hocha la tête et Hampstead partit pour
surveiller le chargement des balles dans un wagon.
Clint alluma un petit cigare et s'adossa contre le
mur de la gare en regardant charger le coton.

C'était la troisième transaction qu'il faisait depuis
deux semaines et il était grisé par le succès. Il
avait plus d'argent en sa possession qu'à aucun
autre moment de sa vie et cela lui posait un problème. Qu'allait-il en faire ? Il ne jouait plus au
poker depuis qu'il avait quitté Marcy et n'avait pas
l'intention de s'y remettre sérieusement. Clint ne
pouvait pas être considéré comme un homme prudent, mais il n'était pas vraiment joueur. Le poker
n'avait été pour lui qu'un moyen. Il avait espéré
ainsi améliorer sa situation financière, espoir lamentablement déçu.

Son problème actuel consistait à trouver un
moyen de faire fructifier son pactole. Ce qu'il avait
dit à Hampstead était vrai. Il y avait une pénurie
de coton dans le Sud à l'heure actuelle. Le pays
avait été dévalisé et peu de fermiers faisaient
pousser du coton cette année. Il pourrait trouver
quelques balles éparses mais cela prendrait beaucoup de temps et demanderait beaucoup d'efforts
pour un résultat médiocre. Non, il fallait trouver
quelque chose de nouveau et il ne pouvait pas se
permettre d'attendre trop longtemps. Il aimait vivre
à l'aise et ses réserves seraient vite entamées.

Il se redressa, jeta son cigare et traversa la route
poussiéreuse. Il était presque de l'autre côté lorsqu'il entendit un bruit de sabots derrière lui mais
il ne se retourna que lorsqu'une voix le héla.

– Clint ! Clint Devlin !.

Il fit demi-tour au moment où une charrette s'arrêtait à sa hauteur. Ben Ascher lui souriait du haut de son siège.

– Comment va, Benbo ?

Clint appréciait Ben Ascher et il ne se liait pas facilement. Il se montrait ouvert avec la plupart des gens mais ce n'était le plus souvent qu'une façade commerciale et il faisait très attention à qui il accordait son amitié. Mais Ben n'était pas seulement un homme bien; aux yeux de Clint, il était aussi très intelligent et capable de lutter avec la férocité d'un chat défendant son territoire.

– Vous arrêtez-vous ici ou ne faites-vous que passer, Ben ?

– Je ne fais que passer, Clint. Vous souvenez-vous de Charlotte King, la jeune femme qui était avec moi la dernière fois que nous nous sommes rencontrés ?

– Plutôt ! C'est une femme que je ne suis pas près d'oublier.

– L'avez-vous vue ?

– Non. Vous l'avez perdue ?

– Si l'on peut dire… J'espérais qu'elle m'attendrait à Durham et qu'elle ne repartirait pas seule sur les routes. Mais c'est une femme têtue et elle ne m'a pas écouté. Je sais cependant qu'elle est dans le secteur et j'essaie de la rattraper.

– Même si elle est passée par ici, Ben, j'ai pu la manquer facilement. Je ne suis arrivé que ce matin en ville avec un chargement de coton.

– En tout cas, elle ne peut pas être bien loin. Je vais continuer ma route jusqu'à ce que je la rejoigne.

– Cela ne vous dérange pas si je vous accompagne un bout de chemin ? Je n'ai plus rien à faire ici.

– Je serais heureux d'avoir votre compagnie mais je suis plutôt pressé.

– Il ne me faut que quelques minutes pour seller

mon cheval. Je n'ai même pas défait mes fontes.

– Inutile. Jetez votre selle à l'arrière, attachez votre cheval à la charrette et venez me rejoindre sur le siège. Nous serons mieux pour bavarder.

Quelques minutes plus tard, ils quittaient la ville au grand trot. Clint s'adossa au siège et alluma un cigare. Après un moment, il glissa un regard de biais vers Ben.

– Qu'y a-t-il entre vous et Charlotte King, Benbo ? Les félicitations sont-elles de circonstance ?

– Pas selon Charlotte. Je sais qu'elle est la femme que je cherchais mais lorsque j'ai parlé mariage, elle n'a rien voulu savoir. C'est une femme volontaire et elle a l'intention de devenir quelqu'un avant de se marier. (Il s'interrompit un instant.) Cependant, nous envisageons de nous associer en affaires.

L'intérêt de Clint fut éveillé.

– Quel genre d'affaires ?

– Le tabac, évidemment. Nous avons l'intention d'ouvrir une fabrique de tabac à Durham. (Il regarda Clint, les yeux brillants.) Nous pensons tous deux que c'est un commerce plein d'avenir. Nous l'achèterons aux fermiers autour de Durham et en ferons du tabac à priser, à chiquer et des cigarettes.

– Des cigarettes ? (Clint eut une mimique comique.) J'ai toujours pensé qu'elles n'étaient que pour les femmes. Pour un homme, il n'y a rien de tel qu'un bon cigare.

– Et moi je pense que l'usage du tabac est une habitude dégoûtante et peut-être même nuisible à la santé.

Clint leva les sourcils.

– Pourtant, vous envisagez de le conditionner et de le vendre ?

Ben haussa les épaules.

– C'est un commerce qui, je crois, est promis à une expansion rapide. Tant que ce n'est pas illégal et que c'est ce que veulent les clients, pourquoi ne le ferais-je pas ?

— Je n'en suis pas certain en ce qui concerne les cigarettes.

— C'est là que vous vous trompez, Clint. Les quelques jours que j'ai passés avec Charlotte m'ont ouvert les yeux. Ces boutiques de campagne vendent tout le tabac qu'elles peuvent se procurer. Voyez John Ruffin Green et son Bull Durham. Il fait une fortune avec ça. Un paquet de cigarettes d'une présentation agréable se vendra, croyez-moi. Imaginez à quel point ce sera plus commode pour un fumeur de sortir une cigarette toute faite et de l'allumer sans avoir à se donner le mal de la rouler. Je sais que les cigarettes manufacturées se vendent très bien dans le Nord et ils doivent acheter leur tabac ici. Nous nous trouvons sur place et celui qui se lancera le premier aura un avantage dans la compétition. Avec une représentation effective dans toutes les grandes villes, les possibilités sont illimitées.

L'esprit de Clint travaillait fébrilement. Il était excité par les perspectives de Ben. Dissimulant son intérêt grandissant, il se tourna vers lui.

— Vous avez peut-être raison. Cela fait un moment que je pense que les producteurs de n'importe quelle marchandise perdent gros en n'investissant pas à plein dans la publicité. Je vois cela en grand – pas juste quelques lignes dans un journal. Je pense à des affiches voyantes peintes de couleurs vives, le long des routes, à des panneaux sur les clôtures, les granges et les maisons vides. Avec peut-être... un peu de sexe; de jolies filles annonçant le produit : « J'aime un homme qui fume des cigarettes X ! » Cela capterait certainement l'attention des hommes. Ou encore un spectacle ambulant gratuit qui attirerait les foules et où l'on distribuerait des échantillons du produit. Il y a d'autres idées qui fermentent dans mon esprit. Je crois que l'avenir de tout produit dépend de la publicité qu'on lui fait, qu'il faut faire savoir aux acheteurs que l'on a quelque chose dont ils ont besoin et leur démontrer en quoi votre produit est meilleur que celui des concurrents.

Clint, se rendant compte qu'il s'était laissé emporter par son sujet, se tut brusquement. Il regarda Ben de biais et vit qu'il souriait de toutes ses dents.

— Cela paraît formidable, Clint. Quel produit aviez-vous à l'esprit au juste ? Ou bien essayez-vous de vous faire embaucher pour vendre du tabac ?

— Pas de me faire embaucher. Je pense à une association, fit Clint, surpris par sa propre audace. À une troisième part dans votre compagnie.

Ben siffla à travers ses dents et arrêta involontairement le cheval.

— Vous êtes sérieux ? Vous voulez une troisième part afin de pouvoir mettre en pratique vos théories publicitaires ?

— J'apporterai plus que cela à la compagnie. J'ai gagné une coquette somme en vendant du coton ces dernières semaines. Je suis prêt à l'investir jusqu'au dernier centime dans votre association. Je suis à peu près certain qu'aucun de vous deux n'a une somme importante à y placer. Ben, vous savez à quel point je suis bon vendeur. J'y mettrai toute mon énergie, vous pouvez en être certain.

— Oui, je sais, je vous connais. (Ben hocha la tête pensivement, fit un appel de langue et le cheval se remit en marche.) Vous seriez sans doute un apport précieux à notre association.

— Alors, vous me prenez comme troisième partenaire ?

— Holà, Clint, holà ! L'association n'existe pas encore. Charlotte ne m'a pas donné de réponse ferme. Quant à en faire partie... ce n'est pas moi qu'il faut convaincre, c'est Charlotte. Sans son accord, vous êtes exclu, Clint.

7

– Vous ne parlez pas sérieusement ? (Charlotte, assise de l'autre côté du feu, fixait Ben Ascher, les yeux grands ouverts d'étonnement.) Non seulement vous suggérez que nous prenions un troisième associé, mais un homme que je n'ai vu tout au plus que cinq minutes.

– Je connais bien Clint, dit Ben, sur la défensive, et je pense qu'il serait d'une grande valeur pour notre association.

– Notre association ! s'exclama-t-elle avec dérision. Notre compagnie n'existe même pas encore.

Accroupi à côté de Ben, Clint Devlin tira une bouffée de son cigare et lui fit un sourire en coin. Les deux hommes avaient rattrapé Charlotte et Bradley Hollister cet après-midi-là et ils avaient dressé leur camp tous ensemble. Et maintenant, Ben venait lui faire cette proposition stupide.

Ben la regardait en fronçant les sourcils.

– Vous voulez dire que vous n'avez pas encore pris de décision ?

– Si, si, je l'ai fait avant même de quitter Durham. Non seulement cela, mais j'ai déjà versé une caution pour la location d'un immeuble vide, dit-elle d'un ton suffisant.

– Un peu prématuré, vous ne croyez pas ?

– Non. Si Sload Lutcher apprend nos projets, je le crois capable de louer tous les bâtiments disponibles à Durham.

– Comment pourrait-il l'apprendre ? Vous ne le lui avez pas dit, tout de même ?

– Bien sûr que non. Mais pendant que je rassemblais ce dernier chargement, j'ai demandé aux fermiers s'ils seraient d'accord pour nous vendre leur tabac lorsque notre fabrique serait prête à fonctionner.

– Vous vous êtes beaucoup activée, fit Ben, un peu grognon.

– Qui est ce Sload Lutcher ? demanda Clint. Vous ne m'en avez pas parlé, Benbo.

– Lutcher est un scélérat, dit Charlotte d'un ton véhément.

Clint sourit avec nonchalance.

– Il y en a beaucoup par ici. On m'a même appliqué cette épithète parfois.

– Je ne vous connais pas assez pour savoir si elle vous sied, monsieur Devlin, mais si vous êtes en quoi que ce soit semblable à Lutcher, je sais avec certitude que je ne voudrai pas de vous pour partenaire.

– C'est un prêteur sur gages, entre autres, Clint, dit Ben. Il est l'ennemi juré de Charlotte.

Rapidement, il exposa les démêlés de Charlotte avec Lutcher.

– Vous voyez, monsieur Devlin, dit Charlotte. Si vous devenez mon associé, ce ne sera pas tout rose. Vous aurez affaire à Lutcher.

Clint fit un geste insouciant de la main.

– Cela ne me gênerait pas. Sans des hommes comme lui à combattre, le monde perdrait une partie de son sel.

– Le genre de sel que Lutcher ajoute à ma vie, je m'en passerais volontiers.

– Jenks et ses hommes vous ont-ils ennuyée durant cette tournée ? demanda Ben.

– Je ne les ai pas vus.

– C'était quand même risqué de partir toute seule.

– Je n'étais pas seule. M. Hollister que voici m'a accompagnée depuis le départ.

Elle fit un signe de tête vers Bradley Hollister, resté silencieux jusque-là.

– Peut-être considérez-vous que c'est la même chose, monsieur Ascher, dit-il sèchement.

Il se frotta l'épaule. Ben rougit et prit un air embarrassé.

– Je vous prie de m'excuser, monsieur Hollister. Je ne voulais pas vous offenser.

– Ce n'est rien, fit Hollister aimablement. C'est une chose à laquelle je suis habitué.

– Je pense simplement que c'est un risque inutile et j'avais demandé à Charlotte de m'attendre pour que je puisse l'accompagner. Mais c'est une femme têtue.

Hollister hocha la tête en souriant.

– Ça, vous pouvez le dire.

– Je suis partie pour une excellente raison, Ben Ascher. J'ai besoin d'argent. Même si nous réussissons à mettre notre fabrique en route, il se passera très longtemps, un an à tout le moins, avant que nous ne réalisions de profit. Comment suis-je censée vivre en attendant ?

– C'est une raison de plus pour m'accepter comme associé, dit Clint. J'ai fait des merveilles dans la vente du coton dernièrement et j'ai de l'argent à investir.

Charlotte resta silencieuse et le dévisagea à travers les flammes. Il avait du charme et de la personnalité mais à quel point pouvait-on compter sur lui ? Elle repensa une fois de plus au jour où elle l'avait surpris avec cette femme. Comment pouvait-elle faire confiance à un homme aussi dévergondé ? Pourtant, elle se sentait attirée vers lui. Était-ce parce qu'elle avait peur de ses propres sentiments qu'elle se montrait si réticente ? Elle avait assez de problèmes avec Ben dans ce domaine et n'avait pas besoin d'un autre homme dans sa vie.

– L'argent serait le bienvenu, dit-elle, mais ce n'est pas une raison suffisante pour prendre un troisième associé. Je suis certaine que nous pourrions trouver de l'argent si nous en cherchions vraiment. Il vous faudra offrir plus que cela, monsieur Devlin, avant que je ne commence même à y songer.

– Parlez-lui, Clint. Faites-lui part de quelques-unes des idées que vous m'avez exposées.

Clint alluma un nouveau cigare et parla de ses idées avec conviction. Charlotte fut impressionnée, malgré ses réserves. Il était évident qu'il avait une vive intelligence et démontrait l'efficacité de ses idées avec une logique concise. Son allant se révélait pendant qu'il parlait et elle comprenait pourquoi c'était un excellent vendeur. Il y avait aussi une touche de comédien en lui, le flair d'un acteur qui sait utiliser tour à tour l'humour et l'emphase pour convaincre. C'était sans doute un atout chez un vendeur.

Ben lui avait dit un jour que Clint avait un côté vaurien. Elle le voyait bien en joueur professionnel, en soldat de fortune ou dans n'importe quel métier demandant du panache et de la témérité.

– Il semblerait que vous ayez creusé le problème plus encore que Ben et moi, dit-elle lorsqu'il eut terminé.

– Pas vraiment, dit-il avec un sourire désarmant. Pas en ce qui concerne le commerce du tabac proprement dit. Je n'y avais pas vraiment songé avant que Benbo ne m'en parle.

– Alors, jusqu'à quel point vous y connaissez-vous ?

– C'est là le point central de ma théorie, voyez-vous. (Il écarta les mains.) Je ne parlais pas vraiment du tabac. Mes arguments pourraient s'appliquer à n'importe quel commerce. À présent que la guerre est finie, la concurrence va devenir de plus en plus forte. On ne peut plus se fonder sur la théorie selon laquelle il suffit de fabriquer un produit pour qu'un acheteur s'en saisisse. À l'avenir, je pense qu'il faudra convaincre les acheteurs qu'ils ont besoin d'un produit, que ce soit vrai ou non, en faisant de la publicité comme je viens de vous le dire.

— Cela me paraît un peu nébuleux, dit-elle, sceptique.

— Qu'y a-t-il là de nébuleux ? (Il secoua la tête.) Ce sont tout simplement les affaires.

Charlotte poussa un soupir.

— Je ne m'étais pas rendu compte que ce serait si complexe.

— Ce n'était pas le cas jusqu'ici mais le jour est proche où le vendeur devra être agressif et présenter son produit à l'acheteur. Personnellement, j'en suis ravi. Ce sera bien plus excitant.

— Pendant que vous parliez tout à l'heure, dit-elle d'un air amusé, je pensais à toutes les professions qui vous conviendraient le mieux, monsieur Devlin. Je viens de m'apercevoir que j'en avais oublié une... vous avez toutes les qualités d'un chevalier d'industrie.

— J'y ai songé, répondit-il.

— Et ?

— Je suis trop foncièrement honnête pour cela.

Elle éclata de rire.

— Dites-moi, Charlotte, quels sont les autres métiers que vous envisagiez pour moi ? Qui sait ? Cela pourrait m'intéresser.

Elle se sentit rougir.

— Peu importe, monsieur Devlin.

— Vous savez, il y a un facteur qui vous est favorable dans le commerce du tabac.

— Lequel ? demanda-t-elle, ravie de voir la conversation prendre un autre tour.

— C'est un vice. Comme l'alcool et... les femmes de petite vertu. Il y aura toujours de la demande.

— Vous avez une vision plutôt pessimiste du monde, monsieur Devlin.

— Je préfère être réaliste.

Clint la fixait droit dans les yeux et ce fut elle qui, la première, détourna le regard.

– Alors, Charlotte, qu'en pensez-vous ? demanda Ben, impatient.

– De M. Devlin ?

– Oui. Le prenons-nous comme partenaire ?

– Il serait stupide d'écarter un homme aux talents si nombreux.

Clint inclina la tête avec un sourire ironique.

– C'est toujours agréable de se sentir apprécié, murmura-t-il.

– Parfait. (Ben se frotta les mains.) Alors, nous avons des projets à dresser.

Bradley Hollister leur dit bonsoir et alla se coucher sous le chariot. Charlotte, Ben et Clint restèrent autour du feu, rajoutant du bois et buvant du café. Clint sortit une bouteille de brandy de ses fontes pour arroser le café. Lorsqu'ils allèrent enfin se coucher, longtemps après minuit, ils étaient parvenus à un accord global quant à leurs fonctions respectives.

Charlotte et Ben se partageraient la direction de la fabrique, Ben étant chargé de la supervision des ouvriers et de la production, tandis que Charlotte s'occuperait du personnel de bureau, négocierait avec les planteurs et se chargerait des autres contacts commerciaux. Clint devait mettre sur pied une équipe de vendeurs et une campagne publicitaire. Chacun devait avoir la responsabilité entière de son secteur mais toute décision importante devait être prise en commun. Ils décidèrent que Charlotte retournerait à Durham à la fin de sa tournée et se mettrait à la recherche de l'équipement nécessaire; elle contacterait aussi Ralph Chambers pour lui demander de préparer des contrats à faire signer aux planteurs, les liant exclusivement à l'association. Ben devait partir bientôt pour New York afin de recruter des ouvriers spécialisés.

Clint bâilla, s'étira et jeta son cigare dans le feu.

– Il me semble que c'est tout ce dont nous

pouvons décider ce soir… à l'exception d'une chose. Quel nom donnerons-nous à notre compagnie ?

— Les trois nôtres, bien entendu, dit Charlotte. N'est-ce pas ainsi que cela se fait d'habitude ?

— J'aimerais autant que le mien ne figurât pas ouvertement, intervint Ben. Cela causerait des problèmes. Naturellement, tous nos noms figureront sur les documents nécessaires pour établir notre association…

— Allons, Benbo, dit Clint. Je sais à quoi vous pensez mais je crois que vous vous faites des idées. Que diable, si cette affaire marche, je serai fier d'avoir le mien, étalé en grand, pour que tout le monde connaisse Clint Devlin.

— C'est une question d'orgueil, Clint. Il m'est indifférent que mon nom soit connu. Ce qui me préoccupe, c'est que la compagnie marche bien et devienne prospère.

— L'orgueil d'un homme est une chose importante, Benbo. On ne vit pas que pour l'argent. (Clint souriait.) Qu'en dites-vous, Charlotte ? Ceci est notre première décision aux voix.

— Je vote pour que votre nom figure dans celui de la compagnie, Ben. Je vote pour tous nos noms.

— Vous êtes battu, Benbo, dit Clint.

— Très bien. (Ben soupira.) Je suppose que je dois obéir.

— Dans l'ordre alphabétique, dit Charlotte, pour qu'il n'y ait pas de discussion. La compagnie des tabacs Ascher, Devlin et King.

Clint lui jeta un regard admiratif.

— Vous êtes non seulement une jolie femme mais une diplomate aussi. Pas d'orgueil chez vous en mettant King en dernier.

— L'orgueil n'a pas une telle source de signification pour les femmes, rétorqua Charlotte.

— Il y a une chose que nous devrions faire, dit Ben. Notre produit devrait s'appeler *Le roi des tabacs*. Les cigarettes King, le tabac à priser King, etc. Vous avez déjà fait connaître cette marque, Charlotte. Et d'ailleurs, c'est un nom excellent.

– Je vote pour, dit Clint gaiement. J'aurais pu regimber si cela avait été *La reine des cigarettes*.

Dix jours plus tard, Charlotte et Clint étaient à Durham et accompagnaient Ben au départ du train pour New York. C'était la période des fêtes, ce qui ne posait pas de problème à Ben puisque les siens ne célébraient pas la fête de Noël.

Clint n'avait pas de famille et, en ce qui la concernait, Charlotte non plus. Elle avait été tentée d'aller trouver Jeff, ayant appris qu'il était toujours à Durham, pour essayer de se réconcilier avec lui, au moins pour la période de Noël; mais chaque fois qu'elle y pensait, elle se sentait moins encline à le faire. La conduite de Jeff était impardonnable. Ils n'avaient plus rien de commun.

Le jour suivant, elle inspecta le bâtiment qu'elle avait loué pour la fabrique, en compagnie de Clint. Il y avait deux étages. Le rez-de-chaussée était formé d'une seule et vaste salle ayant servi auparavant d'entrepôt de coton. De la poussière et des débris jonchaient le sol de bois qui résonnait sous leurs pas.

– Ma vie, en ces jours de fêtes, me paraît aussi vide que cette pièce, dit Charlotte.

– J'y suis habitué. En fait, je préfère cela aux Noëls passés à l'orphelinat d'Atlanta. Vous ne pouvez pas savoir à quel point Noël peut être sinistre, si vous n'en avez pas passé un dans un orphelinat.

Son sourire, éclatant d'habitude, était teinté de mélancolie.

– Autant dire que je suis une orpheline, même si mon frère est à Durham. Mais au diable ces pensées ! (Elle secoua la tête énergiquement.) Il est temps que je cesse de m'apitoyer sur moi-même. (Elle fit un large geste de la main.) Que pensez-vous de tout cela, Clint ?

– Étant donné que je ne connais rien à la fabrication du tabac, que puis-je vous répondre ?

– Cela n'a pas grande allure à présent, j'en conviens. Mais je l'imagine très bien... (Elle ferma les yeux à moitié.) Je peux voir des rangées de tables sur lesquelles s'entasse le tabac, les rouleurs de cigarettes en plein travail et, partout, sentir le merveilleux arôme des feuilles de tabac.

Il leva un sourcil, amusé.

– Vous êtes vraiment excitée par ce projet, n'est-ce pas ?

– Oui ! Pas vous ? Vous le paraissiez le soir où vous avez parlé de vos plans.

– Je le suis dans ce domaine. (Il haussa les épaules.) Je pense que la publicité est promise à un grand avenir et je brûle de m'y consacrer.

– Mais il pourrait s'agir de n'importe quel produit, n'est-ce pas ?

– Oui, c'est vrai, je suppose.

Il alluma un cigare et se promena à travers la pièce en donnant des coups de pied nonchalants dans les amas de débris.

– Faites attention avec ce cigare, Clint. Cet endroit pourrait s'embraser comme une meule de paille. C'est une chose dont il faudra prévenir tous ceux qui travailleront ici. Le feu sera toujours une menace.

– Je ferai attention, ne vous inquiétez pas, répondit-il distraitement. Je suis tout aussi excité que vous par notre projet, Charlotte, mais je ne manifesterai de véritable enthousiasme que lorsque nous aurons un produit prêt à vendre et que je pourrai m'élancer sur les routes. (Il s'arrêta et la regarda avec une expression étrange.) Je viens de me rendre compte d'une chose. Je crois que c'est parce que vous en faites partie que j'ai voulu entrer dans l'association. Je me suis dit que cela me donnerait l'occasion de mettre mes idées en pratique mais ce n'est, je le sais à présent, qu'une des raisons de ma décision.

Charlotte fut troublée par sa remarque. Elle l'avait accepté comme partenaire pour des raisons identiques. Clint était un homme séduisant et, devinait-elle, capable de l'émouvoir.

Durant la guerre, alors qu'elle n'était qu'adolescente, il y avait eu peu d'hommes dans les environs de Durham puisque la plupart étaient partis se battre. Normalement, elle aurait dû être assiégée par des prétendants et apprendre à manier les affaires de cœur mais cela ne s'était pas produit. Maintenant, en deux mois à peine, elle venait de rencontrer deux hommes séduisants et elle se rendait compte qu'elle n'était pas préparée à faire face à une telle situation. La plupart des filles, à sa place, auraient été secrètement ravies mais elle avait d'autres projets — des projets qui seraient menacés si elle était déchirée par ses sentiments.

— Puisque nous sommes tous les deux orphelins durant ces fêtes, Charlotte, je crois que nous devrions les célébrer ensemble. Que diriez-vous si nous dînions tous deux le soir de Noël ?

Charlotte éprouva soudain un sentiment de gratitude et d'espoir. Les fêtes de fin d'année avaient toujours été une période de réjouissances chez les King et la perspective d'un Noël solitaire la déprimait.

— Ce serait agréable, Clint, s'entendit-elle répondre.

Il lui sourit chaleureusement.

— Alors, je viendrai vous chercher le jour de Noël et nous verrons ce que Durham a à nous offrir.

Il y eut un changement de programme de dernière minute.

Lorsque Charlotte rentra à la pension de famille, le 23 décembre, elle trouva un mot de Clint : « Chère Lotte, j'ai reçu une invitation pour le bal de Noël donné par le maire de Durham. J'ai la possibilité d'amener une amie. Puis-je considérer que c'est vous ? Je passerai vous prendre à six heures, la veille de Noël. Clint Devlin. »

Un bal ? Charlotte fixait la feuille de papier avec désespoir. Elle n'avait pas de robe pour une telle occasion; la plupart de ses vêtements étaient restés à la ferme. Et même là-bas, elle n'avait rien qui puisse convenir à un bal chez le maire.

Il y avait eu des bals régulièrement avant la guerre mais elle n'était pas en âge d'y aller. Les seuls qu'elle avait vus étaient ceux donnés par ses parents mais elle n'y avait pas pris part et avait toujours été envoyée au lit avant que la soirée ne commence vraiment.

Comment diable Clint avait-il reçu une telle invitation ? Il était à Durham depuis une semaine à peine. Comment avait-il fait pour se faire inviter ?

Mais la question importante était : Qu'allait-elle mettre ? Finalement, ne sachant à qui s'adresser, elle alla trouver Lucille Carstairs pour lui demander conseil.

— Pour l'amour du ciel, ma petite, ne vous mettez pas dans tous vos états. (La veuve Carstairs était une femme plantureuse de cinquante ans, joviale et pleine d'humour.) Lorsque mon mari est mort, j'ai gagné ma vie comme couturière en faisant des robes pour les femmes de la bonne société de Durham. La guerre venue, bien entendu, on ne trouvait plus d'étoffes mais elles n'avaient plus besoin de belles robes et n'avaient plus d'argent pour les payer.

— Je n'ai pas d'argent non plus, dit Charlotte, découragée. Je ne sais pas pourquoi Clint a accepté cette invitation.

— Ma chérie, je ne l'ai vu qu'une fois, mais c'est un splendide gaillard. S'il m'invitait à un bal au pôle Nord, je serais heureuse d'y aller. Quant à l'argent, ne vous en faites pas. Je crois qu'il me reste assez d'étoffe pour faire quelque chose de convenable. Vous me paierez quand vous pourrez.

— Mais il ne vous reste que la journée de demain, dit Charlotte, sceptique. Pourrez-vous la faire en si peu de temps ?

— Et ce soir, ne l'oubliez pas, dit Lucille Carstairs. Nous travaillerons tard ce soir et demain. Ma chérie, si j'étais à votre place, je resterais debout toute la nuit pour ne pas rater une chance pareille. Les sauteries du maire, j'en ai entendu parler. Il paraît que c'est quelque chose ! Maintenant, au travail, conclut-elle en se frottant les mains.

Charlotte l'accompagna au grenier, encombré de cartons et de malles. Plusieurs de ces dernières étaient remplies de chutes allant des mousselines jusqu'aux brocarts. Dans l'une d'elles, Charlotte trouva, soigneusement emballée dans un papier de soie, une robe vert pâle en soie naturelle, partiellement terminée. Elle la déplia avec soin et la regarda à la lumière. Bien que froissée, elle parut splendide à Charlotte. Elle eut un murmure d'approbation qui fit lever les yeux à Lucille.

— Mais oui, grands dieux ! s'exclama-t-elle. J'avais complètement oublié qu'elle était là. J'avais commencé cette robe pour la pauvre Mme Hunter, l'épouse de Thaddeus Hunter, qui est morte d'une pneumonie juste après le début de la guerre. Lorsqu'elle est morte, je l'ai emballée sans la terminer, puis je l'ai oubliée.

— Elle est splendide, dit Charlotte. Vraiment magnifique. J'avais oublié à quoi ressemblait une robe de bal. Cela me rappelle... (sentant les larmes lui monter aux yeux, elle les refoula en clignant des paupières) ...cela me rappelle tant de choses.

Lucille se redressa d'un air décidé.

— Si mes souvenirs sont bons, Mme Hunter avait à peu près la même taille que vous, Charlotte. Voyons si la robe vous va. Je crois qu'elle est presque terminée et si elle vous convient, je suis sûre de pouvoir la finir à temps pour le bal. Ce serait l'idéal !

Saisie soudain par une bouffée d'excitation, Charlotte se déshabilla, ne gardant que son jupon et son corset, puis leva les bras pour que Lucille puisse lui passer la robe. La soie lui caressa la peau et elle se sentit instantanément belle. Le bruissement de l'étoffe était délicieux. Charlotte retint sa respiration pendant que Lucille boutonnait la robe.

– Elle vous va presque à la perfection et la couleur aussi. Regardez-vous dans la glace.

Charlotte se tourna et se regarda dans le miroir, ressentant un choc plaisant à la vue de son reflet. Lucille avait raison, la couleur était merveilleuse, douce et changeante comme la mer; elle faisait ressortir ses épaules blanches et ses cheveux roux. Le décolleté profond était garni d'un drapé qui lui couvrait le haut des bras. Serrée à la taille, la jupe s'élargissait en une cascade de volants qui descendaient jusqu'à terre.

– Attendez de la voir avec une crinoline, dit Lucille en écartant la jupe vers l'arrière. Ce sera grandiose. J'avais prévu une mantille de dentelle pour recouvrir le corsage. Je suis certaine qu'elle doit se trouver quelque part dans la malle. Je vais finir la robe en un rien de temps, ma chérie, et vous serez la reine du bal. Attendez de voir ça. Vous ne serez même pas démodée. La plupart des femmes vont porter leurs vieilles robes d'avant-guerre.

Charlotte caressa le tissu du bout des doigts.

– Ma vieille crinoline se trouve à la maison. Je suppose qu'elle appartient à Sload Lutcher maintenant. Elle tombait en morceaux et était trop encombrante pour le chariot. Il peut la garder.

Lucille sourit.

– Ne vous inquiétez pas. Je vous prêterai l'une des miennes. Vous pourrez la conserver. Une de mes amies de Boston, Joséphine, prétend que les crinolines seront bientôt démodées. Elle l'a appris par une de ses amies d'Angleterre. C'est étonnant, n'est-ce pas, qu'il y ait encore des gens préoccupés par de telles choses ? En tout cas, nous avons résolu votre problème, ma chérie. Vous aurez beaucoup de succès au bal du maire. Je vous en donne ma parole.

Lorsque Charlotte fut réveillée le lendemain matin par Lucille, la chambre était glacée. Frissonnante, elle alla jusqu'à la fenêtre et écarta les rideaux. Il avait neigé durant la nuit et un léger manteau blanc scintillait au soleil, recouvrant toute la ville.

Pour la première fois, elle eut le sentiment que c'était Noël. Elle se hâta de faire sa toilette, s'habilla et eut juste le temps de prendre un rapide petit déjeuner avant que Lucille ne l'embauchât à nouveau pour la couture.

En fin d'après-midi, la robe était prête et repassée. Charlotte prit un bain, se parfuma, puis enleva sa robe de chambre pour que Lucille puisse l'aider à passer sa robe.

Lorsqu'elle fut en place et boutonnée, Charlotte se regarda dans la glace. Ses cheveux, lavés et coiffés par la nièce de Lucille, retombaient en une cascade d'anglaises à l'arrière et encadraient son visage en douces ondulations, de part et d'autre d'une raie au milieu. Des rubans vert pâle çà et là se mêlaient aux boucles. La coiffure, dut admettre Charlotte, mettait son visage en valeur comme le faisait la robe pour sa silhouette. Avec la mantille en place, la crinoline épanouie, elle ressemblait à quelque immense fleur. Elle ne s'était jamais sentie aussi belle et des larmes de gratitude lui vinrent aux yeux.

– Elle est merveilleuse, chuchota-t-elle. Vous êtes vraiment un génie de l'aiguille, Lucille.

Lucille sourit avec fierté et posa la main sur l'épaule de Charlotte.

– Cela fait longtemps que nous n'avons rien eu à fêter dans cette maison, longtemps que je n'ai pas eu l'occasion d'habiller une ravissante jeune femme pour un bal. Peut-être est-ce le signe de meilleurs jours à venir. (Elle secoua la tête tristement.) Je deviens bête. Allons, vous êtes prête à partir. J'aimerais être là-bas pour vous voir. Il faudra tout me raconter après.

– Je vous le promets.

Charlotte se tourna et, dans un élan d'affection et de gratitude, embrassa Lucille sur la joue. Celle-ci rougit, sourit, puis secoua la tête à nouveau comme pour chasser ce moment d'émotion.

– Voyons, dit-elle... (Elle recula un peu et regarda son travail d'un œil critique.) Il manque une touche de quelque chose... Avez-vous des bijoux, ma chérie ?

– Seulement de la pacotille. J'ai dû vendre tout le reste pendant la guerre. Ce que j'ai se trouve à la maison, en la possession de Sload Lutcher.

– Celui-là ! Quelqu'un devrait lui donner le fouet. Mais la pacotille ne conviendrait pas, de toute manière. Il faudrait quelque chose qui ait de l'allure. Attendez ici une minute, ma chérie.

Lucille sortit de la pièce et Charlotte se regarda une nouvelle fois dans le miroir. Elle n'avait jamais été coquette mais devait admettre qu'elle avait beaucoup d'allure. Clint serait fier de l'avoir à son bras...

Elle sentit une bouffée de chaleur lui monter au visage. Pourquoi se soucierait-elle de ce que penserait Clint ? Pourtant, au plus profond de son cœur, elle savait qu'elle s'en souciait énormément.

Lucille revint avec une petite boîte à bijoux.

– J'ai quelque chose ici, que John m'a donné peu après notre mariage.

Elle sortit de la boîte un cœur en or suspendu

à un ruban de velours noir; une émeraude brillait au centre du cœur.

Involontairement, Charlotte le prit dans sa main.

– Il est ravissant, Lucille. Mais je ne peux pas l'accepter. Il doit valoir une fortune.

– Balivernes, ma chérie. S'il a de la valeur, c'est en tant que souvenir de John. Mais j'ai rarement l'occasion de le porter. Je ne vous le donne pas, je vous le prête seulement pour la soirée.

Elle attacha le ruban autour du cou de Charlotte et la laissa s'admirer dans la glace. L'émeraude brillait de tout son éclat. Lucille hocha la tête de satisfaction.

– Vous serez parfaite, c'est certain.

Charlotte attendait, assise dans le salon du rez-de-chaussée, essayant de cacher son trouble, lorsque Lucille fit entrer Clint Devlin puis se retira discrètement.

Clint était resplendissant dans sa tenue de soirée, le haut-de-forme à la main. Charlotte retint sa respiration en l'apercevant. Dieu, qu'il était beau ! Son pouls s'accéléra et elle sentit son cœur battre plus fort.

Clint s'arrêta, la détaillant soigneusement, et durant cet instant elle ressentit une cruelle anxiété. Et s'il n'appréciait pas sa robe ? Tout à coup, son opinion lui tenait terriblement à cœur.

– Eh bien ! (Son sourire nonchalant se dessina sur ses lèvres.) Est-ce là la Charlotte King que j'ai vue en robe de guingan, conduisant un chariot couvert, tiré par une paire de chevaux ?

Elle se leva, soudain coquette.

– Aimez-vous la robe ?

– Oui, ma chère, je l'aime beaucoup. En fait, j'aime tout ce que je vois. Vous êtes éblouissante, Lotte. Je ne me souviens pas d'avoir vu de femme plus belle.

Ravie plus que de raison, elle s'avança vers lui.

— Vous avez grande allure aussi, monsieur Devlin.

— Vous trouvez ? dit-il d'un air satisfait. J'ai déniché une boutique où j'ai loué ce costume. C'est une soirée importante, Lotte. Si nous voulons nous lancer dans les affaires à Durham, il faut que nous fassions connaissance avec les personnages importants de la ville.

— Je serais curieuse de savoir comment vous vous êtes procuré l'invitation. Vous connaissez le maire ?

— Pas encore, mais j'ai bien l'intention de faire sa connaissance, dit-il gaiement. (Il lui présenta le bras.) Venez-vous ?

Une voiture était stationnée devant la porte. Charlotte la regarda avec étonnement.

— Où avez-vous trouvé l'argent pour cela ? Je croyais que vous aviez tout investi dans notre compagnie ?

— La plus grande partie, c'est vrai. Mais j'ai loué cet équipage, tout comme les vêtements, juste pour cette soirée. Une des premières règles en affaires, ma chère, c'est de présenter une façade. Vous ne deviendrez jamais prospère, si vous ne paraissez pas prospère.

Il l'aida à monter avec beaucoup de cérémonie puis fit le tour de la voiture et monta de l'autre côté. Il ramassa les guides et mit les chevaux au pas.

— Vous ne m'avez toujours pas dit comment vous avez obtenu cette invitation, Clint.

— C'est simple. J'ai laissé courir le bruit, si l'on peut dire, en m'assurant que cela parviendrait aux oreilles du maire, que nous allions ouvrir une fabrique de tabac ici à Durham.

— Oh non ! s'exclama-t-elle. Pourquoi, au nom du ciel, avez-vous fait cela ? Je voulais garder le secret le plus longtemps possible afin que Lutcher ne l'apprenne pas.

— Ma chère Lotte, on ne garde pas une pareille chose secrète, dit-il sévèrement. Nous voulons le plus de publicité possible. Nous voulons que les gens sachent ce que nous faisons. S'ils commencent à croire ce que nous voulons leur faire croire, c'est-à-dire que nous apporterons plus de prospérité dans leur ville, ils feront tout leur possible pour nous aider, particulièrement l'administration de la ville.

– Vous me noyez de paroles, Clint. Vous avez sans doute raison mais Lutcher va devenir vert de rage lorsqu'il l'apprendra. On ne sait pas ce qu'il est capable de faire.

– Lutcher, Lutcher ! Vous en avez fait toute une montagne dans votre imagination comme si c'était un ogre, quelqu'un qui peut tout se permettre. Je sais... je sais que vous avez des raisons de le craindre après ce qu'il vous a fait. Mais ce sera différent à présent. Avant, vous étiez une femme seule. Maintenant, vous faites partie d'une association. Ben et moi nous nous assurerons qu'il ne vous arrive rien. D'ailleurs, que diable peut-il faire ? Corrompre votre frère et l'utiliser contre vous, envoyer un bandit pour essayer de vous violer... Rien de tout cela ne lui profitera plus maintenant. Avec une entreprise en activité, nous serons sur le même pied que lui. Il peut, il est vrai, tenter des manœuvres malhonnêtes, mais qu'il essaie ! (Son visage était menaçant.) Je peux devenir aussi mauvais que lui s'il le faut.

Charlotte resta silencieuse mais elle était encore loin d'être convaincue. Elle se souvenait seulement de la méchanceté du regard de Lutcher la dernière fois qu'elle l'avait affronté. Quelqu'un qui ne l'avait pas vu en cet instant ne pouvait imaginer de quoi il était capable.

La voiture avançait à présent lentement dans une rue bordée de belles demeures. Des buggies, des voitures et des chevaux stationnaient de chaque côté. Clint arrêta l'équipage devant une maison de style colonial dont les colonnes étaient éclairées par des lanternes et des torches. Des hommes et des femmes élégamment vêtus s'avançaient vers la maison dont les deux étages étaient illuminés. Charlotte entendait les bouffées d'une musique entraînante venant de l'intérieur.

Elle repoussa ses sombres pensées et se laissa emporter par le plaisir. Elle était venue ici pour s'amuser et avait bien l'intention de le faire.

Mais l'une des premières personnes qu'elle vit dans le hall de la maison après qu'ils eurent été accueillis par le maire et sa femme fut Sload Lutcher ! Tout habillé de noir, il se tenait juste au-delà de l'entrée, un verre de champagne à la main.

Charlotte s'arrêta au moment où le regard malveillant de Lutcher se posa sur elle. Ses yeux, profondément enfoncés dans les orbites, devinrent froids comme des glaçons lorsqu'il la reconnut. Un autre homme se tenait à ses côtés. Lutcher lui toucha le bras et, tandis qu'il se retournait, la lui désigna.

Cet homme était le frère de Charlotte.

8

Lorsque Sload Lutchers avait appris que Charlotte King avait fondé une compagnie de tabac, il avait été saisi d'une rage violente; mais à présent, il s'était ressaisi. Il avait agi inconsidérément par le passé, laissant sa colère le conduire à des manœuvres brutales telles qu'envoyer Cob Jenks terroriser la fille; mais une telle tactique n'était plus envisageable puisqu'il lui fallait à présent tenir compte de ses partenaires.

Il attendrait son heure. Une menace directe sur sa personne provoquerait vraisemblablement une riposte de ses partenaires. Toute mesure visant à la vaincre devait être indirecte et subtile. Sa détermination de la voir battue et humiliée n'avait pas faibli.

Mais d'abord, il attendrait de voir si sa compagnie prospérait. D'autres avaient tenté de fonder des fabriques de tabac et avaient échoué, par manque de perspicacité dans les affaires, parce qu'ils n'arrivaient pas à trouver de tabac pour maintenir la production ou pour d'autres raisons. Étant donné qu'aucun des trois associés, à sa connaissance, n'avait d'expérience dans cette branche, la possibilité de leur échec était très forte; si néanmoins cette femme réussissait, il dirigerait tous ses efforts pour les acculer au mur, elle et ses associés.

Lutcher se considérait comme un homme prévoyant et, pensant que cela pourrait lui être utile à l'avenir, il avait décidé qu'il serait bon de s'attacher Jeff King, bien qu'il le détestât. Il méprisait la faiblesse, reconnaissant pourtant que cette faiblesse pouvait être utilisée par un homme tel que lui; et il était persuadé que Jeff King pourrait un jour lui rendre service.

Il lui avait donné un emploi dans la *Lutcher Tobacco Company* pour un salaire insignifiant. Il se souvenait parfaitement de cette entrevue.

— Vous travaillerez surtout dans le domaine des relations publiques puisque vous êtes bien connu à Durham et que vous êtes un ancien combattant, avait-il dit à Jeff. Je ne me soucie pas de votre vie privée, King. Buvez et faites la noce tant que vous voudrez mais j'exige que vous soyez sobre et respectable pendant votre travail.

— Je ne peux pas être respectable avec ce que vous me payez, avait répondu Jeff, maussade.

Lutcher s'était penché en avant, frappant du poing sur son bureau.

— J'ai pour coutume de payer un homme selon sa valeur. Prouvez-moi que vous valez plus, je vous paierai plus. Mais n'oubliez pas ceci, King. Qui d'autre à Durham vous offrirait un emploi ? Un handicapé, un ivrogne, un joueur ! Si vous faites le moindre faux pas, je vous flanquerai à la porte instantanément et m'arrangerai pour vous contraindre à quitter définitivement Durham. Est-ce clair ?

Jeff avait hoché la tête, embarrassé.

– Compris.

– Bien ! (Lutcher l'avait dévisagé attentivement.) Il y a autre chose que j'exige de vous : je veux que vous appreniez tout ce que vous pouvez concernant le commerce du tabac.

– Pourquoi ? Je ne m'y intéresse pas le moins du monde.

– Vous ferez ce que je vous dis, King. Le tabac est promis à un grand avenir et je veux que tous ceux qui travaillent pour moi connaissent le sujet à fond. Alors, suivez mes instructions ou vous n'obtiendrez plus rien de moi. Vous avez le choix : faites ce que je vous dis ou bien mourez de faim. Que décidez-vous ?

– Très bien, monsieur Lutcher, très bien, avait dit Jeff, résigné. Je ferai ce que vous voudrez.

Ce que Lutcher n'avait pas prévu, c'est que Jeff King lui serait utile aussi rapidement. Lorsqu'il reçut une invitation au bal de Noël du maire et qu'il apprit, par une voie détournée, que Charlotte King et l'un de ses partenaires faisaient partie des invités, il y vit un moyen d'embarrasser Charlotte. Sans dire à Jeff King que sa sœur serait au bal, il lui avait donné l'ordre de venir avec lui puisque l'invitation comportait la possibilité de se faire accompagner et que Lutcher ne connaissait pas de femme convenant à cette occasion, et ne s'en serait pas encombré, même dans le cas contraire.

De l'avis de Lutcher, toutes les femmes étaient des catins – ne l'avait-il pas constaté durant le temps où il tenait des maisons closes ? Les soi-disant femmes respectables ne valaient pas mieux que les putains malgré les apparences. Leur moralité mise à part, elles ne servaient qu'à distraire un homme de l'essentiel : devenir quelqu'un d'influent et de riche. Il avait peu de besoins sexuels et c'était là, à son avis, la seule utilité des femmes.

Lutcher et Jeff arrivèrent de bonne heure au bal et Lutcher prit soin de se placer de façon à surveiller facilement la porte d'entrée. Il ne fit aucune remarque lorsque Jeff se servit verre sur verre du champagne présenté par les serveurs; il voulait qu'il soit ivre avant l'arrivée de Charlotte.

Finalement, son attente fut récompensée. Il vit Charlotte King arriver au bras d'un homme élégant en habit de soirée; Lutcher présuma que c'était un de ses associés. Il se redressa, attentif, attendant qu'elle franchisse le seuil. Il ressentit un frisson de satisfaction intérieur lorsqu'il la vit s'arrêter court en l'apercevant. Il toucha le bras de Jeff pour qu'il se retourne et que sa sœur le reconnaisse.

Jeff eut un haut-le-corps.

– Ô mon Dieu ! C'est Charlotte. Il faut que je parte d'ici.

Il avait à peine esquissé un pas que Lutcher le saisit d'une poigne de fer.

– Vous restez ici, King, à côté de moi, dit-il d'une voix âpre.

– Vous saviez qu'elle allait venir. Vous l'avez fait exprès.

– Je ne comprends pas ce que vous voulez dire, fit Lutcher d'un air innocent. J'aurais cru que vous seriez content de voir votre sœur, surtout la veille de Noël.

Son regard n'avait pas quitté Charlotte un instant. Il la vit se détourner à demi, heurtant l'homme avec qui elle était arrivée. Ils chuchotèrent un instant. Le regard de l'homme était dirigé vers Lutcher qui sourit calmement et lui fit un signe de tête auquel l'homme répondit. Puis il prit le bras de Charlotte et se dirigea droit vers Lutcher.

Ils s'arrêtèrent devant lui. L'homme la tenait toujours par le bras et Lutcher avait l'impression que, sans cela, Charlotte se serait enfuie. Elle refusa obstinément de le regarder ainsi que son frère. Son compagnon ôta son cigare de ses lèvres.

– Je suis Clint Devlin, dit-il aimablement, et je pense que vous êtes Sload Lutcher. Je suppose que nous allons être concurrents, si l'on peut dire.

– Oui, je suis Sload Lutcher et voici Jefferson King. (Lutcher sourit méchamment.) Mais vous le connaissez, n'est-ce pas, mademoiselle King ? Il travaille pour moi à présent.

Charlotte leva enfin les yeux sur Jeff. Son regard était glacé.

– On m'a toujours dit que la racaille s'assemble avec la racaille. Je vois que c'est vrai.

– Charlotte, ne me donnerez-vous pas une chance de m'expliquer ? demanda Jeff d'un ton pitoyable.

– Vous expliquer ? Il n'y a rien à expliquer. Je comprends tout parfaitement. Clint, pouvons-nous nous éloigner à présent ?

– Pas tout de suite, Lotte. J'aimerais dire deux mots à M. Lutcher auparavant. Puisque ce n'est pas un secret d'État, je suis certain que vous savez tout sur la compagnie des tabacs Ascher, Devlin et King ?

– Oui, j'en ai entendu parler, ricana Lutcher. Le commerce du tabac est une rude entreprise, monsieur Devlin. Certainement pas faite pour des enfants ou des néophytes.

– Je suis certain que c'est un jeu rude – à la manière dont vous y jouez. (Clint souriait doucement.) Nous sommes peut-être des néophytes en ce qui concerne le commerce du tabac, monsieur Lutcher, mais je puis vous assurer que Ben Ascher et moi ne sommes pas des enfants. Ce que nous ignorons, nous aurons tôt fait de l'apprendre. Nous n'avons pas peur de la compétition, soyez-en certain. Pour ma part, j'aime cela. Elle me fait donner le meilleur de moi-même. Alors, faites de votre mieux, monsieur Lutcher.

— Je n'y manquerai pas, monsieur Devlin, soyez-en convaincu. Je ne suis pas joueur mais si je l'étais, je serais prêt à parier que les tabacs King ne survivront pas au-delà de leur première année d'existence.

— Je suis certain que nous pouvons compter sur vous pour mettre tout en œuvre dans ce dessein, dit Clint gaiement.

— Vous pouvez. Et en dépit de votre attitude insolente, monsieur Devlin, je me pose des questions sur les qualités de jugement d'hommes qui s'associent avec une femme.

Lutcher regardait Charlotte en parlant et eut la satisfaction de la voir se raidir de colère.

— Je ne sais pas. Je crois que cela sera intéressant, si l'on peut dire. Il y a un autre point dont je voudrais vous parler, monsieur Lutcher. (Devlin pointa son cigare sur lui. Il souriait toujours mais sa voix était mordante à présent.) Charlotte n'est plus seule et sans défense. Elle a Ben et moi pour la protéger. Si quelque chose lui arrivait encore, nous viendrions vous trouver et nous réglerions nos comptes avec vous... disons de manière énergique.

Le visage de Lutcher resta inexpressif.

— Je ne sais rien de cette prétendue attaque de Mlle King. Si Cob Jenks s'y est livré, c'est de sa propre initiative, pas sur mes ordres.

— Je ne vous traiterai pas de menteur, monsieur, parce que cela n'a pas vraiment d'importance. Mais à partir de maintenant, si un de vos employés se livre à des voies de fait sur Charlotte, nous vous en tiendrons pour responsable et agirons en conséquence. (Il reprit le bras de Charlotte.) Voulez-vous danser, ma chère ? Je crois que mon entretien avec M. Lutcher est terminé.

Lutcher resta immobile, suivant du regard le

couple qui s'éloignait et se mit à valser dans la salle de bal. Il avait dépassé le stade de la colère à présent et était animé d'une haine mortelle. Il avait la ferme intention d'œuvrer à la destruction de cet insolent et de Charlotte King.

— J'ai besoin de quelque chose de plus fort que ce champagne, murmura à côté de lui Jeff King.

Il plongea dans la foule et Lutcher le laissa aller. Il pouvait s'enivrer autant qu'il le voulait. Il n'avait plus besoin de lui.

Une seule fois dans sa vie auparavant, Lutcher avait subi un tel outrage : lorsque cette catin de La Nouvelle-Orléans l'avait surpris pendant qu'il dormait. D'un seul coup de couteau de cuisine, elle avait tranché sa virilité pour toujours...

Avec un sursaut de volonté, il détourna ses pensées de cet épisode terrible de sa vie et concentra son attention sur le couple qui dansait. Quel que soit le temps qu'il faudrait ou les mesures qui seraient nécessaires, il ferait en sorte de les détruire tous les deux, financièrement et au-delà.

Dans la voiture à côté de Clint, Charlotte gardait un silence maussade, ne prêtant pas attention au chemin qu'ils empruntaient. Elle pensait à Jefferson et à Sload Lutcher. Comment son frère pouvait-il travailler pour cet homme ? Il lui semblait impossible qu'il soit tombé aussi bas.

Elle avait insisté pour qu'ils quittent le bal après leur première danse. À contrecœur, Clint avait accédé à sa demande.

— Je comprends, Lotte. Je suis désolé. Si j'avais su que votre frère serait là, je n'aurais pas insisté pour venir. Sload Lutcher est vraiment un type ignoble. Il sait comment vous faire du mal.

En sentant la voiture s'arrêter, Charlotte se redressa avec un sursaut en regardant autour d'elle. Ils étaient devant une petite maison blanche, dans un quartier qui lui était totalement inconnu.

– Où sommes-nous ? demanda-t-elle en se tournant vers Clint. Ce n'est pas la pension de famille.

– Non. J'ai pensé que vous n'auriez pas envie d'y retourner maintenant pour passer la veillée de Noël toute seule. Si vous rentriez à cette heure-ci, la veuve vous harcèlerait de questions.

– Mais à qui est cette maison ?

– C'est la mienne, Lotte. Je l'ai louée. (Il souriait.) Vous savez, pendant des années, à l'exception de la période de guerre bien entendu, j'ai vécu dans des hôtels et des chambres meublées. J'ai toujours voulu avoir une maison. Lorsque j'ai trouvé celle-ci, d'un loyer modeste, je l'ai prise. Il y a une cheminée. Nous pouvons faire du feu, je préparerai du lait de poule et nous fêterons Noël. Désolé, je n'ai pas de sapin. Je n'ai pas eu le temps de m'en procurer un. Il n'y aurait pas de cadeaux à mettre sous les branches, de toute façon.

– Mais Clint, ce n'est pas vraiment convenable que je me trouve seule avec un homme chez lui, dit-elle, hésitante.

– Qui le saura ? La maison est relativement isolée. C'est une des raisons qui m'ont décidé à la prendre.

– Vous voulez dire que vous l'avez louée juste pour pouvoir y faire discrètement venir des femmes ?

– Pas discrètement, Charlotte. Ce que je fais, je le fais ouvertement.

– C'est parfait pour vous, rétorqua-t-elle, mais une femme doit veiller à sa réputation.

– Charlotte, vous êtes adulte; vous êtes une femme d'affaires et pas une tête de linotte attendant un mari...

– Comment pouvez-vous savoir que je ne cherche pas un mari ?

Il la défia du regard.

– Est-ce le cas ?

– Non, bien entendu. Mais cela n'implique pas non plus que je sois une femme facile.

– Personne ne le prétend. Allons, Lotte. De quoi avez-vous peur ?

– Je n'ai pas peur. Certainement pas de vous, monsieur Devlin !

– Alors ? dit-il d'un air grave. Je n'ai pas envie de passer la veillée de Noël tout seul et je sais que vous non plus.

Tout à coup, Charlotte pensa qu'elle paraîtrait ridicule si elle exigeait qu'il la raccompagnât à la pension de famille; la perspective de passer un moment seule avec lui était d'ailleurs tentante. Elle refusa de penser plus loin.

– Très bien, Clint, dit-elle.

L'intérieur de la maison était meublé avec sobriété mais les meubles étaient de bon goût.

– Je sais que cela ressemble assez à une chambre d'hôtel, dit Clint en s'excusant. Je n'ai pas eu encore beaucoup de temps pour m'en occuper et vous êtes la première personne à y venir.

– Dois-je me sentir flattée ? demanda-t-elle sèchement.

Sans répondre, il la fit entrer dans un petit salon et alluma une lampe. Il faisait froid dans la maison et Charlotte frissonna.

– Je vais allumer le feu.

Clint lui indiqua le divan devant l'âtre et elle s'assit. Il y avait une pile de bois à côté de la cheminée et une épaisse peau de bison étalée par terre sur le plancher de bois.

Clint alluma rapidement le feu et Charlotte tendit les mains vers les flammes qui dansaient. Clint se leva en se frottant les mains.

– Cela devrait réchauffer la pièce bientôt. Maintenant, je vais faire un lait de poule.

Il sortit de la pièce et Charlotte entendit des tintements de porcelaine venant de la cuisine. La chaleur du feu réchauffa la pièce et elle contempla les flammes tout en se demandant ce qu'elle faisait là. Mais elle ne ressentit aucune inquiétude profonde et elle décida de laisser les choses suivre leur cours. Elle avait chaud à présent, était confortablement installée, et se trouvait auprès d'un homme séduisant en ce soir de Noël. Ce n'était pas le moment de se préoccuper du lendemain.

Ses paupières se firent lourdes et elle était presque endormie lorsque Clint revint avec deux tasses. Il avait enlevé sa veste et sa cravate, et sa chemise était à demi déboutonnée. Lorsqu'il se pencha pour lui tendre une des tasses, elle aperçut l'épaisse toison de poils dorés qui lui couvraient la poitrine. L'odeur du lait de poule était épicée, alléchante.

Elle en but une gorgée tandis que Clint s'asseyait à l'autre extrémité du divan et allumait un cigare.

— Vous faites du très bon lait de poule, Clint.

— Encore un de mes nombreux talents, dit-il avec un sourire radieux. Je vous préviens, Lotte. Il est plutôt fort, fait avec du rhum de la Jamaïque — mais au diable, c'est Noël, non ?

— Oui. (Elle but une nouvelle gorgée et sentit une onde de chaleur au creux de son estomac.) Une chose m'inquiète cependant, Clint...

— Quoi donc, ma chère Lotte ?

— Tout ceci... (Elle fit un geste vague de la main.) L'attelage et tout le reste...

— J'aime vivre bien, je crois vous l'avoir dit. Et c'est mon argent.

— Votre vie privée ne me regarde pas ! Cependant, je l'ai dit plusieurs fois, il se passera des mois avant que nous ne fassions des bénéfices. Qu'arrivera-t-il lorsque vos réserves s'épuiseront ? Je me demande moi-même comment je vais vivre jusque-là et Dieu sait que je ne fais pas de folies.

— Vous devriez, dit-il d'un air dégagé. Comme je l'ai déjà mentionné, les apparences comptent. Si vous avez l'air prospère, les gens ont tendance à croire que vous l'êtes.

— C'est très joli, fit-elle, exaspérée, mais qui financera ces… apparences ?

— C'est simple. Nous faisons un emprunt pour nous permettre de vivre largement jusqu'à ce que notre affaire devienne rentable. C'est ainsi que cela se fait, Lotte.

— Non, non. (Elle secoua la tête.) J'ai vu assez de gens écrasés par les dettes durant la guerre et après.

— La guerre est finie, Lotte. Les choses sont différentes maintenant.

— Pensez aux risques, Clint, dit-elle, agitée. Que ferons-nous si nous rencontrons des difficultés au début et si cela prend plus de temps que prévu avant que nous ne fassions du profit ? Nous pourrions tout perdre.

— Pas de profit sans risque, dit-il gaiement. (Il se rapprocha pour lui prendre la main.) Charlotte, les risques sont minimes, croyez-moi. Tout ce que vous avez à faire, Ben et vous, c'est de fabriquer le produit. Je vendrai le tabac comme cela ne s'est jamais fait auparavant.

Elle voulut retirer sa main mais la laissa en fin de compte prisonnière entre les siennes.

— Vous parlez de faire un emprunt comme si c'était la chose au monde la plus aisée. Personne n'a d'argent à prêter, à part les vautours comme Sload Lutcher, et je ne consentirai pas à lui en demander. Le Sud est ruiné, Clint. Il n'y a pas d'argent. Je n'ai même pas pu obtenir un prêt sur la ferme avant que Lutcher ne s'en empare. Et même lui n'a pas voulu me faire de prêt sur hypothèque.

— Il y a de l'argent et il y en a toujours eu, dit Clint, péremptoire. Peut-être pas à Durham mais à Atlanta ou dans d'autres grandes villes du Sud. Sinon, nous pouvons nous adresser aux spéculateurs du Nord. La plupart des industriels du Nord sont devenus riches durant la guerre et ils seraient ravis de placer leur argent ici. C'est une autre chose qu'il faut que vous appreniez, Lotte… Nombreux sont les nantis d'aujourd'hui qui ont fait fortune en empruntant de l'argent pour commencer. La seule chose à faire, c'est de trouver la bonne source et je suis persuadé que Ben et moi, lorsqu'il le faudra, saurons le faire.

Il se leva et lui prit sa tasse.

– Je vais nous faire encore un peu de lait de poule, dit-il en se dirigeant vers la cuisine.

Charlotte se rendait compte que la première tasse l'avait déjà un peu grisée – elle n'était pas habituée à boire – et qu'elle devait lui dire qu'elle n'en prendrait plus. Mais pourquoi s'en faire ? Le feu brûlait bien maintenant, elle avait chaud, était confortablement installée et il se dégageait de la pièce, de cet homme et de cette boisson, une sensualité qui ne la laissait pas insensible.

Lorsque Clint revint, il fit un détour pour souffler la lampe, laissant le feu pour seul éclairage. Elle accepta la tasse et but.

– À propos de ce que vous avez dit, il y a un moment, au sujet de ma vie privée, Lotte… Voyez-vous, cela ne me gênerait pas que vous vous y intéressiez.

– Que voulez-vous dire ? demanda-t-elle en le regardant attentivement.

– Simplement que je vous trouve séduisante, très séduisante, et que j'aime les belles femmes.

– Et les aventures passagères aussi, j'ai l'impression.

Il secoua la tête, soudain sérieux.

– Pas du tout, pas dans le cas présent. Il n'y a rien de banal dans ce que je ressens pour vous, Lotte. Je veux pourtant que vous sachiez ceci… je ne suis pas du genre à me marier. Peut-être l'envisagerai-je un jour mais à présent, quelle que soit la force des sentiments que j'éprouve pour vous, ne vous attendez pas à une demande en mariage.

– Au moins, vous êtes honnête.

Même à ses propres oreilles, sa voix lui paraissait tendue et elle se rendit compte qu'elle respirait avec peine et que son cœur battait la chamade.

– J'essaie de l'être, répondit gravement Clint.

Il posa sa tasse et, se penchant vers elle, lui prit doucement le visage entre ses mains. Puis ses lèvres se posèrent sur celles de Charlotte dans un baiser très doux et très tendre.

Durant une fraction de seconde, elle prit conscience de la situation dans laquelle elle se trouvait et pensa résister. Elle devinait qu'il n'essaierait pas de la forcer si elle refusait son étreinte et lui demandait de la reconduire chez elle. Mais le souvenir de la nuit dans le chariot, quand Ben Ascher était venu la rejoindre, lui donna le désir d'éprouver cette extase une nouvelle fois.

L'instant d'après, toute pensée s'envola et elle se laissa aller aux sensations qui l'envahissaient.

Alors que Ben avait été un amant assez timide quoique adroit, Clint était plus énergique, atteignant les points sensibles de son corps sans aucune hésitation; pourtant, il restait tendre et prévenant, prenant soin de ne pas l'effaroucher.

Ses doigts habiles dégrafaient et déboutonnaient la robe de Charlotte. Et toujours, ses lèvres venaient se reposer sur celles de Charlotte. Entre chaque baiser, ses mains la caressaient, l'exploraient. Il éveillait en elle une soif ardente et elle attendait avec impatience le contact de sa bouche sur la sienne.

Puis elle fut complètement nue et, tandis qu'il lui caressait l'intérieur des cuisses, elle se sentit emportée par un irrésistible désir. Elle tendit les bras et l'attira sur elle, surprise de découvrir que lui aussi était dévêtu. Son corps mince et musclé donnait une impression de force contenue.

Clint, sans quitter ses lèvres, la souleva dans ses bras et la déposa sur la peau de bison devant le feu. La fourrure était chaude et douce sous son dos.

Elle poussa un gémissement de surprise et de plaisir lorsqu'il la pénétra d'une poussée puissante. Il était exigeant dans la passion, la prenant avec une violence contrôlée. Pourtant, sans savoir comment elle le devinait, elle sentait qu'il était attentif à elle.

Son désir se transforma en un tourbillon de sensations et, lorsqu'elle atteignit le point culminant de la jouissance, elle poussa un cri étouffé et s'accrocha à lui, jusqu'à ce qu'il frémisse lui-même en lui murmurant des mots d'amour.

Finalement, ils s'apaisèrent. Clint souleva la tête et l'embrassa légèrement, puis se dégagea pour s'étendre le long d'elle sur la peau de bison. Se soulevant sur un coude, il la contempla, les yeux encore brillants de désir.

Il lui frôla un sein avec une sorte de respect.

– Vous êtes très belle, Lotte, et très féminine. À en juger par votre comportement placide de tous les jours, un homme pourrait facilement se méprendre sur votre nature véritable.

Elle eut un rire de gorge.

– Mais vous, monsieur Devlin, n'avez pas commis cette erreur, il me semble.

– Je me pique d'être un bon juge, surtout en ce qui concerne les femmes.

Il s'assit pour prendre un cigare. Charlotte, les yeux mi-clos, pensa qu'elle pourrait lui en vouloir de sa désinvolture mais elle se sentait trop bien pour protester. D'ailleurs, s'il était orgueilleux, peut-être avait-il des raisons de l'être. Si elle devait en juger par ce qui venait de se passer, elle serait amenée à conclure que Clint Devlin consacrait tout son temps à faire l'amour aux femmes. Sinon, comment aurait-il pu être si expert en la matière ? Pourtant, elle savait que c'était là une image fausse de lui. Il consacrait autant d'énergie, de temps et d'efforts à d'autres ambitions.

Ses pensées prirent un tour différent, cherchant à lui donner un sentiment de culpabilité après ce qu'elle venait de faire. Elle savait qu'elle pouvait se trouver des excuses – c'était Noël et elle se trouvait seule au monde. Elle avait eu besoin d'une chaleur humaine, d'une présence. Elle avait bu trop de rhum. Tout cela était vrai.

Pourtant, cela se résumait à une seule chose – elle avait voulu cet homme et elle n'éprouvait aucun regret. Elle avait été heureuse de faire l'amour avec lui et savait intuitivement qu'elle le referait encore. Cela lui donnait l'impression d'être une friponne mais c'était un sentiment délicieux.

Elle rit doucement.

Clint la regarda, intrigué.

– Qu'y a-t-il d'amusant, ma chérie ?

– Moi ! Je suis une femme perdue, Clint. Du moins, c'est ce que penseraient la plupart des gens.

– Je dirais plutôt que vous êtes devenue une vraie femme, Lotte. Une vraie femme s'occupe peu de l'opinion des autres. Et vous ?

– Pas vraiment, du moins pas en ce moment. (Elle s'étira.) En ce moment, je suis heureuse.

– C'est ce qui est le plus important. La plupart des gens dans ce monde ne connaissent pas de bonheur, même fugitif.

– Je crois qu'il y a un terme qui s'applique bien à vous, Clint Devlin : vous êtes un hédoniste.

– De la tête aux pieds, dit-il avec un sourire insouciant.

Il écrasa son cigare dans sa soucoupe et se tourna vers elle.

– Joyeux Noël, Clint ! dit-elle en lui caressant la joue.

– Joyeux Noël, Lotte, à vous aussi.

Il lui frôla la pointe du sein, la faisant frissonner.

– Je dois bientôt partir.

– Pas si vite, j'espère.

Charlotte lui saisit la main et l'appuya très fort contre elle.

— J'ai promis à Lucille Carstairs de lui raconter toute ma soirée.

— Vraiment ? (Il inclina la tête et l'embrassa dans le cou.) Vous allez lui dire ceci ?

— Non... Oh !

Il esquissa une caresse plus intime.

— Et ceci ? murmura-t-il.

— Clint... Ô mon Dieu, que faites-vous ?

Il posa sa bouche sur la sienne pour étouffer ses protestations.

9

Ben Ascher n'était pas un homme fourbe de nature et il n'était pas dans son tempérament de pratiquer l'hypocrisie en visitant plusieurs fabriques de cigarettes à New York. Cependant, il n'osait pas dire que son but principal était de recruter des ouvriers pour sa fabrique de Durham. Il disait à tous ceux qui l'interrogeaient qu'il se lançait dans le commerce du tabac et qu'il était à New York pour apprendre la fabrication. Il fut parfois accueilli avec méfiance mais la plupart des directeurs de fabrique étaient disposés à lui montrer leurs procédés et leurs méthodes.

Ben n'était jamais allé à New York et il trouva la ville dure et intimidante, étant habitué au rythme plus calme des villes du Sud, comme Charleston et Savannah. Les rues du quartier industriel de New York regorgeaient de gens se hâtant tous vers une destination mystérieuse, tous poussés par un mobile obscur.

Les rues résonnaient de voix tonitruantes, faisant croire au profane à la colère de centaines de gens qui se bousculaient de tous côtés.

Les pavés résonnaient sous les sabots des chevaux et des roues cerclées de fer des charrettes, chariots et voitures qui se frayaient un passage à travers la foule. Ben vit des gens habillés de toutes les manières et entendit parler des langues du monde entier.

La ville était colorée et fascinante. Pourtant, Ben savait qu'il ne pourrait jamais s'habituer ni à ce bruit ni à cette bousculade.

Il visita cinq fabriques en tout et fut surpris, encouragé aussi, d'apprendre que la production de cigarettes venait en troisième position, après celle du tabac à chiquer et à priser. Les cigares, apprit-il encore, étaient produits pour la plupart par de petits fabricants disséminés dans la ville, qui les vendaient ensuite en gros aux compagnies plus importantes. Celles-ci, à leur tour, les revendaient aux détaillants.

– La fabrication des cigares a commencé avant et s'est développée pendant la guerre et c'est un art spécial. La plupart des ouvriers qui les fabriquent viennent de Cuba.

Cette information fut donnée à Ben par le directeur d'une des plus grosses compagnies, celle qu'il visita en dernier. Le directeur était un homme affable, du nom de Red Bryans, qui paraissait ravi de lui montrer le fonctionnement de sa fabrique.

– Que diable, puisque vous êtes dans le Sud, votre future fabrique ne pourra pas nous faire beaucoup de concurrence, n'est-ce pas ? avait-il dit après que Ben se fut présenté et lui eut exposé le motif de sa visite. Et d'après ce que j'ai entendu dire, vous autres Sudistes, n'êtes pas tellement énergiques, de toute façon, sans vouloir vous offenser.

– C'est une fausse légende jusqu'à un certain point, dit Ben en souriant et en pensant à Bradley Hollister. Certains Sudistes peuvent réagir assez vite lorsqu'il le faut. Mais ce que j'ai à l'esprit surtout, pour en revenir au fait, c'est la production de cigarettes alors que votre compagnie semble produire surtout du tabac pour pipe et à chiquer.

– Nous fabriquons aussi un bon nombre de cigarettes mais le propriétaire pense que ce n'est qu'une mode qui ne va pas durer. Je ne suis pas entièrement de son avis mais c'est lui le patron. (L'Irlandais haussa les épaules et cracha un jet de jus de chique par terre.) Peut-être s'orientera-t-il plus dans cette direction s'il apprend que vous autres, là-bas, vous vous y intéressez. Un des problèmes, c'est de trouver les gens pour les rouler. Les seuls qui savent le faire sont des étrangers; des Russes, des Polonais, etc., juifs, pour la plupart.

Il était si près de découvrir les raisons de la visite de Ben que celui-ci se crispa intérieurement.

– Venez avec moi, poursuivit Bryans. Je vais vous montrer tout ce qu'il y a à voir.

Ben le suivit dans une grande salle où s'exhalait une forte odeur de tabac mûr. La salle était encombrée de petites tables à dessus de marbre sur chacune desquelles s'entassait une pile de tabac. Un rouleur était assis à chaque table. Ben fut surpris et un peu déçu de constater que plus de la moitié des rouleurs étaient des femmes, jeunes pour la plupart.

Il en fit la remarque à Bryans.

– C'est exact. Il y a deux raisons à cela, je pense. Nous ne payons pas d'assez bons salaires pour intéresser les garçons, et les filles, de toute façon, font de meilleurs rouleurs de cigarettes. Elles ont des doigts plus fins, plus rapides, habitués à manier le fil et l'aiguille.

Ben parcourut la salle du regard. Son attention fut attirée par une machine située au fond, servie par trois hommes. Elle était faite d'un volant, d'une poulie et d'un grand cylindre ouvert du côté opposé au volant. Tandis que le cylindre tournait, des cascades de tabac haché se déversaient sur une toile posée à même le sol. Tandis que Ben observait, le cylindre s'arrêta de tourner et l'un des hommes ramassa la toile par les quatre coins et parcourut les rangées de tables en distribuant le tabac.

— Nous appelons cela le cylindre distributeur, dit Bryans en remarquant l'intérêt de Ben. Il reconditionne le tabac brut pour les cigarettes. À présent, j'ai d'autres tâches à remplir. Je vais dire au contremaître de vous donner tous les renseignements que vous désirez. (Il éleva la voix.) Jacob, venez ici, voulez-vous ?

Un petit homme au visage rond, aux cheveux gris et hirsutes, aux yeux bruns pétillants, s'avança. Il retira un mégot de cigare de sa bouche.

— Oui, monsieur Bryans ?

— Ce monsieur est de la Caroline du Nord, Jacob. Il s'appelle Ben Ascher et s'intéresse à la fabrication des cigarettes. Puisque vous êtes le responsable ici, j'ai pensé que vous pourriez lui faire visiter votre atelier. Je vous présente Jacob Lefkowitz, monsieur Ascher. (Bryans eut un regard malicieux.) Vous devriez bien vous entendre puisque vous parlez, pour ainsi dire, la même langue.

Tandis que le directeur s'éloignait, Ben tendit la main au contremaître.

— Heureux de faire votre connaissance, monsieur Lefkowitz.

— Un coreligionnaire du sud des États-Unis ?
Il parlait bien anglais mais avec un fort accent.
Ben sourit avec aisance.

— Nous sommes quelques-uns là-bas, monsieur Lefkowitz. Vous venez d'Europe, je pense ? Depuis quand êtes-vous ici ?

— Cinq ans maintenant.

— Vous parlez bien l'anglais.
Jacob Lefkowitz sourit fièrement.

— Je vais tous les soirs à l'école. Je travaille beaucoup. (Il fit un geste autour de lui.) Que voudriez-vous voir ?

– Tout. Je fais partie d'une association et nous voulons fonder une fabrique de tabac en Caroline du Nord. J'ai besoin de tout savoir.

Jacob le dirigea vers une table où une jolie fille brune, d'une vingtaine d'années à peine, roulait des cigarettes. Ben la regarda, fasciné, tandis qu'elle étalait du tabac sur un rectangle de papier blanc. Puis elle roula la feuille et le tabac en un cylindre compact de ses doigts agiles et souples. Ensuite elle colla le papier en trempant un doigt dans un bol plein d'une pâte blanche humide qu'elle frotta sur le bord du papier.

Ben indiqua le bol.

– De quoi est faite la pâte ?

– De farine et d'eau, répondit Jacob.

Il posa une main paternelle sur l'épaule de la fille qui leva les yeux. Malgré sa fatigue, son fin visage ovale était beau et ses yeux s'animèrent en observant Ben.

– Voici Rachel, dit Jacob. C'est la meilleure et la plus rapide rouleuse de cigarettes et c'est ma fille. Rachel, voici M. Ben Ascher, de Caroline du Nord.

– Comment allez-vous, monsieur Ascher ?

Sa voix était chaude et vibrante et elle n'avait pas l'accent de son père. Son visage s'anima vraiment lorsqu'elle sourit et qu'une fossette apparut sur sa joue gauche.

Ben se rendit compte qu'elle avait hérité la bonne humeur de son père.

– Je suis heureux de faire votre connaissance, Rachel. Combien de cigarettes pouvez-vous faire par jour ?

– Je peux en rouler quatre à la minute.

Jacob rayonnait de fierté.

– Rachel est la meilleure de l'atelier. Les autres sont contents lorsqu'ils en roulent deux ou trois par minute.

– Voyons, vous roulez approximativement deux

cents cigarettes à l'heure, calcula Ben. À dix heures par jour, cela fait deux mille quatre cents cigarettes dans la journée. (Il siffla doucement.) Ce n'est pas mal. Bien entendu, cela sans décompter le temps du déjeuner ni des différentes poses durant la journée.

– Douze heures par jour, monsieur Ascher, dit Rachel. Et nous n'avons qu'une demi-heure pour déjeuner, sans aucune autre pose.

Ben était abasourdi.

– Douze heures par jour ! C'est de l'esclavage. Comment y arrivez-vous ?

– Beaucoup ne tiennent pas, dit son père. Il faut être – comment dit-on ? – courageux. Rachel est plus forte qu'il n'y paraît. Non seulement elle travaille dur, mais (il fit un geste circulaire), voyez-vous, il n'y a pas de fenêtres. Le tabac est mauvais pour les poumons. Les rouleurs toussent tout le temps. Beaucoup tombent malades et meurent. C'est mauvais, très mauvais.

Ben regarda autour de lui et vit que c'était vrai. Il n'y avait aucune ventilation et il remarqua à présent que les ouvriers toussaient d'une vilaine toux qui résonnait dans la salle par ailleurs silencieuse. Il remarqua aussi qu'aucun d'eux ne s'arrêtait lorsqu'il toussait et que le sol était couvert de saletés. Même les tables étaient d'une propreté douteuse. On ne pouvait pas considérer ce lieu comme un endroit salubre.

– Combien vous paient-ils pour tout ceci ? demanda-t-il.

– Cinquante cents pour mille cigarettes, monsieur Ascher, dit Rachel.

Il fit un rapide calcul mental.

– Cela fait moins de deux dollars par jour. Même pour des rouleurs aussi bons que vous ! Dieu sait combien gagnent les autres.

– À peine de quoi manger, dit Jacob d'un air morose. C'est pourquoi la plupart des rouleurs sont des femmes. Un homme chargé d'une famille ne peut pas travailler ici. Combien de fois ai-je dit à Rachel qu'elle ne devrait pas le faire !

– Nous avons besoin d'argent, papa. Vous le savez bien.

Ben mémorisa les chiffres puis dirigea la conversation vers un sujet moins déplaisant.

– Monsieur Lefkowitz, comment sont emballées les cigarettes ?

Jacob alla prendre un paquet sur la table la plus proche.

– Comme ceci. Il en contient vingt.

Ben examina le paquet. Le prix de détail était marqué dessus : dix cents. Il refit un rapide calcul. Mille cigarettes rapportaient deux dollars dont il fallait déduire cinquante cents de taxe fédérale et vingt à trente cents pour le tabac au prix courant. Cela laissait un dollar vingt pour le travail, l'emballage, la vente et le profit. Si les tabacs King mettaient sur le marché un paquet au prix de quinze cents – il savait que certaines marques se vendaient à ce prix –, cela leur permettrait de payer des salaires plus élevés et d'utiliser un tabac de meilleure qualité. Il avait appris que les fabricants choisissaient la meilleure qualité pour le tabac à priser et à chiquer, utilisant pour les cigarettes la qualité inférieure. Le paquet n'était pas très attirant ; il savait que Clint, avec son imagination fertile, pourrait en concevoir un modèle plus séduisant.

– Monsieur Lefkowitz, pourrais-je prendre ce paquet ?

Jacob haussa les épaules.

– Cela ne me dérange pas. Que voudriez-vous d'autre ?

– Je crois que cela suffit pour le moment. (Ben regarda autour de lui puis baissa la voix.) Monsieur Lefkowitz, j'aimerais bien vous parler mais cela n'est guère possible ici – en raison de la proposition que je voudrais vous faire. Où déjeunez-vous ?

Jacob leva ses épais sourcils.

– Nous apportons une gamelle, Rachel et moi.

– Alors, puis-je vous inviter à déjeuner ? (Ben se tourna vers Rachel et vit qu'elle l'observait.) L'invitation comprend aussi votre ravissante fille, naturellement.

Rachel lui sourit.

– Je ne sais pas ce que dira papa mais je serais heureuse d'accepter, monsieur Ascher.

Jacob fronçait les sourcils.

– Pourquoi faites-vous cela ? Cette proposition… De quoi s'agit-il ?

– C'est une proposition d'affaires, monsieur Lefkowitz, qui sera à votre avantage. Je préférerais cependant que vous n'en parliez encore à personne. Acceptez-vous ?

Jacob le fixa longuement, le regard chargé de méfiance. Finalement, il acquiesça de la tête.

Ils déjeunèrent dans un restaurant juif à plusieurs rues de la fabrique; Ben voulait être certain qu'il n'y ait pas d'autres employés qui puissent les voir ensemble. Le restaurant était bruyant, bondé et rempli d'odeurs épicées.

Après avoir choisi les plats, ils trouvèrent une table vide au fond; Jacob avait secoué la tête avec une expression proche de la frayeur sur son visage en voyant toute la nourriture étalée. Ben les avait invités à choisir tout ce qu'ils voulaient et Jacob ne l'avait fait que sur l'insistance de Rachel.

– Papa, si monsieur Ascher nous le demande, il est normal que nous en profitions.

– Puisque vous avez très peu de temps pour le déjeuner, dit Ben, j'espère que vous ne verrez pas d'inconvénient à ce que nous discutions pendant le repas.

– Pas du tout, dit Jacob.

– Il est vrai que je m'intéresse à la fabrication des cigarettes mais ce n'est pas la véritable raison de ma présence ici. Je vais ouvrir une fabrique de tabac en Caroline du Nord avec deux associés. Nous avons l'intention de nous lancer à fond dans la production de cigarettes et nous avons donc besoin de rouleurs qualifiés. Il n'y en a pas dans notre région.

– Cette Caroline, où est-ce ? demanda Jacob.

Ben essaya de lui expliquer la géographie du Sud mais Jacob secoua la tête avec ahurissement.

– C'est comme un pays étranger pour moi.

Rachel rit gentiment.

– La seule chose que papa connaisse dans ce pays, c'est New York. Il n'est jamais sorti de la ville depuis qu'il est en Amérique. Moi non plus, d'ailleurs.

– Je puis vous assurer qu'il y fait agréable à vivre. Il y a du bon air et la vie est plus douce. Ici, il faut faire attention à chaque seconde dans la rue pour ne pas se faire écraser ou bousculer par un inconnu pressé. À Durham, il n'y a rien de tel.

– Pourquoi me dites-vous tout cela ? demanda Jacob.

– Parce que je veux vous embaucher, monsieur Lefkowitz, vous et votre fille. Je veux que vous veniez travailler pour les tabacs King. Pas seulement cela : je veux aussi que vous recrutiez d'autres rouleurs de tabac pour nous – au moins cinquante – pour l'ouverture de la fabrique, l'automne prochain. Je ne crois pas que nous pourrons commencer la production avant la récolte de tabac de cette année. Vous pouvez leur dire que nous paierons un salaire de soixante-dix cents pour mille cigarettes et, de surcroît, nous leur paierons le voyage jusqu'à Durham.

Jacob secoua la tête.

– Les rouleurs ne voudront pas laisser leurs familles derrière eux.

– J'aurais dû vous le préciser : ils amèneront

leurs familles avec eux, bien entendu. Nous paierons aussi leur voyage. (Ben regarda Jacob, puis sa fille.) Je ne sais pas où vous habitez à présent mais, d'après ce que j'ai vu à New York, je gagerais que vous vivez dans un taudis.

– Ce n'est que trop vrai, monsieur Ascher. (Rachel fit la grimace.) Papa et moi avons chacun une chambre mais la plupart des ouvriers ont de grandes familles et beaucoup s'entassent dans une seule pièce. Les immeubles sont infestés de rats et de cafards et se trouvent dans un état de saleté repoussant. Trop froids en hiver et trop chauds en été. Les propriétaires demandent des loyers considérables et refusent de dépenser de l'argent pour la moindre réparation.

– C'est un des avantages de ma proposition, voyez-vous, fit Ben, persuasif. À Durham, chaque famille pourra avoir sa maison avec une cour où les enfants pourront jouer et il n'y a guère de rats ou de cafards. Si vous consentez à recruter des ouvriers pour nous, monsieur Lefkowitz, je vais me mettre à la recherche de maisons pour les loger dès mon retour à Durham. Il y a de nombreuses maisons vides à présent, à cause de la guerre.

– Cela paraît merveilleux ! s'exclama Rachel. (Elle posa la main sur le bras musclé de son père.) Papa ?

Jacob fronçait les sourcils et se mordillait la lèvre inférieure.

– C'est une perspective effrayante, ma petite Rachel. Lorsque j'ai quitté mon pays, j'étais un homme jeune et j'étais seul. Je n'avais pas de soucis à me faire pour ma fille.

– J'ai presque vingt et un ans, papa, dit Rachel froidement. Ce n'est plus l'enfance et vous n'avez pas à vous inquiéter pour moi.

– Mais j'ai des racines dans cette ville maintenant. Je suis ici chez moi.

– Chez vous ! s'écria Rachel. Tout serait préférable à cette ville. Pensez au bon air sans fumée ni suie. Du soleil et de l'espace ! (Elle se tourna vers Ben.) Cela me paraît merveilleux, monsieur Ascher.

Jacob repoussa son assiette vide et alluma un cigare.

— Y a-t-il des juifs dans votre Durham, monsieur Ascher ? demanda-t-il soudain.

Ben fut légèrement surpris.

— Pas beaucoup, j'en ai peur, monsieur Lefkowitz.

— Combien de jeunes célibataires de religion juive ?

— Assez peu, répondit honnêtement Ben.

Jacob leva les bras au ciel.

— Vous voyez, nous ne pouvons pas y aller.

— Pourquoi pas ? Je ne vois pas en quoi cela nous en empêcherait, papa.

— Des jeunes gens pour vous, ma fille. Il est temps de vous marier.

— Papa ! (Rachel, embarrassée, détourna le regard.) Ce n'est pas le moment d'en parler.

— Comment ? s'insurgea son père. J'ai parlé, j'ai parlé. Vous n'écoutez jamais votre père.

— Je veux dire... (elle fit un geste vers Ben sans le regarder) ... pas devant M. Ascher, un étranger.

— Il y a sûrement, parmi les familles des rouleurs, des jeunes gens « éligibles », dit Ben.

— Croyez-vous que je veuille que ma Rachel épouse un rouleur de cigarettes ? s'exclama Jacob.

— Papa ! Cela suffit ! Lorsque je trouverai un homme que j'aurai envie d'épouser, je me marierai, pas avant.

— Dans notre pays d'origine...

— Il est loin le vieux pays, papa. D'ailleurs, monsieur Ascher... (Elle regardait Ben, les yeux brillants de malice) ...il est de Durham et il est certainement « éligible ». À moins qu'il ne soit déjà marié ?

– Non, répondit Ben sans réfléchir.

À présent, c'était au tour de Jacob d'être offensé.

– Rachel ! Il ne convient pas à une femme de se montrer aussi effrontée.

– Effrontée ? (Rachel ouvrit les yeux tout grands d'un air innocent.) Je faisais simplement remarquer que, puisque M. Ascher est un parti possible, il doit y en avoir d'autres. Monsieur Ascher… (elle regarda Ben droit dans les yeux, gravement) …nous acceptons votre proposition. C'est une chance extraordinaire pour nous.

– Ma fille, ne décidez pas à ma place, tonna Jacob, attirant le regard de tout le monde.

– Ne faites pas attention à papa, dit Rachel. Il aime grogner comme un ours mais l'idée le séduit, je le sais. Vous aurez vos rouleurs de cigarettes, monsieur Ascher.

C'était l'époque de l'année où l'on procédait aux brûlages.

Charlotte avait demandé à Bradley Hollister de lui envoyer un mot pour la prévenir du jour où il allait brûler le premier champ pour la nouvelle saison de culture. Lorsque Jimmie vint la prévenir, Charlotte partit à la recherche de Clint.

– On vient de m'avertir, Clint. M. Hollister brûle son nouveau champ ce soir. Je veux voir ça. C'est une véritable fête à laquelle prennent part tous les voisins.

Clint fit un geste désinvolte.

– Je ne vois pas pourquoi je devrais y aller, Lotte. Je n'ai pas besoin de savoir tout cela pour vendre du tabac.

– Je pense que vous devriez vous familiariser avec toutes les phases de la production, depuis la plantation des graines jusqu'au produit fini. Vous trouverez cela fascinant, j'en suis persuadée. D'ailleurs, vous n'avez rien d'autre à faire pour vous occuper en ce moment.

Elle fit un geste dédaigneux, désignant la banque où elle l'avait trouvé en conversation avec le président.

– Je lie des amitiés, dit Clint en soupirant. C'est toujours important en affaires. Nous aurons peut-être besoin de la banque Tarbuck, lorsque nous commencerons la production. Mais au diable tout cela. (Il sourit.) Je suis certain que je trouverai votre compagnie plus agréable que celle de n'importe quel banquier.

La saison du tabac commençait d'habitude en janvier pour les planteurs. Ils attendaient qu'il y ait quelques jours ensoleillés. Même si la neige bordait encore les clôtures et s'étalait autour des troncs d'arbres, quelques jours de soleil suffisaient à dégeler la terre.

Bradley Hollister avait déjà choisi un nouveau champ à brûler, au sol riche et limoneux. Il était en pente, bien drainé et bien exposé au soleil. Hollister et Jimmie avaient passé les premiers mois de l'hiver à défricher le terrain, stockant le bois vert à proximité, entassant aussi les branches mortes et les bûches. Finalement, ils avaient étalé le bois en couche égale sur le sol. La coutume voulait qu'on attendît la nuit pour utiliser les torches; de nuit, un feu était plus spectaculaire.

Il commençait à faire sombre lorsque Charlotte et Clint arrivèrent à la ferme des Hollister en buggy. Ils avaient apporté des couvertures et Clint avait pris une bouteille de brandy.

Lorsqu'ils arrivèrent à la lisière du champ, les hommes, les femmes et les enfants des fermes environnantes étaient déjà rassemblés.

Bradley Hollister s'avança pour les accueillir.

– Je suis heureux que vous ayez pu venir, Charlotte, et vous aussi, monsieur Devlin. (Il sourit d'un air heureux en se frottant distraitement l'épaule.) L'année sera bonne, je le sens dans mes os. Sans vous, Charlotte, aucun de nous n'aurait eu assez d'argent pour acheter les graines et le reste.

– J'étais la première intéressée, monsieur Hollister. Sans votre tabac, nous ne pourrions jamais faire marcher notre fabrique.

À ce moment, Jimmie arriva en courant.

– Il est l'heure, papa ? demanda-t-il, impatient. Les gars sont prêts.

– Allez-y, fiston. (Hollister rit en voyant le jeune homme repartir en courant.) Nous laissons les jeunes allumer le feu et l'entretenir, dit-il à Clint. Ils s'en donnent à cœur joie. Nous autres, les vieux, nous nous installons tout autour, nous nous racontons des histoires et buvons une petite goutte. Trouvez-vous un endroit avec Charlotte et installez-vous.

Jimmie et les autres garçons couraient déjà autour du périmètre, appliquant leurs torches sur les tas de bois. Les flammes se mirent à avancer vers le centre du champ.

Charlotte et Clint étalèrent leurs couvertures et s'installèrent. D'un panier de pique-nique, Charlotte sortit deux tasses et Clint y versa du brandy. Il ramassa un tison brûlant, alluma un cigare et ils burent.

Charlotte reconnut parmi les présents plusieurs fermiers avec qui elle avait fait des affaires durant ses deux dernières tournées de colportage. Elle leur adressa des signes amicaux mais la plupart se montrèrent réservés. Cela l'inquiéta car beaucoup d'entre eux avaient signé des contrats avec les tabacs King, s'engageant à vendre leur récolte de cette année aux associés, au prix moyen du cours à l'époque de la récolte.

Lorsque Bradley Hollister, qui avait fait le tour du champ, repassa auprès d'eux, elle lui fit signe de la rejoindre.

– Monsieur Hollister, j'ai remarqué une certaine réserve chez la plupart des fermiers ici présents. Ils semblent vouloir m'éviter. Pourquoi ? Le savez-vous ?

– J'ai bien peur que oui, Charlotte. (Le visage sombre, Hollister s'accroupit auprès d'eux.) J'allais vous en parler avant que la nuit ne s'achève. Par l'intermédiaire de Cob Jenks, Lutcher a proféré des menaces contre les fermiers, laissant entendre ce qu'il ferait s'ils respectaient leurs contrats avec vous.

– Quelles menaces ? demanda Charlotte en se raidissant.

– Oh ! rien de direct. Lutcher est trop rusé pour cela. Il a laissé entendre qu'il pourrait y avoir des incendies ou que, s'ils vous vendaient leurs récoltes, il ne leur achèterait plus jamais de tabac.

– Ce serait suicidaire de sa part, dit Clint en riant. (Il versa du brandy dans une tasse et la tendit à Hollister.) S'il refuse de leur en acheter, où trouvera-t-il du tabac pour faire marcher sa fabrique ?

Hollister leva la tasse et but.

– C'est du bon brandy, monsieur Devlin. Pour en revenir à Lutcher, il a aussi fait savoir qu'il offrirait plus que le prix proposé par vous, quel qu'il soit.

Charlotte était indignée.

– Ne peut-on rien faire contre ces menaces d'incendie ? En agissant de la sorte, il contrevient à la loi.

– C'est certain, répondit-il laconiquement. Mais comment le prouver ? Cob Jenks parle en son nom mais je suis certain que Lutcher le désavouerait.

– Tout comme il a nié avoir donné à Jenks l'ordre de vous molester, Lotte. Souvenez-vous de ce qu'il a dit au bal du maire. (Devlin but une gorgée et son expression devint menaçante.) Peut-être devrais-je dire deux mots à ce Jenks. Je l'ai aperçu à Durham. C'est un individu patibulaire, aussi aimable qu'un porc-épic. Mais d'après mon expérience, ce genre d'homme se démonte aisément, si on le provoque.

– Non, Clint. Cela ne ferait qu'empirer les choses. D'ailleurs, il se démonterait peut-être comme vous le dites mais serait capable de vous tirer une balle dans le dos dès que vous vous retourneriez. Il doit y avoir un autre moyen. (Elle s'adressa à Hollister.) Que disent les fermiers ? Sont-ils effrayés par les menaces de Lutcher ?

– Certains, peut-être. C'est difficile à dire avec certitude. (Hollister haussa les épaules.) Je suppose qu'il vous faudra attendre jusqu'à la récolte pour le savoir vraiment.

– À ce moment-là, dit Charlotte, il sera trop tard pour trouver d'autre tabac.

– Mais ils ont des contrats avec les tabacs King, n'est-ce pas ? demanda Clint.

– La plupart, oui.

– Alors, s'ils le vendent à Lutcher, poursuivez-les en justice.

Elle secoua la tête.

– Non, je n'agirai jamais ainsi. Je ne vais pas les forcer à faire quelque chose qu'ils ne veulent pas.

Clint soupira d'exaspération.

– Lotte, je ne sais pas si vous êtes faite pour les affaires. Parfois, il est nécessaire d'être impitoyable. Bon sang ! Ce ne serait que les forcer à respecter leurs engagements !

– Cela m'est égal, dit-elle, obstinée. J'ai vu trop de gens autour de Durham contraints de respecter leurs engagements et vivre des tragédies. Beaucoup ont ainsi perdu leur ferme ou leur maison.

– C'est difficilement comparable, Lotte. Ils ne perdront rien. Ils seront payés pour leurs produits.

– Charlotte a raison, monsieur Devlin, dit Hollister. Elle s'en ferait des ennemis, si elle les contraignait. Je ne m'y connais pas beaucoup en affaires mais je ne pense pas que ce soit bon pour elle de se faire des ennemis.

– Bon, bon, je suis en minorité.

Clint leva le bras et sourit aimablement.

— Et si vous espérez convaincre Ben de voter avec vous, vous vous trompez, dit Charlotte. Je le connais assez pour cela.

— Vraiment ? (Il la fixa sans cesser de sourire.) Pouvez-vous m'expliquer comment ?

Elle rougit et redressa la tête.

— Je n'ai rien à vous expliquer, Clint Devlin.

Hollister but le reste de son brandy d'un trait et se leva.

— Je suis certain que cela finira par s'arranger, dit-il en s'éloignant.

Clint prit la main de Charlotte.

— Pardonnez-moi, Lotte. Je suis cynique, je ne l'ai jamais nié, et j'ai tendance à voir le mauvais côté des choses. Pardonné ?

— Pardonné, fit Charlotte avec un sourire absent.

Elle pensait déjà à un plan pour parer à la situation au cas où les fermiers renieraient leurs contrats. Quelque chose lui chatouillait la mémoire : ce petit homme vêtu de façon extravagante qu'elle avait rencontré à la fabrique de Lutcher – le crieur de tabac. Comment s'appelait-il ? Watson ? C'était cela. Clyde Watson.

Elle s'étendit sur les couvertures, tandis que Clint fumait son cigare. Elle essayait de se souvenir de tout ce que Clyde Watson lui avait dit et de tout ce qu'elle savait sur la criée du tabac. Peu à peu, un plan prit vaguement forme dans son esprit.

Elle tourna la tête vers Clint.

— Vous avez dit que vous pourriez obtenir un prêt pour la compagnie, Clint. Est-ce vrai ?

Il l'observa avec son habituel sourire nonchalant.

— Bien sûr, mon cœur. Que concoctez-vous dans votre esprit tortueux ?

— Je préfère ne pas en parler encore. J'ai besoin d'y réfléchir un peu plus.

Elle détourna la tête afin de couper court à toute discussion. Il était tard à présent. Le feu avait baissé et les jeunes l'alimentaient sans arrêt et il s'embrasait régulièrement. De part et d'autre, les hommes étaient accroupis à la lisière du champ, buvant et parlant de leurs voix traînantes. Elle s'assoupit, engourdie par la chaleur et le murmure des voix. Elle entrouvrit les yeux un instant lorsque Clint la recouvrit d'une autre couverture et la borda doucement.

Quand elle se réveilla, il faisait plein jour. Le feu principal était mort à l'exception de quelques bûches qui se consumaient encore çà et là. De petits foyers brûlaient par endroits autour du périmètre et les hommes s'agglutinaient autour d'eux pour se préserver de la fraîcheur matinale. Clint entretenait aussi un petit feu et une cafetière noircie par la fumée gargouillait sur les charbons ardents.

Lorsqu'elle s'assit, Clint tourna le visage vers elle. Les rayons du soleil levant éclairaient ses joues couvertes d'une barbe naissante. Ses yeux pétillèrent de malice.

– Vous savez, ma chère, c'est la première fois que je passe la nuit à la belle étoile avec une femme sans partager ses couvertures.

Charlotte sentit le rouge lui monter aux joues.

Elle regarda rapidement autour d'elle pour voir si personne n'avait pu entendre sa remarque taquine. Mais l'attention de tous était fixée sur le champ brûlé où Hollister, son fils et plusieurs voisins piétinaient la terre encore fumante et dégageaient les bûches non consumées. Ils ratissèrent ensuite toute la surface puis retournèrent la terre avec des binettes. Des traînées de vapeur montaient de la terre retournée.

Clint s'approcha d'elle, tenant deux tasses de café fumant. Elle en prit une avec reconnaissance.

– Vous savez, tout ceci a une allure de rituel, dit Clint pensivement. Comme les cérémonies des anciens sorciers.

– Je suppose que vous avez raison, dit-elle avec un sourire. Mais n'en a-t-il pas toujours été ainsi avec les semailles, les moissons et tout ce qui a trait à la terre ? Ceux qui travaillent le sol et dépendent de lui pour vivre ont tendance à penser qu'il est la source de toutes les joies et de toutes les calamités. Si vous trouvez que ce qui a précédé ressemblait à un rite religieux, regardez ceci.

Elle désigna Bradley Hollister qui suivait maintenant les garçons et les hommes tandis qu'ils enlevaient les dernières mottes et racines. Il portait une grande bassine en bois suspendue par un harnais autour de son cou. Tout en marchant, il plongeait la main dans la bassine pour y prendre les minuscules graines de tabac, les mélangeait ensuite avec des cendres puis les semait méticuleusement. Tout autour du champ, les hommes, les femmes et les enfants se tenaient immobiles, le visage grave. Les hommes avaient ôté leurs chapeaux et pas une parole ne fut prononcée avant que Hollister n'ait semé toutes les graines.

Puis une discrète ovation s'éleva de tous côtés et les assistants commencèrent à se disperser, la plupart se dirigeant vers les chariots qui devaient les ramener chez eux.

Hollister et ceux qui l'aidaient n'avaient cependant pas encore fini. Ils piétinèrent la terre, avançant en ligne, s'assurant que toutes les graines étaient bien enterrées. En dernier lieu, ils prirent des branchages préparés à cet effet et les étalèrent sur le lit de cendres.

— Cela me rappelle le bardage des toits, remarqua Clint. Mon Dieu, tout ce travail !

— Ce n'est que le début. Ils vont semer ainsi d'autres champs. (Charlotte se leva et, d'un accord tacite, ils se mirent à rassembler leurs affaires. Pendant ce temps, elle lui expliquait ce que feraient ensuite les fermiers.) C'est au mois de mai que la saison du tabac commence vraiment. La terre pour repiquer les jeunes pousses aura déjà été labourée et hersée et les lits préparés à la houe. Puis les fermiers attendront les premières pluies.

» Le jour venu, Hollister et Jimmie arracheront soigneusement les pousses de la pépinière et les déposeront dans des corbeilles en les manipulant avec autant de tendresse que si c'étaient des nouveau-nés. Elles s'abîment facilement. Le repiquage nécessite deux personnes : l'une qui dépose les plants à intervalles réguliers, l'autre qui les replante. À la fin de la longue journée, Hollister sera à peine capable de se redresser. C'est un labeur éreintant.

– Je m'en doute, grogna Clint.

Ils montèrent dans le buggy et il claqua de la langue pour faire partir le cheval.

– Avant la guerre, lorsque mon père était encore vivant, je me souviens du moment où les hommes rentraient des champs au crépuscule. Ils s'allongeaient sur la véranda et leurs femmes, pieds nus, leur piétinaient le dos.

» Mais le travail ne fait que commencer avec le repiquage. Durant tout l'été, les planteurs travaillent jour après jour, sarclant les plants, les taillant puis les étêtant. Puis viennent les vers et les mouches à tabac. Les fermiers suivent les rangées de plants à longueur de journée, retournant chaque feuille pour chercher les chenilles et les œufs des mouches. La sève leur colle aux mains et s'ils ont l'imprudence de se frotter les yeux, ceux-ci les brûlent pendant des jours.

» Lorsque les plants sont à maturité, il y a une attente angoissée jusqu'en août, à la période de la récolte. Il y a toujours le danger de la grêle qui peut détruire le travail d'une année en quelques minutes. Finalement, le moment de la récolte arrive. D'un coup de machette, les fermiers fendent chaque plant en longueur puis le coupent à ras de terre. Le plant est ensuite accroché à l'envers à un bâton pour sécher avant d'être emporté dans la remise pour le séchage proprement dit.

» Dans la remise, il y a d'habitude deux rangées de perches sur lesquelles on suspend le tabac. Si ce n'est pas fait convenablement, il peut moisir. Le séchage ne doit pas être trop rapide sinon le tabac serait " brûlé ". Ensuite, lorsque les feuilles sont bien sèches, il suffit d'une minuscule flamme pour mettre le feu à tout. Il faudra que vous veniez voir cela, Clint. Le séchage est encore l'occasion d'une fête comme celle à laquelle nous venons d'assister. Je vous préviendrai lorsque le moment sera venu, au mois d'août.

Clint secoua la tête en riant.

– Personne ne vous a dit que trop c'est trop, Charlotte ? Vous m'en avez raconté plus que je n'ai envie ou besoin d'en savoir sur le tabac.

– Vous ne pouvez jamais en savoir trop, dit Charlotte fermement. Lorsque vous le vendrez, les acheteurs voudront savoir quelle est la qualité du tabac que vous leur proposez, s'il a été bien récolté, etc. Un acheteur devrait savoir apprécier la qualité du tabac mais la plupart en sont incapables.

– Et c'est la raison pour laquelle je ne peux pas perdre de temps à assister à ce séchage dont vous me parlez, Lotte. Au mois d'août, nous serons à la veille de commencer notre production et je serai sur les routes en train de vendre à tour de bras. Je serai occupé jour et nuit, surtout la première année, car je ne pourrai confier la vente à personne d'autre.

– Selon moi, un bon directeur des ventes doit savoir déléguer ses pouvoirs, commenta-t-elle.

– C'est vrai, lorsqu'on a des hommes bien formés et à qui on peut faire confiance. Jusqu'à ce jour-là, il faudra que je fasse l'essentiel du travail moi-même. (Clint jeta son cigare sur la route.) En fait, je ne me vois pas assis derrière un bureau toute la journée. Je suis habitué à me balader, à voir des gens et à marchander. J'ai ça dans le sang, je suppose.

– En tout cas, vous devrez renoncer à ça.

Elle fit un geste vers la route.

– À quoi ?

– Aux cigares.

– Eh là, doucement, Lotte. Nous ne sommes pas mariés et vous n'avez pas le droit d'approuver ou de critiquer mes habitudes personnelles.

– Ce n'est pas de vos habitudes que je me préoccupe. Mais quel effet croyez-vous que cela fera si vous vendez des cigarettes alors que vous fumez le cigare ?

Il réfléchit un moment en fronçant les sourcils.

– Je n'avais jamais pensé à cet aspect des choses. Vous avez peut-être raison. Je vais vous dire, ma chère, ce que je ferai. Lorsque je me retrouverai avec un client, je serai héroïque et je renoncerai au cigare. Cela vous va ?

Elle ricana doucement.

– Clint Devlin héroïque... Ce sera un événement !

Il était près de midi lorsqu'ils arrivèrent aux abords de Durham.

– Je ne sais pas ce que vous en pensez, Lotte, mais moi, je me sens sale et saturé de fumée de bois. J'ai besoin de prendre un bain et de me changer. Si mes souvenirs sont bons, vous avez de quoi vous changer chez moi. Nous pourrions nous y arrêter et partager le bain. Et peut-être même le lit, un moment.

– Vous le proposez d'une façon si élégante, monsieur Devlin, répliqua-t-elle, acerbe.

Depuis la première fois, la veille de Noël, Charlotte avait passé beaucoup de temps dans la petite maison de Clint : elle n'en rougissait plus du tout. Elle appréciait les moments secrets qu'ils passaient ensemble et n'essayait plus de le nier. Durant la journée, elle travaillait de longues heures à la préparation du lancement de la fabrique et elle en était venue à attendre avec impatience les moments de réconfort physique que cet homme lui donnait. Elle supposait que cela donnait lieu à pas mal de ragots et de réflexions parmi les habitants de Durham mais elle n'en tenait pas compte. Après tout, comme l'avait dit Clint, elle était maintenant une femme affirmée.

– Votre offre est tentante et je vais y réfléchir, Clint, dit-elle. Mais allons d'abord à la fabrique pour voir si tout va bien.

– Vous êtes une esclavagiste, Lotte, bougonna-t-il en détournant le cheval en direction de la fabrique.

Ils avaient, à présent, un personnel réduit; trois femmes pour le secrétariat, un comptable et un autre homme chargé des aménagements nécessaires. Une équipe de menuisiers et de peintres était au travail depuis quelque temps déjà. Charlotte admira l'enseigne qui s'étalait en grandes lettres au-dessus de l'entrée : *Compagnie des tabacs Ascher, Devlin et King*. Elle avait été peinte deux jours auparavant. Charlotte était secrètement ravie de voir que tout le monde avait pris l'habitude, en parlant de la compagnie, de dire « les tabacs King ». Elle craignait un peu la réaction de Clint. Ben s'en moquait, elle le savait, mais Clint était différent. Jusque-là, il n'y avait pas fait allusion.

Une surprise les attendait dans son bureau – un télégramme de Ben disant qu'il arriverait de New York par le train de midi.

Elle se précipita hors de son bureau, le télégramme à la main.

– Ben arrive aujourd'hui. Il faut nous dépêcher si nous voulons arriver à temps à la gare pour l'accueillir.

Penché à la fenêtre du wagon-salon, tandis que le train entrait en gare, Ben aperçut Charlotte et Clint qui l'attendaient sur le quai. Son cœur fit un bond en voyant Charlotte. Chaque fois qu'il la retrouvait, il se rendait compte à quel point elle était belle. Le soleil donnait des reflets de cuivre à ses cheveux longs et sa silhouette gracile se dégageait malgré la vaste crinoline et le corsage boutonné jusqu'au cou. Au courant de la réputation de séducteur de Clint, Ben s'était senti inquiet de les laisser tous deux ensemble. En les voyant à présent côte à côte, ses craintes resurgirent car il lui semblait percevoir entre eux un air d'intimité nouveau. Il haussa les épaules et chassa cette pensée. Il ne pouvait pas rester auprès d'elle à chaque instant de la journée.

Il descendit du train avant l'arrêt complet et s'avança vers eux en balançant son sac de voyage.

Le visage de Charlotte s'éclaira en l'apercevant et elle agita la main. En se rapprochant, Ben remarqua qu'ils avaient tous deux des vêtements froissés et un peu sales et que Clint n'était pas rasé. C'était la première fois que Ben ne le voyait pas tiré à quatre épingles et il ne put que songer, avec un certain malaise, à ce qu'ils avaient bien pu faire ensemble.

– Ben, comme je suis heureuse que vous soyez de retour.

Elle s'avança et l'embrassa sur la joue et il fallut à Ben un réel effort pour ne pas la prendre dans ses bras. Seule la présence de Clint l'en empêcha.

– Benbo ! (Clint lui tendit la main.) Avez-vous fait un bon voyage ?

– Productif, je l'espère. Et comment se sont passées les choses ici pendant mon absence ?

– Ça avance, répondit Clint. La seule chose qui nous manque encore, c'est le tabac. Nous sommes prêts à conquérir le monde !

– Toujours plein d'optimisme, Clint.

– J'ai l'impression que vous avez été absent pendant une éternité, dit Charlotte.

– Moi aussi et je suis vraiment content d'être

de retour. (Il fit la grimace.) Si je n'ai plus jamais besoin de retourner à New York, j'en serai ravi.

– Venez, Ben. Nous allons vous montrer ce que nous avons réalisé. (Elle lui prit le bras.) Nous avons un buggy.

Clint se plaça de l'autre côté de Ben et ils marchèrent jusqu'à la voiture.

Lorsque Ben y eut jeté son sac, Charlotte rit d'un air gêné.

– Il faudra que vous excusiez mon apparence, Ben. Nous sommes restés à la ferme de Bradley Hollister toute la nuit. Je voulais que Clint voie comment ils brûlent les champs pour les semailles. Nous y sommes restés jusqu'au lever du jour et nous avons trouvé votre télégramme en rentrant à la fabrique. Nous avons eu juste le temps de venir tout droit à la gare.

Ben se sentit soulagé et regarda Clint avec un léger sourire.

– Elle veut à tout prix que je sache tout sur le tabac, dit Clint en riant. C'est une personne déterminée, Benbo.

– Mais racontez, Ben ! dit Charlotte avec impatience. Avez-vous trouvé des rouleurs de cigarettes ?

– Oui. Il en viendra cinquante ou plus au mois d'août.

– On dirait que nous sommes bien partis, n'est-ce pas, Lotte ?

Clint lui prit le bras d'un air possessif. Charlotte rougit et retira son bras. Son regard croisa celui de Ben mais elle baissa très vite les yeux.

Ben sut alors ce qui s'était passé en son absence. Il résista à l'envie d'écraser son poing sur la figure de Clint, réussit à se dominer et conserva un visage impassible.

10

Avec le retour de Ben à Durham, il se fit un changement subtil dans les relations des trois associés. Charlotte s'en rendit compte presque tout de suite et elle était certaine que Ben aussi le sentait. Quant à Clint, il paraissait insensible au changement d'atmosphère.

Heureusement, cela n'affectait que leurs rapports personnels; leur travail se poursuivait comme par le passé. Ils avaient appris maintenant les points forts et les faiblesses de chacun et ils formaient une bonne équipe. Leurs journées étaient chargées.

Charlotte s'occupait de superviser la bonne marche des bureaux et la correspondance. Grâce à un effort considérable, elle avait mis sur pied un fichier de tous les revendeurs de tabac du Sud, petits et grands, et leur expédiait à présent un courrier pour les avertir que les cigarettes King seraient disponibles en plus du tabac à priser et à chiquer. Puisque ces deux derniers articles représentaient un marché important, ils avaient décidé d'en fabriquer jusqu'à ce que le marché des cigarettes prenne une extension suffisante.

Ben, durant son séjour à New York, avait appris quelles machines seraient nécessaires. Il les avait commandées et en surveillait l'installation au fur et à mesure de leur arrivée.

Clint préparait sa campagne publicitaire et s'occupait de la présentation du paquet de cigarettes. Il avait aussi obtenu de contracter un prêt après une longue discussion entre les associés. Toujours conservateur, Ben avait voté contre. Charlotte avait penché de l'autre côté, pas nécessairement à cause des arguments convaincants de Clint mais parce qu'elle se rendait compte qu'ils auraient besoin de capital pour assurer le succès de leur opération. L'argent qu'ils avaient investi individuellement dans la compagnie serait dépensé longtemps avant qu'ils n'aient gagné le moindre sou. Ben s'était incliné à contrecœur. À la surprise de Charlotte, Clint avait réussi à obtenir le prêt sans trop de difficultés. Par l'intermédiaire de John Tarbuck et de sa banque et grâce aux relations d'affaires de celle-ci, Clint avait rassemblé un consortium d'investisseurs, Sudistes en majorité mais comprenant quelques Nordistes. À présent, ils avaient assez de fonds pour tenir jusqu'à ce que la fabrique devienne productive, à moins d'une catastrophe imprévue.

– Alors, Lotte ? lui avait dit Clint avec un sourire rusé. Vous voyez maintenant à quoi cela sert de se faire des amis ? Sans John Tarbuck, je n'aurais peut-être jamais pu y arriver.

Elle ne lui donna pas la satisfaction de l'approuver ouvertement mais elle savait qu'il avait raison. Elle savait aussi que le prêt serait pour elle un poids jusqu'à ce qu'ils aient réussi à le rembourser. Cependant, c'était une nécessité. Elle avait des projets secrets pour lesquels il lui faudrait un financement mais dont elle n'avait pas encore parlé à ses partenaires.

Leur premier affrontement véritable eut lieu lorsque Clint leur présenta le croquis du paquet qu'il avait prévu pour les cigarettes King. Il avait employé un artiste, Josh Rowan, et tous deux avaient travaillé, enfermés ensemble, pendant plusieurs semaines. Finalement, Clint convoqua Charlotte et Ben dans son bureau le jour où il fut prêt.

Dans un coin de la pièce se trouvait un chevalet recouvert d'une toile.

– Nous avons dessiné un paquet qui attire les regards, dit-il avec un sourire éclatant.

D'un geste théâtral, il enleva la toile. Charlotte

poussa une exclamation étouffée en voyant le dessin. Tracée à traits hardis, une femme était perchée sur un trône chargé d'ornements. Habillée de façon voyante, elle avait ses jupes relevées presque jusqu'aux genoux. Ses pieds étaient posés sur un tabouret recouvert de velours. Des bas de soie noire gainaient ses longues jambes. Son décolleté vertigineux dévoilait une ample poitrine et elle souriait d'un air provocant. Tenue délicatement entre deux doigts de sa main gauche, une cigarette se consumait. Barrant le haut du dessin se trouvait l'inscription : CIGARETTES KING.

— Alors ? demanda Clint avec impatience. Qu'en pensez-vous ?

Ben secouait la tête.

— Cela ne passera jamais, Clint.

Clint prit un air étonné.

— Et pourquoi pas ?

— C'est trop... osé. Beaucoup trop.

— Et qu'y a-t-il de mal à ça ? Cela attirera l'attention, vous ne pouvez pas le nier. Qu'y a-t-il de mieux pour accrocher le regard d'un homme qu'une belle femme ?

— Certes cela attirera certainement le regard des hommes, dit Ben avec un léger sourire.

Clint se tourna vers Charlotte.

— Et vous, Lotte ? Vous n'avez encore rien dit.

— Je pense que c'est affreux.

— Pour l'amour du ciel ! (Clint leva les bras au plafond.) Je ne savais pas que je m'étais associé à deux puritains.

— Là n'est pas la question. Je n'ai pas d'objections à titre personnel. Je pense à la façon dont réagiront les gens. Ils seront choqués.

— Le principe essentiel de la publicité, à mon avis, consiste à capter immédiatement l'attention de l'acheteur. Et vous devez tous deux admettre que ce dessin le fera.

— Clint, dit Charlotte d'une voix calme, vous

avez dit un jour que nous étions dans le commerce du vice. Ce que vous essayez de faire ici, c'est d'en combiner deux ensemble : le sexe et le tabac. Que les hommes soient attirés par cette présentation et qu'ils soient tentés d'acheter tout de suite, c'est possible, mais pourquoi ensuite recommenceraient-ils ? Et leurs femmes ? Croyez-vous qu'elles seront contentes lorsque leurs maris reviendront à la maison avec cela ? Non seulement la femme est provocante mais elle fume ! Les femmes ne fument pas de cigarettes, du moins pas en public. Ce sera un tollé général.

— Vous savez ce qui ne va pas chez vous deux ? fit Clint. Vous n'avez pas d'imagination, pas d'envergure. Comment un homme peut-il être inventif dans ces circonstances ? Ce négoce a besoin d'une approche nouvelle et hardie.

— C'est vrai, Clint, répondit Ben, mais pas trop hardie. Freinez un peu. Vous savez, lorsqu'un homme ne sait pas nager, la première fois qu'il entre dans l'eau, il ne plonge pas la tête la première. Il y entre progressivement.

— Épargnez-moi vos sermons, Benbo.

— Admettez, Clint, que vous vous montrez bien agressif, dit Charlotte. C'est une excellente qualité chez un vendeur mais vous avez besoin de gens sans imagination comme nous pour vous tenir un peu la bride.

— Si je saisis bien, fit Clint en les regardant attentivement, vous votez contre moi ?

— Oui, dirent-ils ensemble.

Clint leva une nouvelle fois les bras au ciel et prit un air de martyr. Charlotte eut l'impression qu'il se montrait théâtral à l'excès.

— Eh bien, dit-il, vous ne pourrez pas prétendre que je n'y étais pas préparé. (D'un large geste, il arracha la feuille du chevalet, la froissa et la jeta par terre, exposant en même temps un nouveau dessin.) Que pensez-vous de celui-ci alors ?

Il y avait deux personnages sur ce croquis – un homme et une femme. La marque se trouvait au bas de l'image.

La femme était habillée de façon plus convenable et Josh avait réussi à lui donner une pose provocante mais sans excès. Elle regardait l'homme avec adoration. Lui était habillé d'une façon un peu voyante et, la main levée, tenait une cigarette allumée entre ses doigts.

Charlotte examina son visage de plus près. Amusée, elle se retint de sourire. Il y avait une certaine ressemblance entre l'homme et Clint, suggérée mais suffisante pour être remarquée. Elle se demanda si c'était une idée de Josh ou de Clint mais résista à l'envie de poser la question. Ben se montra plus direct.

– Le type vous ressemble assez, Clint, vous ne trouvez pas ?

Clint prit un air innocent et examina le dessin de plus près.

– Je ne l'avais pas remarqué, dit-il. Il faudra que j'en parle à Josh. C'est sans doute une idée de lui, mais si cette ressemblance vous gêne…

– Pourquoi nous gênerait-elle ? dit Charlotte, impassible. Après tout, vous avez dit un jour que vous vouliez être vu de tous. Vous pourrez difficilement l'être plus que cela.

– Est-ce à dire que celui-ci vous plaît, Lotte ? demanda-t-il avec enthousiasme.

Elle prit son temps avant de lui répondre, examinant le dessin sous tous ses angles. En vérité, elle le trouvait excellent. Il était attrayant, de bon goût, et ne devrait offenser personne.

– Je crois que ça pourrait convenir, dit-elle lentement. Ben ?

– Je le pense aussi, dit-il avec un léger sourire. Au moins ce n'est pas trop provocant. Oui, je pense que cela devrait aider à vendre les cigarettes King.

– Et c'est de cela qu'il s'agit, n'est-ce pas ? dit

Clint avec une pointe de sarcasme. Si donc vous êtes tous deux d'accord, nous pouvons nous mettre au travail. Je vais dire à Josh de faire le dessin définitif et nous enverrons notre première commande à l'imprimeur. À présent, ajouta-t-il en se frottant les mains, je crois que nous pouvons fêter cela.

Il sortit une bouteille de brandy et trois verres d'un tiroir de son bureau.

– Il n'est même pas midi, dit Ben, mais d'accord, nous pouvons fêter cela.

Charlotte ne but qu'une gorgée tout en observant Clint à la dérobée. Il jubilait et ne paraissait pas du tout dépité parce qu'ils avaient refusé son premier projet. Charlotte avait l'impression que Clint s'était joué d'eux, sachant d'avance qu'ils rejetteraient le premier dessin et seraient ensuite plus réceptifs pour le second. Elle soupçonnait qu'ils venaient d'être les spectateurs d'une comédie parfaitement mise au point.

Ce soir-là, elle alla retrouver Clint. Leurs rendez-vous s'étaient espacés depuis le retour de Ben. Après la réunion où ils avaient examiné le dessin, Charlotte trouva une enveloppe scellée sur son bureau : *Je vous attendrai ce soir. Clint*, disait le billet.

Charlotte avait changé d'avis plusieurs fois durant la journée mais finalement y était allée. L'attrait physique de Clint ne s'était pas estompé pour elle; au contraire, il ne faisait que croître.

Clint fronçait les sourcils en lui ouvrant la porte.

– Je commençais à croire que vous n'alliez pas venir.

– C'est précisément ce que j'ai failli faire.

– J'aurais été déçu, dit-il en refermant la porte derrière elle.

– Pourquoi ce soir plutôt qu'un autre ?

– Parce que, pour moi, ce jour marque le vrai

début. Avec notre paquet de cigarettes conçu et en voie d'impression, je peux commencer à vendre. J'aurais cru que vous, entre tous, l'auriez compris.

– Je le comprends, Clint, mais...

Elle se dressa sur la pointe des pieds pour l'embrasser.

Il lui prit le visage entre ses mains et la regarda droit dans les yeux.

– Mais quoi, bon sang ? Ce que j'aurais voulu, c'est vous emmener dîner pour célébrer cela correctement. Je suis fatigué de toutes ces cachotteries. Ce n'est pas mon genre.

– J'en suis navrée pour vous, répliqua-t-elle sèchement, mais je n'ai aucune intention de blesser Ben.

– Ben Ascher est un homme et il s'en remettra.

– Et vous, Clint Devlin, vous êtes un égoïste et ne pensez qu'à votre plaisir.

– Ainsi va le monde, Lotte. Il y a des perdants et des gagnants. Le gagnant reçoit le butin.

– Je sais que vous ne cachez pas votre cynisme mais parfois votre philosophie de la vie m'écœure.

– Elle vous écœure ? fit-il, ironique.

Avant qu'elle puisse protester, il la prit dans ses bras et posa sa bouche sur la sienne. À ce contact, elle sentit la passion s'éveiller en elle et la faiblesse familière la saisir. Les mains savantes de Clint la caressèrent et, presque avant d'avoir eu le temps de s'en rendre compte, Charlotte se retrouva sur la peau de bison, les vêtements en désordre, livrant son corps aux caresses.

À la lueur des flammes, Charlotte voyait le visage de Clint qui souriait, comme toujours lorsqu'il faisait l'amour.

Chaque fois qu'elle venait le voir, elle projetait de refuser ses avances tout en sachant qu'elle en serait incapable. Elle aimait ses baisers, les caresses de ses mains sur sa chair nue, le désir qu'elle ressentait au plus profond de son être, l'attente de

180

l'instant où il la prendrait avec vigueur et tendresse à la fois.

Charlotte soupira et attira Clint vers elle. Elle l'embrassa passionnément.

Au moment de la prendre, il rit doucement.

– Est-ce que ceci vous écœure, mon amour ?

La colère lui fit esquisser un geste de recul mais il la pénétra. Elle se détendit, sa colère s'évanouit instantanément et elle s'arqua contre lui, sentant la montée du plaisir.

Le plaisir que Clint lui donnait lui faisait perdre la tête. Pendant ces instants, elle était toute sensation et passion et ne pensait plus à rien.

Lorsque Clint s'écarta enfin, tendant la main vers l'inévitable cigare, Charlotte l'observa pendant un moment à travers ses paupières à demi fermées. C'était un bel homme, un amant viril et expert, capable de combler les rêves de toute femme et elle savait qu'elle n'oublierait jamais le plaisir incomparable qu'il lui apportait.

Pourtant, il fallait que cela prenne fin.

Si elle permettait à cette liaison de se prolonger et que Ben l'apprît, cela pourrait provoquer une tension entre les deux hommes et, en fin de compte, nuire à leur association. La compagnie passait avant tout pour elle; elle avait le sentiment que les tabacs King passeraient toujours en premier. Elle avait renoncé à Ben pour cela. Elle serait capable d'en faire autant avec Clint.

– Quelles sont ces pensées profondes, Lotte ? demanda Clint.

– Je réfléchis aux choses en général. (Elle le regarda, l'air grave.) Vous avez raison au sujet de ces cachotteries, Clint. Il faut que cela cesse.

– Je suis heureux de vous l'entendre dire, fit-il avec un grand sourire.

– Non, je crois que vous vous méprenez. Je veux dire qu'il faut que tout cela cesse... nos rencontres, secrètes ou non.

– De quoi parlez-vous, Lotte ? dit-il en fronçant les sourcils. Nous nous apprécions tous les deux, nous sommes bien ensemble. Je ne me souviens pas d'avoir été aussi bien avec une femme auparavant.

– C'est à cause de Ben, dit-elle simplement.

– Ben ! Bon sang, Lotte, je vous l'ai déjà dit. Ben est un adulte. Il aura assez de bon sens pour accepter la vérité.

– Et s'il ne le fait pas ? (Elle se redressa.) Cela peut paraître prétentieux, mais Ben est amoureux de moi. Il me l'a dit et a même parlé mariage.

– Et qu'avez-vous répondu ?

– Je lui ai dit que le mariage ne m'intéressait pas pour le moment. S'il apprenait notre liaison, cela pourrait provoquer un drame qui mettrait en danger notre association, et cela, je ne veux pas en prendre le risque.

– Vous vous inquiétez inutilement. Ben est un homme trop raisonnable pour permettre à ses sentiments personnels d'intervenir dans ses affaires.

Il voulut lui prendre la main mais elle la retira.

– Clint Devlin ne le permettrait peut-être pas, mais il est possible qu'il en soit autrement pour Ben. En tout cas, je ne veux pas en prendre le risque.

– Ainsi, comme cela, vous allez rompre ? (Il secoua la tête, incrédule, et ses yeux brillèrent de colère.) Je ne peux pas y croire.

– Il le faut, Clint, car ce soir, c'est la dernière fois. D'ailleurs, d'après ce que je sais sur vous, vous trouverez sans peine une autre femme.

– Bon sang, je ne veux pas d'autre femme; c'est vous que je veux, Lotte.

Charlotte fut surprise par son accès de colère. Elle n'avait pas prévu qu'il réagirait ainsi.

– Pourquoi tant de colère, Clint ? Vous ne m'aimez pas.

– Je n'ai jamais dit cela.

– Vous n'avez jamais dit le contraire non plus.

Elle se leva et remit de l'ordre dans sa toilette.

– Vous êtes une femme sans cœur, dit-il avec amertume. Pour vous, les tabacs King sont plus importants que tout.

– À ce moment précis de ma vie, c'est vrai. Je penserai à ma vie privée lorsque la compagnie sera une affaire prospère.

– D'ici là vous serez peut-être devenue une vieille fille acariâtre.

– Vous savez ce que je pense ? (Elle l'observa attentivement.) Je crois que vous êtes furieux parce que c'est moi qui romps. Votre orgueil de mâle est blessé. Est-ce la première fois qu'une femme vous inflige cela ? C'est parfait lorsque vous le faites, mais différent si c'est une femme. Ai-je raison ?

– Pensez ce que vous voulez.

Charlotte se dirigea vers la porte.

– Lotte ?

– Oui ?

– Ben Ascher a fait l'amour avec vous ?

– Cela ne vous regarde pas, Clint, et je n'ai pas l'intention de vous répondre.

– C'est cela, n'est-ce pas ? Vous n'étiez pas vierge, je le sais. Est-ce la raison pour laquelle vous agissez ainsi ?

– Ma parole, vous êtes jaloux ! (Pour quelque raison étrange, cela lui réjouit le cœur.) Clint Devlin jaloux ! J'ai peine à le croire.

Elle sortit de la maison en riant. Son rire s'éteignit lorsqu'elle monta dans le buggy. L'accusation de Clint était-elle justifiée ? Manquait-elle de cœur ?

Tout en s'éloignant, Charlotte se rendit compte que non. Pourquoi, sinon, ressentirait-elle cette soudaine tristesse, cette impression de vide ? Elle ne s'attendait pas à cela. Elle fut tentée un instant de retourner chez Clint pour lui dire que ce n'était pas fini, que ça ne le serait jamais.

Mais elle secoua les guides et poursuivit son chemin.

11

Vers la fin du mois d'août, Clint partit sur les routes pour se livrer à une activité qu'il adorait, voyageant de ville en ville par une chaleur torride pour vendre les cigarettes King. Ben et Charlotte avaient tous deux insisté pour qu'il attende le début de la production mais il n'avait rien voulu savoir.

– Il faut que je parte maintenant pour prendre de l'avance sur les concurrents. Lorsque notre fabrique produira des cigarettes, les autres le feront aussi. La plupart des représentants attendent d'en avoir pour en vendre. Bien entendu, les paquets que j'ai sont factices mais je peux prendre des commandes et j'ai des échantillons pour que les acheteurs puissent les essayer.

Il avait une importante réserve de paquets factices dans le buggy et il allait de ville en ville, de boutique en boutique, déployant tout son charme, faisant des promesses extravagantes qu'il n'était pas toujours certain de pouvoir tenir et renonçant toujours à fumer le moindre cigare pendant qu'il vendait son produit.

Il ne faisait pas que vendre mais s'occupait aussi activement de sa campagne publicitaire. Dans presque tous les endroits où il passait, il embauchait des artisans pour peindre des enseignes vantant les cigarettes King. Pour quelques dollars, il persuadait les fermiers de lui permettre d'en fixer de gigantesques sur les pignons de leurs granges. Dans le buggy, il avait une réserve d'affiches qu'il collait sur les arbres et les palissades au bord des routes.

Les affiches et les enseignes étaient des agrandissements du dessin figurant sur le paquet de cigarettes avec toutefois quelques changements. La femme était plus provocante, habillée de façon plus voyante et, de plus, figurait l'inscription : *Mon homme fume des King*. Clint aurait aimé rajouter cette légende sur les paquets mais il n'y avait pas assez de place.

Beaucoup de commerçants se montraient réticents, mais Clint ne se laissait pas démonter. Voici comment se passait une scène typique :

– Je n'ai jamais entendu parler du tabac King, disait le commerçant d'un air sceptique.

– C'est possible, mon ami, répondait Clint gaiement. Mais cela va changer. D'ici l'année prochaine, tout le monde aura entendu parler du tabac et des cigarettes King. Tout le monde en voudra.

– Je n'apprécie pas tellement les cigarettes toutes faites. La plupart de mes clients achètent du Bull Durham et les roulent eux-mêmes.

– Cela aussi, ça va changer. Notez bien ce que je dis. Les cigarettes toutes faites, c'est l'avenir.

De son sac, Clint sortait un paquet et le présentait fièrement.

– Qu'en dites-vous ? N'est-ce pas attrayant ? Bien plus qu'un sac de Bull Durham. Un fumeur sera fier de sortir ça de sa poche. Et voici un échantillon pour vous. Une cigarette fabriquée avec un tabac de la meilleure qualité.

– Je ne fume jamais de ces choses, disait le commerçant, dédaigneux. Je préfère ma vieille pipe.

– À dire vrai... (Clint se penchait vers lui en murmurant sur un ton confidentiel) ...je préfère les cigares pour ma part.

– Vraiment ?

Le commerçant souriait d'un air de connivence.

– Mais lorsqu'on est dans les affaires, comme vous et moi, on vend ce que les clients veulent et pas ce qu'on préfère, n'est-ce pas ?

– Oui, il y a de cela...

— Alors, si vous me passez une commande de cigarettes King, vous aurez droit à une jolie remise, étant un client privilégié, si l'on peut dire.

— Je ne sais pas. J'ai déjà quelques marques de ces cigarettes toutes faites et les représentants ne seront pas ravis, si j'en rajoute une autre.

— La concurrence, c'est la base de tout. Ce pays a été bâti grâce à la concurrence. N'ai-je pas raison ? C'est sain pour tout le monde. Si ces autres compagnies ont de bons produits, pourquoi seraient-elles effrayées par la concurrence ? (Clint se penchait en avant.) Vous avez peut-être entendu parler des affiches et des enseignes que je fais mettre sur les granges, les palissades, etc., vantant les cigarettes King ?

— Oui, j'en ai entendu parler, disait le commerçant en souriant. Alors, c'est vous qui faites cela ?

— En effet, et vous ne voyez nulle autre compagnie en faire autant. Qu'un homme voie une de ces affiches, il va être curieux de savoir ce que c'est que cette nouvelle cigarette sur le marché. Il va venir chez vous et vous n'en aurez pas. Que pensera-t-il ?

Son interlocuteur hochait la tête.

— Oui, sur ce point, vous avez peut-être raison mais, monsieur Devlin, je vais vous dire la vérité. Je n'ai pas assez d'argent liquide pour acheter une nouvelle marque de cigarettes en ce moment. Les temps sont encore durs.

— Oh ! Je n'ai pas eu le temps de vous en parler ! (Clint faisait un grand geste de la main.) Vous n'aurez pas besoin d'argent liquide tout de suite. Nous vous laisserons la première commande en dépôt. Si les cigarettes ne se vendent pas, que risquez-vous ?

— C'est très généreux de votre part, monsieur Devlin.

Le client avançait dans le bon sens mais pas assez vite au gré de Clint. Il se penchait alors par-dessus le comptoir, prenait quelque chose dans sa poche et le tenait au creux de sa main – son atout.

– J'ai un petit quelque chose pour mes premiers bons clients, disait-il en regardant furtivement autour de lui, une sorte de bonus pour ainsi dire. Vous avez une montre de gousset, monsieur ?

– Bien sûr. (Le commerçant sortait une montre en or de sa poche et l'exhibait avec fierté.) Mon père me l'a donnée pour mon dix-huitième anniversaire.

– Comme la plupart de ces montres, je suis sûr qu'il y a un emplacement au dos pour mettre une photo. Celle de votre épouse peut-être ?

– Mais oui. (Il appuyait avec son pouce et le couvercle arrière s'ouvrait.) Voici ma femme.

Les yeux d'une femme sévère regardaient Clint.

– Jetez un coup d'œil sur ceci.

Clint tendait sa main à demi fermée. Le commerçant se penchait. Son visage s'enflammait et il avalait sa salive.

– Wow ! C'est quelque chose. Je n'ai jamais rien vu de pareil.

– J'ai fait venir ces photos tout droit de France, de Paris.

C'était vrai et elles avaient coûté cher. La photo représentait une femme séduisante et voluptueuse, nue comme Ève, vue de face.

– Cette image est à vous, monsieur, si vous nous passez une bonne commande de cigarettes King. Ce que vous pourriez faire, voyez-vous, c'est glisser cette image derrière celle de votre femme qui ne s'en apercevrait jamais. Vous pourriez y jeter un coup d'œil le soir avant de vous coucher peut-être…

Clint se taisait, certain que son insinuation avait été comprise.

Le commerçant frappait le comptoir du plat de la main.

– Je vous passe cette commande, bon sang !

Il tendait la main vers la photo.

Cette même scène, à quelques variantes près, se répétait chez chaque client. Quelques-uns résistaient et certains mettaient même Clint à la porte avec indignation mais, dans la plupart des cas, la photo française emportait la commande.

Ni Ben ni Charlotte n'étaient au courant de ce petit bonus aux acheteurs et Clint savait que Charlotte serait furieuse. Mais il ne s'en préoccupait pas trop. Avant qu'elle ne l'apprenne, ils seraient tellement inondés de commandes que sa colère serait de courte durée.

Avant la fin du mois de septembre, Clint avait presque achevé sa première tournée et devait rentrer à Durham pour chercher une nouvelle provision de paquets factices et d'échantillons.

Il était content de lui en inscrivant son nom sur le registre d'un petit hôtel d'une ville au nord d'Atlanta, en Géorgie. Tandis qu'il signait et prenait la clef que lui tendait le réceptionniste, une voix l'interpella.

— Clint ? Clint Devlin ?

Il se retourna.

— Marcy ! Quel plaisir de vous voir ! s'exclama-t-il avec un grand sourire.

Marcy Reynolds lui sourit aussi mais d'un air incertain. Cela faisait presque un an qu'ils s'étaient séparés; Marcy était devenue un peu trop possessive au gré de Clint. C'était toujours une belle femme mûre mais cette année ne lui avait pas été clémente. Clint s'en aperçut au premier coup d'œil. Ses cheveux étaient ternes et avaient besoin d'être coupés et son visage ovale était pâle et fatigué. Mais le plus criant, c'était la reprise de sa jupe et le bout râpé de ses bottines qui dépassaient de sa robe.

Il lui prit les deux mains dans les siennes.

— Quelle bonne surprise, Marcy !

— Comment allez-vous, Clint ?

— On ne peut mieux, dit-il avec entrain. Et vous ?

– Pas trop bien, fit-elle amèrement. Cela se voit, n'est-ce pas ? Je suis dans une mauvaise passe, Clint.

– Nous avons tous des hauts et des bas. Il est presque l'heure du dîner. Voulez-vous partager mon repas ?

– Avec plaisir, Clint. À dire vrai, je n'ai pas encore mangé aujourd'hui.

Elle le regarda sans baisser les yeux.

– Alors, vous devez avoir faim, dit-il joyeusement. (Il se tourna vers l'employé de la réception.) Voulez-vous faire monter mes bagages dans ma chambre, s'il vous plaît ?

Il lui donna un pourboire puis prit le bras de Marcy et l'entraîna vers la salle à manger.

Lorsqu'ils furent assis, il commanda deux verres de vin puis la regarda attentivement.

– Alors, dites-moi ce que vous avez fait depuis la dernière fois que nous nous sommes vus.

– Un peu de tout et sans grand succès. J'ai été barmaid, serveuse et... enfin, disons n'importe quoi, Clint.

Y compris un peu de prostitution, devina-t-il.

– Habitez-vous à l'hôtel ?

– Non, je n'ai pas d'argent pour m'offrir une chambre.

Il ne lui demanda pas ce qu'elle faisait là – il connaissait la réponse. Elle cherchait un client. Lorsqu'on leur apporta le vin et que leurs verres furent remplis, il l'examina d'un œil critique. Même marquée, Marcy était toujours une belle femme et cette sensualité un peu dépravée qui l'avait attiré vers elle au début se dégageait toujours d'elle. Il lui vint une idée mais il ne lui en parla pas tout de suite – il fallait qu'il y réfléchisse encore.

– Cet hôtel a de belles chambres avec de grands lits. Je suis déjà venu ici. Cela me ferait plaisir si vous partagiez la mienne, Marcy. Après tout, ce ne serait pas la première fois, ajouta-t-il en souriant.

– Clint ! (Elle refoula ses larmes.) Vous ne savez pas ce que cela signifie pour moi. Je serai toujours d'accord pour partager votre lit. Vous êtes vraiment gentil.

Elle tendit le bras pour lui prendre la main.

– Ne nous laissons pas emporter, dit-il froidement. Ceci n'est peut-être qu'un arrangement provisoire. Nous verrons, ajouta-t-il, mystérieux.

On leur apporta leur repas, simple mais bon, et Marcy dévora tout ce qu'on lui servit. Après avoir bu un verre de liqueur, Clint se leva.

– Si nous montions à présent ?

Il aida Marcy à se lever et lui prit le bras.

– Clint, pourrais-je prendre un bain d'abord ? demanda Marcy à voix basse. Je suis dégoûtante. Non, non, je n'ai pas la vérole, n'ayez crainte, ajouta-t-elle en le voyant tiquer.

– J'en suis ravi. (Il s'arrêta au comptoir et dit fermement :) Mlle Reynolds va partager ma chambre. Elle désire prendre un bain. Voulez-vous vous en occuper ?

Il posa une nouvelle pièce sur le comptoir.

– Tout de suite, monsieur Devlin, dit le préposé après un rapide coup d'œil en direction de Marcy. La salle de bains est au bout du vestibule, dans l'aile ouest.

À l'étage, Clint lui indiqua sa chambre puis Marcy descendit prendre son bain. Clint se déshabilla et s'étendit sur son lit en fumant un cigare. Il avait le temps de réfléchir à présent et d'examiner son plan pour voir s'il n'avait pas de failles. Il n'en trouva pas. Plus il y pensait, plus son idée le séduisait.

Il avait fini son cigare lorsque Marcy revint. Toute rose après son bain, une immense serviette drapée autour d'elle, elle tenait ses affaires sur un bras et s'approcha du lit avec un sourire presque timide. Elle déposa ses vêtements sur une chaise et se tourna vers lui. Elle parcourut son corps nu du regard, ses yeux devinrent brumeux et sa timidité disparut comme par enchantement.

Apparemment, le témoignage irréfutable du désir de Clint lui avait redonné confiance en elle.

– Toujours aussi sûr de vous, n'est-ce pas, monsieur Devlin ?

– Ne l'ai-je pas toujours été ? dit-il avec nonchalance. Si mes souvenirs sont bons, vous m'avez dit un jour que c'était une des raisons pour lesquelles vous m'aimiez.

– Je ne crois pas vous avoir jamais dit que je vous aimais. J'ai peut-être dit que j'aimais ce que vous me faisiez.

– C'est la même chose, dit-il laconiquement.

– Certainement pas. Une femme serait stupide de vous aimer. Elle finirait par être malheureuse.

Curieusement, à ce moment, il pensa à Charlotte. Elle avait dit quelque chose de similaire...

Puis Marcy laissa glisser sa serviette et il cessa de penser à quoi que ce fût.

Lorsqu'elle s'agenouilla au bord du lit, Clint ouvrit les bras et l'attira contre lui. Sa peau était fraîche après le bain mais il sentait une chaleur sous-jacente tandis que ses mains parcouraient son corps d'une caresse possessive.

– Cela fait longtemps, Clint, dit-elle d'une voix rauque. Trop longtemps que je ne vous ai pas tenu ainsi. Venez, venez.

Sans douceur, elle l'attira sur elle, exigeant qu'il la prenne. Un soupir s'échappa des lèvres de Marcy tandis qu'ils s'étreignaient. Marcy se montra gourmande comme une enfant trop longtemps privée de ce qu'elle aime et Clint se plia à tous ses désirs.

Lorsque leur passion fut enfin apaisée, ils reposèrent côte à côte sur le lit. Clint alluma un cigare et le fuma d'un air satisfait. Marcy fut la première à rompre le silence.

– Clint ?

– Oui, mon amour ?

– Vous ne m'avez pas dit ce que vous faisiez maintenant. Vous achetez toujours du coton et vous jouez encore au poker ?

– Ni coton ni poker. Je suis dans les affaires.

– Que voulez-vous dire ?

– Actuellement, je fais une tournée de vente de tabac à travers tout le Sud.

– De vente ? (Elle éclata de rire.) Clint Devlin devenu simple colporteur ?

Il ne s'offensa pas.

– On peut difficilement appeler cela du colportage, ma chère. Je suis maintenant le troisième associé d'une compagnie de tabacs située à Durham. Je m'occupe des ventes et de la publicité.

– Associé dans une compagnie ? Mon Dieu, on a fait son chemin. (Elle siffla doucement.) Comment est-ce arrivé ?

– Grâce à un travail acharné, à mon sens inné des affaires et à mon charme personnel, répondit-il en souriant.

Elle lui donna une petite tape sur l'épaule.

– Vous n'avez pas changé, je vois. Ne pouvez-vous jamais être sérieux ?

– Mais je le suis ! C'est une chance que j'attendais depuis longtemps. Donnez-moi un peu de temps et je deviendrai un magnat du tabac. Peut-être est-ce un côté de ma nature que vous n'avez jamais remarqué, Marcy, mais il a toujours été là.

Marcy resta silencieuse un moment.

– Je suppose que je le savais inconsciemment, dit-elle en hésitant. Pourquoi êtes-vous parti en me laissant comme cela, Clint ? ajouta-t-elle d'un ton prudent.

Il tourna la tête vers elle.

– Vous n'êtes pas stupide, ma chère. Vous savez très bien pourquoi. Vous avez commencé à vous imaginer que je vous appartenais. Je n'appartiens à personne, Marcy. Je vais mon chemin et je fais ce qui me plaît.

– Je ne m'en rendais pas compte, je vous assure. (Marcy posa une main sur la poitrine de Clint et y traça des arabesques du bout des doigts.) Puis-je rester avec vous un certain temps, Clint ?

– Cela dépend. (Il lui prit la main et la serra contre lui.) J'y ai réfléchi. Nous pourrions arranger quelque chose si vous gardez à l'esprit ce que je viens de vous dire.

– Oui, Clint, je vous le promets.

– J'envisageais de vous engager.

Elle se redressa, surprise.

– M'engager ? Pour quoi faire ? Vous ne voulez pas devenir mon souteneur, tout de même ? Parce que s'il s'agit de cela...

– Qu'est-ce qui vous prend ? Je ne suis pas un souteneur ! dit-il d'un ton dur. Ni le vôtre ni celui d'aucune autre femme. Ce que j'ai en tête, c'est un travail pour vous. Vous m'aideriez à vendre les cigarettes King.

– Mais je n'y connais rien.

– C'est moi qui m'occuperai de la vente, dit-il en souriant. Tout ce que je vous demanderai, ce sera de montrer votre charmante personne.

– Mais qu'aurai-je à faire ?

– Si ce que j'ai à l'esprit prend corps, vous donnerez des représentations. Je ne veux rien vous dire de plus à présent. Je vous donnerai de l'argent pour vivre et pour vous acheter de nouvelles robes jusqu'à ce que le moment soit venu. Et, à propos de représentations, venez ici, ajouta-t-il en souriant.

Elle vint dans ses bras de bonne grâce mais, tout en faisant l'amour avec elle, c'était l'image de Charlotte que Clint avait à l'esprit et c'est à elle qu'il faisait l'amour.

C'était l'époque du séchage.

Puisque Clint était loin – Charlotte était convaincue qu'il l'avait fait exprès –, elle demanda à Ben de l'accompagner à la ferme des Hollister pour assister au séchage de la récolte de Bradley. Ben accepta de bon gré.

– Entendu. Je serai ravi de vous accompagner, Charlotte. Cela paraît intéressant.

Le séchage commençait toujours le soir et les voisins étaient déjà rassemblés, comme lors de la plantation, lorsque Charlotte et Ben arrivèrent. De petits feux étaient allumés dans la cour devant la remise, vieux bâtiment situé à bonne distance de l'habitation principale.

– Heureux que vous ayez pu vous libérer, dit Hollister. Et vous aussi, Ben. Où est Clint ?

– Il est quelque part dans la nature en train de vendre des cigarettes King, dit Charlotte en riant. Il prétend avoir appris plus sur le tabac qu'il ne tient à en savoir, la dernière fois qu'il est venu.

– Eh bien, je suis content que vous deux soyez là. Il y a de l'alcool à volonté, Ben, si cela vous tente. Et, comme il y a eu la première gelée avant-hier dans la nuit, un des voisins a tué un cochon et amené la viande. Il y en a pour tout le monde. Trouvez-vous un feu et installez-vous. (Il fit un large geste.) J'étais sur le point d'allumer le feu dans la remise de séchage. Plus tard, je laisserai Jimmie l'entretenir.

Charlotte et Ben trouvèrent un feu entretenu par une des voisines des Hollister. Une marmite en fonte était suspendue sur les braises dans laquelle mijotait un ragoût de porc.

Charlotte salua la femme et s'installa avec Ben auprès du feu. La nuit était fraîche et la chaleur bienvenue. Elle s'assit, les genoux remontés au menton, les jupes serrées contre ses jambes et une couverture drapée autour de ses épaules. L'odeur du ragoût était délicieuse.

– Y a-t-il danger d'incendie ? demanda Ben. Le tabac est déjà pratiquement sec, n'est-ce pas ?

Charlotte acquiesça.

– C'est la raison pour laquelle il faut une surveillance constante. Ce sera la tâche de Jimmie de s'assurer que le feu reste actif sans produire de flammes. Il suffit qu'une seule feuille prenne feu pour que tout s'embrase.

– C'est un travail risqué, la récolte du tabac, dit-il, pensif. J'admire ces fermiers. Il faut du courage pour risquer le travail de toute une année comme cela, sans compter les autres menaces – les insectes, la grêle, etc.

Charlotte hocha la tête.

– Surtout cette année puisque c'est la première récolte depuis la guerre. Prenez le cas de M. Hollister. Si sa récolte est détruite avant qu'il ne puisse la mettre sur le marché, lui et sa famille pourraient mourir de faim et n'auraient aucun moyen de planter pour l'année prochaine. Il perdrait probablement sa ferme. C'est la raison pour laquelle les fermiers ont aussi peur des menaces voilées de Lutcher.

– Les menace-t-il toujours ?

Elle haussa les épaules.

– Je ne sais pas. Je n'ai rien entendu récemment mais celles qu'il a formulées auparavant ne sont pas encore oubliées.

– Il doit se tenir tranquille en ce moment. L'avez-vous vu ou vous a-t-il importunée ces derniers temps ?

– Non, pas depuis le bal du maire la veille de Noël. Mais je suis certaine qu'il n'a pas renoncé. Sload Lutcher n'oublie pas ses rancunes aussi facilement.

– Et... votre frère ? L'avez-vous revu ?

– Non, et c'est très bien ainsi. Je ne comprends pas qu'il puisse travailler pour cet homme. Aussi longtemps qu'il le fera, je ne veux pas le voir.

– C'est presque comme si vous étiez prête à lui pardonner, dit Ben avec un léger sourire.

Charlotte fit un geste d'impuissance.

– Je ne sais pas. Je suppose que oui, s'il cessait

de travailler pour Lutcher. Après tout, c'est mon frère, quoi qu'il ait pu faire.

La femme de l'autre côté du feu remplit deux assiettes de ragoût et vint les leur offrir avec un sourire timide.

Ils la remercièrent et se mirent à manger. La viande était tendre et succulente. Le ragoût de porc avait toujours été un des plats favoris de Charlotte mais c'était la première fois qu'elle en mangeait depuis la mort de son père...

– Vous avez l'air triste, Charlotte. À quoi pensez-vous ?

Elle haussa les épaules.

– C'est de la nostalgie sans doute. Je pensais à la dernière fois où j'ai mangé du ragoût. Papa était encore vivant.

– Oh ! (Il hésita.) Je pensais que vous étiez triste parce que Clint n'était pas là.

Elle se raidit et répondit d'une voix sèche :

– Pourquoi Clint devrait-il me manquer ?

– Allons, Charlotte, vous croyez que je suis aveugle ? Vous pensez que je ne suis pas au courant de ce qu'il y a entre vous et Clint ?

– S'il y a quelque chose, cela ne vous regarde pas, Ben. De toute façon, c'est fini, ajouta-t-elle fermement.

Il la regarda d'un air grave.

– Alors, il y a de l'espoir pour moi ?

– Ben... (elle lui toucha la main en souriant avec douceur) ...je vous aime beaucoup. Je vous considère comme mon ami autant que comme mon associé mais restons-en là, voulez-vous ? Sans quoi, cela ne ferait que compliquer nos rapports.

Il serra les mâchoires, le regard sérieux.

– Ce ne sera pas facile. Je vous ai dit ce que je ressentais.

Il fut interrompu par un cri venant de la remise de séchage. Charlotte bondit sur ses pieds en regardant dans cette direction. Elle crut apercevoir une ombre qui s'échappait en courant mais son attention se reporta tout de suite vers la remise qui s'embrasa soudain.

– Mon Dieu ! Il y a le feu !

Les autres couraient déjà vers les flammes et Ben se joignit à eux avec Charlotte. Juste avant qu'ils n'y parviennent, elle vit Bradley Hollister en sortir en titubant, à reculons, traînant un corps inanimé.

Hollister avait des difficultés et Ben se précipita pour l'aider. La remise flambait plus haut avec chaque minute qui passait. Tandis qu'ils tiraient le corps, Charlotte vit que la chemise de Hollister était en feu. Elle avait encore la couverture sur les épaules. Elle l'arracha, la jeta sur Hollister et la serra sur lui pour éteindre les flammes.

– Vous allez bien, monsieur Hollister ? Vous n'êtes pas brûlé ?

– Ça ira. Je m'en tirerai avec quelques cloques, dit-il en s'essuyant le front, l'air sinistre. Mais ma récolte est perdue.

Il fit un signe de tête vers la remise.

Juste au moment où Charlotte suivait son regard, la remise s'effondra dans une gerbe d'étincelles.

– Je suis navrée. Savez-vous ce qui est arrivé ?

– Pas encore mais j'espère l'apprendre dès que mon fils reprendra connaissance. Il a dû s'endormir.

Charlotte regarda Jimmie Hollister étendu par terre. Ben était à genoux à côté du garçon. Quelqu'un avait apporté un seau d'eau et lui épongeait le visage. Jimmie s'agita, poussa un grognement et essaya de se relever.

– Du calme, dit Ben. Ne bougez pas.

Jimmie grogna à nouveau et se tâta l'arrière de la tête.

Son père s'agenouilla à ses côtés.

– Allons, mon garçon, que s'est-il passé ? Vous vous êtes endormi ?

– Non, papa, je le jure. (Jimmie regarda les

ruines fumantes de la remise.) Elle est perdue, n'est-ce pas ?

– Oui, répondit son père. Qu'est-il arrivé ?

– Je surveillais attentivement le foyer, le dos à la porte, lorsque j'ai entendu un bruit de pas derrière moi. Je croyais que c'était vous. J'ai voulu me retourner et j'ai reçu un coup sur la tête qui m'a assommé.

Charlotte se souvint alors de la silhouette qu'elle avait vue s'enfuir vers le bois, derrière la remise.

– J'ai aperçu quelqu'un courir vers le bois en même temps que j'ai vu le feu, dit-elle.

Ben se releva.

– Dans quelle direction, Charlotte ?

Elle tendit le bras.

– Par là-bas.

– Il est sans doute trop tard mais nous devrions vérifier. Qui vient avec moi ?

Les hommes se rassemblèrent en se regardant d'un air gêné mais, finalement, trois d'entre eux s'avancèrent vers Ben et ils partirent tous les quatre vers le bois. Charlotte remarqua que les autres évitaient son regard et commençaient à s'éloigner.

– Lutcher est derrière ceci, j'en suis sûre, dit-elle.

Hollister leva le visage vers elle et dit d'un ton morne :

– Vous avez sans doute raison. Il est probable que c'était Cob Jenks mais nous ne pourrons jamais le prouver. Peu importe d'ailleurs. Tout ce travail perdu, toute ma récolte partie en fumée. (Son visage se crispa.) Je me suis endetté pour cette récolte, Charlotte. Maintenant, il ne me reste rien.

C'était la première fois que Charlotte voyait cet homme énergique se laisser aller au désespoir. Elle lui posa la main sur l'épaule avec compassion.

– Monsieur Hollister, vous pouvez venir travailler pour moi à Durham et Jimmie aussi.

Une lueur d'espoir brilla dans son regard puis s'éteignit.

– De quelle utilité vous serait un homme qui n'a qu'un bras ? dit-il amèrement. Je n'accepterai jamais la charité.

– Ce ne sera pas de la charité. Vous connaissez le tabac mieux que quiconque. Je trouverai quelque chose, je vous le promets.

– Allons, fiston, rentrons à la maison.

Hollister se leva et aida Jimmie à se mettre debout. Le jeune homme était encore étourdi mais Charlotte fut heureuse de voir qu'il n'était pas blessé, à part le coup reçu à la tête. En dehors de quelques légères brûlures, il était sain et sauf.

Charlotte aida Hollister à le soutenir jusqu'à la maison.

– Ma femme pourrait dormir au milieu d'une bataille, commenta Hollister. Tous ces cris, l'incendie, rien ne l'a réveillée. Elle va être bouleversée quand elle l'apprendra.

– Monsieur Hollister, je vais annuler les contrats des fermiers. Ils seront libres de vendre leur tabac à qui bon leur semblera. Voulez-vous faire passer le mot ?

Il la regarda, surpris.

– Vous êtes sûre de vouloir le faire ?

– Je me jugerais très sévèrement si je ne le faisais pas. Je ne peux rester passive pendant que leurs récoltes sont incendiées l'une après l'autre.

Lorsqu'ils atteignirent la maison, Charlotte vit Ben et les trois hommes sortir des bois. Ben marcha vers elle.

– Rien, dit-il d'un air fatigué. S'il y avait quelqu'un, il s'est enfui longtemps avant que les recherches ne commencent.

– Un tas de cendres, dit Cob Jenks, l'air satisfait. Voilà un fermier qui n'aura pas de récolte de tabac cette année.

– Quelqu'un vous a vu ? demanda Lutcher.

– Non. Ou, si oui, c'était trop tard.

– Cela devrait les effrayer, dit Lutcher en se frottant les mains. (Il sourit méchamment.) Leur inculquer la peur du diable ! Ce serait encore mieux si l'un d'eux avait brûlé vif.

– J'ai dû en assommer un pour mettre le feu. Le jeune Hollister, je crois.

– L'ont-ils sorti à temps ?

– Je ne sais pas, monsieur Lutcher. Je n'ai pas traîné dans le coin pour voir.

– Probablement, sinon nous le saurions déjà.

C'était le lendemain matin du jour où Jenks avait mis le feu à la remise de Hollister et ils étaient dans le bureau de Lutcher. Celui-ci ouvrit un tiroir, y prit deux pièces en or et les tendit à Jenks.

– Bon travail. Voici une petite prime pour vous, vous l'avez bien gagnée. Je n'aurai plus besoin de vous pour le reste de la journée.

Jenks sourit de toutes ses dents en faisant sauter les pièces dans sa main.

– Merci, monsieur Lutcher, dit-il en se dirigeant vers la porte.

– Voyez si vous pouvez trouver Jeff King, Jenks. Dites-lui que je veux lui parler immédiatement.

Lutcher se sentait parfaitement satisfait. Si cet incendie ne décourageait pas les planteurs de vendre leur tabac à Charlotte King, il dirait à Cob Jenks d'en rallumer un autre, puis un autre encore. Au bout d'un certain temps, ils obéiraient à ses conseils.

Impatient, il se leva, alla à la fenêtre pour regarder au-dehors et le regretta immédiatement. À quelques immeubles de là se trouvait le bâtiment loué par les tabacs King. Depuis que l'immense enseigne avait été peinte sur le fronton, Lutcher étouffait de rage chaque fois qu'il l'apercevait. Il était persuadé que Charlotte King avait choisi cet endroit pour le narguer.

En entendant du bruit derrière lui, Lutcher se retourna, heureux de la distraction. Il marcha vers son bureau tandis que Jeff King s'avançait vers lui en boitillant.

Jeff buvait encore mais il venait au travail raisonnablement sobre tous les jours et, à part ses yeux injectés de sang et son visage boursouflé, il n'était pas trop marqué par ses excès nocturnes.

Lutcher savait aussi qu'il dépensait l'essentiel de son argent avec les femmes et le jeu mais cela convenait parfaitement aux visées qu'il avait sur lui. Il devait admettre que, lorsqu'il était à la fabrique, Jeff apprenait tout ce qu'il pouvait concernant le tabac.

– Vous vouliez me voir, monsieur Lutcher ?

– Oui, King. (Lutcher fit un effort pour être aimable.) Comment va votre travail ?

– Assez bien, je crois.

– Parfait ! (Lutcher s'assit sans faire signe à Jeff de l'imiter.) Je pense qu'il est temps que nous mettions plusieurs choses au point.

– Quelles choses ? demanda Jeff, méfiant.

– Ce pour quoi je vous ai engagé, répliqua sèchement Lutcher. Je vous ai dit, dès le premier jour, que j'avais d'autres projets que de vous faire travailler ici. (Il fixa Jeff d'un regard mauvais jusqu'à ce qu'il ait l'impression qu'il était suffisamment intimidé.) Vous rappelez-vous cet homme que nous avons rencontré au bal du maire, la veille de Noël, en compagnie de votre sœur ?

Le visage de Jeff se ferma tandis qu'il hochait la tête.

– L'auriez-vous par hasard rencontré depuis ?

– Non.

Lutcher se pencha en avant.

– Eh bien, je veux que vous vous liiez avec lui. Ne le faites pas de façon trop voyante. Il faut que cela paraisse accidentel.

– Mais pour quelle raison ?

– Chaque chose en son temps, King. Si mes renseignements sont justes, c'est un bon vivant qui aime les femmes et l'alcool. Vous êtes de la même espèce, tous deux. (Lutcher ricana.) Vous devriez vous entendre. Faites sa connaissance. Vous pourriez aussi le guider vers les bras d'une jolie catin. Il paraît qu'il ne dédaigne pas non plus le poker. Vous pouvez dépenser tout ce qui sera nécessaire pour... euh... cultiver cette amitié. Je couvrirai vos dépenses.

— Est-ce un ordre ? demanda lentement Jeff.

— Vous avez intérêt à le considérer comme tel, aboya Lutcher.

— Très bien, monsieur Lutcher. Je ferai de mon mieux. (Jeff paraissait dérouté.) Mais je ne vois pas quel en est l'intérêt.

— C'est pour cela que je donne les ordres, King, et que vous les exécutez. Pour réussir dans la vie, il faut être prévoyant. Il faut savoir faire des plans pour l'avenir. Lorsque les miens seront au point en ce qui concerne M. Devlin, je vous les ferai connaître. Jusque-là, obéissez. (Il fit un geste de la main.) Vous pouvez disposer, King.

Jeff fit demi-tour et se dirigea vers la porte.

— King ? (Lutcher attendit que Jeff se soit retourné.) Il y a une chose que vous pourriez essayer d'apprendre lorsque vous vous serez lié avec Devlin. Il paraît qu'il fait une grande campagne publicitaire pour les cigarettes King. Essayez d'en apprendre le plus possible à ce sujet sans qu'il y paraisse trop. Une telle information pourrait être utile.

Après le départ de Jeff, Lutcher murmura :

— Oui, vous devriez bien vous entendre tous les deux... Taillés dans la même souche, pour ainsi dire.

12

Charlotte et Ben attendaient sur le quai de la gare l'arrivée de Jacob Lefkowitz et de sa fille Rachel.

– Jacob et Rachel vous plairont. (Ben paraissait inhabituellement heureux.) J'en suis persuadé.

– Moi aussi, dit-elle en riant. Pourquoi en serait-il autrement ?

– Ils sont juifs, Charlotte, et vous ne connaissez pas très bien les juifs. Pour ceux qui ne sont pas habitués à leurs coutumes, ils peuvent paraître étranges. Surtout Jacob qui est né en Europe et qui n'a pas quitté New York depuis son arrivée.

– Ben... (elle lui posa la main sur le bras) ...j'imagine que je leur semblerai tout aussi étrange, moi aussi. Mais une fois la glace rompue, tout ira très bien. D'ailleurs, en quoi est-ce si important que je les apprécie ? Je suis persuadée que tout ira bien mais, si ce n'était pas le cas, cela n'aurait pas d'importance tant qu'ils feraient le travail pour lequel nous les avons embauchés.

– Ils le feront ! Il n'y a aucun doute là-dessus. Jacob toutefois sera responsable des rouleurs et il est un peu... disons susceptible. Alors, s'il part du mauvais pied, les ouvriers sous ses ordres pourraient suivre son exemple.

– C'est important pour vous, n'est-ce pas, Ben ?

– Oui, admit-il. C'est le premier exode important de juifs venus des ghettos de New York. Je veux absolument que ce soit une réussite.

– C'en sera une. (Elle sourit, compréhensive.) Comment pourrait-il en être autrement puisque vous vous en occupez ? Vous vous êtes éreinté à leur trouver des maisons.

– Je le leur avais promis et cela n'a pas été trop difficile. Il y a beaucoup de maisons vides à Durham. (Il fronça les sourcils.) Il y a pourtant une chose qui m'inquiète.

– Laquelle ?

– Je me demande comment les habitants de Durham vont réagir en voyant soudain tant d'étrangers parmi eux.

– Je crois que vous vous faites du souci inutilement, Ben. Après tout, nos ancêtres aussi sont venus d'Europe.

– Pas aussi récemment. Et il y a une grande différence, Charlotte. Les habitants de Durham sont tous de la même religion, pour ainsi dire. Ils ne connaissent pas la religion juive et je me demande comment ils réagiront. Pour commencer, notre sabbat est le samedi et tous les rites sont différents. (Il sourit tout à coup.) Vous m'entendez ? J'ai ignoré la religion pendant des années et voilà que je parle comme si j'étais allé régulièrement à la synagogue alors que je n'y ai pas mis les pieds depuis avant la guerre...

Il fut interrompu par le sifflet du train et ils se tournèrent vers la voie ferrée. Le train arrivait en crachant de la fumée noire. Les rails vibrèrent et le train s'arrêta dans un grincement de freins. Des têtes apparurent aux fenêtres et des visages curieux les observèrent.

Les passagers se mirent à descendre par familles entières accompagnées d'enfants de tout âge. Ils portaient de vieilles valises et des sacs pleins à craquer. Charlotte remarqua que leurs habits étaient démodés. Ils paraissaient inquiets et, une fois sur le quai, semblèrent se replier sur eux-mêmes. Mais bientôt ils furent si nombreux que les premiers durent avancer.

Ben s'étirait le cou pour essayer de voir par-dessus leurs têtes.

– Où sont Jacob et Rachel ? S'ils ne sont pas venus...

À ce moment, un homme trapu, aux cheveux gris ébouriffés et aux yeux marron, descendit les marches d'un compartiment. Une jeune fille apparut derrière lui. L'homme regarda autour de lui, aperçut Ben et agita la main.

— Monsieur Ascher, nous voilà arrivés dans votre Caroline.

Il se fraya un passage à travers la foule, entraînant la jeune fille dans son sillage. Arrivé près de Ben, il retira un mégot de cigare de sa bouche et tendit la main avec un large sourire.

— Bienvenue à Durham, monsieur Lefkowitz, dit Ben en lui serrant la main. Et à vous aussi, Rachel, ajouta-t-il en se tournant vers la jeune fille.

Rachel sourit et son mince visage s'anima. Charlotte vit une fossette apparaître sur sa joue gauche.

Elle est ravissante, pensa Charlotte. Elle jeta un rapide coup d'œil vers Ben et, à la manière dont il regardait Rachel, elle ressentit une pointe de... était-ce de la jalousie ? Elle se réprimanda. Elle n'avait aucun droit sur Ben.

— Je vois que vous avez réussi à recruter un bon nombre d'ouvriers, Jacob, dit Ben.

— Cinquante — le nombre exact que vous vouliez, répondit Jacob fièrement.

— Jacob, Rachel, je veux vous présenter à l'une de mes deux associés. L'autre, Clint Devlin, est absent en ce moment. (Il se tourna vers Charlotte.) Je vous présente Jacob Lefkowitz et sa fille Rachel. Voici Charlotte King.

— Je suis ravie de faire votre connaissance, Jacob et Rachel.

— Nous sommes très honorés, dit Jacob cérémonieusement. (Puis ses yeux se mirent à pétiller de malice.) Lorsque Ben nous a dit que nous travaillerions pour une femme, j'ai eu quelque réticence. Cela ne m'est encore jamais arrivé.

Charlotte rit, soudain à l'aise. Jacob Lefkowitz lui plaisait.

– J'espère que votre réticence s'évanouira bientôt.

– Voulez-vous voir notre fabrique maintenant, demanda Ben, ou préférez-vous vous installer d'abord ?

– J'ai hâte de voir la fabrique, dit Rachel. Papa ?

– Oui, ma fille, dit Jacob avec un sourire affectueux. Si nous n'aimons pas l'endroit où nous devrons travailler, nous pourrons peut-être repartir à New York, n'est-ce pas ?

– Je n'ai pas de crainte à ce sujet, dit Ben. Nos ateliers sont vastes et bien aérés et nous emploierons des hommes pour l'entretien, lorsque nous commencerons la production.

– Et ce sera dans combien de temps ? demanda Jacob.

– D'ici deux semaines, répondit Charlotte. Dès que nous aurons acheté le tabac.

Ben désigna les autres arrivants qui attendaient patiemment.

– Puisque tant de familles ont de tout jeunes enfants, je suppose qu'elles aimeraient rejoindre leurs nouveaux domiciles directement. J'ai fait des plans indiquant l'emplacement des différentes maisons. Les plans ainsi que les clefs se trouvent dans mon buggy. Si vous voulez leur dire de nous suivre, Jacob, je les leur distribuerai. Elles sont toutes situées à peu près dans le même quartier, comme cela personne ne se sentira isolé.

Lorsqu'il arriva au rez-de-chaussée de la fabrique, Jacob s'arrêta juste à l'entrée et regarda autour de lui d'un air approbateur. D'immenses fenêtres avaient été percées tout autour de l'atelier. Celui-ci avait été débarrassé des débris et des gravats laissés par les différents corps de métiers qui s'étaient succédé dans le bâtiment pour parfaire les installations et mettre en place l'outillage nécessaire.

— Ce sera un endroit agréable pour travailler, dit-il enfin.

— Et il sera maintenu propre. (Charlotte indiqua trois Noirs qui se trouvaient dans la salle.) Je vais embaucher une équipe de nettoyage. Lorsque nous commencerons à produire, ils déblaieront les déchets de toute nature. Certaines fabriques que j'ai visitées étaient repoussantes, y compris une ici, à Durham, appartenant à un nommé Lutcher. La poussière et les détritus ne nuisent pas seulement à la santé des ouvriers, mais ils se mêlent au tabac et aux cigarettes.

— Tout cet étage, dit Ben, sera réservé à la fabrication des cigarettes. Les tabacs à pipe, à priser et à chiquer seront produits à l'étage où se trouvent les bureaux. Jacob, je veux que vous veniez voir ceci. (Il l'entraîna vers une machine qui se trouvait au fond de l'atelier.) C'est le dernier modèle des machines à couper le tabac, un *Pease rotary cutter*. Et les menuisiers viennent de terminer l'installation des tables où les rouleurs travailleront.

Jacob hocha la tête avec approbation.

— Bien, bien. Mais ceci ne l'est pas.

Il fit un geste vers les longues tables à dessus de marbre. Des tabourets étaient installés à un mètre d'écart l'un de l'autre.

— Pourquoi ? demanda Charlotte. La plupart des fabriques que j'ai visitées avaient une installation similaire.

— Elles sont trop rapprochées, dit Jacob. Les rouleurs doivent être séparés par une distance plus grande.

— Je ne comprends pas, Jacob, dit Ben en fronçant les sourcils. Qu'avez-vous à l'esprit exactement ?

— Trop près les uns des autres, ils parlent, ils parlent, dit Jacob. Ils ne roulent pas les cigarettes assez vite.

— Ce que papa veut dire, intervint Rachel, c'est

que les filles ont tendance à papoter. Et plus de la moitié des rouleurs sont des filles.

— Non seulement cela, mais ils se surveillent, les filles comme les garçons, dit Jacob. Ils regardent combien de cigarettes font ceux d'à côté. Et ils se disputent aussi parfois. Non. (Il secoua la tête énergiquement.) Il faut que les tables soient davantage séparées.

Ben se gratta la tête.

— Je ne sais pas, Jacob. Vous ne croyez pas que vous exagérez un peu ? Ces tables ont coûté cher et cela le serait encore plus de faire revenir les menuisiers pour les modifier.

Le visage de Jacob prit une expression têtue.

— Les tables doivent être plus écartées.

Charlotte prit le bras de Ben et l'entraîna à l'écart.

— Nous avons dépensé tout cet argent, dit-elle à voix basse, afin d'attirer Jacob et son équipe ici. Nous ne pouvons pas renâcler pour quelques dollars de plus, Ben.

— Il faut connaître ces gens, Charlotte. Il arrive un moment où on doit se montrer ferme avec eux. S'ils voient qu'ils peuvent discuter, ils en profiteront.

Charlotte secoua la tête.

— Je ne peux pas croire que Jacob essaie de profiter de vous. Après tout, à l'en croire, il veut seulement augmenter la cadence de la production et c'est ce que nous voulons aussi, n'est-ce pas ? Vous savez ce que je crois ? (Elle lui sourit.) Je crois que vous avez peur parce que ce sont vos coreligionnaires et que vous ne voulez pas que l'on puisse vous taxer de faiblesse. Non, je vote pour ce que demande Jacob. S'il essaie d'abuser à l'avenir, eh bien, nous aviserons le moment venu.

Après un instant d'hésitation, Ben haussa les épaules.

— Vous avez peut-être raison. D'ailleurs, puisque Clint est absent, si je vote non, nous serons dans une impasse, n'est-ce pas ?

Charlotte rit et rejoignit Jacob et sa fille.

– Vos tables seront séparées, dit-elle.

Il lui adressa un large sourire.

– C'est bien. Je crois que je vais aimer travailler pour une femme, après tout.

C'était le jour de l'ouverture du marché.

Dès l'aube, les chariots envahissaient les rues de Durham et se dirigeaient vers les entrepôts et ils arrivaient encore à neuf heures du matin lorsque ceux-ci ouvraient leurs portes aux acheteurs de tabac.

Les chariots étaient chargés soit de barriques soit de paniers de tabac. Les paniers, peu profonds et larges d'environ un mètre cinquante, étaient remplis à ras bord de tabac. Dans les entrepôts, les magasiniers déchargeaient les paniers, y fixaient une étiquette avec le nom du fermier puis les pesaient. Enfin, ils les alignaient, rangée par rangée, en laissant un passage au milieu.

La couleur du tabac allait du jaune citron à l'acajou et la qualité du meilleur au pire.

À neuf heures pile, un Noir en uniforme coloré apparut à l'extrémité de la rue, leva une longue corne et souffla dans l'instrument. Des notes aiguës et mélodieuses s'en échappèrent, audibles dans tout Durham.

Le marché du tabac était officiellement ouvert.

À cette époque encore, il y avait peu d'entrepôts et ils étaient proches les uns des autres – si bien qu'un acheteur pouvait les visiter tous sans trop de peine.

C'était la fin septembre et il faisait encore frais à cette heure matinale tandis que Charlotte remontait la rue; mais il y avait du soleil et elle savait que la journée serait belle. Il restait encore une demi-heure avant l'ouverture du marché et les rues grouillaient d'hommes et de véhicules. Les femmes attendaient placidement dans les voitures et beaucoup d'entre elles prisaient en bavardant. Elles avaient toutes des listes de courses et les magasins de Durham seraient envahis jusqu'au soir par les fermiers et leurs épouses qui achèteraient tout ce qui leur avait manqué durant l'année. Les enfants et les chiens se poursuivaient sur la chaussée. L'air était rempli de l'odeur du tabac et du crottin de cheval.

Charlotte s'amusa à regarder un coq se faufiler sans crainte entre les sabots des chevaux pour picorer ici et là.

Elle s'arrêta devant un des portails et leva la tête en souriant de satisfaction. Peint au-dessus de l'entrée, un nouvel écriteau annonçait : *Entrepôt n° 3 des tabacs King*. En fait, c'était le seul mais elle avait écouté les conseils de Clint : « Voyez grand, Charlotte. »

Cet entrepôt était le projet secret qu'elle avait mis au point depuis l'incendie de la récolte des Hollister et la rupture des contrats avec les fermiers, qui avait suivi. Clint lui-même en ignorait l'existence mais Ben lui avait donné son accord.

En attendant Bradley Hollister, Charlotte observait les commissionnaires au travail – des hommes vifs à la langue bien pendue. Ils se précipitaient dès qu'un fermier arrivait avec son chargement et débitaient leurs mensonges habituels : les entrepôts étaient pleins, il n'y avait plus de place disponible, les prix tombaient vertigineusement, etc. Ils agitaient des liasses de billets devant le planteur, tout en parlant et, trop souvent, celui-ci, désespérément à court d'argent et terrifié à l'idée de manquer une bonne occasion, leur vendait son tabac. Ensuite les commissionnaires mettaient leurs acquisitions en vente dans les entrepôts, réalisant un profit facile et rapide. Les plus aisés d'entre eux, souvent, stockaient le tabac plusieurs mois, attendant qu'il devienne plus rare, puis le vendaient avec encore

plus de profit. Nombreux étaient les commissionnaires qui allaient directement dans les fermes et
essayaient d'acheter sur place.

Elle les considérait comme des vautours qui ne
songeaient qu'à exploiter la naïveté ou le malheur
des fermiers.

L'entrepôt King était différent des autres sur un
point : il avait un crieur, Dandy Watson. Sous sa
direction habile, les acheteurs devraient enchérir
les uns sur les autres, assurant ainsi de meilleurs
gains aux fermiers. Ailleurs, les acheteurs faisaient
une offre « à prendre ou à laisser », et les fermiers,
peu habitués au marché, vendaient trop souvent
au premier offrant.

Sload Lutcher était le pire de tous, réussissant
à acheter son tabac bien en dessous de sa valeur
marchande. Charlotte avait demandé à Hollister
de prévenir tous les fermiers qui avaient eu des
contrats avec elle de la vente aux enchères à l'entrepôt King et elle était heureuse de constater que
l'affluence y semblait plus grande que dans les
autres.

– Je vois que vous êtes prête, Charlotte, dit une
voix derrière elle.

Elle se tourna et sourit à Bradley Hollister.

– Je le suis, monsieur Hollister, et excitée de
surcroît. Chaque fois que les tabacs King franchis-
sent une nouvelle étape, j'ai l'impression qu'il s'agit
du véritable commencement.

Juste alors, la corne sonna, annonçant l'ouverture
du marché. Bradley Hollister lui offrit son bras.
Ils entrèrent dans l'entrepôt où c'était déjà la bousculade. Les acheteurs parcouraient les allées entre
les rangées de paniers de tabac, inspectant la marchandise avant le commencement de la criée.

Dandy Watson s'avança vers eux, son visage
rond rayonnant de plaisir.

– Ma chère mademoiselle, je vous attendais avec
impatience.

Dandy était vêtu somptueusement, comme toujours. Aujourd'hui, ses couleurs dominantes étaient le jaune et le marron. Il portait une veste rouille tendue sur son ventre imposant, barré par une chaîne de montre en or. Sa cravate était d'un jaune éclatant et l'inévitable rubis scintillait sur son épingle... Il tenait à la main une canne à pommeau d'or.

Ses yeux pétillaient en voyant Charlotte l'examiner.

– Suis-je habillé à la hauteur de la circonstance, chère mademoiselle ?

Elle ne put s'empêcher de rire.

– Comme toujours, je reste sans voix.

– C'est ce qu'il faut. Dès que les enchères commenceront, la seule voix que l'on entendra devra être la mienne, dit-il en riant. (Il se tourna vers Hollister.) C'est votre acheteur ?

– Oui. Bradley Hollister. Je vous présente Clyde Watson, plus connu sous le sobriquet de Dandy.

Les deux hommes se serrèrent la main, prenant chacun la mesure de l'autre.

– Très bien, fit Dandy. Si nous commencions ?

Hollister s'avança dans la première allée pour examiner les paniers, suivi de Charlotte. Il plongeait la main au fond de chacun d'eux pour tâter les feuilles du dessous. Charlotte savait que les fermiers trichaient parfois un peu, mettant les feuilles de meilleure qualité à la surface et les moins bonnes au fond, pratique que l'on appelait la « nidification ». C'était le rôle de Hollister de découvrir, avant le début de la criée, quels paniers contenaient trop de feuilles de qualité inférieure. Charlotte savait qu'elle pouvait s'en remettre à son jugement et qu'aujourd'hui il serait un auxiliaire précieux.

Elle était décidée à n'acheter que le tabac de la meilleure qualité pour les cigarettes King. Elle avait de la chance : la plupart des acheteurs présents étaient principalement intéressés par les feuilles d'emballage servant à envelopper le tabac à chiquer.

Une autre chose différenciait l'entrepôt King de ses concurrents : Charlotte ne cherchait pas à spéculer. Tout le tabac que Hollister achèterait aujourd'hui partirait immédiatement à la fabrique pour la production.

D'autres propriétaires, comme Lutcher, achetaient et revendaient ensuite le tabac à leur propre compte. Ils le faisaient, sachant que dans les mois à venir le prix du tabac doublerait ou même triplerait et qu'ils réaliseraient un profit considérable.

Dandy Watson frappa le sol de sa canne pour attirer l'attention.

– Les enchères vont commencer, messieurs, annonça-t-il lorsque le silence fut établi. La criée se fait à une vitesse vertigineuse. Ceux qui n'en ont pas l'habitude seront perdants. (Il sourit aimablement.) La criée diffère des autres enchères en ce sens que seuls les prix proposés par les acheteurs sont mentionnés. Le crieur ne cherche jamais à faire monter les enchères. La raison en est simple : la progression des prix se fait selon une règle standard à un cent la livre ou un dollar les cent livres jusqu'à ce que l'enchère la plus forte l'emporte... À l'intention de ceux qui ne sont pas familiarisés avec la procédure, je prononce le un : *nun*, le deux : *doo*, le trois : *ree*. Un quart de cent est *wah*, un demi-cent *hah* et trois quarts de cent encore *ree*. Ceci pour aller vite et maintenir le rythme. Je n'accepterai pas d'interruptions pour donner des explications, messieurs. Vous saisirez très vite, j'en suis certain. Sinon, vous aurez plus de chance l'année prochaine. Un crieur, messieurs, est un artiste. (Il sourit à nouveau.) Et un artiste ne tolère pas d'interruptions pendant son travail.

Un rire général accueillit sa remarque, ponctué de quelques plaisanteries gaillardes. Dandy frappa de sa canne en fronçant les sourcils.

– Messieurs, votre langage ! Il y a une dame parmi nous.

La foule se tut et des regards gênés se posèrent sur Charlotte qui se rendit compte qu'elle était la seule femme présente. Elle entendit quelques murmures réclamant son départ mais les ignora. Dandy frappa à nouveau le sol pour attirer l'attention.

– Messieurs, c'est l'heure.

Il commença par la première rangée de paniers, celle que Hollister avait examinée à son arrivée. Dandy s'était déjà entendu avec Charlotte pour le prix de départ.

Le débit de Dandy le rendait presque inintelligible, non seulement parce que la plupart des mots qu'il employait étaient des conventions mais aussi à cause de la vitesse à laquelle il les débitait. Dandy Watson avait dit à Charlotte qu'on l'avait un jour chronométré à quatre cents mots minute alors que le rythme d'une conversation normale se situait bien en dessous de cent mots à la minute.

Étant donné que le premier panier contenait peu de feuilles d'emballage, l'intérêt des acheteurs était limité et, lorsque Hollister monta à douze cents, il n'y eut plus d'enchères. Dandy frappa sa canne et annonça : « Vendu King. »

Tandis qu'il passait au panier suivant et recommençait son incantation, un magasinier tira le panier vendu, y inscrivit le prix de vente et le nom de l'acheteur puis suivit Dandy pour en faire autant à chaque fois.

Malgré le débit accéléré du crieur, la vente progressait lentement : les acheteurs hésitaient encore, déconcertés par la procédure. Mais, petit à petit, ils s'y firent et le rythme s'accéléra. À midi, presque la moitié du tabac entreposé était vendu, en majorité aux tabacs King. Lorsque Charlotte avait soumis son idée à Ben, celui-ci avait craint qu'ils ne puissent acheter assez de tabac de cette manière pour répondre à leurs besoins. Il était évident à présent qu'il s'était trompé. Charlotte était aussi satisfaite de constater que la plupart des fermiers lui étaient restés fidèles.

Elle pensait confier la suite des achats à Bradley Hollister et partir lorsqu'elle vit une femme entrer dans l'entrepôt et se diriger d'un pas hardi vers elle en ignorant les regards surpris des acheteurs.

C'était Rachel Lefkowitz. Charlotte appréciait Rachel et son père et était heureuse que Ben les ait embauchés. Elle avait eu vent des rumeurs selon lesquelles certains habitants de Durham se plaignaient de la présence de tant d'étrangers parmi eux et savait que Ben s'en inquiétait mais, jusque-là, aucun incident ne s'était produit.

Jacob était à la fabrique en ce moment pour les derniers préparatifs avant le début de la production. Elle l'avait vu tous les jours au travail mais, en revanche, c'était la première fois qu'elle revoyait Rachel depuis leur arrivée à Durham.

Elle leva la main. Rachel l'aperçut et la rejoignit en souriant.

– Tout cela est si excitant ! s'exclama-t-elle. Rien de tel n'existe à New York où tout le tabac est importé.

– C'est sans doute encore plus excitant pour moi, dit Charlotte. Cela signifie que nous pourrons commencer la production la semaine prochaine. Pourquoi votre père ne vous a-t-il pas accompagnée ?

– Papa ne veut plus quitter la fabrique ! (Rachel sourit.) Nous ne sommes ici que depuis quinze jours mais papa adore déjà cet endroit.

– Et vous, Rachel ?

– Oh ! moi aussi ! La vie à Durham est si différente de celle que j'ai connue jusqu'à présent. Il me faudra quelque temps pour m'y adapter mais je crois que je vais me plaire ici. (Son visage devint grave.) Je n'ai pas encore eu l'occasion de vous remercier d'avoir laissé papa agir comme il le voulait, mademoiselle King. Il est parfois exigeant. Qui peut le savoir mieux que moi ?

– Quelqu'un a dit que le meilleur employé était un employé satisfait. Et appelez-moi Charlotte, je vous en prie.

– Oh non ! (Rachel parut confuse.) Vous êtes mon employeur et ce ne serait pas bien d'être aussi familière.

– Pas du tout, dit Charlotte d'un air décidé. J'espère que nous deviendrons rapidement des amies...

Elle s'interrompit en sentant une main se poser légèrement sur son épaule. Elle entendit une voix familière derrière elle.

– Alors, Lotte, c'est ainsi que vous dépensez mon argent ?

– Clint ! Vous êtes de retour ?

Elle le dévisagea et un sentiment de bonheur l'envahit, qu'elle eut du mal à contenir.

– Je suis de retour, Lotte. J'espère que vous avez acheté beaucoup de tabac aujourd'hui car vous allez en avoir besoin. J'ai des commandes pour une quantité très importante de cigarettes.

– C'est bien la raison de cet endroit, dit-elle en faisant un large geste de la main, désignant l'entre-pôt. Qu'en pensez-vous ?

Il haussa les épaules d'un air négligent.

– Cela paraît bien. La seule question qui se pose : est-ce efficace ?

– Tout à fait. M. Hollister aura acheté plus de tabac qu'il ne nous en faut d'ici la fin de la journée. Uniquement de la première qualité.

– Heureux de l'apprendre mais je ne suis pas content du tout que Ben et vous ayez pris une décision aussi importante sans me consulter.

Son visage était devenu sévère.

– Vous n'étiez pas là et nous ne savions même pas où vous joindre, Clint. Vous ne prenez pas beaucoup de peine pour nous informer de l'endroit où vous êtes.

– Je voyage vite, Lotte.

Il souriait légèrement à présent.

– D'ailleurs, quelle différence cela aurait-il fait ? Ben et moi, nous l'aurions emporté. De plus, cet entrepôt va être une opération rentable. Ce que j'ai vu ici aujourd'hui en témoigne.

Clint avait déjà reporté son attention sur Rachel.

– Qui est donc cette ravissante jeune personne ?

– Rachel Lefkowitz, une des ouvrières que Ben a embauchées à New York. Son père, Jacob, sera notre contremaître. Rachel, je vous présente Clint Devlin, notre troisième associé.

Clint souleva son chapeau et s'inclina légèrement devant la jeune fille.

– Dans quel monde vivons-nous donc – où une ravissante jeune fille comme vous doit gagner sa vie en roulant des cigarettes ? Vous devriez être sur un trône, vêtue de satin et de dentelle.

Rachel rougit jusqu'aux oreilles.

– Mon travail ne me déplaît pas, monsieur Devlin.

– Il ne faut pas prendre ce que dit Clint trop à la lettre, dit Charlotte. C'est un flatteur bien connu.

Elle vit que ni l'un ni l'autre ne l'avait sans doute entendue car Clint regardait Rachel au fond des yeux et tenait sa main dans les siennes. Il était resplendissant ce matin avec son chapeau de planteur d'un blanc immaculé, en costume beige, chemise plissée à la large cravate flottante et des bottes brillantes comme un miroir.

Qu'il est séduisant, pensa Charlotte, et capable de plaire à une femme bien plus sophistiquée que ne l'est sans doute Rachel.

Remarquant la manière dont celle-ci regardait Clint, comme fascinée par lui, Charlotte ressentit un malaise en se souvenant de l'attitude protectrice de Ben vis-à-vis de la jeune fille. En mettant un terme à son aventure avec Clint, elle avait cru éviter tout danger de heurt entre les deux hommes.

Elle n'en était plus aussi certaine à présent. Avec le goût de Clint pour les jolies femmes, lui et Ben pourraient bien s'affronter.

– Au fait, Lotte... (Clint se tourna vers elle.) Je suis arrivé en ville hier soir et je...

– Comment ? Vous ne nous l'avez pas fait savoir et vous n'êtes pas venu à la fabrique ce matin non plus ?

– Je suis sorti tard hier. J'avais été sur les routes pendant deux mois et je me suis accordé une petite récréation. Je ne suis rentré me coucher qu'au petit matin. Mais je suis allé à la fabrique. C'est comme cela que j'ai su que vous étiez ici. Ben me l'a dit.

– Vous n'avez pas changé, je vois, dit-elle froidement.

– Et je n'en ai pas l'intention, ma chère. Ce que je voulais vous dire, c'est que j'ai rencontré votre frère hier soir. Nous avons bu quelques verres ensemble et joué un peu au poker. Ce n'est pas un mauvais garçon.

Elle se raidit.

– Je ne veux pas entendre parler de lui.

– Il n'y a rien à entendre, à vrai dire. Au fait, il a demandé de vos nouvelles. J'aime bien Jeff, Lotte.

– C'est votre affaire, répliqua-t-elle sèchement.

– Allons, Lotte. C'est tout de même votre frère.

– Pas tant qu'il travaille pour Sload Lutcher.

Clint haussa les épaules d'un air résigné.

– Je voulais simplement vous donner de ses nouvelles.

– Si vous faites la fête avec lui, cela vous regarde. Mais inutile de me le dire. Cela ne m'intéresse pas le moins du monde.

13

– La maudite femme m'a possédé. (Sload Lutcher fulminait de rage.) Qui aurait pu croire qu'elle aurait cette idée de vente à la criée ?

– Voulez-vous que je mette le feu aux granges des fermiers qui ont vendu leur tabac dans son entrepôt, monsieur Lutcher ? demanda Cob Jenks avec une lueur d'espoir dans les yeux.

L'idée tentait beaucoup Lutcher mais il secoua la tête.

– Non, cela ne servirait à rien. Elles sont toutes vides maintenant. Tout ce qui brûlerait, c'est du vieux bois et cela ne leur coûterait pas grand-chose de le remplacer pour la saison prochaine. Non, elle m'a possédé, je dois l'admettre. Elle ne l'emportera pas au paradis mais il va falloir, à présent, que je m'y prenne de façon plus détournée pour agir contre elle.

– Nous les avions prévenus que leurs granges flamberaient s'ils lui vendaient leur tabac. Ils vont rire derrière votre dos, monsieur Lutcher.

– Personne ne se moque longtemps de moi. (Lutcher frappa son bureau du poing.) Lorsque j'aurai acculé les tabacs King à la faillite, les fermiers seront contraints de venir me supplier, le chapeau à la main. Nous verrons qui rira alors.

– Que voulez-vous que je fasse maintenant, monsieur Lutcher ?

Lutcher joignit le bout de ses doigts et réfléchit en fronçant les sourcils.

– Ces rouleurs de cigarettes qu'elle a fait venir de New York... ils sont tous juifs, n'est-ce pas ?

– Oui, et c'est une drôle d'équipe, monsieur Lutcher. J'étais à la gare lorsqu'ils sont arrivés.

– Avez-vous entendu des habitants de Durham protester contre cette invasion d'étrangers dans leur ville ?

Jenks haussa les épaules.

– Quelques types ont ronchonné dans les bars mais c'est à peu près tout. Bien sûr, je ne suis pas souvent en compagnie des gens importants.

– Eh bien, voici ce que je veux de vous, Jenks. Faites dire, indirectement bien sûr, à quel point ces étrangers sont menaçants, qu'ils prennent les emplois des gens d'ici, etc. Agitez le plus de monde possible. Je vais voir de mon côté ce que je peux faire auprès des gens haut placés. Je suis en bons termes avec le maire et l'administration de la ville. Ensemble, nous pourrons peut-être créer assez de mécontentement pour agir contre ces juifs installés parmi nous.

– Je ferai de mon mieux, monsieur Lutcher.

Jenks prit congé et quitta le bureau en souriant. Il faillit heurter Jeff King qui arrivait.

– Vous vouliez me voir, King ? demanda Lutcher.

– Oui. J'ai pensé que vous aimeriez savoir que j'ai bu quelques verres avec Clint Devlin hier soir et qu'ensuite nous avons joué au poker.

Lutcher se cala dans son fauteuil et regarda Jeff attentivement.

– Et comment vous êtes-vous entendus ?

– Plutôt bien. (Jeff sourit, plus décontracté que d'habitude.) Je l'apprécie et je crois que c'est réciproque.

– Parfait. Avez-vous appris quelque chose d'important ?

– Pas grand-chose. Il fallait que je sois prudent la première fois. Il ne s'est pourtant pas fait prier pour parler de ses ventes et de sa campagne publicitaire pour les cigarettes King. (Jeff souriait toujours mais son sourire cachait une arrière-pensée.) Il m'a dit qu'il avait enregistré d'importantes commandes pour les cigarettes King partout où il était passé.

Lutcher se demanda s'il n'y avait pas une touche de malice derrière le sourire de Jeff.

– Comment se vendent les cigarettes de cette femme ne m'intéresse pas, dit Lutcher avec raideur. Après tout, Devlin peut prendre toutes les commandes qu'il veut, encore faut-il qu'il puisse livrer le produit. Quoi d'autre ?

– Clint m'a dit qu'il faisait peindre des enseignes pour les cigarettes King partout où il passait. Il m'a également montré ce qu'il donnait aux commerçants qui lui passaient de grosses commandes : ceci... (Il prit un objet dans sa poche et le tendit à travers le bureau.) C'est un fin renard, Clint.

Lutcher prit l'objet et fit une grimace de dégoût en voyant que c'était une femme nue.

– Pouah ! Je ne m'intéresse pas à de telles cochonneries. (Il jeta l'image sur son bureau.) Ce que je veux apprendre, ce sont ses méthodes de publicité et de promotion.

– Cela en fait partie, monsieur Lutcher, et, apparemment, c'est ce qui a le plus de succès.

Jeff fit un signe vers la photographie. Il avait un air résolument narquois.

– Ne prenez pas de grands airs avec moi, King. (Lutcher se pencha sur son bureau, le regard mauvais.) Est-ce bien compris ?

– Oui, monsieur Lutcher, dit Jeff en se renfrognant, et, pour la première fois, son regard exprima de la haine.

Lutcher ne s'en inquiéta pas; il savait que la haine d'un employé peut être utile tant qu'elle est mêlée de peur.

Il resta les yeux fixés sur Jeff qui fut le premier à baisser le regard. Lutcher se recala dans son fauteuil, un mince sourire aux lèvres. Il redevint aimable.

– Vous avez fait ce que je vous demandais, King,

en vous liant avec Devlin. Tâchez de vous rapprocher encore de lui. J'ai des projets à son sujet.

Tout en accompagnant Ben dans la maison qu'occupaient à présent Jacob Lefkowitz et sa fille, Charlotte se sentait mal à l'aise. C'était vendredi soir, la veille du sabbat juif et Jacob les avait invités à dîner. La fabrique devait ouvrir officiellement le lundi matin, et, ce jour-là, Rachel roulerait la toute première cigarette King.

— J'espère que je ne vous embarrasserai pas, dit Charlotte avec nervosité.

— Détendez-vous, répondit Ben en riant. Ce n'est pas si effrayant. Comment pourriez-vous m'embarrasser ?

Jacob n'était arrivé à Durham que depuis deux semaines mais Charlotte remarqua que la petite maison avait déjà été repeinte. Ben arrêta le buggy devant la porte et l'aida à descendre. Ils remontèrent l'allée du jardinet, bras dessus, bras dessous.

Jacob les guettait sans doute car il ouvrit la porte bien avant qu'ils ne l'atteignent.

— Bienvenue chez moi, mes amis, dit-il.

Charlotte remarqua la calotte noire posée sur le sommet de sa tête.

— C'est très aimable de nous avoir invités, Jacob, dit-elle.

Il les fit entrer et Charlotte sentit un riche fumet d'odeurs épicées. Des meubles neufs, disposés avec goût, garnissaient l'intérieur de la maison.

Jacob remarqua l'intérêt de Charlotte.

— Vous aimez nos nouveaux meubles, patronne ?

— C'est joli. Je suis contente pour vous.

— Ben nous a aidés. Nos vieux meubles sont restés à New York. Ben est venu avec moi à la banque et m'a aidé à obtenir un prêt.

Charlotte se tourna vers Ben qui parut gêné. Elle lui prit discrètement la main et la serra juste au moment où Rachel entrait dans la pièce. Rachel le remarqua et s'arrêta court. Elle portait un tablier et son visage avait une agréable rougeur due à la chaleur des fourneaux.

— Ah ! ma Rachel ! (Jacob la prit par les épaules.) C'est une excellente cuisinière, vous savez.

— J'espère que vous aimerez cela, dit Rachel un peu timidement.

— Et maintenant, il faut que nous buvions un verre de vin ensemble. (Jacob leur indiqua les sièges.) Vous serez les premiers hôtes à vous y asseoir.

— Je suis heureuse que vous soyez venus, dit Rachel tandis que Jacob allait chercher le vin. Voulez-vous m'excuser ? Il faut que je retourne à la cuisine.

Jacob revint avec une bouteille et trois verres. Le vin versé, ils trinquèrent.

— *Léhaïm !*

Le vin était lourd et sucré et Charlotte le but lentement, savourant le goût du raisin.

— Tout est-il à votre convenance à la fabrique à présent, Jacob ? demanda Ben après avoir bu une gorgée.

— Mes rouleurs sont prêts à fabriquer les cigarettes King, dit Jacob en hochant la tête avec satisfaction. Nous ferons les meilleures que vous ayez jamais vues.

— D'après Clint, nous avons une quantité énorme de commandes à satisfaire.

— Ce M. Devlin, je ne l'ai pas encore rencontré. Rachel m'a dit qu'elle l'avait vu à la criée. Pourquoi ne se montre-t-il pas ?

— Son travail consiste à vendre. Durant les deux derniers mois, il a été en tournée. Il sera à la fabrique lundi matin, cependant, pour voir rouler notre première cigarette.

— Ce n'est pas parce que nous sommes juifs, alors ? demanda Jacob, méfiant.

— Bien sûr que non, répondit Ben en levant les

sourcils. De tous les gens que je connaisse, Clint est bien le dernier à avoir des préjugés. Il n'a pas le temps de s'occuper de telles bêtises. Les seules choses qui comptent pour lui, ce sont les femmes et l'argent.

– Jacob, y a-t-il eu des incidents depuis que vous êtes arrivés ? demanda Charlotte.

– Des incidents ? Qu'entendez-vous par là ?

– Ce que Charlotte veut savoir, répondit Ben, c'est si vous avez eu des ennuis avec les gens d'ici.

Jacob parut se renfermer et prit une expression lointaine. Mais son haussement d'épaules fut éloquent.

– Certains nous ont battu froid. Quelques jeunes se moquent de nous mais, à New York aussi, nous y étions habitués.

Charlotte fut troublée par ce qu'il venait de dire mais avant qu'elle ne puisse faire de commentaires, Rachel sortit de la cuisine. Elle portait une fine calotte en dentelle sur ses boucles sombres. Elle avait enlevé son tablier et sa robe marron, simple, était rehaussée, au col et aux poignets, par une ravissante parure de dentelle.

– Le repas est prêt, dit-elle de sa voix douce. Veuillez passer à table.

Jacob rayonnait de fierté en regardant sa fille.

– Maintenant, dit-il, vous allez manger un vrai repas de sabbat juif. Vous aimerez cela, je vous le promets. Venez.

En entrant dans l'alcôve qui servait de salle à manger, Charlotte dut admettre qu'elle était impressionnée. La table ovale était recouverte d'une nappe immaculée et la vaisselle était de fine porcelaine.

– La nappe et le service appartenaient à ma mère, dit Rachel. Elle les a apportés d'Europe.

– Ils sont très beaux, dit Charlotte avec sincérité.

Il y avait deux bougies allumées dans des chandeliers en argent sur le buffet de chêne. Rachel s'en approcha, prit un petit soufflet dans une boîte en émail et en raviva les flammes.

– Je vais prononcer une bénédiction de sabbat maintenant pour marquer qu'il vient officiellement de commencer. *Baruch ata adonai eloheynu, melech ha-olam, ascher kid-shanu b'mitzvotav z'tsivanu, l'hadlik ner shel Shabbat.* (Elle releva les yeux et sourit.) Maintenant, nous pouvons prendre place.

Charlotte fut émue par la simple cérémonie; elle regarda Ben et vit qu'il était touché par sa réaction.

– Ce que Rachel vient de dire, expliqua Jacob tandis qu'ils s'asseyaient, signifie : Béni soit le Seigneur notre Dieu, Souverain de l'univers, qui nous comble de ses bienfaits et nous commande de ranimer la flamme du sabbat.

– C'est une très jolie cérémonie, dit Charlotte.

– Maintenant, dit Jacob, je vais bénir la khalla – le pain et le vin.

Il tendit la main, prit un long pain tressé posé devant lui, récita une bénédiction en hébreu puis rompit le pain et en prit un morceau.

Charlotte le regardait, fascinée, tandis qu'il levait son verre et buvait une gorgée de vin. Faisant claquer ses lèvres d'un air approbateur, il rompit le reste du pain et leur en passa des morceaux. Charlotte comprit qu'il fallait suivre son exemple.

Le repas était délicieux et inhabituel. Après le pain et le vin, Rachel servit un plat de viande garni de légumes : du foie au goût savoureux que Ben paraissait apprécier.

Le foie fut suivi d'une épaisse soupe au poulet dans laquelle flottaient des espèces de quenelles, les *kreplech*.

Charlotte était déjà rassasiée après la soupe mais Rachel servit encore du poulet rôti accompagné d'un gratin de pommes de terre.

Un gâteau de miel piqueté d'amandes vint couronner le repas et Charlotte, qui avait goûté de chaque plat, se réjouit que tout fût terminé.

Après le repas, ils passèrent au salon et Jacob leur raconta comment il avait quitté l'Europe avant sa majorité et était venu seul aux États-Unis. Ses parents et ses deux sœurs étaient morts de la peste, le laissant seul au monde.

Charlotte l'écoutait, fascinée. Elle admirait son courage et sa ténacité, pensant qu'elle n'aurait pas été capable d'endurer toutes les privations qu'il avait subies pour parvenir dans ce pays.

Et même alors, les épreuves n'avaient pas pris fin. Il avait travaillé dans les docks new-yorkais durant plusieurs années – un travail qui aurait tué un homme moins solide. Peu après son mariage, il était entré dans la fabrique de tabac où Ben l'avait découvert et s'était peu à peu élevé jusqu'à la place de contremaître qu'on lui avait confiée lorsque la fabrique s'était lancée dans la production de cigarettes. La mère de Rachel, immigrée elle aussi, était morte dix ans auparavant, le laissant avec la petite fille de onze ans qu'il avait élevée seul.

Rachel avait peu parlé durant la soirée mais, plusieurs fois, Charlotte avait remarqué son regard, rêveur et tendre, posé sur Ben. Il ne paraissait pas s'en rendre compte.

Elle en est amoureuse, pensa Charlotte, déconcertée. Cela éveilla en elle des sentiments contradictoires. D'abord une certaine tristesse. Ensuite de la colère envers Rachel et un accès de possessivité envers Ben. Assise à côté de lui sur le divan, elle dut faire un réel effort pour ne pas lui prendre ouvertement la main, manifester ses droits sur lui.

Je suis jalouse, pensa-t-elle, étonnée, et je n'ai plus aucun droit sur lui. Elle s'agita, impatiente.

– Ben, il est tard. Nous devrions partir. Nous aurons une journée chargée demain.

Ils se levèrent tous et, après de brefs adieux, Jacob les accompagna jusqu'à la porte qu'il ouvrit en grand. Il se tenait dans l'encadrement lorsqu'une pierre, venue des ténèbres, heurta le mur de la maison à quelques centimètres de sa tête.

De l'autre côté de la rue, des cris hostiles s'élevèrent.

– Les juifs, quittez Durham !

– Les étrangers prennent nos emplois !

– Retournez chez vous !

– Les misérables ! s'écria Ben. Vous n'avez pas un fusil, Jacob ? Quelques coups tirés au-dessus de leurs têtes les disperseraient comme les lâches qu'ils sont.

– Je n'ai pas besoin de fusil, dit Jacob.

Il s'avança sur la petite véranda, semblant grandir sous l'effet de la lumière qui venait de l'intérieur.

– Personne ne fait fuir Jacob Lefkowitz ! s'écriat-il d'une voix de stentor. Ceci est ma maison et j'y resterai, voyous !

Une autre pierre le manqua de peu.

– Ne nous menacez pas, juif. Nous vous enverrons le Klan. Ils vous enduiront de goudron et de plumes et vous sortiront de la ville à cheval.

– C'est Cob Jenks ! s'exclama Charlotte. Je reconnaîtrais sa voix entre mille, Ben.

Jacob descendit les marches et Ben se hâta de le rejoindre, suivi de Charlotte. Elle entendit un bruit de pas qui s'enfuyaient et, lorsqu'ils atteignirent la petite barrière, tout était redevenu calme.

– Ils fuient, Jacob, dit Ben avec dégoût.

– Oui, fit Charlotte. Ne les laissez pas vous impressionner, Jacob. C'est à cause de nous qu'ils font cela. Jenks travaille pour Sload Lutcher et je suis sûre qu'il obéit à ses ordres. Il espère vous intimider pour que vous partiez et que nous nous retrouvions sans rouleurs de cigarettes.

– J'espère que vous ne pensez pas que tout le monde à Durham ressemble à cette bande de vauriens, dit Ben.

– Je ne m'effraie pas facilement, dit fermement Jacob. C'était comme cela en Europe. C'est une des raisons pour lesquelles nous en sommes partis.

– Ce que papa veut dire, c'est que les juifs rencontrent ce genre de problème partout où ils vont. (Rachel venait de les rejoindre.) Même à New York. Assez rarement toutefois, car nous habitions un quartier juif. (Elle prit la main de son père et lui sourit.) Ne vous faites pas de soucis, Charlotte et Ben. Nous ne prenons pas peur facilement.

– Voilà qui a gâché toute la soirée, dit Charlotte dans le buggy, alors qu'ils étaient sur le chemin du retour. Comment les gens peuvent-ils descendre aussi bas ?

Ben haussa les épaules.

– Si c'étaient les hommes de Lutcher, ils étaient payés pour le faire. Ce qui m'ennuie, c'est que cela pourrait ne pas s'arrêter là. Lorsque de tels bruits sont lancés, même par des voyous payés pour le faire, cela a tendance à se répandre parmi les gens raisonnables.

– Je comprends vos craintes à présent, Ben. Je croyais que vous exagériez auparavant. N'y a-t-il rien que nous puissions faire ?

– Pas grand-chose. Je suis persuadé qu'on ne pourra pas remonter jusqu'à Lutcher. Il gardera toujours les mains propres. Cela ne servirait donc à rien de l'affronter en dehors de la satisfaction personnelle de lui casser la figure. Il faudra que j'en parle à Clint. Les relations publiques font partie de ses fonctions et il est en bons termes avec le maire et les autres notables. Il peut peut-être leur en toucher un mot.

Charlotte parut sceptique.

– N'est-ce pas vous qui devriez le faire, Ben ?

Il secoua la tête.

– Non. Je suis juif, ne l'oubliez pas. Il vaut mieux que Clint s'en charge. Cela mis à part, il sait manier les situations délicates.

Charlotte savait qu'il faisait allusion à sa liaison avec Clint. De toute évidence, Ben pensait que c'était Clint qui y avait mis un terme. Elle n'avait nullement l'intention de le détromper.

Ils parcoururent le reste du chemin en silence. Lorsque Ben arrêta l'attelage devant chez Charlotte, il se tourna vers elle.

– Charlotte, j'ai envie de me détendre un peu. J'ai l'impression que nous travaillons depuis des mois sans un jour de repos, du lever au coucher du soleil.

Elle se tourna vers lui, sur ses gardes.

– Qu'avez-vous à l'esprit ?

– J'ai pensé que nous pourrions nous accorder un jour de congé dimanche, préparer un panier de provisions et sortir de Durham pour passer un après-midi de détente. Un pique-nique dominical. Ce beau temps risque de ne plus durer.

Elle secouait déjà la tête.

– Non, Ben, il y a trop à faire avec l'ouverture lundi matin.

– Charlotte, nous serions tous deux plus dispos lundi, si nous nous reposions dimanche. Tout est prêt. Réfléchissez. Y a-t-il quelque chose que vous ne puissiez pas faire un autre jour que dimanche ?

Elle resta silencieuse quelques instants. Il avait raison. Il n'y avait rien d'urgent, rien qui ne puisse attendre. L'idée d'un pique-nique, d'un après-midi insouciant lui parut de plus en plus tentante. Finalement, elle hocha la tête en souriant.

– Vous avez raison, Ben, et je crois que cela me fera plaisir.

Ben lui serra la main.

– J'apporterai le panier. Soyez simplement prête lorsque je passerai vous prendre à onze heures, dimanche matin.

Quelques jours d'été indien baignaient Durham d'un temps clair et ensoleillé. Lorsque Ben vint prendre Charlotte, la journée était magnifique. Tandis qu'ils quittaient la ville par le sud, le ciel était d'un bleu limpide, à part quelques nuages qui se formaient à l'horizon.

Ben les désigna de la main.

– Le temps pourrait changer aujourd'hui mais nous devrions avoir largement le temps de rentrer.

Tandis que le buggy avançait en cahotant, Charlotte se détendit et se cala contre son siège. Ben avait baissé la capote et les rayons du soleil lui caressaient le visage. Elle somnola un petit peu.

– J'ai parlé à Clint de ce qui s'est passé vendredi soir, dit Ben après quelque temps.

– Et qu'en pense-t-il ? demanda-t-elle en redressant la tête.

– Il est indigné, comme je le prévoyais. Sa première réaction a été de vouloir courir chez Lutcher pour lui flanquer une correction mais je suis parvenu à l'en dissuader. Nous avons finalement décidé qu'il irait en parler discrètement à quelques personnes influentes pour essayer d'éteindre le feu avant qu'il ne se propage.

– Espérons qu'il réussira.

Ils avaient quitté la ville à présent et le buggy avançait à bonne allure, laissant une traînée de poussière derrière lui.

Charlotte observait les changements dans le paysage. Les signes de désolation disparaissaient lentement. Certaines des maisons de planteurs qu'elle avait aperçues entre les arbres avaient été repeintes en blanc et la plupart des champs qu'ils longeaient étaient cultivés. La région autour de Durham avait encore bien des progrès à faire pour retrouver sa prospérité après les dévastations de la guerre mais ces premiers signes étaient encourageants. Charlotte aimait à penser qu'elle avait un peu contribué à la renaissance de la région. Elle avait donné de l'espoir aux fermiers et, si les tabacs King devenaient une industrie prospère, son apport serait encore plus important.

Après quelques kilomètres, elle se tourna vers Ben.

– Où allons-nous ? Nous sommes déjà à une bonne distance de Durham.

Il lui sourit.

– J'ai découvert un joli coin il y a peu de temps. C'est une sorte de vallon, sans fermes ni maisons aux alentours, traversé par un ruisseau. Ce n'est plus bien loin à présent.

Charlotte regarda vers le nord où les nuages s'amoncelaient à présent. Au lieu d'en faire part à Ben, elle haussa les épaules et s'adossa confortablement. C'était son pique-nique et il connaissait un endroit agréable; il fallait lui laisser une chance de le lui montrer. D'ailleurs, s'il se mettait à pleuvoir, ils pourraient remonter la capote et seraient raisonnablement à l'abri.

Bientôt le buggy ralentit et s'engagea dans une étroite allée. En se retournant, Charlotte ne vit aucune maison mais aperçut un cavalier loin derrière eux sur la route – bien trop loin pour qu'elle pût l'identifier.

Ben s'engagea sous un bouquet d'arbres et bientôt l'allée se termina. Il arrêta le cheval.

– Il faudra marcher à partir d'ici. C'est à moins d'un kilomètre.

Il attacha le cheval à un arbre, prit le panier et deux couvertures à l'arrière puis aida Charlotte à descendre. Il la conduisit par un étroit sentier qui serpentait sous les arbres. Le sol était recouvert d'un tapis de feuilles mortes qui craquaient sous leurs pieds. Seuls le bruit de leurs pas et le chant des oiseaux dans les arbres venaient troubler le silence environnant.

Ils atteignirent enfin les bords du ruisseau qui serpentait paresseusement au fond du vallon. Ben étala les couvertures au pied d'un immense chêne près de la rive. Charlotte s'assit et Ben ouvrit le panier. Midi était passé depuis longtemps et Charlotte se rendit compte qu'elle avait faim. Ben étala une nappe sur les feuilles et sortit une bouteille de vin.

– Je vais la mettre au frais dans l'eau et nous la boirons un peu plus tard.

Tandis qu'il s'affairait, Charlotte sortit les provisions : du poulet rôti, de la salade de pommes de terre, des concombres, du pain frais, un bocal de tomates et un autre de pastèque.

Lorsque Ben revint, tout était prêt, et ils se mirent à manger avec appétit. Ils parlaient peu. Ben est un de ces rares hommes, pensa Charlotte, qui ne se sentent pas contraints de parler à tout prix en présence d'une femme.

Elle s'adossa à l'arbre avec un soupir de contentement.

– Vous êtes un très bon cuisinier, Ben Ascher.

– Merci, chère Charlotte. Je fais de mon mieux, dit-il sans rire. Voulez-vous que nous échangions nos recettes tout de suite ?

– Vous perdriez au change, dit Charlotte en riant. Je suis une cuisinière détestable. Je n'ai jamais été capable de m'y intéresser. Je trouve toujours quelque chose de mieux à faire. En fait, je suis nulle dans tous les travaux ménagers.

– Mais vous savez faire marcher une fabrique de tabac.

– J'ai d'excellents associés, mais merci, Ben. (Elle lui tapota la main.) Cher Ben, dit-elle encore en bâillant involontairement, excusez-moi. M'en voudriez-vous beaucoup si je faisais une petite sieste ?

Charlotte fut réveillée par Ben qui la secouait. La première chose qu'elle vit fut son air préoccupé.

– Charlotte, il faut nous dépêcher. Il y a un orage qui menace d'éclater. (Il sourit d'un air penaud.) Je me suis aussi assoupi.

Charlotte s'assit et leva la tête. Il avait raison. Le ciel était sombre et menaçant. La température était tombée sensiblement et un vent vif et froid sifflait à travers la cime des arbres. Ben rassemblait déjà les restes de leur déjeuner et les rangeait dans le panier. Charlotte se leva. Elle replia les couvertures pendant que Ben allait repêcher la bouteille de vin.

— Allons-y, dit-il en revenant.

Le ciel s'assombrit encore et quelque chose se posa sur la joue de Charlotte : un flocon de neige ! Ben avançait rapidement devant elle et, lorsqu'ils atteignirent la lisière des arbres, la neige tombait déjà en abondance.

La tête baissée, Charlotte se heurta à Ben qui s'était soudain arrêté. Elle vit qu'il regardait autour de lui d'un air abasourdi.

Il se tourna vers elle, consterné.

— Le buggy a disparu.

Charlotte vit, en effet, que le cheval et la voiture n'étaient plus là. Elle se souvint alors de quelque chose.

— J'ai vu un cavalier derrière nous lorsque nous avons quitté la grand-route. Je n'y ai pas prêté attention sur le moment mais je suis prête à parier à présent que quelqu'un nous a suivis depuis Durham et nous a volé le buggy. Non ! (Elle secoua la tête.) Pas volé ! Je parie que c'est l'homme de Lutcher, Jenks. Il nous l'a pris afin que nous restions coincés ici.

— Que ce soit Jenks ou un simple voleur ne change pas grand-chose à l'affaire, dit Ben, morose. Nous sommes à des kilomètres de la ville.

Comme pour ponctuer sa remarque, la neige se mit à tomber de plus belle.

— Nous pourrons peut-être trouver une ferme sur le chemin du retour et emprunter un chariot ou un buggy pour rentrer à Durham.

— Espérons-le. De toute façon, nous ferions bien

de nous mettre en route avant que cette tempête de neige n'empire. Passez-moi les couvertures.

Il les lui prit et en posa une sur les épaules de Charlotte, à la manière d'un poncho, puis il mit l'autre autour de lui.

– Cela nous protégera au moins un peu.

Il lui prit le bras et ils se mirent en marche vers Durham. Le vent et la neige leur fouettaient le visage. Tandis qu'ils avançaient, Charlotte se souvint qu'elle n'avait pas vu de maisons près de la route durant les derniers kilomètres de leur trajet. Bientôt, il fut évident que sa mémoire ne l'avait pas trompée. Ils marchèrent plusieurs kilomètres sans apercevoir d'habitation.

Pour comble de malchance, elle n'avait pas mis de bottes en partant et ses chaussures n'étaient pas faites pour marcher dans la neige. Au bout de peu de temps, elle eut les pieds trempés et gelés. Elle faillit glisser plusieurs fois et serait tombée, si Ben ne l'avait pas retenue.

La nuit tomba d'un seul coup et bientôt ils ne virent pas à plus de quelques mètres devant eux.

– Nous ne pouvons pas continuer ainsi encore longtemps, dit Ben. La neige risque de tomber plus fort et nous pourrions facilement quitter la route sans nous en rendre compte et mourir de froid... Attendez !

Il s'arrêta et désigna une masse sombre sur la gauche.

– Est-ce un bâtiment, là-bas ?

Charlotte regarda dans la direction qu'il indiquait. Elle crut voir une ferme à une trentaine de mètres de la route mais il était difficile d'en avoir la certitude avec la neige qui tombait.

– Je vois quelque chose mais il n'y a pas de lumière. C'est peut-être une maison abandonnée. Il y en a beaucoup le long de cette route.

– Peu importe. C'est du moins un bâtiment où

nous trouverons un abri, même précaire. C'est ce dont nous avons besoin avant tout.

Ils s'avancèrent en direction de la bâtisse. C'était une petite ferme vide. Les fenêtres étaient obturées et la porte verrouillée.

Un grand coup de pied de Ben vint à bout de la serrure et ils purent entrer. Le soulagement fut immédiat car ils étaient à l'abri du vent et de la neige. Charlotte savait que la maison était glaciale et que l'impression de chaleur ne durerait pas, mais elle fut heureuse cependant de ce court répit.

Il y avait une cheminée dans la pièce. Ben referma la porte et ils avancèrent à tâtons. Il trouva un bout de chandelle sur le manteau de la cheminée et l'alluma. À la faible lueur de celle-ci, Charlotte vit qu'il y avait de la poussière et des toiles d'araignée partout. Il était évident que la maison était abandonnée depuis la guerre. Des débris de meubles jonchaient le sol.

Ils les rassemblèrent auprès de la cheminée. Ben cassa le bois sec sur son genou et eut tôt fait d'allumer un feu. Charlotte se rapprocha des flammes, absorbant leur chaleur, tandis que Ben mettait les couvertures à sécher.

— Voilà, dit-il en se frottant les mains. Il y a assez de bois pour toute la nuit, dussions-nous brûler la maison étage après étage ! Une tempête à cette époque de l'année ne devrait pas durer au-delà de la nuit. Nous allons rester ici et nous repartirons à l'aube.

Charlotte frissonnait encore de temps en temps. Ben sortit la bouteille de vin du panier et en versa dans deux gobelets.

— Tenez, ceci devrait aider à vous réchauffer.

Elle but le vin puis tendit le gobelet pour qu'il lui en reversât. Elle rebut, plus lentement cette fois, et sentit l'alcool lui réchauffer le sang. Ben prit la nappe dans le panier et la lui posa sur les épaules.

– Asseyez-vous aussi près du feu que possible, Charlotte. Les couvertures devraient bientôt être sèches. (Il les retourna pour en exposer l'autre face à la flamme puis plongea la main dans le panier.) Il nous reste encore des provisions. Avez-vous faim ?

Elle hocha la tête.

– Je crois bien que oui.

Ben posa le panier devant elle et s'assit à ses côtés. Ils mangèrent ce qui restait et burent encore un gobelet de vin. De temps à autre, Ben se levait pour casser du bois et alimenter le feu. Le vent sifflait à travers les fentes des murs de la vieille maison, la neige pénétrait par les interstices et courait sur le sol mais, devant la cheminée, il faisait bon.

La longue marche et la lutte contre les éléments avaient épuisé Charlotte, et la chaleur, combinée à la nourriture et au vin, lui donnèrent sommeil. Sa tête retomba sur sa poitrine et elle s'endormit. Elle se réveilla une ou deux fois en entendant Ben casser des morceaux de meubles mais se rendormit aussitôt.

– Charlotte... (Elle sursauta lorsque Ben lui frôla la joue.) Les couvertures sont sèches maintenant. Si vous restez assise, vous aurez des courbatures demain matin. Étendons-nous ensemble, si vous n'y voyez pas d'objections, dit-il avec un sourire incertain. Nous nous tiendrons plus chaud ainsi.

– J'en prends le risque, Ben, répondit-elle avec un sourire.

Ben rajouta du bois sur le feu puis étendit une couverture devant l'âtre. Lorsque Charlotte fut allongée, il s'étendit à côté d'elle et borda la deuxième couverture sur eux. Tournée vers le feu, la tête appuyée sur ses mains, Charlotte regardait les flammes, sentant le corps de Ben contre son dos.

Elle voulut se rendormir mais la proximité de Ben l'incita à d'autres pensées. Elle se demanda s'il ressentait la même chose qu'elle et remarqua qu'il changeait de position pour s'éloigner légèrement. Le souvenir de la nuit dans le chariot lui revint en mémoire. Elle se sentit agitée, fiévreuse presque. Cela faisait plus de deux mois qu'elle n'avait pas fait l'amour avec Clint et elle prit conscience des exigences de son corps.

– Ben... (elle se tourna sur le dos) ...jusqu'à quel point tenez-vous à Rachel ?

Elle le sentit se raidir.

– Je ne suis pas sûr de comprendre ce que vous voulez dire, répondit-il, sur ses gardes. Je l'apprécie, je l'apprécie beaucoup.

– Elle est amoureuse de vous.

– Comment pouvez-vous le savoir ?

– Une femme devine toujours cela.

– Je crois que vous vous trompez, dit-il en hésitant.

– Non, mais tant que vous n'êtes pas amoureux d'elle, cela ne me concerne pas.

Elle se tourna vers lui, posa sa main sur sa joue et l'embrassa sur la bouche.

Il eut un mouvement de recul.

– Charlotte, je vous en prie... ne me tourmentez pas. Si vous saviez à quel point...

– Je ne vous aguiche pas, dit-elle d'une voix douce. Je suis une femme ardente, vous devriez le savoir depuis longtemps. Je veux que vous me fassiez l'amour.

– Avez-vous oublié ce que vous m'avez dit ?

– Non. Ce que j'ai dit, c'est que je ne voulais pas vraiment m'engager envers un homme.

– Est-ce aussi ce que vous avez dit à Clint ?

– Oui. Mais Clint n'a rien à voir avec cela. Nous sommes seuls ici et nous le resterons toute la nuit. Je ne vois rien de mal à ce que nous ayons envie l'un de l'autre. Mais peut-être ne voulez-vous pas de moi ?

– Oh si ! fit-il, la voix rauque. Mon Dieu, je n'ai jamais cessé de vous désirer.

Sans un mot de plus, il la prit dans ses bras et ils se turent tous les deux.

Dans le chariot, Ben s'était montré hésitant. Cette fois, il ne le fut pas du tout. Il y avait une frénésie presque sauvage dans leur désir, comme si leur séparation temporaire avait fait tomber toutes les barrières, toutes leurs réserves.

La bouche plaquée sur celle de Charlotte, ses mains se frayèrent un passage sous ses vêtements, explorant hardiment son corps. Charlotte réagit avec ardeur, avide de ses caresses. Elle se donna à lui tout entière.

Son plaisir avait déjà atteint un paroxysme, lorsqu'ils s'étreignirent enfin et Charlotte poussa un cri rauque lorsque Ben la prit.

Leur passion fut sauvage, à la mesure de leur soif mutuelle. Leurs lèvres scellées dans un baiser, leurs corps vibrant à l'unisson, ils atteignirent ensemble le point culminant de l'extase. Charlotte ressentit une joie profonde de provoquer en lui une telle fougue. S'il la désirait à ce point, il ne pouvait pas être amoureux de Rachel.

Ils restèrent accrochés l'un à l'autre jusqu'à ce que les derniers remous du plaisir se soient apaisés. Puis Charlotte desserra les bras.

Dans le tumulte de leurs étreintes, ils avaient rejeté la couverture, et le feu s'était éteint. Charlotte sentit les courants d'air glacés lui mordre la chair. Elle rajusta rapidement ses vêtements et Ben remonta la couverture sur elle. Il se leva pour remettre du bois sur les braises.

Charlotte l'observa à travers ses paupières lourdes de sommeil. Une plaisante lassitude l'envahit. Elle dormait presque lorsque Ben vint la rejoindre et se serra contre elle.

– Charlotte, dit-il presque timidement. Je...

– Ne dites rien, Ben. (Elle tendit la main pour lui caresser la joue.) Bonne nuit, cher Ben.

– Bonne nuit, Charlotte, soupira-t-il.

Mais avant de s'endormir, une pensée pénible lui vint à l'esprit. Il était évident qu'ils ne pourraient quitter cet endroit que le lendemain matin, et encore ! Avant qu'ils ne parviennent à trouver un fermier qui veuille bien leur prêter une voiture pour rentrer à Durham, il leur faudrait du temps et ils seraient en retard à la fabrique. Rachel devait rouler la première cigarette King à huit heures précises. Que penseraient tous les employés lorsqu'ils les verraient arriver dans cette tenue désordonnée, ayant visiblement passé la nuit ensemble ?

Et Clint... Clint serait là. Comment réagirait-il en devinant la vérité ?

14

C'était l'heure de la mise en route.

Bien avant huit heures du matin, la fabrique était prête à produire. Les rouleurs étaient là depuis huit heures moins le quart et la machine à hacher le tabac avait déjà été mise en marche. Rachel attendait le moment de rouler la première cigarette sous le regard attentif de son père. À huit heures, les rouleurs se rassemblèrent en demi-cercle autour de sa table. Jacob marchait nerveusement de long en large, veillant à ce qu'elle ait assez de place pour ne pas être gênée dans ses mouvements.

Tout était prêt – mais Charlotte et Ben n'étaient pas arrivés.

Clint, lui, arpentait la rue devant la fabrique, fumant nerveusement son cigare et consultant sa montre à chaque instant. Où diable étaient-ils ? Lorsqu'il devint évident qu'ils étaient tous deux en retard, il envoya Jimmie Hollister se renseigner chez l'un et l'autre. Sans vouloir le montrer, Clint était inquiet. Cela ne ressemblait pas à Charlotte de manquer un tel événement. C'était vers cet instant qu'avaient été tendus tous ses efforts durant une année entière. Il lui semblait que seul un désastre avait pu la retenir.

Il fit les cent pas en attendant Jimmie. La grosse tempête de la nuit précédente était passée, laissant un ciel parfaitement bleu et sans nuages. Il faisait encore froid mais la neige fondait déjà sur le sol.

Clint sortit sa montre et vérifia l'heure une fois de plus. Il était huit heures pile. Il retourna la montre et appuya sur le bouton, ouvrant le couvercle. La photo française, la dernière en sa possession, était nichée dessous. La femme nue lui sourit d'un air séducteur. Il en avait commandé une nouvelle série pour sa prochaine tournée. À sa connaissance, Charlotte n'en avait pas encore eu vent. Il pensait lui en parler avant son départ et sourit en imaginant son indignation.

– Monsieur Devlin...

Il se tourna et vit Jacob Lefkowitz arriver d'un air affairé. Au départ, Clint avait été sceptique à l'idée de faire venir des rouleurs de cigarettes de New York – des étrangers de surcroît. Mais ses craintes avaient disparu en voyant le sérieux avec lequel Jacob travaillait. D'ailleurs, cet homme lui plaisait.

– Oui, Jacob ?

– Il est huit heures, l'heure prévue pour commencer. Les rouleurs s'impatientent.

– Pas plus que moi, Jacob. Je ne comprends pas ce qui a pu les retenir. J'ai envoyé Jimmie Hollister chez eux. Il devrait revenir d'un instant à l'autre. S'il ne les a pas trouvés, il faudra que nous démarrions sans les attendre.

Jacob hocha la tête, repartit et Clint se remit à marcher. Pour chasser son inquiétude, il se mit à penser à sa prochaine tournée.

Durant les mois écoulés, il avait visité la plupart des détaillants des États environnants et pris des commandes importantes chez la majorité d'entre eux. Charlotte avait contacté par correspondance les endroits plus éloignés, avec succès, semblait-il.

Clint allait consacrer une bonne partie du mois à venir à un autre type de campagne publicitaire. Toutes les villes de quelque importance autour de Durham avaient des marchés comme celle-ci et quelques-unes, dans la région productrice de tabac, avaient même des entrepôts. Il avait l'intention de prendre Marcy avec lui pendant cette tournée et de monter un spectacle avec elle les jours de marché. Elle danserait un peu et chanterait dans des costumes suggestifs. Il avait découvert qu'elle chantait bien.

De cette façon, il attirerait une foule à laquelle il pourrait ensuite présenter les cigarettes King. Cela faisait un peu carnaval, mais n'était-ce pas, d'une certaine manière, la vocation des marchés ? Une attraction de plus ne pourrait être que la bienvenue.

Il pensa à nouveau à la réaction qu'auraient Charlotte et Ben en apprenant ce qu'il faisait. Si le résultat correspondait à ses espérances, leur réprobation ne serait plus de mise.

Il viendrait un jour où la publicité serait faite de manière plus digne, pensa Clint; mais puisqu'il était le premier à avoir eu l'idée de faire savoir partout ce qu'il vendait, qui avait le droit de critiquer ? Il était certain d'une chose – il fallait en premier attirer l'attention des acheteurs. Et si ce qu'il avait à l'esprit n'y réussissait pas, alors il ne s'appelait pas Clint Devlin.

Sa rêverie fut interrompue par l'arrivée de Jimmie Hollister. Le jeune homme était essoufflé lorsqu'il s'arrêta devant lui.

– Alors, Jimmie ? Qu'avez-vous appris ?

– Pas grand-chose, j'en ai peur, monsieur Devlin. D'abord, j'ai été à la pension de famille de Mlle Charlotte. Sa propriétaire m'a dit que M. Ascher était passé la prendre en buggy hier à onze heures. Puis je suis allé chez M. Ascher et sa logeuse m'a dit qu'il avait emporté un panier de pique-nique.

– Un pique-nique. Ô Seigneur ! Où sont-ils allés ? En a-t-elle une idée ?

Jimmie secoua la tête.

– Je crains que non.

– Cela veut dire qu'ils ont dû être pris dans la tempête hier soir et n'ont pu rentrer.

– Je devrais peut-être partir à leur recherche ?

– Où ? Au nord, au sud, à l'est ou à l'ouest ? Nous ne savons même pas quelle direction ils ont prise, dit Clint d'un air dégoûté. Non, ils finiront bien par rentrer.

Clint n'en était pas si certain. Quelque chose avait pu leur arriver. Tout en se dirigeant vers la fabrique, il restait inquiet.

Il se fraya un passage parmi les ouvriers jusqu'à la table de Rachel.

– Mlle King et M. Ascher ont été retardés, Jacob. Nous ne pouvons pas attendre plus long-temps. Allons-y.

Les ouvriers s'agitèrent et Jacob se tourna vers sa fille.

– Allez-y, Rachel. Vous pouvez commencer.

Clint regarda attentivement tandis que Rachel roulait la toute première cigarette King. Il n'avait jamais vu cela avant mais Ben le lui avait expliqué. De plus, Ben lui avait dit que Jacob avait des projets d'innovation qu'il n'était jamais parvenu à faire accepter par le propriétaire de la fabrique où il travaillait à New York, malgré toute son insis-tance.

Maintenant, Clint voyait les idées de Jacob mises en œuvre. La plus récente était une encoche, de l'exact diamètre d'une cigarette, creusée dans chaque table. La seconde était la bande de feutre cousue sur la paume du gant que Rachel portait à la main droite.

Elle commença par mettre le papier à cigarettes dans l'encoche puis le tabac dessus. Ensuite, d'un geste continu, elle roula la cigarette avec sa main gantée. En même temps, elle trempa un doigt de son autre main dans la colle.

Une acclamation s'éleva lorsqu'elle tendit la cigarette roulée au-dessus de sa tête.

Jacob frappa dans ses mains.

– Au travail maintenant. Tous à vos tables.

Les ouvriers se dispersèrent, chacun se rendant à sa place.

Clint resta où il était, observant Rachel qui s'était remise au travail afin de rouler assez de cigarettes pour remplir le premier paquet – le paquet destiné à occuper une place d'honneur, sous une cloche en verre, dans le bureau de Charlotte.

Chaque table de marbre avait un numéro et un bac, numéroté lui aussi, dans lequel il y avait trois livres de tabac – de quoi faire mille cigarettes. Chaque rouleur devait en produire le nombre requis. Charlotte avait donné l'ordre à Jacob d'être très strict sur ce point car il était nécessaire de contrôler le coût de la production étant donné que les rouleurs étaient payés à la tâche.

Rachel se retourna et présenta le premier paquet de cigarettes King. Clint le prit avec un sentiment proche de la crainte et le retourna plusieurs fois dans ses mains.

– Il est magnifique, dit-il en sentant qu'il souriait d'un air un peu niais. Absolument magnifique !

– Cela ne vous dérange pas si j'y jette un coup d'œil ? demanda Charlotte derrière lui.

Avant qu'il ne puisse réagir, elle lui prit le paquet des doigts.

Clint se retourna lentement. Ben et Charlotte avaient un aspect peu soigné – en fait carrément bizarre. Ben n'était pas rasé et la robe de Charlotte était toute chiffonnée. Il était visible qu'ils n'avaient pas pris le temps de se changer et qu'ils arrivaient tout droit Dieu seul savait d'où.

Ben, remarqua Clint, eut le bon goût de rougir jusqu'aux oreilles lorsque leurs regards se croisèrent. Il marmonna quelque chose et se dirigea vers Jacob, à l'autre bout de l'atelier.

– C'est vrai qu'il est magnifique, Rachel, dit Charlotte. Vous avez fait du beau travail.

Rachel ne leva pas les yeux de son ouvrage.

– Merci, mademoiselle King.

– Je suis heureux qu'il vous plaise, dit Clint laconiquement. Je suppose que maintenant, vous allez me faire une scène pour avoir donné le signal du départ sans vous attendre tous les deux ?

– Bien sûr que non. (Elle refusa de le regarder en face.) Vous avez fait ce qu'il fallait. Nous étions convenus de produire la première cigarette King à huit heures précises ce matin.

Elle se tut, le regard fixé sur le paquet qu'elle tenait à la main.

Après quelques instants, elle releva la tête et laissa errer son regard sur les rouleurs. Elle s'avança le long d'une des travées, suivie de Clint. S'arrêtant enfin, elle hocha la tête avec satisfaction.

– Nous avons enfin commencé la production. Je suis heureuse que Ben ait pensé à faire venir des rouleurs expérimentés de New York. Sans eux, nous n'y serions jamais parvenus.

– Au rythme où j'ai l'intention de vendre les cigarettes King, ils n'y arriveront pas, de toute façon.

Elle haussa les épaules.

– Alors, nous en ferons venir d'autres.

– Où les mettrez-vous ? (Il fit un geste circulaire de la main.) Tout l'étage est déjà pris.

– Nous louerons un autre bâtiment. (Elle fronça les sourcils avec impatience.) Qu'y a-t-il, Clint ? Êtes-vous vexé parce que la décision que Ben et moi avons prise sans votre avis est une réussite ?

– Pas du tout. Je vous en félicite. Ce sera parfait la première année, mais si j'augmente les ventes comme j'en ai l'intention, il faudra chercher d'autres solutions.

– Lesquelles ?

– J'ai entendu parler d'une nouvelle invention, une machine qui produit des cigarettes toutes faites. Si cette machine fonctionne, nous n'aurons plus besoin de rouleurs. Une seule machine peut produire trois fois plus de cigarettes que tous nos rouleurs réunis.

– Vraiment, Clint ! s'exclama-t-elle, agacée. C'est le tout premier jour de notre production et vous pensez déjà à quelque chose d'inédit, dont on ne sait pour ainsi dire rien.

Il sourit doucement.

– Encore un axiome en affaires, ma chère. Si vous ne savez pas prévoir, les autres peuvent non seulement vous rattraper mais vous dépasser.

– Épargnez-moi vos axiomes, Clint, dit-elle sèchement. Je ne suis pas d'humeur à les écouter après la nuit que je viens de passer...

Elle s'interrompit et détourna la tête.

– Eh bien ?

– Eh bien quoi ?

– N'allez-vous pas me fournir une explication au sujet de la nuit dernière ?

– Je ne vous en dois aucune, Clint Devlin.

Il fut amusé de la voir rougir.

– Pas au sujet de votre vie privée à laquelle vous pensez sans doute. Mais cet instant était important dans notre vie professionnelle. Ben et vous n'étiez pas là.

– Ben et moi... (Elle s'éclaircit la gorge.) Nous avons été pris dans la tempête hier soir. Nous avons eu la chance de pouvoir revenir aussi vite. Vous êtes au courant de la tempête de neige, Clint ? Ou bien étiez-vous si absorbé par votre vie personnelle que vous ne vous en êtes même pas aperçu ? ajouta-t-elle d'un air sarcastique.

– Je l'ai remarqué, Lotte, dit-il calmement. L'ironie ne vous sied pas et il est inutile de vous montrer agressive.

– Si quelqu'un l'est, c'est vous.

– Moi ? s'exclama-t-il, en colère. Qui m'a dit que tout était fini entre nous parce que vous ne vouliez pas créer de complications entre Ben et moi ? Qui m'a dit que vous ne vouliez plus de relations affectives avec vos associés ? L'avez-vous dit, Lotte, ou l'ai-je simplement imaginé ?

Elle le regarda d'un air de défi.

– Je l'ai dit, c'est vrai.

– Alors, je suppose que vous considérez qu'il faut ménager les sentiments de Ben et pas les miens ?

Elle releva vivement la tête.

– Ce n'est pas parce que Ben et moi avons été pris dans une tempête qu'il s'est forcément passé quelque chose entre nous.

– Essayez-vous de me faire croire qu'il ne s'est rien passé ? Si oui, c'est bien en vain. Un regard sur vous deux ce matin m'a tout appris.

– Quelle différence cela fait-il pour vous ? Que vous importe ? s'écria-t-elle. Je suis certaine que vous ne passez pas beaucoup de nuits solitaires lorsque vous êtes en tournée.

Il la dévisagea longuement, le regard froid.

– Vous avez raison sur ce point, ma chère. Si l'on peut dire.

Il pivota sur ses talons et sortit du bâtiment. Charlotte le regarda partir, les poings serrés.

Ben avait observé Charlotte et Clint avec inquiétude de l'autre côté de l'atelier et remarqué que leur discussion s'envenimait. Il était presque décidé à intervenir lorsque Clint avait brusquement fait demi-tour et était sorti, l'air furieux.

Ben alla rejoindre Charlotte. Il lui posa la main sur le bras.

– Vous vous êtes disputés ? demanda-t-il.

– Je crois que c'est le mot qui convient, dit-elle, l'air blessé.

– À quel sujet ?

Tout en posant la question, il connaissait déjà la réponse.

– À propos d'hier soir, bien entendu. Je lui ai dit que cela ne le regardait pas et il s'est mis en colère... Non, ne dites rien, Ben. Je suis fatiguée de tout cela et n'ai pas envie d'en parler. Clint Devlin n'a aucun droit de me questionner sur ma vie privée.

Elle se retourna et s'éloigna d'un pas rapide vers son bureau, au premier étage. Ben la suivit du regard, impuissant. Il remarqua soudain que Rachel Lefkowitz l'observait attentivement. Se forçant à sourire, il se dirigea vers sa table.

– Comment cela va-t-il, Rachel ? J'ai vu le premier paquet que vous avez réalisé. Il est splendide. Je regrette seulement de n'avoir pas été là lorsque vous l'avez fait.

– Vraiment, monsieur Ascher ?

Son regard était sombre.

– Bien entendu. C'est un moment important que nous attendions avec impatience. Malheureusement nous n'y pouvions rien. Nous avons été pris dans la tempête de neige hier soir et n'avons pas pu arriver à l'heure.

– Vous n'avez pas pu ou pas voulu ? demanda-t-elle d'une petite voix.

Ben la regarda, étonné. Pourquoi était-elle si bouleversée parce qu'il avait passé la nuit avec Charlotte ? Puis il se souvint que Charlotte avait prétendu que Rachel était amoureuse de lui. C'était vrai ! Il en éprouva une profonde satisfaction. Ben n'était pas un homme vaniteux mais il ne put que se sentir flatté qu'une aussi jolie fille soit attirée par lui.

Cependant, cette découverte le troubla et il se

rendit compte qu'il n'était pas prêt à y faire face – tout du moins pas sans y avoir réfléchi.

– Je ne pense pas avoir de comptes à vous rendre, répliqua-t-il plus brusquement qu'il n'en avait eu l'intention.

Il se détourna si vite qu'il ne vit pas à quel point Rachel paraissait peinée. Ravalant ses larmes, elle se concentra sur son travail.

Sload Lutcher arborait une expression satisfaite en dévisageant Jeff King par-dessus son bureau.

– Vous avez fait du bon travail, King. C'est exactement ce que je souhaitais, cette amitié que vous avez liée avec Clint Devlin.

Jeff parut surpris et devint méfiant. Ces louanges inhabituelles de la part de Lutcher pouvaient cacher quelque chose.

– Merci, monsieur Lutcher, dit-il prudemment.

– Oui, c'est parfait. (Lutcher joignit le bout de ses doigts, les coudes appuyés sur le bureau.) À présent, il est temps de faire un pas de plus vers l'avenir. D'après ce que vous me dites, il y a des frictions entre les trois associés des tabacs King.

– Tout ce que je sais, c'est que Clint ne paraissait pas content hier soir. Il a bu un peu plus que de coutume et a ronchonné contre ma... euh... contre Charlotte.

– A-t-il donné des détails ?

Jeff secoua la tête.

– Rien de précis. Il a marmonné quelque chose comme « ce qui vaut pour l'un, vaut pour l'autre », mais je ne sais pas de quoi il parlait. Je sais qu'il est mécontent parce que Ben Ascher et Charlotte n'approuvent pas certaines de ses idées pour la promotion.

Le regard de Lutcher devint plus aigu.

– Votre sœur et son associé juif sont-ils au courant de la photo de la femme nue ?

– Je ne le pense pas.

– Alors, je veux que vous le leur appreniez. Cela devrait la rendre furieuse.

Jeff prit un air malheureux.

– Je ne sais pas, monsieur Lutcher. C'est ma sœur, même si elle ne veut pas l'admettre.

– Faites ce que je vous dis ! s'exclama Lutcher en frappant son bureau du poing. Il est temps maintenant que vous quittiez mon service.

– Comment ? Je ne comprends pas...

Lutcher le laissa mijoter un peu avant de reprendre la parole.

– Ne vous inquiétez pas. Nous serons les deux seuls à savoir la vérité. Vous continuerez à travailler pour moi mais tout le monde croira que je vous ai mis à la porte.

Lutcher se cala dans son fauteuil, tissant ses projets pour l'avenir.

– Je ne comprends toujours pas, dit Jeff d'une voix accablée.

– Vous n'avez pas besoin d'en comprendre plus que je ne vous en dis, répliqua Lutcher. Vous avez appris beaucoup de choses sur le tabac, King, je vous l'accorde. Maintenant, vous allez pouvoir mettre vos connaissances en pratique et devenir commissionnaire. Les grandes ventes dans les entrepôts sont à peu près terminées mais il y aura encore des transactions dans les petites villes. Vous allez vous rendre dans chacune d'elles et acheter autant de tabac que vous pourrez. Ne vous inquiétez pas, je vous financerai. Je ne vais pas lésiner dans cette affaire. Je dépenserai l'argent qu'il faudra pour acculer au mur votre sœur et ses acolytes. (Il dévisagea Jeff attentivement.) Cela devrait vous faire plaisir. Vous m'avez dit un jour que vous n'approuviez pas le fait qu'elle soit dans les affaires et particulièrement dans un domaine réservé aux hommes.

Jeff hocha la tête.

– C'est vrai, mais je ne vois pas le rapport.

– Bon sang, King, voulez-vous m'écouter ? Vous apprendrez ce que vous avez besoin de savoir au fur et à mesure des événements. Si tout marche comme je le prévois, vous deviendrez un homme riche et respecté à Durham. Je veux que vous fassiez fortune rapidement. Ou plutôt, que vous en donniez l'impression. Un commissionnaire habile peut s'enrichir rapidement à notre époque. J'en ai connu quelques-uns qui, grâce à des achats avisés, y sont parvenus en ne revendant le tabac que lorsque les prix s'étaient envolés. C'est cela que vous allez faire, King, ou plutôt que vous ferez en apparence. Le tabac que vous achèterez aboutira ici mais personne ne le saura. Est-ce clair jusqu'ici ?

– Oui, monsieur Lutcher, dit Jeff lentement.

Sous le coup de ce que Lutcher venait de dire, le comportement de Jeff changea complètement. Il se redressa et son expression devint rêveuse. Lutcher savait ce qui se passait dans sa tête aussi clairement que s'il avait pu lire dans ses pensées. Jeff King rêvait d'une vie aisée, de beaux costumes, de voyages somptueux. Qu'il continue à le croire : cela convenait parfaitement aux plans de Lutcher. Il lui en coûterait de l'argent au début mais cela en vaudrait la peine si ses plans se réalisaient. Et le jour viendrait où il écraserait Jeff King dans la boue. Oh ! il y prendrait plaisir ! Mais d'abord la sœur, ensuite le frère.

– Dès que vous aurez quitté ce bureau, King, vous ne travaillerez plus pour moi. Faites-le savoir autour de vous – j'en ferai autant.

Jeff hocha la tête. Il souriait ouvertement à présent.

– Il y a un dernier point. Durant vos voyages, je veux que vous vous arrangiez pour visiter les mêmes villes que Clint Devlin et au même moment. Avant que l'année ne soit écoulée et votre fortune en apparence faite, je veux que vous soyez devenus inséparables, comme deux larrons en foire !

Il fit un geste signifiant que l'entretien était clos et ne sourit que lorsque Jeff eut refermé la porte derrière lui.

Des larrons ! Sload Lutcher ricana. Si son plan aboutissait comme il l'espérait, Clint Devlin et Jefferson King seraient déshonorés à jamais.

Debout à l'arrière du chariot, Clint éleva la voix.

— Approchez, approchez, messieurs. Venez tous, c'est gratuit. Un spectacle pour vous divertir, sans un centime à débourser. Approchez, approchez.

À côté de lui, Marcy se trémoussait nerveusement. Habillée d'une robe de satin éclatant, maquillée de façon provocante, elle attirait tous les hommes et ceux-ci commencèrent à se rassembler au pied du chariot. C'était une petite ville et la foule présente au marché était peu importante mais Clint ne ratait jamais une occasion, si minime fût-elle. Il savait que le bouche à oreille était une chose importante et il avait l'intention de faire connaître les cigarettes King à travers tout le Sud.

À côté de lui, le joueur de banjo qu'il avait engagé plaqua quelques accords.

— Pour l'amour du ciel, Marcy, dit-il en aparté, calmez-vous ! Cela fait un mois que nous faisons ce spectacle et vous êtes aussi agitée qu'au début.

— Les foules me rendent nerveuse, murmura-t-elle.

— C'est pourtant les foules qu'il s'agit d'attirer, ma chère. Pensez à tous ces hommes qui viennent là pour vous voir.

Il fit signe au musicien qui lança les premières mesures de *Dixie*.

Marcy chanta le premier couplet sans bouger. Puis, lorsque le joueur poursuivit sur un tempo plus rapide, elle se mit à danser autant que l'espace restreint le lui permettait. Tout en dansant, Marcy se mit à lever haut les jambes, laissant apercevoir un éclair de bas rouges qui gainaient ses jolies jambes.

Les hommes poussèrent des vivats et frappèrent dans leurs mains en cadence. Des plaisanteries gaillardes fusèrent de la foule. Clint voyait quelques femmes essayer d'éloigner leurs maris mais la plupart d'entre eux résistèrent.

À la fin de la chanson, Clint s'adressa à la foule d'une voix tonnante.

– Ne partez pas, messieurs. Notre Marcy, que voici, qui vient tout droit de Paris, en France, va nous régaler d'une autre chanson et d'une autre danse qui vous secouera jusqu'à la moelle, je vous le promets. Alors, restez avec nous. Le spectacle est gratuit et je ne vends rien, je vous en donne ma parole. Par contre, j'ai des cadeaux pour vous tous.

Il prit un panier qu'il plaça à ses pieds – le même genre de panier que les planteurs de tabac utilisaient pour amener leur produit au marché. Il était plein à ras bord de paquets de cigarettes King.

– Messieurs, je représente les tabacs King, de Durham, en Caroline du Nord. Certains d'entre vous ont déjà entendu parler de nous, d'autres non. Ceci est notre première année de production mais vous entendrez beaucoup parler de nous dans l'avenir, croyez-moi. Les cigarettes King sont les meilleures sur le marché, faites avec les meilleurs tabacs et roulées à la perfection par les meilleurs rouleurs du monde entier et...

Il prit une poignée de paquets dans le panier et se mit à les lancer, un par un, dans la foule.

– Fumez la cigarette digne des rois, messieurs. Vous pouvez vous demander comment je peux me permettre de vous donner ces excellentes cigarettes pour rien. La réponse est simple. Je suis prêt à parier qu'une fois que vous aurez essayé notre marque, vous ne marcherez pas, vous courrez jusqu'au magasin le plus proche pour acheter un autre paquet. Notre devise c'est : « Nos clients sont des clients satisfaits. »

Pendant qu'il parlait, Clint n'avait pas cessé de jeter des paquets de cigarettes. À présent, le panier était vide. Il se tourna théâtralement vers Marcy.

– Je vous ai promis une autre chanson et une autre danse de notre joli petit rossignol. Les voici pour vous distraire.

Marcy prit une pose, une main sur ses cheveux, l'autre relevant le bas de sa jupe pour dévoiler ses chevilles. La foule poussa un cri d'enthousiasme.

Marcy sourit, toute timidité disparue, et prit cet air aguicheur que Clint connaissait si bien. Elle se mit à chanter *Come Dwell with me.*

– Silence ! Arrêtez tout de suite !

La voix qui venait de crier était furieuse et Clint regarda avec étonnement le visage d'un homme corpulent au pied du chariot. Soudain, un revolver apparut dans sa main et il tira un coup de feu en l'air.

La foule se dispersa dans toutes les directions et disparut en quelques instants. Clint sentit plutôt qu'il n'entendit le joueur de banjo sauter du chariot et s'éloigner.

– Que signifie ceci, monsieur ? demanda Clint en colère. Qui êtes-vous ?

– Je suis le shérif de cette ville et vous êtes tous les deux en état d'arrestation.

Clint regarda le shérif d'un air ahuri.

– Nous arrêter ? Pour quelle raison ?

– Pour avoir monté un spectacle obscène en public. Nous sommes des gens décents, respecteux des commandements du Seigneur ici et nous n'apprécions pas le genre d'exhibition que faisait cette drôlesse.

– Qui prétend que c'est obscène ?

– Moi et c'est ce qui est important, dit le shérif, narquois. Allons, suivez-moi gentiment. Vous ne voudriez pas que je me serve encore de cette arme, n'est-ce pas ?

Clint poussa un soupir et sauta à terre puis aida Marcy à descendre.

– Clint, demanda-t-elle d'une voix effrayée, que va-t-il arriver ?

– Rien. Ne vous inquiétez pas, ma chère.

Elle ne parut pas rassurée pour autant. Il ne pouvait pas lui en vouloir car lui-même n'avait pas la moindre idée de ce qui allait se passer ensuite.

Tandis qu'ils remontaient la rue, Clint se tourna vers le shérif.

– Vous n'allez pas nous mettre en prison, tout de même, shérif ?

– Si. (Il cracha un jet de jus de chique.) Je ne peux rien faire d'autre avant de pouvoir vous présenter devant le juge et celui-ci ne viendra pas avant la semaine prochaine.

– Mais la dame, shérif ! protesta Clint. Vous ne voudriez tout de même pas la laisser en prison tout ce temps ?

– Je ne sais pas. (Le shérif prit un air rusé.) Je pourrais vous libérer sous caution.

– Combien ?

– Cinquante dollars chacun feraient l'affaire.

Clint était consterné. Il n'avait que cinquante-quatre dollars et quelques menues pièces en poche. Il poussa un soupir en arrivant à proximité de la prison.

– Très bien, shérif. Je vais payer la caution de Marcy. Quant à moi, vous m'aurez comme invité pendant quelques jours jusqu'à ce que votre juge arrive. Je n'ai pas assez d'argent pour nous deux.

Dans le bureau du shérif, Clint compta cinquante dollars qu'il posa sur le bureau. Bien sûr, il pouvait télégraphier à Durham mais l'idée d'affronter le mépris de Charlotte l'en empêcha. Il ne s'abaisserait pas à appeler au secours. Il préférait plutôt pourrir en prison.

Marcy lui posa la main sur le bras et sourit timidement.

– Merci, Clint. Je vais prendre une chambre à l'hôtel et vous attendre. Et je m'occuperai du cheval et du chariot.

– C'est cela, Marcy, dit-il d'un air morne. Ce sera parfait.

15

Charlotte suivit le shérif vers l'arrière du bâtiment où se trouvaient les cellules. Il y en avait quatre et, tout d'abord, elle crut qu'elles étaient vides.

– Vous avez de la visite, Devlin ! s'exclama jovialement le shérif. Une petite dame bien trop belle pour un chenapan de votre espèce. (Il s'arrêta devant la dernière cellule et fit cliqueter son trousseau de clefs contre les barreaux. Dans la pénombre, Charlotte distingua Clint, allongé sur un lit de fer, fumant un cigare. Le shérif se tourna vers elle.) Désolé, mademoiselle, je ne peux pas vous laisser entrer. Il faudra lui parler à travers les barreaux.

Charlotte vit Clint se lever tranquillement et venir vers elle.

– Ce sera parfait, shérif, dit-elle d'une voix acide. Je n'ai aucune envie d'être enfermée dans une cellule avec un criminel de droit commun.

Le shérif hocha la tête en souriant.

– Appelez-moi lorsque vous voudrez partir, mademoiselle. Je vous entendrai de mon bureau.

Il repartit et referma la lourde grille qui donnait accès au couloir des cellules.

– Bonjour, Lotte, dit Clint en lui souriant à travers les barreaux. C'est gentil d'être venue me voir mais ça l'est moins de m'appeler un criminel de droit commun.

Quelle insolence ! En prison pour un délit grave, il ne semblait pas s'en faire le moins du monde. Elle se raidit intérieurement.

— Si vous n'êtes pas un criminel de droit commun, qu'êtes-vous ?

Il la regarda à travers un nuage de fumée, sans plus sourire.

— Si vous faites allusion aux charges retenues contre moi, Lotte, par ce gros shérif, dit-il d'une voix glaciale, ce n'est que du vent.

— Pourtant... vous êtes en prison.

— Tout ce qu'il veut, c'est un petit pot-de-vin. Lorsqu'il aura reçu sa caution, il retirera toutes les charges, croyez-moi.

— C'est plus grave que cela. Tout le monde saura qu'un représentant des tabacs King a été jeté en prison pour avoir monté un spectacle obscène.

— Avez-vous vu ce spectacle prétendument obscène ? demanda-t-il d'une voix calme.

— Bien sûr que non !

— Alors, ne portez pas de jugement hâtif. Il n'y a là rien d'obscène. Ce n'était qu'un tantinet risqué, peut-être. (Il souriait à nouveau, de son sourire nonchalant qui la mettait en rage.) C'était calculé pour attirer l'attention et c'est ce que cela a fait dans chaque ville où je suis passé durant le mois écoulé. (Il fit tomber la cendre de son cigare par terre.) Avez-vous vu les commandes que j'ai prises ? Je n'en connais pas le montant exact mais les affaires que j'ai réalisées pour les tabacs King durant ce mois se montent à des milliers de dollars. C'est le but recherché, non ?

— C'est toujours la même excuse, dit-elle avec aigreur. Je suppose que si vous assassiniez quelqu'un, vous diriez la même chose.

— C'est possible, si cela aidait à vendre les cigarettes, répondit-il avec son sourire exaspérant.

— Eh bien, je trouve cette affaire dégoûtante et les tabacs King seront la risée de tout le monde.

– Vous vous trompez sur ce point. Les personnes non averties riront peut-être mais les hommes d'affaires seront jaloux. (Il tapota son cigare contre les barreaux.) Vous savez ce qui se passera dans la prochaine ville où je présenterai ce spectacle ? La nouvelle de mon arrestation attirera une foule encore plus grande. Les gens viendront par curiosité. Je n'aurais pas pu trouver de meilleure publicité que cette arrestation.

Elle serra ses doigts si fort sur les barreaux que ses mains lui firent mal.

– Il n'y aura pas d'autre représentation, Clint. Je vous l'interdis.

– Vous me l'interdisez ? La publicité, la promotion sont mon domaine, Lotte, et tant que je serai un associé des tabacs King, je mènerai mon département comme je le jugerai bon.

– Attendez que Ben l'apprenne.

– Vous voulez dire que vous ne lui en avez pas encore parlé ? Vous vous laissez aller, ma chère.

– S'il le sait, ce n'est pas par moi. J'étais dans la ville voisine lorsque je l'ai appris. Nous sommes dangereusement à court de tabac et, depuis deux semaines, je fais une tournée pour acheter tout ce que je peux trouver.

– Et à cause de qui êtes-vous à court, s'il vous plaît ? (Il se frappa la poitrine du bout de l'index.) À cause de moi et de ma publicité « obscène ».

– Et de ceci... (Charlotte plongea ses doigts tremblants dans son sac et en sortit une photographie. Sans la regarder, elle la lui tendit à travers les barreaux.) Vous êtes responsable de ceci aussi, n'est-ce pas ?

Il prit la photo d'un air amusé.

– Coupable, Lotte ! Elle est mignonne, n'est-ce pas ? (Il la lui rendit et elle la prit machinalement.) Où vous l'êtes-vous procurée, Lotte ?

– La femme d'un commerçant me l'a apportée. Elle m'a dit qu'elle l'avait trouvée dans la montre de gousset de son mari. Elle était indignée et bouleversée. Elle trouvait honteux que vous distribuiez de telles photos.

— Et son mari, lui en avez-vous parlé ?

— Bien sûr que non. (Charlotte se sentit rougir.) Cela ne me serait pas venu à l'idée.

— Comment s'appelle-t-il ?

Elle réfléchit, fronçant les sourcils.

— Hill, je crois. Oui, Jed Hill.

Clint hocha la tête.

— Savez-vous le montant de la commande que Jed Hill m'a passée lorsqu'il a su qu'il aurait cette photo en prime ?

— Oh ! vous êtes impossible, Clint ! Vous avez toujours la même réponse.

Elle le foudroya du regard à travers les barreaux. Il haussa les épaules puis lui tourna le dos et traversa la cellule pour aller regarder par la fenêtre. Charlotte se raidit, indignée.

— Cette femme avec qui vous voyagez et qui s'exhibe de façon aussi éhontée devant tous ces hommes... c'est celle avec qui vous étiez la première fois que je vous ai vu ? Est-ce elle aussi qui figure sur la photo ?

Il se retourna, un sourire aux lèvres.

— Vous n'avez pas été capable de le déterminer, Lotte ? Marcy était nue lorsque vous l'avez vue et la femme sur la photo l'est aussi. Vous devriez pouvoir les distinguer facilement. Ce n'est pas elle, bien entendu. (Il revint vers les barreaux.) J'ai fait venir les photos de Paris. La classe jusqu'au bout !

Charlotte s'efforça de dominer le tremblement de sa voix.

— Vous couchez avec elle, n'est-ce pas ?

— Cela, ma chère Lotte, ne vous regarde absolument pas. (Son visage s'était durci.) Vous n'avez pas le droit de me poser une telle question. Vous l'aviez peut-être autrefois mais c'est fini. (Il se rapprocha.) Pourquoi êtes-vous venue ici, Lotte ?

Pour me gronder ? Pour espionner ma vie privée ?
Ou pour payer ma caution ?

— Certainement pas pour payer votre caution,
dit-elle. Je ne veux pas dilapider les fonds de la
compagnie. Vous vous êtes mis dans ce pétrin,
Clint, débrouillez-vous pour en sortir.

— Et vous, Charlotte, dit-il, moqueur, vous êtes
une femme sans cœur. Dire que vous laisseriez un
homme, votre associé qui plus est, pourrir en prison !

Elle se tourna et marcha jusqu'au fond du couloir.
Bien sûr qu'elle allait payer sa caution. C'était
pour cela qu'elle était venue mais autant le laisser
dans l'incertitude. Cela lui servirait peut-être de
leçon. Elle éleva la voix.

— Shérif ! Je m'en vais.

— Lotte ?

Elle se retourna malgré elle.

— Oui ?

— Je n'arrive pas à comprendre comment un
frère et une sœur peuvent être aussi différents.

— Que voulez-vous dire ? demanda-t-elle en se
raidissant.

— Jeff était ici il y a moins d'une heure. Il est
parti chercher l'argent pour ma caution.

La colère et l'amertume la firent presque étouffer. Elle secoua la grille.

— Shérif ! Laissez-moi sortir d'ici.

À l'instant où la grille se referma sur Charlotte,
le sourire disparut des lèvres de Clint. Maudite
femme ! C'était la femelle la plus exaspérante qu'il
lui avait jamais été donné de connaître.

Elle pouvait être douce, chaleureuse et féminine
– il avait pu le constater lui-même. Mais à d'autres
moments, comme aujourd'hui, c'était quelqu'un
d'entièrement différent. Clint se rendait compte
qu'il l'avait délibérément provoquée mais elle l'avait
cherché. Comment osait-elle venir ici, toute pure

et sans tache, le réprimander pour les choses qu'il avait faites alors qu'elles étaient toutes pour le profit des tabacs King ? Il avait prouvé l'efficacité de ses méthodes par l'avalanche des commandes qu'il avait expédiées au bureau. Elle n'en avait pas le moindre droit.

Il se rendit compte qu'il était en train de frapper méthodiquement à coups de poing contre les barreaux et la douleur lui paralysa soudain le bras. Surpris, il regarda son poing qui saignait.

Il rit à haute voix. Même absente, elle avait le pouvoir de le blesser.

Dieu merci, il serait sur les routes pour vendre durant la plus grande partie de l'année à venir. Il n'aurait pas besoin de s'attarder longtemps durant les visites nécessaires qu'il ferait à Durham. Et quoi que Charlotte puisse penser de ses méthodes de promotion, elles réussiraient et c'était cela seul qui comptait. Son rêve avait toujours été d'être riche et puissant et il était en bonne voie de le devenir.

Curieusement, cette pensée lui fut d'une maigre consolation. Il poussa un soupir, entortilla un mouchoir autour de son poing puis alluma un cigare en attendant le retour de Jeff King.

Une demi-heure plus tard, Clint était dans le bureau du shérif qui lui rendit ses effets personnels. Jeff regarda ce dernier compter les cinquante dollars qu'il venait de lui remettre. Satisfait, le shérif leva les yeux.

— Tout y est. Vous êtes libre de partir, Devlin.

Jeff fronça les sourcils.

— Vous ne nous donnez pas de reçu, shérif ?

— Un reçu, monsieur King ? demanda le shérif d'un air innocent.

— Laissez cela, Jeff.

Clint posa la main sur son bras. Le shérif se renfonça dans son fauteuil, souriant devant la perspicacité de Clint.

– C'est un plaisir de traiter avec vous, dit Clint.

– Tout le plaisir est pour moi, répondit le shérif, solennel.

– J'ai l'intention de quitter votre charmante ville demain matin. Vous n'y voyez pas d'inconvénient ?

– Aucun, Devlin. Je serai heureux de ne plus jamais vous revoir. (Il tapota son bureau du bout des doigts.) Mais n'essayez pas de revenir faire votre cirque une autre fois.

– N'ayez crainte, l'assura Clint. Je ne voudrais pas offusquer les bons citoyens de votre ville.

Lorsqu'ils furent dehors, Jeff s'indigna.

– Nous aurions dû insister pour qu'il nous délivre un reçu. À présent, nous n'avons pas la preuve de lui avoir versé une caution.

– Allons, Jeff. Nous ne verrons plus jamais ces cinquante dollars, pas plus que ceux versés pour Marcy. Tout ira dans sa poche. Ne vous inquiétez pas. Je vous rendrai votre argent. (Il lui donna une tape sur l'épaule.) Merci, Jeff. J'apprécie que vous soyez venu à mon aide. J'étais dans le pétrin.

Jeff parut embarrassé.

– Nous sommes amis, n'est-ce pas ? C'était le moins que je puisse faire.

– J'espère que nous sommes amis, oui. (Tandis qu'ils se dirigeaient vers l'hôtel de Marcy, Clint dit :) J'aurais cru que, travaillant pour Sload Lutcher, vous auriez deviné le manège de ce voleur de shérif. Lutcher est de la même espèce d'après ce qu'on raconte.

– Je croyais vous l'avoir dit, Clint, je ne travaille plus pour Lutcher.

Jeff avait détourné la tête.

– Vraiment ? Non, je l'ignorais. (Clint leva un sourcil en le regardant.) J'admets que cela m'intriguait. Nous nous sommes rencontrés... combien de fois ? Environ quatre fois, durant ces dernières semaines ? Je me demandais par quel hasard mais je pensais que vous me le diriez, si vous le souhaitiez. Je savais que vous étiez commissionnaire mais je croyais que vous achetiez pour Lutcher. Alors, vous êtes indépendant ?

– Oui, et cela marche bien. Avec le tabac que j'ai déjà réussi à acheter et à stocker, je pourrai devenir riche, avec un peu de chance.

Quelque chose sonnait faux dans l'attitude de Jeff mais Clint n'avait ni le temps ni l'envie d'y réfléchir. Il avait d'autres préoccupations en tête. Il lui tapa encore une fois sur l'épaule d'un air absent.

– Parfait, Jeff. Je suis content pour vous. Rien ne me fait plus plaisir que d'apprendre qu'un homme ambitieux parvient à ses fins.

L'hôtel de Marcy était en vue et Clint aurait voulu se dépêcher mais il domina son impatience et régla son pas sur celui, toujours traînant, de Jeff. Il se rendit compte que Jeff était en train de lui parler.

– Excusez-moi, j'avais l'esprit ailleurs. Je n'ai pas entendu ce que vous venez de dire.

– Je disais que je n'avais pas d'ambitions – pas jusqu'à ces derniers temps. Je n'en avais pas du tout en revenant de la guerre. Tout ce que je voulais, c'était me noyer dans l'alcool et oublier le reste du monde. C'est pour cela que Charlotte m'en a tellement voulu et je dois dire que je la comprends.

– À propos de votre sœur... (Clint rit.) Elle est venue me voir en prison.

– Quand ? demanda Jeff en s'arrêtant court.

– Entre le moment où vous êtes venu ce matin et celui où vous êtes revenu me chercher.

– Que voulait-elle ? Est-elle venue pour vous faire sortir de prison ?

– Oh non ! Pas votre chère sœur. (Clint eut un rire amer.) Elle est venue me faire la morale, comme de juste.

Jeff poussa un soupir.

– Je ne l'ai pas vue depuis longtemps, bien sûr, mais d'après ce qu'on raconte, elle a bien changé. Voilà ce qui arrive lorsqu'une femme se lance dans un travail d'homme.

– Vous devriez peut-être vous réconcilier avec elle, Jeff. À présent que vous ne travaillez plus pour Lutcher mais pour vous-même, elle pourrait vous accueillir plus favorablement.

Jeff détourna le regard et repartit en boitillant en direction de l'hôtel.

– Vous avez peut-être raison, Clint, dit-il à voix basse, mais j'en doute. Elle m'a abandonné à mon sort et je ne peux pas lui en vouloir non plus. De toute façon, je ne suis pas près de m'y risquer. Plus tard peut-être. (Ils étaient à proximité de l'hôtel maintenant.) J'ai dit à votre amie Marcy que vous alliez sortir, Clint. Elle nous attend.

Marcy était assise dans un fauteuil du vestibule. Dès qu'elle aperçut Clint, elle se leva d'un bond avec un grand sourire. Clint remarqua qu'une autre femme était avec elle. Elle se précipita vers lui et l'embrassa.

– Je suis si heureuse de vous voir, Clint. J'avais peur que vous ne restiez enfermé pour toujours.

– La prison qui pourrait retenir Clint Devlin n'est pas encore construite, ma chère.

Il fit un clin d'œil, la serra brièvement dans ses bras puis regarda par-dessus son épaule en direction de la femme installée sur le divan. Du même âge environ que Marcy, elle avait de longs cheveux de jais, des yeux noirs, un teint très pâle et une silhouette épanouie.

Marcy remarqua la direction de son regard.

– Clint, je veux vous présenter ma nouvelle amie. Lucinda Parks, je vous présente Clint Devlin, mon employeur. Et voici Jeff King, son ami.

Lucinda se leva en souriant.

– Comment allez-vous, monsieur Devlin ? murmura-t-elle. Marcy m'a beaucoup parlé de vous.

— Je n'en doute pas, répliqua Clint froidement. Bonjour, madame Parks.

Jeff, déployant tout son charme, prit la main de Lucinda et s'inclina.

— Je suis heureux de faire votre connaissance, Lucinda. Puis-je ajouter que vous êtes charmante ?

Lucinda rougit tandis que Marcy continuait à babiller.

— Cette pauvre Lucinda a été abandonnée par son mari il y a deux jours, Clint. Il est parti sans lui laisser un sou et sans payer sa note d'hôtel.

— C'est une histoire qui me rappelle quelque chose, dit Clint d'une voix presque inaudible.

— Ce à quoi je pensais, Clint... Lucinda dit qu'elle sait chanter et danser aussi. Serait-ce possible de la prendre avec nous ? Pourriez-vous l'embaucher ?

Il était sur le point de refuser mais une pensée lui traversa l'esprit, qui le retint. Quelle merveilleuse manière de narguer Charlotte ! À sa tirade dans la prison, il répondrait en continuant ses représentations avec non pas une mais deux femmes ! Et Marcy avait raison – cela ajouterait du piment au spectacle. Les dépenses supplémentaires ne seraient pas trop importantes et cela ne durerait que jusqu'à la fin de l'année. Il n'avait pas l'intention de poursuivre le spectacle au-delà. Entretemps, il était certain de trouver une méthode radicalement différente pour promouvoir les cigarettes King.

— Je crois que vous tenez une idée, là, ma chère. Madame Parks, cela vous convient-il ?

— Oh oui ! (Lucinda hocha la tête.) Marcy m'en a déjà parlé. Ce serait une aubaine pour moi, monsieur Devlin.

— Alors, c'est entendu. Vous venez avec nous.

— Ô Clint ! (Marcy se jeta à son cou.) Vous êtes un homme épatant. Je retire tout ce que j'ai jamais pu dire de mal de vous. (Elle desserra son étreinte et recula d'un pas.) Je meurs de faim et

Lucinda aussi. Je crois qu'il faut fêter l'événement, peut-être avec du champagne et un bon dîner.

– Ce serait une excellente idée, Marcy, mais j'ai bien peur que mon porte-monnaie ne me le permette pas. Il faudra attendre que j'envoie un télégramme à Durham et que je reçoive des indemnités professionnelles.

– Ne vous tracassez pas, Clint. J'offre le champagne et le dîner, dit Jeff avec entrain.

Clint le regarda pensivement, notant les changements qui s'étaient produits en lui depuis Durham. Extérieurement, Jeff paraissait sans aucun doute plus respectable. Il était bien habillé et soigneux de sa personne; ses yeux étaient clairs, son regard aigu et même les traces de ses excès avaient disparu. À Durham, il était toujours mal à l'aise et furtif. Mais le changement était plus que superficiel – il paraissait avoir acquis de l'assurance. C'était vraiment un autre homme : apparemment, il avait eu besoin de devenir indépendant.

Il y avait certes encore quelque chose qui sonnait faux dans son nouveau personnage, comme s'il n'était pas encore tout à fait sûr de lui. Clint décida qu'il fallait sans doute lui laisser un peu de temps pour trouver son nouvel équilibre.

– Je ne vois pas comment nous pourrions refuser une pareille proposition, n'est-ce pas, Marcy ? dit-il.

Ce fut en effet une soirée grandiose avec champagne et dîner fin. Jeff était plus volubile que Clint ne l'avait jamais vu et faisait une cour ardente à Lucinda qui y répondait de tout cœur. Clint s'amusa mais, toute la soirée, la scène amère avec Charlotte à la prison ne cessa de lui revenir en mémoire.

Il ne regrettait pas de s'être joint à l'association puisque c'était la meilleure chance qu'il aurait jamais sans doute de réaliser son rêve, mais il était difficile de travailler toujours avec le sentiment de la réprobation de Charlotte présent à l'esprit.

Marcy interrompit ses pensées en lui posant la main sur le bras.

– Chéri, pourquoi cet air songeur ? Vous semblez très loin d'ici.

Il eut un pâle sourire.

– Rien qui puisse vous inquiéter, ma chère. Ce n'est pas tous les jours qu'un homme se fait arrêter. Cela donne des idées noires. (Il regarda autour de la table. La deuxième bouteille de champagne était vide, il ne restait plus rien à manger et Jeff et de Lucinda étaient absorbés l'un par l'autre.) Si nous rentrions à l'hôtel, les amis ? Je suis fatigué. Je n'ai jamais été capable de dormir en prison.

De retour à l'hôtel, Clint fut amusé par le manège de Jeff et de Lucinda qui regagnèrent ostensiblement leurs chambres respectives. Rentré dans la sienne, il se tourna vers Marcy.

– Je parie que Jeff va se glisser dans la chambre de votre nouvelle amie avant que la nuit ne soit bien avancée.

Marcy haussa les épaules.

– Je ne vois rien de mal à cela. Lucinda a besoin d'un homme et Jeff me paraît un bon choix. Vous ne savez pas ce que cela fait à l'amour-propre d'une femme que d'être plaquée.

Clint se détourna et se prépara à se mettre au lit. Pendant un instant, il regretta de ne pas avoir de chambre séparée : il n'avait pas envie de Marcy. Pourtant, il savait qu'il la blesserait s'il demandait une autre chambre pour la nuit.

Il sourit amèrement. Depuis quand Clint Devlin repoussait-il une femme désirable ?

Au diable, Lotte, pensa-t-il. C'est de votre faute.

Au lit, Marcy se montra ardente et exigeante. Clint essaya de chasser Charlotte de son esprit et de concentrer son attention sur la femme qu'il tenait dans ses bras. Mais tout en lui faisant l'amour, alors même qu'ils partageaient le plaisir, son esprit était ailleurs.

Finalement, lorsqu'il s'allongea sur le dos avec Marcy endormie blottie contre lui, il se mit à réfléchir.

Si Charlotte et lui continuaient à se heurter chaque fois qu'ils se voyaient, cela risquait de mettre leur association en danger. Il voulait l'éviter à tout prix, surtout maintenant, alors qu'ils étaient à la veille d'une réussite exceptionnelle. D'ici cette époque, l'année prochaine, les tabacs King seraient devenus une entreprise florissante. En fait, il ne serait pas surpris s'ils devenaient la première fabrique de tabac des États-Unis.

Ne serait-ce que pour cette seule raison, il fallait qu'il fasse tout son possible pour éviter les confrontations avec Charlotte, pour ne pas provoquer de situations qui pouvaient devenir explosives.

Il prit la décision d'éviter autant que possible d'aller à Durham durant l'année à venir.

Quant à tout engagement sentimental futur avec Charlotte, c'était chose exclue. Il devait s'y résigner.

Même après avoir ainsi tout planifié dans son esprit, Clint se sentit envahi d'une vague tristesse, d'un sentiment de perte indéfinissable. Il se laissa enfin glisser dans le sommeil.

L'après-midi de ce même jour, dans le buggy qui l'emmenait vers Durham, les pensées de Charlotte suivaient à peu près le même cours.

Elle savait qu'elle s'était mal conduite à la prison mais Clint était si agaçant. Il fonçait droit devant lui sans se soucier des conséquences et, ce qui était pis encore, n'avait jamais le moindre remords.

Pourtant, elle ne pouvait se défendre d'une certaine admiration. Même dans ses entreprises les plus hardies, Clint Devlin avait un tel flair qu'il était difficile de le désapprouver complètement. Non pas qu'elle l'admettrait jamais devant lui, certes non ! Un charmant vaurien, voilà ce qu'il était.

Mais elle ne se laisserait jamais plus prendre à son charme. Cela, elle y veillerait.

Cependant, toutes contestables qu'elles fussent, ses méthodes de vente étaient efficaces. La première année des tabacs King allait être un succès. Clint avait pris une telle quantité de commandes qu'il leur faudrait jusqu'à l'été prochain, en produisant à plein, pour les honorer. Et sans ces commandes, où en seraient-ils ? Ils auraient pu réaliser un petit profit mais rien de comparable à ceci.

Si elle voulait que les tabacs King soient prospères, Charlotte n'avait pas d'autre choix que de laisser Clint faire à sa guise. Quoi qu'elle puisse en penser, elle prit la décision de ne plus intervenir. Lorsque viendrait la saison de vente suivante, de telles méthodes ne seraient peut-être plus nécessaires. Elle en parlerait alors à Ben pour discuter de la possibilité de freiner un peu Clint.

Il ne lui vint pas une seconde à l'esprit que Ben pourrait ne pas l'approuver.

En attendant, conclut-elle, il fallait à tout prix éviter d'autres scènes telles que celle d'aujourd'hui. Étant donné leurs caractères, il pourrait en résulter une crise irréparable.

Involontairement, elle repensa à la photo scandaleuse qui était toujours dans son sac. Et cela la fit penser à autre chose encore. Si Clint était sorti de prison, il serait bientôt au lit avec cette Marcy : les images que cela lui évoqua étaient presque aussi précises que la photographie.

Elle tendit la main vers son sac posé sur le siège à côté d'elle, l'ouvrit, trouva la photo et s'immobilisa. Puis, malgré elle, elle referma son sac en y laissant la photo.

D'un geste plein de colère, elle referma les doigts sur les guides, donna une secousse violente et fit partir le cheval à vive allure.

16

C'était jour de fête.

Un an exactement s'était écoulé depuis que Rachel avait roulé la première cigarette King et la marque avait un succès retentissant.

En fait, les tabacs King étaient devenus légendaires dans l'industrie. En une seule année, la compagnie avait dépassé de loin la plupart de ses concurrents, y compris les tabacs Lutcher, et s'était hissée au niveau de Bull Durham et de W. Duke & Sons.

La célébrité de Clint Devlin était encore plus foudroyante. Son nom était sur toutes les langues dans l'industrie du tabac. Les boutiquiers de campagne aussi bien que les commerçants des villes le portaient dans leur cœur. Il les avait éblouis, séduits, charmés. Si l'un d'eux n'avait pas une des fameuses photos de nu parisien, ses confrères se moquaient de lui.

Tout le monde aimait son panache; il les avait distraits en même temps qu'il leur apportait un produit qui se vendait, grâce à ses efforts, aussi vite qu'ils pouvaient le stocker. Il avait apporté un peu de couleur et d'excitation dans leurs vies trop souvent mornes.

Aux yeux de beaucoup, le succès inégalé des tabacs King était l'œuvre du seul Clint Devlin.

Cela ne dérangeait pas Ben Ascher. Cependant, Charlotte en éprouvait du ressentiment. Ce n'était pas qu'elle lui enviât son succès car, sans lui, ils n'auraient pas réussi d'une façon aussi éclatante.

– Mais tout de même, s'indigna-t-elle une semaine avant le jour anniversaire, nous méritons une part des louanges.

Ben sourit.

— Nous avons joué notre rôle, Charlotte, j'en conviens. Cependant, cela ne me dérange pas que Clint se taille la part du lion. Il adore cela, ne l'avez-vous pas remarqué ?

— Oh si ! Comment aurais-je pu ne pas le faire ? Il se pavane partout comme un paon, ajouta-t-elle, acerbe.

— Je pense que vous êtes un peu dure avec lui. Il aime être au centre de l'attention mais il a été assez honnête pour l'admettre dès le début. Personnellement, cela ne me dérange pas.

— Vous peut-être mais moi, si ! Et ce n'est pas simplement par orgueil. S'il s'agissait de quelqu'un d'autre, je ressentirais la même chose. C'est parce que je suis une femme, comprenez-vous, Ben ? Les hommes refusent d'admettre que les femmes ont le sens des affaires. Ils pensent tous que je ne devrais pas me salir mes jolies mains avec de telles occupations. Je suis certaine qu'ils s'imaginent que ma seule contribution à notre succès a été d'être belle, de battre des paupières d'un air distingué et d'être un objet décoratif.

Ben prit un air soucieux.

— Je comprends vos sentiments, Charlotte, mais il semblerait que le monde des affaires ne soit pas encore prêt à accepter les femmes sur un pied d'égalité avec les hommes. Je veux que vous sachiez que je me rends compte à quel point vous avez contribué à notre réussite. Nos employés le savent aussi et je suis certain que Clint le sait également.

— Même si c'est vrai, il ne l'admettra jamais ! À propos, dans le télégramme qu'il a envoyé, il a demandé que nous ayons une réunion tous les trois lorsqu'il viendra pour fêter l'anniversaire.

— J'ai remarqué que vous l'évitiez ces derniers temps.

— Il m'exaspère, alors, je me tiens à l'écart.

Ben lui souriait avec douceur et Charlotte devinait ce qu'il avait à l'esprit. Ils avaient eu des rapports intimes durant l'année écoulée. Cela avait été agréable, plus qu'agréable, mais Charlotte cherchait un moyen d'y mettre un terme. Ce n'était pas tant pour elle-même qu'à cause de Rachel. Elle avait remarqué que celle-ci se repliait de plus en plus sur elle-même en observant les signes de leur intimité; il était impossible de garder une discrétion absolue. C'en était arrivé au point où Rachel se montrait franchement hostile en présence de Charlotte.

Elle détourna la conversation pour revenir sur un terrain moins dangereux.

– Je ne sais pas ce que veut Clint mais j'ai l'impression qu'il s'agit de sa campagne publicitaire pour l'année à venir. Je pense qu'il est temps que nous intervenions davantage. Ben, empêchez-le d'utiliser certains procédés.

Ben secoua la tête.

– Je ne crois pas que nous devions intervenir, Charlotte.

Elle fut interloquée.

– Vous n'approuvez tout de même pas certaines des choses qu'il a faites ?

– Que je les approuve ou non n'a rien à voir à l'affaire. Cela marche et nous le savons tous deux. Mon père m'a dit un jour : « Ne touchez jamais à quelque chose qui marche. »

– Ne me lancez pas d'axiomes à la tête ! rétorqua-t-elle, furieuse. C'est ce que fait constamment Clint en guise d'excuse. Cela me rend folle. Je conviens, à contrecœur, que ses procédés ont été efficaces. J'avais tort sur ce point. Mais à présent, ils ne sont plus nécessaires. À part l'aspect moral, c'est indigne. Nous pouvons nous en passer à présent.

– Vraiment ? Ce serait un risque et, pour ma part, je ne suis pas prêt à le prendre. Laissez Clint tranquille, laissez-le faire ce qu'il réussit le mieux. Nous lui avons accordé une liberté presque complète et je pense qu'il faut continuer à le faire. Vous savez, nous avons pris certaines décisions ici, à la fabrique, qui n'avaient pas son approbation pleine et entière et pourtant il les a approuvées de bonne grâce. Nous devons lui accorder le même privilège, Charlotte.

– Êtes-vous au courant de…

Elle s'interrompit, hésitant à mentionner la photo dont elle gardait toujours, elle ignorait pourquoi, un exemplaire dans son sac.

– La photo de la femme nue ? (Ben souriait.) Oui, depuis un moment déjà. Et je sais à quel point cela s'est révélé efficace. Ce n'est pas méchant. Je n'ai jamais été d'accord avec ces fausses pudibonderies au nom desquelles une femme ne devrait jamais être vue nue, sauf par son mari et encore.

– Je ne suis pas prude, Ben, vous le savez très bien, dit-elle vivement. Je trouve simplement que de telles méthodes de publicité manquent de dignité.

Ben éclata de rire.

– Clint vous dirait que la dignité n'a rien à voir en la matière.

– Je n'en doute pas. Cependant, avec ou sans votre approbation, je vais lui en parler lors de notre réunion.

À l'origine, Charlotte voulait célébrer l'anniversaire le lundi et faire de ce jour de travail un jour de congé. Les ouvriers accueilleraient une telle mesure favorablement, pensait-elle, mais elle en parla d'abord avec Jacob qui s'y opposa formellement.

– Les rouleurs travaillent à la tâche et ils perdraient un jour entier de salaire.

– Ce n'est pas un problème, Jacob. Nous sommes prêts à leur payer ce qu'ils gagnent en moyenne dans une journée de travail. Naturellement, je ne voudrais pas qu'ils fêtent ce jour sans être indemnisés.

Jacob secouait la tête tout en souriant.

– Vous êtes très aimable, patronne, de faire cette proposition mais les rouleurs sont des gens fiers. Ils considéreraient cela comme de la charité.

Charlotte était exaspérée.

– C'est vous qui le prétendez, Jacob. Mais comment savez-vous ce qu'ils pensent sans leur en avoir parlé ?

Il se redressa fièrement.

– Je parle au nom des miens.

C'est ainsi que la fête eut lieu un dimanche. Ce fut un événement dont les habitants de Durham parleraient longtemps. Charlotte avait prévu de faire une fête pour les seuls employés de la compagnie mais Clint, arrivé à Durham au cours de la semaine, fut atterré.

– Lotte, vous devez être folle. C'est la première et la meilleure occasion de montrer à Durham et au monde entier ce que nous avons réalisé ici.

Ils n'étaient pas seuls mais en présence de Ben, et leur conversation se limitait donc aux préparatifs de la fête.

– Si nous agissions ainsi, répliqua Charlotte, les employés pourraient se sentir lésés. J'avais prévu cette fête uniquement pour eux.

– Qu'est-ce qui est le plus important, les employés ou les tabacs King ? Ne soyez pas naïve, Lotte, car c'est là le fond du problème. Bon sang, nous ne pourrions pas trouver de meilleure occasion pour faire parler de nous.

– Il a raison, Lotte, dit Ben. Et je ne pense pas que vous deviez vous inquiéter pour les employés. Je pense qu'ils seront flattés puisqu'ils ont, en grande partie, contribué à notre succès.

Charlotte s'était finalement rendue à leurs arguments. Il s'avéra que les employés furent réellement satisfaits car ils étaient, en quelque sorte, au centre de l'attention générale.

Les tables des rouleurs avaient été converties en buffet et elles ployaient sous des monceaux de victuailles. D'autres tables avaient été dressées avec d'immenses bassines de punch et des tonneaux de bière reposaient sur des chevalets.

Tous les grands personnages de Durham avaient été invités et étaient venus, y compris Washington Duke et d'autres propriétaires de fabriques de Durham et des alentours. Charlotte s'attendait presque à voir le visage méprisant de Lutcher parmi eux mais, apparemment, il n'avait pas eu cette audace. Des journalistes de différents quotidiens et de villes aussi éloignées que New York étaient présents aussi.

En tout, plus de trois cents personnes assistèrent à la fête qui fut un grand succès. Une estrade temporaire avait été dressée à l'une des extrémités de l'atelier et il y eut une succession de discours prononcés par les dignitaires de Durham. Les trois associés durent aussi monter sur l'estrade.

Charlotte se contenta de remercier tous ceux qui étaient venus et Ben en fit autant. Mais Clint parla pendant un quart d'heure, vantant le succès rapide des tabacs King et en promettant de plus grands encore à l'avenir. C'était un orateur éloquent, spirituel, charmant et apprécié de tous.

Clint était au faîte de la gloire. Habillé d'un costume gris tourterelle avec une cravate assortie, il circulait parmi la foule en fumant un cigare de prix, recevant des félicitations après son discours et force tapes dans le dos.

On pourrait croire qu'il a tout fait tout seul, pensa Charlotte avec colère. Puis son bon sens reprit le dessus et elle prit le temps de réfléchir à la raison de sa réaction. De toute évidence, elle lui enviait sa popularité. Sa colère venait surtout de là, bien qu'elle eût d'autres raisons aussi.

Au cours de l'après-midi, elle remarqua que la popularité de Clint était aussi grande parmi les employés que parmi les invités de marque et elle eut du mal à en saisir la raison. Il n'en connaissait qu'une poignée et, pour la plupart des autres, il n'était qu'un nom. Elle se rendit compte que la supposition de Ben était juste – les employés s'amusaient et paraissaient apprécier les louanges venues de la tribune comme leur juste dû.

Étant donné l'alcool qui coulait à flots, la foule se tenait remarquablement bien. Charlotte avait craint des frictions entre les autochtones et les travailleurs juifs mais il n'y en avait eu aucune.

Lorsque la fête tira à sa fin et que nombre des personnes présentes eurent déjà quitté les lieux, elle se trouva quelques moments seule avec Clint.

– Je suis surprise et ravie par une chose, Clint, commenta-t-elle.

– Et par quoi, Lotte ? Parce que tout le monde s'amuse, nous compris ?

– Non, pas cela. J'avais peur qu'il n'y ait des incidents entre les habitants de Durham et les rouleurs de Jacob. Ben vous a parlé de ce qui s'était passé chez Jacob en automne dernier, je crois.

– Oui, et j'ai pris quelques mesures immédiates.

– Quelles mesures ?

– J'ai rencontré personnellement des gens influents, à commencer par le maire. Je leur ai dit qu'ils avaient intérêt à veiller à l'ordre et que si Jacob et les siens étaient encore importunés, les tabacs King plieraient bagages et iraient s'installer dans une ville où les gens étaient moins sectaires.

– Vous leur avez dit cela ? (Elle ouvrit les yeux tout grands.) Vous avez fait beaucoup, monsieur Devlin, en vous faisant le porte-parole des tabacs King.

– C'est Ben qui m'a désigné. Il m'a demandé de faire quelque chose et je l'ai fait. D'ailleurs, le résultat est là, n'est-ce pas ? Que ce soit en votre nom ou pas.

Elle avait détourné le regard mais en comprenant le sens de ce qu'il venait de dire, elle leva le visage vers lui, désolée.

– Je ne voulais pas dire que je n'approuvais pas ce que vous aviez fait. Au contraire...

Elle se tut en voyant l'étincelle malicieuse dans son regard et comprit qu'il se moquait d'elle. Elle réprima une remarque acerbe et détourna la tête à nouveau.

Clint alluma un nouveau cigare.

– J'ai fait à peu près la même chose aujourd'hui en prévenant les autorités que s'il se produisait des incidents ici durant la fête, nous envisagerions de transplanter la fabrique ailleurs. C'est la raison pour laquelle tout s'est si bien passé. Vous rendez-vous compte que les tabacs King sont sur un pied d'égalité avec Duke et Bull Durham ? Si nous quittions la ville à présent, ce serait une perte pour elle. Lorsqu'on a le pouvoir, Lotte, il ne faut pas hésiter à s'en servir.

– Est-ce encore une de vos maximes ?

Il sourit d'un air engageant.

– Si c'est ainsi que vous voulez l'interpréter...

– Je suppose que ce que je craignais vraiment, c'était l'arrivée de vauriens envoyés par Sload Lutcher pour faire du grabuge.

– J'ai prévu cela aussi. J'ai fait passer le mot par l'intermédiaire du maire, à savoir que si des fauteurs de troubles venaient ici aujourd'hui, nous considérerions qu'ils seraient à la solde de Lutcher et agirions en conséquence.

– Eh bien, monsieur Devlin, il semblerait que vous ayez paré à toutes les éventualités.

Il inclina modestement la tête.

– Je fais de mon mieux, mademoiselle King, dans la mesure de mes humbles moyens. (Il redevint sérieux.) Lutcher vous a-t-il fait des ennuis ces derniers temps ?

– Rien de bien grave. Il a encore essayé de

contraindre les fermiers à lui vendre leur récolte plutôt qu'à moi mais il ne pouvait pas faire grand-chose pour les empêcher de vendre à une vente publique. Il paraît qu'il a eu du mal à s'approvisionner cette année en quantité suffisante, ajouta-t-elle d'un air satisfait. Il a refusé d'enchérir au prix fort à la criée.

— Il a peut-être renoncé à vous harasser.

— J'aimerais y croire mais quelque chose me dit qu'il m'en voudra toujours.

— En tout cas, votre frère ne travaille plus pour lui. Cela devrait vous faire plaisir.

— Vous me l'avez déjà dit, répliqua-t-elle froidement, mais je n'en suis pas encore persuadée.

— C'est vrai, croyez-le. Jeff travaille à son compte. Il est commissionnaire et se débrouille très bien. Vous ne lui avez même pas parlé ?

— Non, et je n'ai pas l'intention d'aller le chercher. S'il veut s'excuser, il n'a qu'à venir me trouver.

— C'est une réaction bien enfantine de la part d'une femme adulte. (Il secoua la tête, réprobateur.) Vous devriez être heureuse d'avoir un frère. Je n'ai, moi, jamais eu de famille.

— Je n'ai pas remarqué que vous manquiez de compagnie, rétorqua-t-elle. Où est votre amie Marcy ? Et l'autre, quel que soit son nom ? Car vous en avez deux à présent, paraît-il.

Le sourire de Clint devint moqueur.

— Elle s'appelle Lucinda. Marcy et Lucinda : elles font un beau duo.

Elle ressentit le besoin de le blesser.

— Je trouve cela répugnant.

— Répugnant ? s'exclama-t-il amèrement. Pourquoi nous égratignons-nous chaque fois que nous parlons ensemble, Lotte ?

— C'est peut-être une question que vous devriez vous poser à vous-même.

Il haussa les épaules et sa colère s'évanouit aussi vite qu'elle était apparue.

— Pourquoi le ferais-je, ma chère ? Cela n'a pas une telle importance pour moi.

Il pivota sur ses talons et la quitta. Elle le regarda s'éloigner, consternée. Il avait en partie raison; elle était assez honnête pour l'admettre. Pourquoi ressentait-elle toujours le besoin de l'agresser ainsi ? C'était une question qu'elle s'était posée de nombreuses fois et à laquelle elle n'avait pas encore trouvé de réponse satisfaisante.

Elle était certaine d'une chose : ce n'était pas un présage favorable pour leur réunion du lendemain matin.

Charlotte, Ben et Clint se retrouvèrent peu avant midi à la fabrique.

Les paroles aigres qu'elle avait échangées avec Clint lui trottaient encore dans la tête et Charlotte passa à l'attaque immédiatement.

— Si vous avez demandé que nous nous réunissions pour obtenir notre approbation pour une reconduction de vos méthodes publicitaires de l'année écoulée, vous n'allez pas l'avoir.

— Attention, Charlotte, la prévint Ben. Ne soyez pas si hâtive. Je n'ai jamais dit que je serais de votre avis sur ce point.

Clint lui souriait.

— Vous êtes une personne têtue, vous savez, Lotte. Vous ne renoncez jamais, n'est-ce pas ? Eh bien, j'ai une nouvelle pour vous. Ce n'est pas pour cela que j'ai demandé cette réunion.

— Vraiment ? fit-elle, étonnée.

— Non. Quant à la publicité et la promotion pour cette année, j'ai d'autres plans. J'ai déjà dit à Marcy et à Lucinda que je n'aurais plus besoin d'elles.

Préparée à se battre sur ce point, Charlotte était déconcertée.

— Alors, pourquoi ne me l'avez-vous pas dit hier ?

— J'ai pensé que cela vous ferait du bien de mijoter encore un peu.

Il s'interrompit pour allumer un cigare pendant que Charlotte restait immobile, les lèvres serrées, essayant de dominer sa colère.

– Les méthodes de publicité que j'ai utilisées ne sont plus nécessaires. Ce que j'ai fait et que vous avez trouvé si terrible avait pour but de promouvoir les cigarettes King, de familiariser les gens avec la marque. (Il rit.) Vous pourriez comparer cela à un coup de revolver tiré dans une pièce remplie de monde où tous parlent à la fois. Tout le monde se tait et l'attention générale se porte sur le tireur.

– Excellente métaphore, murmura Charlotte. Je suis surprise que vous l'admettiez.

Clint ignora son interruption.

– Je vais encore faire poser des affiches, des enseignes sur les granges et des choses semblables. Mais plus de représentations publiques ni de photos de femmes nues. (Il sourit à Charlotte.) Cela devrait vous remplir d'aise, Lotte.

Elle ne répondit pas, ne sachant pas si elle devait le croire ou non.

– Je confesse que je suis un peu déconcerté, dit Ben. Allez-vous renoncer à toute promotion pour nos cigarettes à l'exception des affiches dont vous parlez ?

– Pas du tout, Benbo. J'ai l'intention de dépenser de l'argent dans les journaux, les revues, etc. C'est cela l'avenir de la publicité mais la plupart des hommes d'affaires ne paraissent pas encore s'en rendre compte. Et j'ai l'intention de dépenser beaucoup d'argent pour la formation de représentants.

– Des représentants ? (Ben parut intrigué.) Mais vous en avez déjà.

– Oui, quatre. Quatre ! L'année dernière, j'ai couvert à moi seul un territoire considérable. Cette année, je vais employer au moins trente représentants. Je prendrai même des femmes, si j'en trouve qui conviennent. J'ai déjà eu des entrevues avec plusieurs candidats.

– Trente représentants! s'exclama Charlotte. Cela coûtera une fortune.

– C'est là où vous vous trompez, Lotte. Pas un seul d'entre eux ne sera salarié. Ils travailleront uniquement à la commission. J'utilise une méthode motivante. Ils recevront un pourcentage sur toutes les ventes qu'ils feront. Plus ils en feront, plus grand sera leur pourcentage. S'ils ne vendent pas de cigarettes, ils ne nous coûteront rien. Ils n'auront même pas de frais de déplacement tant qu'ils n'auront pas prouvé qu'ils savent vendre. Quelle meilleure incitation pour leur faire décrocher des commandes?

– Mais pouvez-vous employer des représentants dans de telles conditions? demanda Charlotte, sceptique. Cela me semble un peu cruel.

– Cruel? Les tabacs King ne sont pas une institution charitable. Et pour répondre à votre question, j'ai eu plus de cent candidatures depuis que j'ai fait l'offre d'embauche. Le chômage est encore important dans le Sud, vous devriez le savoir tous les deux. Malheureusement, la plupart des sans-travail ne nous sont d'aucune utilité.

Ben sourit d'admiration.

– Vous agissez vite, Clint, dans tout ce que vous entreprenez, je dois vous l'accorder.

– Je fais de mon mieux, Benbo, répondit Clint avec un air de fausse modestie tout en jetant un regard moqueur en direction de Charlotte.

– Est-ce pour cela que vous avez convoqué cette réunion? dit-elle, acerbe. Si oui, c'est une perte de temps puisque vous avez déjà pris toutes vos dispositions sans attendre notre accord. Comme d'habitude, pourrais-je ajouter.

– Non, ce n'est pas pour cela. J'ai quelque chose d'autre à vous soumettre à tous les deux. (Il tira une bouffée de son cigare.) J'ai passé le début de la matinée à vérifier les comptes et les registres, et c'est ce que je craignais.

– Les comptes sont tous en règle, s'insurgea Charlotte.

– Bien entendu. Ce n'est pas là que je veux en venir. (Il prit une profonde inspiration.) Mais nous avons un retard considérable dans les livraisons et à l'allure où vont les choses, nous ne le rattraperons jamais.

– Vous exagérez, Clint, dit Ben. Je ne cache pas qu'il y ait du retard mais n'oubliez pas que nous avons eu des problèmes pour nous approvisionner en tabac. La récolte de l'année dernière était la première convenable depuis la guerre et toutes les compagnies de tabac du pays se la sont arrachée. Charlotte a passé un temps considérable à prospecter les campagnes, achetant un panier par-ci, par-là – tout ce qu'elle pouvait dénicher. Mais la récolte de cette année a été bonne. La production a doublé par rapport à l'année dernière. Charlotte et Bradley Hollister ont acheté assez de tabac la semaine dernière pour nous approvisionner pendant des mois et elle en achètera d'autre au fur et à mesure de nos besoins.

– Et je doute que les commandes de cette année égaleront celles de l'année dernière, remarqua Charlotte. N'oubliez pas qu'il y avait une pénurie d'approvisionnement chez les commerçants aussi. Maintenant, ils ont tous reconstitué leurs réserves.

Clint secoua la tête.

– Je ne suis pas de cet avis. Je suis persuadé que je peux doubler les ventes de l'année dernière.

– Où est la modestie dont vous faisiez étalage il y a un instant ? demanda Charlotte d'une voix aigre. Mais même si vous doublez vos ventes, où voulez-vous en venir ?

– C'est très simple. Il faut que nous augmentions la production.

Ben haussa les épaules en écartant les mains.

– Nous embaucherons d'autres rouleurs. Je suis

certain que Jacob n'aura aucun mal à recruter tous ceux dont nous aurons besoin.

– Ce n'est qu'une mesure bouche-trou, dit Clint, et embaucher plus de personnel serait trop coûteux à long terme. Nous devons prévoir l'avenir maintenant et cela sans attendre.

Ben fronça les sourcils.

– J'avoue ne pas très bien comprendre, Clint. Où voulez-vous en venir ?

Charlotte, se souvenant d'une précédente conversation, le voyait très bien, elle. Son seul espoir était que Ben n'approuverait pas les projets de Clint.

– Je parle des machines à cigarettes. Elles les fabriquent bien plus vite et pour bien moins cher. Nous devrions investir dans l'une d'elles dès à présent.

Ben prit un air pensif.

– J'ai appris que plusieurs modèles avaient été conçus. Je n'en ai jamais vu fonctionner mais j'en ai parlé avec des personnes qui les connaissent et il semblerait qu'elles donnent encore beaucoup de tracas. Elles sont trop neuves, Clint, et pas encore au point.

– Elles fonctionnent, je les ai vues, s'entêta Clint. Elles sont loin d'être parfaites, je vous l'accorde, mais les inventeurs résoudront les problèmes avec le temps. J'ai rencontré l'un d'eux secrètement. (Il se mit à arpenter le bureau dans son enthousiasme.) Comme les autres détenteurs de brevets, il ne vend pas ses machines mais les laisse en location avec un contrat lui assurant un pourcentage sur la production. Les pourcentages habituels sont élevés mais cet homme a tellement envie de voir sa machine installée et en fonctionnement, comme prototype de démonstration pour ainsi dire, qu'il est prêt à nous faire une importante ristourne, pas seulement pour l'année à venir mais pour toujours, si nous prenons sa machine maintenant.

Clint, tout en marchant de long en large, frappait la paume de sa main avec son poing.

– Nous serions fous de manquer une telle occasion. Lorsque ces machines deviendront courantes – et c'est inévitable –, les détenteurs de brevets exploiteront les fabricants de tabac de façon éhontée.

Charlotte dut refréner un sourire. Clint était un vendeur hors pair, une force presque irrésistible. Lorsqu'il s'échauffait ainsi, il était difficile de ne pas se laisser emporter par son enthousiasme. Cependant, Ben ne se laissait pas démonter facilement.

– Par contre, si la machine de cet homme est un échec, si elle ne fonctionne jamais vraiment bien, nous l'aurons sur le dos indéfiniment. Pour ainsi dire, ajouta-t-il, ironique.

Clint s'immobilisa et lui fit face, en colère.

– Je m'attendais à mieux de votre part, Benbo. Avec ce genre d'attitude nous naviguerions encore à la voile et, au lieu de prendre le train pour New York, nous nous traînerions en chariot bâché.

– Ce ne serait peut-être pas plus mal, dit Ben. Y avez-vous jamais songé ?

Clint leva les bras au ciel d'un geste de dégoût.

– Vous êtes contre le progrès à présent ?

– Non, pas en tant que tel, dit Ben obstinément. Mais je suis contre l'idée de me lancer tête baissée dans une telle aventure.

– Il me semble que vous oubliez tous deux les rouleurs de cigarettes dans cette discussion, dit Charlotte.

– Pas une seconde. (Ben lui lança un regard reconnaissant.) Mais je suis heureux que ce soit vous qui les ayez évoqués, Charlotte.

– Que viennent faire ici les rouleurs ? demanda Clint.

– Nous les avons fait venir de New York depuis moins d'un an et vous parlez déjà de vous en passer complètement.

– Là n'est pas la question, Lotte.

– Mais si ! À mon avis, c'est un problème très important.

Clint poussa un soupir.

– Enfer et damnation ! Quand apprendrez-vous tous les deux que les affaires n'ont rien à voir avec les institutions charitables ?

– Je ne considère pas le moins du monde que les tabacs King soient une institution charitable, répondit Charlotte, mais je pense que les gens qui travaillent pour nous méritent de la considération. Sans eux, nous ne ferions pas d'affaires.

– Très bien, très bien. Examinons la situation des rouleurs. D'abord, je ne parle pas de les remplacer aujourd'hui, ni demain ni même peut-être dans un an. Ben a raison sur un point : les machines ne sont pas encore parfaites. Mais la seule manière de les perfectionner, c'est de les faire fonctionner pendant un certain temps. Nous aurons alors de l'avance sur les concurrents. Quant aux rouleurs, ils auront tout le temps voulu pour trouver du travail ailleurs.

Charlotte le dévisageait, incrédule.

– Et vous m'accusez d'être naïve ? Comment pensez-vous que Jacob réagira, si nous installons une de vos machines ?

– Pour l'amour du ciel, que pourra-t-il faire ? Je respecte Jacob, il me plaît, mais il n'est pas propriétaire de la fabrique. Nous ne pouvons pas nous laisser guider par ce qu'il pense ou ce qu'il pourrait faire.

– Vous êtes cruel et égoïste, Clint Devlin. Je n'aurais jamais pensé cela de vous. Pensez-vous jamais à autre chose qu'à vous-même ?

Il la regarda d'un air naïf.

– Si je ne m'occupe pas de moi, qui le fera ? D'ailleurs c'est faux, je pense à vous deux aussi. J'aurais cru que vous seriez capables de le comprendre.

– Je crois que cette discussion est terminée, dit Charlotte d'un air décidé. C'est la dernière fois que je veux entendre parler de ces machines.

Clint la fixa puis se tourna vers Ben.

– Je vous fais une proposition qui ne coûtera pas un centime à la compagnie mais qui, au contraire, nous assurera presque certainement une avance considérable sur nos concurrents et que se passe-t-il ? (Son regard était froid, sa voix pleine d'amertume.) Est-ce parce que cela vient de moi ? Vous faites tous les deux des choses derrière mon dos, mais même quand je ne les approuve pas, je ne m'y oppose pas.

Ben s'efforça d'être conciliant.

– Ce n'est pas cela, Clint. Mais c'est prématuré. Attendez un an ou deux. Alors, il sera temps d'envisager un changement aussi radical.

– Non ! Je n'attendrai certainement pas. (Clint jeta son cigare d'un geste violent à travers la pièce. Puis il leur fit face, les lèvres serrées.) Si j'ai bien compris, mademoiselle King, vous votez contre ?

– Très certainement.

– Ben ?

– Je le crains, Clint, fit Ben avec un soupir. Je suis désolé.

– Alors, vous ne me laissez pas le choix.

– Que voulez-vous dire ? demanda Charlotte.

– Qu'il m'est impossible de rester dans la compagnie plus longtemps, si je dois être contré à chaque instant.

Ben fronça les sourcils.

– Ne vous emballez pas, Clint.

– Si vous nous faites une de vos fameuses représentations dans l'espoir de nous faire changer d'avis, dit Charlotte, c'est peine perdue.

– Ce n'est pas une représentation, dit Clint d'une voix glaciale. Je mets ma part des tabacs King en vente aujourd'hui même.

17

Jeff King sentait sa tension monter à chaque tour de roue qui le rapprochait de Durham. Cela faisait des mois qu'il n'y était pas revenu et cette période avait été la plus heureuse de son existence depuis son départ pour la guerre. Durant ce laps de temps, il était presque redevenu un homme. Même sa boiterie ne le gênait plus autant qu'avant.

Il avait aussi remarqué des changements dans son comportement. Il buvait moins et avait entièrement renoncé au jeu. La seule chose à laquelle il n'avait pas renoncé, c'était Lucinda Parks. Il sourit, oubliant momentanément sa destination, en pensant à ces quelques mois passés en compagnie de Lucinda. Durant les voyages avec Clint et les deux femmes, il avait appris à la connaître très bien. C'était une femme aimante et il avait l'intention de l'épouser dès qu'elle pourrait se libérer légalement du vaurien qui l'avait abandonnée.

Lucinda avait voulu l'accompagner à Durham mais Jeff avait préféré ne pas l'emmener de peur de ce que les gens penseraient d'elle en raison de la réputation qu'il s'était faite avec les femmes.

Ses pensées s'orientèrent vers ce qu'il avait acquis durant ces mois où il avait travaillé comme commissionnaire. Ce qui lui faisait le plus plaisir, c'était d'avoir été accepté sur un pied d'égalité par tous ceux qu'il avait côtoyés sur le plan professionnel. Et ce qui était encore plus agréable, c'était le sentiment qu'il était vraiment leur égal. Il tenait sa place parmi les meilleurs commissionnaires.

S'il avait les capitaux, Jeff était certain qu'il pourrait se débrouiller tout seul. Durant toute cette période, il avait oublié par moments qu'il travaillait pour Sload Lutcher, que c'était l'argent de celui-ci qui le finançait.

C'est pour cela qu'il se sentait déprimé d'avoir à revenir à Durham. Le télégramme qu'il avait reçu, le convoquant chez Lutcher, lui avait rappelé douloureusement qu'il dépendait encore de lui. Il refusait de s'interroger sur la raison de cette convocation; il y avait longtemps qu'il avait renoncé à essayer de pénétrer le fonctionnement tortueux du cerveau de Lutcher.

Il était tard dans l'après-midi lorsqu'il arrêta le buggy à l'arrière de la fabrique d'où, par une porte dérobée, on pouvait monter directement chez Lutcher sans risquer de se faire voir.

Il le trouva à son bureau. Parfois, Jeff se demandait s'il en sortait jamais. La seule fois où il l'avait vu hors de sa tanière, c'était deux ans auparavant, au bal du maire.

Lutcher lui sourit aimablement et lui indiqua un siège. Jeff se tenait sur ses gardes – il avait appris depuis longtemps qu'il était le plus dangereux lorsqu'il prenait cet air-là.

Lutcher se cala dans son fauteuil.

– Eh bien, King, cela fait plusieurs mois que je ne vous ai pas vu. Je dois avouer que vous paraissez plus en forme. (Son regard devint froid en détaillant les vêtements de Jeff.) Et vous êtes mieux habillé.

– Je dois m'habiller correctement, dit Jeff, sur la défensive. Je ne peux guère entrer en compétition avec les autres commissionnaires en ayant l'air d'un clochard.

– C'est juste et vous vous êtes vraiment bien débrouillé. Le tabac que vous avez acheté est venu à point ici. Votre sœur (les lèvres de Lutcher se crispèrent comme s'il avait mordu dans un fruit amer) a tous les planteurs dans sa manche. Elle a réussi à acheter presque tout le tabac sur le marché de Durham cette saison. (Il se pencha en avant.) Mais je ne parlais pas seulement de vos vêtements, King. Vous semblez en meilleure santé et vous avez perdu votre air de chien battu.

– Je suppose qu'on pourrait dire que je me suis retrouvé.

Jeff rit d'un air incertain, se rendant compte à quel point cette remarque pouvait sembler pompeuse. Et pourquoi sa confiance en lui le quittait-elle dès qu'il se trouvait en présence de cet homme ?

– Ne devenez pas trop arrogant, dit Lutcher sur un ton méchant. N'oubliez pas que, sans mon argent, vous auriez encore l'air d'un clochard.

– J'admets que votre soutien financier m'est d'un grand secours, dit Jeff avec défi, mais j'ai appris que je peux me mesurer aux autres sur un pied d'égalité.

– Vous avez appris cela ? Je suis content de vous l'entendre dire, grinça Lutcher, car je vais vous donner l'occasion de vous élever dans le monde et cette nouvelle confiance en vous vous sera nécessaire.

Jeff fut immédiatement sur ses gardes.

– M'élever ? Que voulez-vous dire ? Je suis très satisfait de ce que je fais, monsieur Lutcher.

Lutcher changea en apparence de sujet.

– Je suppose qu'avec l'éloignement vous n'êtes pas au courant des dernières nouvelles ?

– De quoi s'agit-il ? demanda Jeff, plus alarmé que jamais par le ton satisfait de son patron.

– Votre ami, Clint Devlin, s'est séparé de votre sœur et de Ben Ascher.

– Qu'est-il arrivé ? demanda Jeff, surpris.

– Je ne connais pas les détails. (Lutcher haussa les épaules.) Cela n'a pas d'importance mais, la semaine dernière, Devlin a annoncé qu'il mettait en vente sa part dans les tabacs King.

Jeff siffla doucement.

– Le diable m'emporte ! Je savais que Clint n'était pas satisfait de certaines choses mais je ne m'attendais pas à cela. A-t-il déjà vendu sa part ?

– Pas encore. Il semblerait qu'il n'y ait pas beaucoup d'acquéreurs pour une raison mystérieuse. (Lutcher eut un sourire froid.) Et c'est là que vous intervenez, King. C'est la raison pour laquelle je vous ai envoyé ce télégramme vous convoquant à Durham.

– Je ne comprends pas.

– Vous allez acheter la part de Devlin. Vous utiliserez mon argent, bien entendu, puisque vous n'en avez pas mais personne ne le saura en dehors de mon homme de loi. Je serai votre associé invisible, pour ainsi dire.

Pendant un instant, Jeff fut exalté. Devenir le troisième associé des tabacs King ou passer pour tel était une perspective éblouissante. Puis il retomba sur terre en se rendant compte de ce que cela impliquait. Il devina ce que Lutcher avait à l'esprit.

– Vous voulez que je vous serve de cheval de Troie, c'est cela ?

Lutcher leva un sourcil de surprise puis éclata de rire.

– J'oublie parfois que vous êtes un membre de l'aristocratie sudiste, King, et que vous avez reçu une éducation classique, aussi inutile que de la bouse de vache. Cela vous surprend-il que je sache seulement de quoi vous parlez ? (Il se pencha en avant, les yeux inexpressifs.) Oui, vous avez mis le doigt dessus. C'est exactement ce que j'ai à l'esprit.

Décidé à ne pas plier cette fois-ci, Jeff se redressa sur sa chaise en secouant la tête.

– Non. Je ne le ferai pas. Je ne ferai pas une chose pareille à Charlotte. Je suis un faible mais c'est trop me demander de commettre une telle traîtrise.

– Oh ! C'est trop demander, vraiment ? Je ne demande pas, King, j'ordonne. (La voix de Lutcher était calme mais venimeuse comme le sifflement d'un serpent.) Vous avez pris de l'assurance durant votre absence, n'est-ce pas ? Il semblerait que je vous aie fait revenir à temps. Maintenant écoutez-moi bien. C'est grâce à moi que vous êtes devenu ce que vous êtes et je peux vous briser comme ceci. (Il fit claquer ses doigts, faisant sursauter Jeff.) Tout ce que vous possédez m'appartient, y compris les beaux habits que vous avez sur le dos. Je peux vous jeter hors d'ici sans même votre caleçon, si j'en ai envie. J'imagine que vous vous êtes habitué à la belle vie durant ces derniers mois. C'est une des raisons pour lesquelles je vous ai fait partir : afin que vous sachiez ce que c'est. Croyez-vous pouvoir y renoncer maintenant ?

– S'il le faut, oui.

– Je me le demande. (Le sourire de Lutcher était cruel.) Tous ces beaux vêtements, la bonne nourriture et les vins. Et la femme que vous vous êtes trouvée. Oui, je suis au courant. Rien de ce qui vous concerne ne m'échappe. Maintenant, pensez à ce que vous étiez quand je vous ai sorti du ruisseau. Un sot, sans argent pour vous payer un verre, portant des vêtements dont un mendiant n'aurait pas voulu et sans endroit décent pour dormir. Vous voulez retrouver tout cela ?

Jeff resta silencieux. Il ferma les yeux mais cela ne chassa pas l'image de l'existence dégradante qu'il avait menée avant de travailler pour Lutcher. Pour la première fois depuis longtemps, il fit une prière silencieuse. « Mon Dieu, donnez-moi la force de résister à cet homme. »

Lutcher poursuivit, impitoyable :

– Non seulement vous retomberiez à ce niveau, mais vous seriez déshonoré à Durham et dans le milieu des affaires. Vous n'imaginez pas le mal que quelques mots de ma part pourraient faire à votre réputation. Par exemple, je pourrais dire que vous êtes un voleur, que vous m'avez pris de l'argent pour boire, jouer et courir les filles. Étant donné la réputation que vous aviez avant de travailler pour moi, les gens seraient prêts à croire au pire. Vous ne pourriez plus jamais marcher la tête haute à Durham.

Lutcher redevint cordial.

– D'un autre côté, qu'y a-t-il de si terrible dans ce que je vous demande ? Je ne vous dis pas de nuire physiquement à votre sœur. Tout ce que je veux, c'est que vous deveniez son associé et que vous me teniez au courant de leurs projets. Et lorsqu'une décision doit être prise par les trois associés, que vous me consultiez et que vous votiez comme je vous le conseillerai. Qu'y a-t-il là de si terrible ? Le pire qui puisse lui arriver, c'est d'être contrainte de quitter les affaires – et n'est-ce pas précisément ce que vous voudriez ?

Jeff le regarda, hésitant. Il était troublé par sa logique. Qu'y avait-il là de si terrible en effet ?

Toujours souriant, Lutcher poursuivit :

– Regardez le bon côté de la chose, King. Vous continuerez à bien vivre et serez un homme considéré au lieu d'être méprisé. Les gens rechercheront votre compagnie. Ils vous demanderont conseil. Et, si mon plan aboutit, je finirai par prendre le contrôle des tabacs King et je vous garderai pour en être le directeur. Cela ne vous tente pas ? Et puis, vous pouvez faire venir cette femme, Lucinda Parks. Je n'y vois pas d'objection. (Sa voix se durcit.) Vous avez deux possibilités. Quel est votre choix ?

Jeff respira profondément.

– Dites-moi ce que vous voulez que je fasse, monsieur Lutcher.

Clint en était arrivé à la conclusion que son pétard avait fait long feu. Quelle ironie du sort ! Personne ne voulait acheter sa part dans les tabacs King parce que les acheteurs potentiels lui attribuaient le succès phénoménal de la compagnie. Comme le lui avait dit l'un d'eux : « Pourquoi achèterais-je votre part, Devlin ? D'après ce que je sais, c'est vous qui êtes à la base de leur succès. Vous parti, la compagnie des tabacs King peut sombrer. »

Et cela s'était passé ainsi avec tous les acheteurs. Un bon nombre de propriétaires de compagnies de tabac lui avaient proposé une place mais Clint avait refusé ne serait-ce que d'envisager leurs offres. Quelle garantie avait-il que l'histoire ne se répéterait pas ? S'il n'avait pas la liberté qu'il voulait en tant qu'associé, comment l'aurait-il en tant que simple employé ? Et s'il consentait à travailler pour d'autres, ce serait la fin de son rêve.

Il n'était pas retourné à la fabrique depuis la scène pénible, dix jours auparavant, et n'avait pas parlé à Charlotte.

Ben Ascher était pourtant venu le voir après cette âpre discussion.

— Clint, je crois que vous avez été trop impulsif. Ne voulez-vous pas réviser votre position et revenir ? La fierté de Charlotte ne lui permettrait jamais de vous le demander mais je suis certain qu'elle serait heureuse, si vous le faisiez.

— Et que faites-vous de ma fierté, Ben ? avait-il répondu. Je ne pourrais jamais m'abaisser à cela. (Il avait haussé les épaules.) Lotte est parfois difficile, c'est certain, mais ce n'est pas seulement ça. Si je dois faire mon travail correctement, il faut que j'ai une entière liberté et que l'on accepte au moins quelques-unes de mes idées, de mes suggestions. Telles que se passent les choses à l'heure actuelle, je me sens frustré à tout moment.

— Vous exagérez encore, Clint. C'est la première fois que nous nous opposons vraiment à vous.

— C'est peut-être la première mais pas la dernière. Et c'est peut-être la première fois en ce qui vous concerne mais pas Charlotte. C'est une femme de caractère, Benbo, et je la respecte pour cela mais je n'ai certainement pas l'intention de me courber devant elle en m'excusant chaque fois qu'elle prend la mouche pour une raison ou une autre. Ben... (Il avait fixé son ami droit dans les yeux.) Admettons que je m'humilie, que je revienne et que je mette du baume sur son petit orgueil froissé, seriez-vous prêt à m'épauler au point d'accepter que nous prenions une machine à fabriquer les cigarettes à l'essai ?

Ben avait secoué la tête.

— Désolé, Clint, je ne peux pas. Cela n'a rien à voir avec Charlotte. Je crois que j'y suis plus opposé encore qu'elle.

— Alors, pourquoi perdre tous deux notre temps ? Ben, ce qui est arrivé hier serait arrivé tôt ou tard étant donné nos caractères à Lotte et à moi. C'était inévitable et j'aurais dû m'en rendre compte il y a longtemps. Alors, il vaut mieux que cela ait lieu maintenant. Vous aurez ainsi le temps de vous adapter à votre nouvel associé.

— Avez-vous une idée de qui cela pourrait être ?

— Pas la moindre. Il est encore trop tôt.

— Et rien de ce que je pourrais dire ne vous fera changer d'avis ?

— Non.

— Alors... (Ben avait poussé un soupir.) C'était agréable tant que cela a duré, Clint, et je veux que vous sachiez que je me rends compte à quel point vous avez contribué à notre succès. Je vous en remercie et vous souhaite beaucoup de chance.

Clint avait serré la main tendue de Ben.

— Moi aussi, Benbo, moi aussi.

Lorsque dix jours se furent écoulés, Clint décida qu'il fallait prospecter plus loin s'il voulait vendre sa part des tabacs King. Il avait épuisé toutes les possibilités à Durham et dans les villes environnantes sans trouver d'acquéreur. Parfait. Il tenterait sa chance à Atlanta, Charleston, Savannah; et si c'était nécessaire, il irait jusqu'à New York.

Ses valises étaient prêtes pour son départ le lendemain matin lorsqu'il eut la surprise de recevoir une visite. Il avait pris un dîner solitaire et fumait un dernier cigare avant d'aller se coucher lorsqu'on frappa à la porte.

Il l'ouvrit et se trouva face à Jeff King.

– Jeff ! Quelle bonne surprise. Entrez.

– Bonsoir, Clint. J'espère que je ne vous dérange pas ?

– Non, je suis tout seul. (Clint fit un grand sourire.) Pas de femme ici, si c'est cela que vous voulez dire. Qu'est-ce qui vous amène à Durham ? La dernière fois que nous nous sommes vus, vous m'avez dit que vous ne reviendriez ici que par obligation.

– C'était nécessaire, dit Jeff en détournant le regard.

Clint haussa les épaules, intrigué par l'attitude de Jeff.

– En tout cas, je suis ravi de vous voir. Asseyez-vous. Vous prendrez bien un verre ? J'ai de l'excellent bourbon du Kentucky.

– Non, merci, Clint.

Jeff secoua la tête et s'assit dans le fauteuil que Clint lui indiquait. Clint s'installa en face de lui et reprit un cigare.

– Vous avez peut-être entendu dire que je me sépare des tabacs King ?

– Oui. C'est la raison de ma visite, Clint. (Jeff se racla la gorge.) C'est une visite d'affaires.

Clint le regarda, intrigué. Jeff allait-il lui proposer du travail ?

– Avez-vous déjà vendu votre part ?

– Non. Personne ne paraît s'y intéresser. En fait, j'ai fait mes valises pour essayer de trouver un acheteur ailleurs.

– Ce ne sera pas nécessaire, Clint. Je voudrais la racheter.

Clint sursauta de surprise.

– Vous ? Vous voulez acheter ma part des tabacs King ?

– Oui, répondit Jeff sans le regarder. J'ai finalement réussi d'excellentes affaires. Je dispose d'argent à présent et veux le placer dans quelque chose de plus substantiel.

– Mais que dira votre sœur ? Que dira Lotte ?

– Je vois cela de la manière suivante : je pourrai au moins avoir l'œil sur elle. Oh, je sais que l'idée ne lui sourira pas...

– Ça, vous pouvez en être certain !

– Mais elle n'y pourra pas grand-chose. (Jeff leva la tête, soudain inquiet.) Je l'espère tout au moins, Clint... Elle n'a pas son mot à dire dans la vente ?

– Non. (Clint secoua la tête.) C'est une des choses sur lesquelles nous nous sommes entendus au départ. Si l'un de nous veut vendre sa part, il n'a pas besoin de l'autorisation des deux autres.

Soudain, il éclata de rire. Celui-ci s'enfla jusqu'à ce qu'il soit secoué de soubresauts. Finalement, il parvint à se dominer et s'essuya les yeux.

– C'est fantastique ! Si je m'étais creusé la cervelle jusqu'à l'âge de cent ans, je n'aurais jamais trouvé de meilleur moyen de lui damer le pion !

Jeff n'avait pas partagé l'hilarité de Clint. Durant son fou rire, il était resté imperturbable.

– Dites-moi combien vous en voulez, Clint, dit-il à présent.

– Juste comme cela ? Pas de marchandage, Jeff ? Ce n'est pas ainsi que l'on conduit une affaire. Ce n'est pas à moi de donner un prix.

– Nous sommes amis, Clint, dit posément Jeff. Je veux que vous en obteniez ce que vous pensez en mériter.

– Il n'y a pas d'amis en affaires, Jeff. C'est encore un axiome de Clint Devlin. Mais loin de moi l'idée de vouloir discuter. Je ne demande pas la lune, de toute façon. Mon investissement, au départ, était insignifiant mais le travail que j'ai fourni devrait valoir quelque chose. Les tabacs King ont fait une année fantastique et devraient continuer à prospérer. (Il se tut un moment pour réfléchir. Il avait eu l'intention de demander soixante-quinze mille dollars au départ, quitte à descendre son prix.) Puisque vous ne voulez pas marchander, Jeff, je vais vous dire de combien j'ai besoin. Je vais utiliser cet argent pour fonder ma propre fabrique ici à Durham, en concurrence avec les tabacs King et les autres. J'ai pensé devoir vous prévenir.

Jeff haussa les épaules.

— Cela ne me dérange pas, Clint. (Il sourit soudain, comme amusé par une idée secrète.) Non, cela ne me dérange pas et je vous souhaite au contraire beaucoup de succès.

— J'ai calculé combien il me faudrait pour commencer et je ne peux pas m'en sortir à moins de cinquante mille dollars et cela en limitant tout au minimum.

— C'est votre prix ? (Clint hocha la tête.) Alors, c'est entendu.

— Juste comme cela ?

Clint secoua la tête d'un air incrédule.

— Oui. (Jeff se leva.) Je viendrai vous prendre ici demain matin à dix heures. Nous irons chez un homme de loi pour signer les papiers nécessaires et je vous donnerai un chèque de cinquante mille dollars, dès que ce sera fait. (Il lui tendit la main.) C'est entendu ?

Clint n'était pas homme à se laisser démonter facilement par un événement inattendu mais ceci s'était passé tellement vite qu'il était un peu étourdi en serrant la main de Jeff.

— C'est entendu, dit-il en souriant.

Rachel Lefkowitz ne vint pas au travail le mercredi matin. Ben ne s'en aperçut pas avant l'après-midi, ayant passé l'essentiel de son temps dans son bureau. Mais ce fut la première chose qu'il remarqua en descendant. Il alla trouver Jacob immédiatement.

— Jacob, où est Rachel ? C'est la première fois qu'elle ne vient pas au travail. J'espère qu'elle n'est pas malade ?

— Pas malade, Ben.

Il était clair que Jacob avait l'air soucieux.

– Alors, qu'est-ce qui ne va pas, Jacob ?

Jacob alluma le mégot de son cigare. C'était un signe évident de son agitation. Il était interdit de fumer à la fabrique – le danger d'un incendie menaçant toujours. Bien que Jacob et ses cigares fussent inséparables, il en mâchonnait juste un seul durant les heures de travail et ne l'allumait jamais. Ben ne le réprimanda pas pour cette entorse à la règle mais attendit patiemment.

– Rachel veut retourner à New York, dit-il finalement.

Ben était atterré.

– Retourner à New York ? Pourquoi ? Je croyais qu'elle était heureuse ici. Pour l'amour du ciel, Jacob, que se passe-t-il ?

– Les femmes ne sont pas comme nous, eh ? (Jacob écarta les mains d'un geste expressif.) Ben, vous lui parlerez, n'est-ce pas ?

– Très certainement, mon ami. J'y vais tout de suite. Elle est à la maison ?

Jacob hocha la tête.

– Oui. Je vous en serai reconnaissant, Ben.

Ben partit sur-le-champ. Il sella son cheval aux écuries et se rendit chez les Lefkowitz. Rachel ne répondit pas tout de suite lorsqu'il frappa à la porte et il crut que Jacob s'était trompé et qu'elle était sortie.

Puis il entendit le bruit de ses pas. La porte s'entrouvrit mais, lorsqu'elle l'aperçut, Rachel voulut la refermer. Ben eut le réflexe de placer son pied dans l'entrebâillement.

– Rachel, il faut que je vous parle, dit-il avec insistance.

Elle haussa les épaules et recula, lui permettant d'entrer, puis elle lui tourna le dos.

– Rachel, votre père me dit que vous avez l'intention de retourner à New York. Est-ce vrai ?

Elle hocha la tête sans le regarder.

– Pourquoi ? Je croyais que vous étiez heureuse ici. Rachel, voulez-vous me regarder !

Il la prit par les épaules et la tourna face à lui. Il fut surpris de voir des larmes dans ses yeux.

— Dites-moi ce qui ne va pas, Rachel, demanda-t-il avec plus de douceur. Est-ce quelque chose concernant la fabrique ?

— Non, tout est parfait là-bas. Nous en sommes tous satisfaits.

— Alors, qu'y a-t-il ? fit-il, exaspéré.

— Vous ne le savez pas ? demanda-t-elle en le fixant intensément.

— Bien sûr que non.

— Alors, je vais vous le dire. (Elle recula hors de son atteinte et lui fit face fièrement. Mais en dépit de son air de défi, elle avait le regard d'un animal blessé.) Je sais que c'est mal de ma part et qu'une femme ne devrait pas dire une chose pareille à un homme mais... je vous aime, Ben Ascher.

Il ne put que la regarder, pétrifié.

— Et c'est la raison pour laquelle je dois quitter Durham. Cette année passée a été terrible pour moi. Je vous regardais avec Charlotte... avec Mlle King... et mon cœur se brisait un peu plus à chaque fois. Je ne peux tout simplement plus le supporter. (Elle était sur le point de pleurer à nouveau.) Je ne peux pas, Ben, c'est trop me demander.

— Rachel, ma chère Rachel, ne partez pas, je vous en prie.

Il avait parlé sans réfléchir et ses mots venaient droit du cœur.

— Pourquoi ? Pourquoi devrais-je rester ?

— Parce que... je tiens trop à vous pour vous laisser partir. Je ne m'étais jamais rendu compte jusqu'à présent combien j'ai besoin de voir votre doux visage tous les matins. Rachel, restez, je vous en supplie.

— Ben, mon amour !

Elle se jeta dans ses bras et plaqua sa bouche contre celle de Ben. Il sentit le goût de ses larmes puis cessa de penser, secoué jusqu'au tréfonds de l'âme par la passion de Rachel, une passion qu'il n'aurait jamais devinée chez quelqu'un d'aussi calme et réservé.

Sa réaction fut immédiate et il comprit, en un éclair, qu'il avait désiré Rachel depuis le premier moment où il l'avait aperçue.

Avec un geste tout spontané, si plein de confiance et d'amour qu'il en fut profondément touché, elle s'écarta de lui, le prit par le bras et le conduisit dans sa chambre. Elle ne lui lâcha le bras que pour refermer la porte puis se serra à nouveau contre lui.

Ils étaient totalement perdus l'un dans l'autre, oubliant complètement qu'ils se trouvaient dans la maison du père de Rachel qui pouvait revenir inopinément. Ils ne pensaient qu'à leur désir, emportés par son exigence irrésistible.

Puis ils se retrouvèrent sur le lit, chair contre chair.

Ben savait que Rachel était vierge sans qu'elle eût besoin de le lui dire et il se montra d'une grande douceur avec elle.

Lorsqu'il la pénétra tendrement, elle eut un mouvement de recul, mais bientôt elle vint à sa rencontre, s'agrippant à lui de toutes ses forces. Elle devint femme, passionnément, l'incitant de son corps souple à une ardeur plus grande.

Ils furent emportés par une vague de passion qui s'enfla et déferla sur eux en une extase totale.

Lorsqu'ils se séparèrent enfin, restant cependant l'un contre l'autre, la tête de Rachel nichée au creux de l'épaule de Ben, celui-ci ressentit un émerveillement jusqu'alors inconnu. Il pensa à Charlotte avec un simple pincement de regret. Il l'avait aimée et, d'une certaine façon, l'aimait encore mais cette attirance, il s'en rendait compte à présent, était surtout physique. Il n'avait jamais éprouvé, avec elle, ce sentiment de plénitude qu'il ressentait avec Rachel. Rachel n'était pas simplement une femme, elle faisait partie de lui, de son sang, de son corps et son amour pour elle ne ferait qu'augmenter avec le temps et ne serait assouvi que lorsqu'elle serait dans ses bras comme à présent. Il la regarda droit dans les yeux.

— Resterez-vous à présent ?

Elle hocha la tête et la fossette apparut sur sa joue, cette fossette qu'il n'avait pas vue depuis longtemps. Il l'avait blessée et cela lui fit mal à son tour.

— Vous savez que vous allez devoir devenir ma femme, Rachel Lefkowitz ?

La fossette réapparut. Rachel semblait rayonner de bonheur.

— Je l'espère bien. Rachel Ascher. Combien de fois ne me suis-je pas répété ce nom dans la nuit noire ?

Charlotte, absorbée dans son travail, leva les yeux de ses papiers en entendant toussoter à la porte.

— Ben ! Entrez.

Elle sourit de plaisir, mais ce sourire s'évanouit en voyant la gravité du visage de Ben.

— Quelque chose ne va pas ?

Il entra dans le bureau en hésitant.

— Cela dépend du point de vue auquel on se place. Il y a une chose que je dois vous avouer, Charlotte. Nous avons toujours été raisonnablement honnêtes l'un envers l'autre. (Il se mit à sourire, d'un sourire presque idiot au fur et à mesure qu'il s'élargissait.) Cet après-midi, j'ai demandé Rachel en mariage et elle a accepté.

Charlotte ne fut pas surprise mais abasourdie par la soudaineté de la nouvelle.

— Je savais que Rachel était amoureuse de vous. Je vous l'ai dit, vous en souvenez-vous ? Mais je n'aurais jamais cru... (Elle se leva, contourna le bureau et s'avança vers lui.) Félicitations, Ben.

Elle l'étreignit, cachant son visage afin qu'il ne puisse pas voir son désarroi. Car elle était blessée

— elle avait l'impression que le monde s'écroulait autour d'elle, que la terre sous ses pieds s'était soudain transformée en sable mouvant. Ben était son appui, son allié, son amant...

— Cela ne changera rien entre nous, j'espère, dit-il d'une voix rauque.

Il essaya de se dégager pour la regarder mais elle résista.

— Bien sûr que non, Ben, dit-elle d'une voix incertaine. Pourquoi cela devrait-il...

Elle se tut en voyant apparaître Jeff dans l'encadrement de la porte.

— Jefferson ! Que faites-vous ici ? s'exclama-t-elle en s'écartant de Ben qui se retourna, surpris.

— Bonjour, Charlotte. Comment allez-vous, Ben ?

— Vous n'avez pas répondu à ma question, dit-elle d'une voix dure. Que faites-vous ici, Jefferson ?

Il sourit lentement.

— J'ai cru bon de venir voir mes nouveaux associés.

Elle resta bouche bée.

— Que dites-vous ?

— Je viens d'acheter la part de Clint Devlin dans les tabacs King. Vous ne trouvez pas que c'est une bonne idée, Charlotte, de la garder dans la famille ?

18

Les deux choses conjuguées – l'annonce du mariage de Ben et celle de l'achat de la part de Clint par Jeff – furent presque trop pour Charlotte. Pour la première fois, sa volonté faiblit. Elle n'était pas seulement atteinte moralement mais physiquement aussi.

Elle vacilla. La pièce se mit à tourner autour d'elle et elle serait tombée si Ben ne l'avait pas soutenue. Elle entendit sa voix comme dans un brouillard.

– Charlotte, vous ne vous sentez pas bien ?

Rassemblant toute son énergie, elle se dégagea.

– Bien sûr que si. Pourquoi me sentirais-je mal ?

Elle contourna son bureau et ce simple geste l'aida à retrouver son assurance. Elle s'assit et regarda son frère qui fit quelques pas en boitillant vers elle. C'était la première fois qu'elle le voyait depuis deux ans et elle remarqua qu'il avait beaucoup changé d'aspect. Bien vêtu, propre, il avait le regard clair et plus d'assurance qu'elle ne lui en avait jamais connu.

Elle fit un effort pour se dominer.

– Expliquez-vous. Vous prétendez avoir racheté la part de Clint ? Comment cela se fait-il ?

– Que voulez-vous dire, sœurette ? Il vendait sa part et je l'ai achetée. C'est aussi simple que cela.

– Non, dit-elle en se penchant en avant, tout en essayant de cacher sa colère. Est-ce une conspiration entre vous deux ? Je sais que vous êtes devenus de bons amis.

– Ma chère sœur, dit Jeff en secouant la tête, pourquoi aurions-nous conspiré ? Je n'étais même pas à Durham lorsque j'ai appris que Clint vendait. Je suis revenu aussitôt et j'ai racheté sa part. Ce n'est pas une conspiration mais une simple transaction commerciale.

– Il ne nous a pas consultés à ce sujet.

– Pourquoi l'aurait-il fait ? Il n'avait pas besoin de votre approbation.

Elle se tourna vers Ben.

– Est-ce vrai ?

– Oui, Charlotte, répondit Ben en hochant lentement la tête. Nous nous sommes mis d'accord sur ce point, ne vous en souvenez-vous pas ? Nous sommes libres de vendre notre part à quiconque, quand nous voulons.

– À cette époque-là, aucun de nous n'y songeait. (Elle se tourna à nouveau vers Jeff.) Où avez-vous trouvé l'argent pour payer Clint ? Je suis sûre qu'il n'a pas vendu sa part bon marché.

Il détourna les yeux puis lui refit face.

– Je l'ai gagné, Charlotte. J'ai fait de bonnes affaires cette année et j'ai fait un coquet bénéfice lorsque le prix du tabac est monté en flèche.

– Un commissionnaire, fit-elle avec dédain. À mon avis, ils ne valent guère mieux que des pirates.

– Vous n'avez peut-être pas beaucoup de considération pour eux, mais c'est une des façons de gagner rapidement de l'argent dans le tabac.

Charlotte resta silencieuse quelques instants en le fixant attentivement. Elle était loin d'être satisfaite. Quelque chose lui semblait bizarre.

– Faites-moi un peu confiance, Charlotte, dit-il comme s'il lisait dans ses pensées. Je sais comment j'étais auparavant et je ne vous blâme pas de m'en avoir voulu. Vous en aviez le droit mais j'ai changé, en bien j'espère.

Elle ne répondit rien et continua à l'observer. Il avait changé, impossible de le nier. Elle lui en voulait toujours de la perte de la ferme et à cause de la mort de sa mère mais il avait beaucoup souffert durant la guerre; s'il avait finalement repris le dessus, elle devait lui donner sa chance. Elle poussa un soupir et se tourna vers Ben qui n'était pas intervenu dans leur discussion.

– Je suppose que nous devrions être reconnaissants à Clint de ne pas avoir vendu sa part à Sload Lutcher. Il en serait bien capable uniquement pour me contrarier. Qu'en pensez-vous, Ben ?

– Qu'y a-t-il à penser ? (Il la regarda en haussant les épaules.) Jeff est maintenant le propriétaire légal d'un tiers des tabacs King. Nous ne pouvons que l'accepter mais je pense qu'il faut le faire de bonne grâce et lui donner sa chance. C'est votre frère, Charlotte.

– Oui, c'est mon frère, fit-elle pensivement. Une autre question, Jefferson : qu'allons-nous faire de vous ?

– Faire de moi ? (Il la fixa d'un air étonné.) Je ferai ma part de travail comme associé, je vous le promets.

– Dans quel domaine ? Clint s'occupait de la promotion et de la publicité. Ben et moi avons déjà envisagé d'embaucher quelqu'un d'autre pour le remplacer. Vous ne prétendez sûrement pas être qualifié dans ce domaine ?

– Non, mais je saurai tenir ma place, ne vous inquiétez pas. Durant le temps où j'ai travaillé pour Lutcher, j'ai appris à connaître tout ce qui concerne le tabac, quels que soient les griefs que vous nourrissez contre lui.

– Eh bien, je suppose que nous vous trouverons quelque chose à faire. Clint avait un bureau au bout du vestibule où il ne mettait d'ailleurs que rarement les pieds. Vous pouvez vous y installer. (Elle fit un geste pour le congédier.) Simplement, évitez de nous gêner jusqu'à ce que nous ayons décidé que faire de vous exactement.

Le regard de Jeff se chargea de ressentiment.

– Je suppose que vous savez que Clint va fonder sa propre compagnie de tabac ici à Durham ? dit-il avec une pointe de malice.

– Non, je l'ignorais, mais cela ne m'inquiète pas, dit-elle avec plus d'assurance qu'elle n'en éprouvait. Clint est peut-être capable de vendre mais il faut d'abord qu'il produise quelque chose pour pouvoir le faire.

– Je ne le sous-estimerais pas, dit Jeff. Clint est un homme plein de ressources.

– Pourquoi chantez-vous ses louanges, Jefferson ? S'il réussit, nous ferons peut-être faillite et alors, que deviendrez-vous ? Si vous voulez vous rendre utile ici, allez à votre bureau et tâchez d'inventer quelque chose qui le mette en échec.

Jeff rougit, lui jeta un regard sombre et sortit en boitillant.

– N'avez-vous pas été un peu dure avec lui, Charlotte ? dit Ben. Il y a un monde entre ce qu'il était et ce qu'il est devenu. Il revient de loin et il n'y a pas beaucoup de gens qui en auraient été capables. Vous devriez être fière de lui au lieu de l'écraser de votre mépris.

– Il doit encore me le prouver, Ben. (Soudain, elle se tassa sur elle-même et sentit les larmes lui monter aux yeux.) Ne croyez-vous pas que j'ai envie d'être fière de lui ? Je l'aimais autrefois et j'ai envie de l'aimer encore mais je ne peux pas m'empêcher de penser que Lutcher l'a corrompu. Tout ce que Sload Lutcher touche, il le corrompt.

– Charlotte, donnez-lui une chance. Après tout, il a du sang King dans les veines. Je crois qu'il cherche un moyen de se racheter à vos yeux. (Il tendit la main et lui caressa la joue par-dessus le bureau.) J'ai des choses à faire. Nous en reparlerons demain matin. Essayez de ne pas être trop dure avec lui.

Charlotte resta un long moment assise à son bureau après le départ de Ben. Les ombres s'allongèrent et elle entendit les bruits de la fabrique s'éteindre peu à peu. Bientôt, il n'y eut plus personne en dehors de l'équipe de nettoyage. L'obscurité enveloppa la pièce et elle ne prit pas la peine d'allumer la lampe.

Elle ne s'était jamais sentie aussi seule, aussi abandonnée. Elle n'avait même pas éprouvé une telle solitude pendant la guerre : sa mère était encore vivante à cette époque. Maintenant, elle n'avait plus personne. Clint était parti pour toujours. Ben était encore là mais elle ne pouvait plus compter sur son soutien affectif – il avait déclaré son amour à une autre femme.

Elle repensa aux débuts de la compagnie des tabacs King, à sa volonté de vouer toute son énergie à la réussite de l'entreprise. Elle l'avait fait et le succès était à portée de main à présent. Mais en contrepartie, n'avait-elle pas perdu tout le reste ? Était-elle vouée à une existence stérile ? L'accusation de Clint était-elle fondée ? En tendant toute son énergie vers le succès, était-elle devenue une femme froide, une femme sans amour et qui n'en avait pas besoin ?

Elle savait, au fond d'elle-même, que ce dernier point était faux. Elle avait besoin d'amour, de chaleur et d'affection comme toute autre femme. Pourtant, si elle avait perdu la capacité d'aimer, comment pouvait-elle espérer être aimée ?

Maintenant Jefferson était revenu et elle lui avait fait un accueil glacial également. Elle fut un instant tentée de courir jusqu'à son bureau pour lui dire qu'elle lui pardonnait tout. Elle se leva même et contourna son bureau mais se heurta à une chaise dans le noir et faillit tomber. Il était sans doute parti depuis longtemps, comme tous les autres.

Elle chercha la lampe à tâtons et l'alluma. La lumière revenue, elle se ressaisit. Son moment de faiblesse était passé et elle retrouva toute sa résolution.

Si Jefferson faisait ses preuves, elle l'accepterait à nouveau mais elle refusait de se laisser emporter par une faiblesse passagère.

Et Ben ? Ben l'avait aimée et il n'était pas encore marié. Il restait peut-être un espoir. Cet engouement pour Rachel était tout nouveau. Peut-être que si elle lui faisait comprendre que tout n'était pas perdu pour eux...

Non ! Elle rejeta cette pensée qu'elle trouvait indigne d'elle. Elle se redressa, souffla la lampe et quitta son bureau et la fabrique, décidée à suivre la route qu'elle s'était tracée. S'il n'y avait pas place pour l'amour dans sa vie, tant pis. Elle serait assez forte pour survivre.

Durant les semaines qui suivirent, Jeff trouva peu à peu sa place dans la fabrique. Il se rendit utile de bien des façons; étant donné que la production battait son plein avec la nouvelle récolte, un autre cerveau et une autre paire de bras étaient les bienvenus.

Charlotte l'évitait mais, d'après ce que lui dit Ben, elle apprit que Jeff s'y connaissait vraiment en tabac. Le seul secteur dans lequel il était ignorant était la fabrication des cigarettes car Lutcher ne s'était pas encore engagé dans cette production. Par conséquent, Jeff n'avait pas d'expérience dans ce domaine.

— Mais il apprend vite, lui dit Ben. Il passe tout son temps libre parmi les rouleurs.

— S'il les gêne, dites à Jacob de l'éloigner.

— Charlotte... (Ben poussa un soupir.) Il ne les gêne pas et Jacob me dit qu'il est une aide. Non seulement cela, mais il s'entend bien avec les rouleurs. Ne serait-il pas temps que vous vous montriez plus indulgente ? La plupart du temps, vous ignorez Jeff.

— Je... (Elle hésita puis hocha la tête à contre-cœur.) Vous avez raison. Il semble bien fournir sa part de travail. Il est temps que nous ayons une réunion à trois, Ben. Nous avons une décision à prendre. Demandez à Jeff d'être à mon bureau à deux heures demain. Vous viendrez aussi. (Elle sourit soudain.) Je peux difficilement lui refuser ce privilège, n'est-ce pas, puisqu'il est notre troisième associé ? Mais s'il essaie de contester les décisions que nous prendrons, ce sera la dernière réunion à laquelle il participera. Dites-le-lui de ma part.

— Pourquoi cette réunion ? J'ai beaucoup de travail. J'espère que c'est important.

— C'est important, Ben. J'ai trouvé quelqu'un pour remplacer Clint pour la publicité et la promotion et je lui ai dit de venir demain après-midi. Il faut que nous lui parlions tous les deux avant de décider si nous l'emploierons ou non. C'est une femme.

— Une femme ?

Ben parut étonné.

— Une femme, dit-elle en se hérissant. Avez-vous quelque chose à y redire ?

– Non, si vous la croyez capable de faire le travail.

– Je le pense, oui, mais il faut que vous partagiez la responsabilité de cette décision.

Il la jaugea du regard.

– Et si je n'approuve pas votre choix, vous penserez que c'est parce qu'il s'agit d'une femme, n'est-ce pas ?

– Bien sûr que non ! répliqua-t-elle sèchement. (Puis elle se reprit et sourit tristement.) Je vous ai donné cette impression, n'est-ce pas ? Non, Ben, je sais que vous êtes un homme équitable. Vous la jugerez sur sa capacité à faire ce travail et sur rien d'autre.

La femme en question s'appelait Sarah Goldman. Elle n'était plus jeune – sans doute la quarantaine – mais elle avait l'énergie d'une fille de vingt ans et des idées à revendre. Elle était de New York, veuve depuis dix ans et avait deux enfants à sa charge. Durant ces dix années, elle avait subvenu à ses besoins et à ceux de ses enfants en faisant de la publicité pour un des plus grands magasins de New York.

– Mais le propriétaire du magasin a une piètre opinion de la publicité, dit-elle à ses trois interlocuteurs. L'argent qu'il nous allouait n'était pas bien supérieur à celui qu'il affectait au service d'entretien du magasin. (Elle secoua la tête.) Ce n'est pourtant pas le pire. Le directeur de la publicité a, durant ces dix années, appliqué toutes mes idées en prétendant que c'étaient les siennes. Il est mort voici six mois. Que s'est-il passé ? Ils l'ont remplacé par un homme de l'extérieur.

– Cela, je vous le promets, n'arrivera pas si nous vous embauchons, dit Charlotte en riant. Bien entendu, nous n'avons pas de véritable département de publicité pour le moment. Ce sera une de vos tâches d'en créer un.

– Charlotte ne m'a pas dit comment vous avez

appris que nous cherchions quelqu'un, madame Goldman, dit Ben.

Sarah Goldman le regarda d'un air incertain.

— Votre contremaître, Jacob Lefkowitz, m'a envoyé un télégramme. C'est un parent éloigné. J'espère que ceci ne lui attirera pas d'ennuis.

— Non, non. (Ben sourit.) Je me doutais de quelque chose de semblable. (Il se tourna vers Charlotte d'un air amusé.) Je me demande ce que nous ferions sans Jacob.

Sarah leur dit qu'elle ne connaissait pas grand-chose au tabac mais qu'elle ne demandait qu'à se mettre au courant.

— J'apprends vite, dit-elle. Dans le train de Durham, j'ai fait quelques croquis d'annonces pour les journaux, les revues et autres.

Tandis qu'elle étalait ses croquis pour les leur montrer, Charlotte l'interrompit.

— Vous ne connaîtriez pas Clint Devlin, par hasard, madame Goldman ?

— Je ne pense pas. Qui est-ce ?

— C'est l'homme qui faisait ce travail avant vous et il préconisait la publicité dans les journaux.

— Le concept n'a rien de nouveau mais peu d'hommes d'affaires l'ont encore accepté.

Ses croquis étaient sommaires mais hardis, accrocheurs et tout à fait excitants. Charlotte, Ben et Jeff les examinèrent un par un. Charlotte était un peu surprise et pourtant contente de voir l'intérêt manifesté par Jeff et sa compréhension des projets de Sarah.

— En avez-vous assez vu, Ben ? demanda-t-elle enfin.

Il hocha la tête pensivement, encore absorbé par les dessins.

— Avez-vous des questions à poser à Mme Goldman ?

— Non, dit-il avec un sourire. Je crois savoir tout ce que j'ai besoin de savoir.

— Madame Goldman, voulez-vous avoir la gentillesse de nous laisser quelques instants ? dit Charlotte. Cela ne sera pas long, je vous assure... Alors, Ben ? demanda-t-elle lorsque Sarah fut sortie.

– Je crois, dit Jeff inopinément, que nous serions stupides de ne pas l'embaucher. Je suis convaincu qu'elle fera du bon travail pour nous.

Charlotte se tourna vers lui, surprise.

– C'est bien vous qui étiez contre les femmes dans les affaires, n'est-ce pas ?

Jeff baissa les yeux.

– Tout le monde peut changer d'avis, vous savez, murmura-t-il.

Ben rit.

– Je vote avec Jeff, Charlotte. Nous devrions nous considérer heureux d'avoir trouvé une personne de son étoffe.

– Alors, c'est à l'unanimité, je suppose. (Elle était un peu ébahie car elle s'attendait au moins à quelques arguments contraires. Elle se dirigea vers la porte et l'ouvrit.) Sarah, vous travaillez maintenant pour les tabacs King. (Elle lui tendit la main en souriant.) Et puisque vous faites partie de la maison à présent, j'espère que je peux vous appeler Sarah. Nous parlerons de votre salaire plus tard dans la journée. Je suis certaine que nous arriverons à un accord raisonnable.

– Je le pense aussi. (Sarah serra la main de Charlotte avec gratitude.) Et vous pouvez certainement m'appeler Sarah.

Charlotte retint Jeff lorsque Ben partit avec Sarah pour lui trouver un bureau.

– Jeff, dit-elle en hésitant, je veux vous... oh et puis zut – je vous souhaite la bienvenue, mon frère.

Elle l'embrassa sur la joue.

Jeff parut embarrassé et détourna le regard. Puis, dans un sursaut de volonté, il la fixa droit dans les yeux.

– Je veux vous avertir d'une chose, sœurette...

Ce n'est pas parce que j'ai voté avec vous aujourd'hui que je le ferai toujours. Si je pense que vous prenez une mauvaise décision, je voterai contre.

— Je ne m'attends pas à autre chose, dit-elle joyeusement. Après tout, vous êtes un King et demandez à n'importe qui, il vous dira à quel point je suis têtue, moi aussi.

Ce que Charlotte ne pouvait pas savoir, c'était que Jeff avait voté comme Sload Lutcher le lui avait dit. Cela le remplissait d'une telle honte qu'il avait du mal à soutenir son regard.

Après que Ben lui eut dit la veille le but de cette réunion, il s'était glissé chez Sload Lutcher le soir.

Lutcher l'avait écouté attentivement puis s'était frotté les mains.

— Parfait, parfait. Cela ne pouvait pas mieux tomber pour nous. La plupart du temps, je vous dirai de voter contre votre sœur et Ben Ascher, mais cette fois-ci, je veux que vous votiez avec eux. Cela endormira leur méfiance pour la prochaine fois.

Jeff l'avait regardé sans comprendre.

— Vous voulez que je vote pour que cette femme soit embauchée ?

— Oui ! Ne voyez-vous pas, King ? Une simple femme ne pourra jamais tenir la place de Devlin. Aucune femme n'en serait capable. De plus, c'est une juive. Parfait, parfait. Vous verrez les ventes chuter lorsqu'elle prendra la publicité en main.

Mais ce jour-là, en fin d'après-midi, lorsqu'il quitta son travail, Jeff n'était pas certain que le jugement de Lutcher fût correct sur ce point. Sarah Goldman lui paraissait imaginative et remplie d'énergie. Elle n'avait peut-être pas la classe de Clint mais avec les bases que celui-ci avait jetées, Jeff avait l'impression qu'elle ferait du bon travail pour la promotion de leurs produits.

Pour une raison inconnue, le jugement généralement si juste que portait Lutcher sur les gens était faussé dès qu'il s'agissait des femmes. Au début, Jeff avait cru qu'il haïssait Charlotte parce qu'elle l'avait défié avec succès mais il s'était peu à peu rendu compte que Lutcher haïssait toutes les femmes.

Cependant, le fait qu'il avait le sentiment que Sarah Goldman était un bon choix et que Lutcher se trompait quant à sa compétence ne diminuait en rien le sentiment de honte et de culpabilité qu'il ressentait. Il trahissait Charlotte et le moment viendrait où Lutcher exigerait qu'il votât contre ses intérêts. Tant que Ben voterait comme elle, il n'y aurait pas grand mal mais si pour une raison quelconque Ben votait contre elle, cela pourrait être grave.

Jeff ne savait pas combien de temps il pourrait garder le masque. Pour tout empirer, Charlotte avait aujourd'hui fait un grand pas vers une réconciliation. Cela lui avait fait un plaisir immense, gâché cependant par le fait qu'il savait à quel point c'était immérité.

Tête basse, il marcha vers le petit hôtel près de la gare où il s'était installé en attendant de trouver un meilleur logement.

Il avait envie d'un verre. Pour la première fois depuis des mois, il sentait le besoin de s'enivrer dans l'espoir que l'alcool lui ferait temporairement oublier sa honte. Il résista et poursuivit son chemin en boitillant mais même cette petite victoire ne suffit pas à lui remonter le moral.

Il n'y avait personne à la réception lorsqu'il traversa le vestibule mais, heureusement, il avait la clef sur lui. Tandis qu'il se dirigeait vers l'escalier, une voix l'interpella. Il se retourna et vit Lucinda s'avancer vers lui.

– Que faites-vous ici, Lucinda ?

Sans lui répondre, elle se jeta dans ses bras et l'embrassa passionnément. Il répondit à son baiser avec la même ardeur. Il était ébloui par cette preuve d'amour qu'elle lui donnait car c'était la première femme, depuis la guerre, qui se donnait à lui sans réserve. Ses mains s'égarèrent, caressant les courbes pleines de son corps sous sa robe. Ils perdaient tous deux la tête lorsque Jeff se rendit compte de l'endroit où ils se trouvaient.

Il jeta un coup d'œil vers la réception. Il n'y avait toujours personne mais il savait que le préposé reviendrait d'un instant à l'autre et que l'hôtel avait une règle stricte : pas de femmes dans les chambres.

– Vite, chérie, murmura-t-il d'une voix rauque. Suivez-moi.

Il la fit monter au deuxième étage et ils longèrent le couloir jusqu'à sa chambre. La nuit était tombée et la pièce était obscure lorsqu'il la fit entrer. Il la traversa à tâtons et alluma la lampe.

Lorsqu'il se retourna, il fut frappé par sa beauté – ses longs cheveux noirs décoiffés après leur baiser dans le vestibule retombaient sur ses épaules et ses yeux sombres brillaient d'amour pour lui. Il fit un geste circulaire, désignant la chambre.

– Désolé, ma chérie. Je n'ai pas eu le temps de trouver un endroit plus convenable.

– Cela n'a aucune importance. J'ai vu bien pire. Du moment que vous êtes là, je suis heureuse.

Il alla fermer la porte au verrou.

– Maintenant, dites-moi, Lucinda, pourquoi vous êtes ici.

Elle parut blessée.

– N'êtes-vous pas heureux de me voir ?

– Bien sûr que si, mais là n'est pas la question.

– Vous aviez dit que vous me feriez venir mais vous ne l'avez pas fait. Je ne pouvais plus attendre.

– Je l'aurais fait avec le temps mais il y a eu des... certains événements qui m'en ont empêché. Rien d'important au fond. Je suis heureux que vous soyez là.

Il l'embrassa doucement.

– Jeff... (Elle le regarda, les yeux brillants.) J'ai

reçu de bonnes nouvelles la semaine dernière... je suppose que je suis ignoble de considérer cela comme une bonne nouvelle mais je ne peux pas m'en empêcher. George est mort, Jeff.

– George ?

– Mon mari. Il a été tué à Saint Louis durant une partie de cartes. Cela signifie que je suis libre, chéri. Nous pouvons nous marier. (Elle l'étreignit puis releva la tête, le regard voilé par une soudaine appréhension.) Si vous le voulez encore, bien sûr.

Jeff attira sa tête contre sa poitrine.

– Bien entendu, je le veux !

Il fixait le mur, le regard vide. Il voulait l'épouser mais se demandait combien de problèmes cela soulèverait.

– Alors, nous pouvons le faire bientôt, dit-elle. Je suppose que nous devrions cependant laisser passer un délai décent.

Jeff chassa tous les soucis de son esprit et lui releva le menton.

– Je vous aime, Lucinda.

– Je vous aime aussi, Jeff.

Cela faisait trois semaines qu'ils étaient séparés et la proximité de leurs corps les enflamma. Il ne leur fallut que quelques secondes pour se dévêtir et retomber, nus, sur le lit étroit.

Dans les bras de Lucinda, douce et aimante, Jeff redevenait un homme, oubliant sa boiterie et sa dégradation. Lucinda n'avait pas d'inhibitions et explorait avidement le corps de Jeff, cherchant à lui donner le maximum de plaisir.

Ils firent l'amour avec une rare intensité, attentifs à leurs désirs réciproques. Lorsque Lucinda l'emprisonna entre ses cuisses et poussa un cri de délivrance, Jeff ressentit une immense fierté d'être capable de lui apporter une telle joie.

Mais lorsque ce fut fini et qu'ils s'étendirent côte à côte sur le lit étroit, sa fierté s'évanouit. Il la trompait autant que Charlotte et cela accrut encore son sentiment de culpabilité. Il avait très peu dit sur lui-même à Lucinda et ne lui avait rien révélé de ses agissements avec Lutcher. Lucinda croyait qu'il était ce dont il avait l'apparence : un commissionnaire, et il n'avait rien fait pour la détromper. Mais à présent, il savait que si elle devait devenir sa femme et vivre avec lui, il fallait lui dire la vérité. Il était possible qu'elle se détourne de lui, horrifiée, lorsqu'elle saurait; pourtant, c'était un risque qu'il devait prendre. Sans quoi, leur vie serait insupportable.

Il lui raconta tout, en commençant par l'emprunt qu'il avait fait à Lutcher et que Charlotte avait dû rembourser, puis la vente de la ferme et enfin comment il en était venu à travailler pour Lutcher. Puis il lui avoua sa dernière perfidie.

— Tout le monde croit que je suis le troisième associé des tabacs King, conclut-il amèrement. En fait, je ne suis que l'homme de paille de Lutcher, payé pour nuire à ma sœur.

Lucinda l'avait écouté sans faire de commentaires. Elle se tourna enfin vers lui, posa sa tête sur son épaule et lui caressa le visage.

— Pauvre chéri, murmura-t-elle. Vous avez dû beaucoup souffrir.

Il leva la tête et la dévisagea d'un air incrédule.

— C'est tout ce que vous avez à dire ? Ce que je vous ai raconté ne vous écœure pas ?

— Non, je ne suis pas écœurée. Je vous aime, Jeff. Je vous aimerai toujours quoi que vous fassiez. Je n'ai jamais aimé un homme auparavant et n'en aimerai plus jamais. Je n'aimais pas George : je l'ai épousé pour quitter la maison. C'était un être abject, Jeff. Il ne m'a jamais traitée que comme un objet. Vous, non, et cela représente tout pour moi.

— Je ne vois pas comment vous pouvez approuver ce que j'ai fait.

Elle lui caressa les lèvres du bout des doigts.

— Je n'ai pas dit que je l'approuvais. Je comprends comment vous en êtes venu là. Et vous avez changé, vous me l'avez dit.

– Pas assez, dit-il d'une voix sourde. Je fais toujours le sale travail de Lutcher.

– Vous trouverez un moyen de secouer son joug. Nous le trouverons ensemble. Je sais même ce que vous pouvez faire dès à présent. (Souriante, elle se dressa sur un coude.) Lorsque Lutcher vous dit comment voter au cours de ces réunions, comment sait-il ce qui s'est passé ?

– Comment ? Parce que je le lui dis.

– Exactement. Je suis certaine que ni votre sœur ni son associé ne vont raconter à quiconque ce qui s'est passé durant ces réunions. Alors si vous avez envie de voter avec votre sœur et contrairement aux ordres que vous donne Lutcher, qui le saura ?

– Mais ce serait...

– Malhonnête ? (Elle sourit à nouveau.) Mais si cela aidait votre sœur ? Ne serait-ce pas une façon de vous venger de Lutcher ?

– Mais oui, bon sang. Je le ferai ! (Il la serra dans ses bras.) Vous êtes une femme rusée.

– Évidemment. Les femmes sont contraintes de l'être dans un monde gouverné par les hommes.

19

Durant les deux semaines suivantes, Charlotte travailla d'arrache-pied, cherchant l'oubli dans ses occupations. C'était la période la plus chargée de l'année : elle arrivait à la fabrique avant huit heures du matin et n'en partait que longtemps après la tombée de la nuit. En se noyant dans ses diverses tâches, elle arrivait à oublier ses problèmes personnels. Lorsqu'elle se couchait le soir, elle était si épuisée qu'elle s'endormait instantanément.

Parfois, cependant, quelque chose la réveillait dans les heures précédant l'aube et elle restait étendue dans le noir, les yeux ouverts, pensant à

Clint puis à Ben et passant sans fin de l'un à l'autre.

Tout allait heureusement fort bien à la fabrique. Les rouleurs travaillaient deux heures de plus par jour sous la surveillance de Jacob et, en dépit des prévisions alarmistes de Clint, ils rattrapaient peu à peu le retard dans les livraisons.

Rachel travaillait toujours mais son efficacité avait bien diminué, du moins selon Charlotte. Chaque fois que Ben était à portée de vue, elle le couvait du regard.

Excédée, elle en parla à Ben.

– Pour l'amour du ciel, Ben, épousez-la, voulez-vous ? Elle se remettra peut-être enfin au travail.

Ben sourit, amusé.

– Vous me poussez à me marier, Charlotte ? Vous me surprenez.

Charlotte était quelque peu surprise elle-même, incertaine de ce qui avait motivé son propos.

– Vous avez dit que vous étiez fiancés. Alors pourquoi attendre ?

– Pour plusieurs raisons. D'abord, c'est la pleine saison, comme vous le savez. Aucun de nous ne peut prendre de congé en ce moment. Ensuite, Rachel ne travaillera plus lorsque nous serons mariés et elle nous manquerait, si elle s'arrêtait maintenant.

Charlotte se demanda un instant si Ben regrettait sa décision mais elle repoussa cette idée.

– Je ne suis pas certaine qu'elle nous manquerait, dit-elle. Chaque fois que vous passez à portée de regard, elle s'arrête de travailler et vous suit des yeux.

Il rit, flatté.

– J'essaierai de rester hors de sa vue autant que possible, Charlotte. C'est le mieux que je puisse faire.

Sarah Goldman s'avérait une collaboratrice précieuse. Naturellement, il lui faudrait du temps pour mettre ses projets en pratique mais cela n'avait pas d'importance puisqu'ils n'avaient pas besoin de nouvelles commandes pour le moment.

Et Jeff... Charlotte était ravie de voir comment il se comportait. Il travaillait autant et aussi dur qu'elle et Ben, il était en bons termes avec les ouvriers et aimé d'eux. Il se perfectionnait toujours et Charlotte découvrit avec plaisir et stupéfaction qu'il savait acheter du tabac de qualité aussi bien qu'elle. Elle envisageait de l'envoyer en tournée d'achat avec Bradley Hollister dès que le rythme du travail se relâcherait un peu. C'était une corvée pénible dont elle serait heureuse de se décharger sur lui.

Un jour, il lui fit une agréable surprise. Il arriva dans son bureau au milieu de la matinée avec, à son bras, une femme souriante et belle.

– Charlotte, je veux vous présenter Lucinda Parks. Lucinda, voici ma sœur Charlotte.

Charlotte se leva et contourna son bureau, observant la jeune femme attentivement. Elle se souvenait que Clint avait mentionné son nom et qu'elle avait participé aux représentations qu'il donnait.

– Comment allez-vous, Lucinda ?

La femme était non seulement sympathique mais d'une beauté épanouie. Sa silhouette était mise en valeur par ses vêtements à la dernière mode et des cheveux noirs encadraient son visage. Elle parut plus âgée à Charlotte que ne l'était Jeff ou du moins plus mûre – ce qui était sans doute préférable.

– Je suis heureuse de faire votre connaissance, Charlotte, dit Lucinda.

– Vous connaissez-vous depuis longtemps ? demanda Charlotte.

Jeff mit son bras autour des épaules de Lucinda. Son regard s'adoucit et devint rêveur, lui donnant un aspect très différent.

– Presque un an déjà, n'est-ce pas, Lucinda ?

– Oui, mon chéri.

C'est peut-être grâce à elle qu'il a changé, pensa Charlotte. Lucinda aura eu sur lui une bonne influence.

– Nous allons nous marier, sœurette.

Charlotte s'avança et leur prit les mains dans les siennes.

– Je suis heureuse pour vous et vous souhaite beaucoup de bonheur. Pour quand est-ce, Jefferson ? Nous ferons un mariage que Durham n'oubliera pas.

Jeff eut l'air effrayé.

– Non, rien de tel, Charlotte, je vous en prie. Cela pourrait embarrasser Lucinda. Vous savez la réputation que j'ai acquise à Durham.

Involontairement, Charlotte se tourna vers Lucinda pour jauger sa réaction.

– Ne vous inquiétez pas, Charlotte, dit gravement Lucinda. Je suis au courant. Jeff m'a tout raconté. Personnellement, je me soucie peu de ce que les gens peuvent penser. C'est Jeff qui serait gêné, pas moi. Nous ne voulons pas nous marier trop rapidement d'ailleurs. Je suis veuve, voyez-vous, et mon mari est mort récemment. Ce ne serait pas convenable de nous marier trop vite.

Jeff resserra son étreinte autour des épaules de Lucinda.

– Charlotte, j'avais l'intention de faire visiter la fabrique à Lucinda. Vous n'y voyez pas d'objections ?

– Certainement pas, Jefferson. Je vous accompagnerais volontiers mais j'ai un travail fou… Amusez-vous bien. J'ai été heureuse de faire votre connaissance, Lucinda.

Après leur départ, Charlotte retourna à son bureau mais elle était trop stupéfaite pour pouvoir travailler. Ben se mariait, Jefferson aussi – cela la déprimait. Elle se sentait rejetée, inutile, mal aimée. Apprendrait-elle bientôt que Clint se mariait aussi ?

Elle se réprimanda. Quelles sottises ! Cela faisait deux fois en quinze jours qu'elle s'apitoyait sur elle-même. Il était temps de mettre fin à de telles pensées. Elle était propriétaire d'un tiers d'une compagnie de tabac au succès extraordinaire, elle était enviée de tout Durham et ce n'était que le début.

Quelle raison avait-elle de broyer du noir ?

Avec une volonté d'acier, elle se replongea dans son travail.

Charlotte habitait toujours chez Lucille Carstairs. Elle pouvait s'offrir mieux à présent et Ben ne cessait de l'inciter à déménager – il n'était guère convenable qu'une femme comme elle vécût dans une pension de famille.

Elle promettait toujours de s'en occuper mais n'y avait jamais vraiment songé. La pension était confortable et Lucille était à présent une de ses meilleures amies. Étant donné que Charlotte ne recevait pas, la seule chose qu'elle faisait à la pension, c'était d'y prendre deux repas par jour et d'y dormir. Mais son principal avantage était sa proximité de la fabrique. Elle pouvait aller et revenir du travail à pied.

Lorsqu'il ne pleuvait pas, c'était particulièrement agréable à cette époque de l'année après la chaleur humide de l'été et avant les rafales glacées de l'hiver.

Cette matinée particulière d'automne était fraîche et calme. Les feuilles mortes jonchaient déjà le sol. Il était tôt et peu de gens se trouvaient dans les rues encore désertes. Charlotte marchait d'un pas vif, l'esprit vide, appréciant la matinée.

Lentement, presque imperceptiblement, un sentiment de malaise l'étreignit. Elle ralentit le pas, regarda à droite, à gauche, désorientée. Son malaise n'avait aucune raison apparente. Il n'y avait qu'une personne en vue, un homme de grande taille qui s'avançait vers elle, à une rue de là.

Seigneur ! C'était Sload Lutcher.

Bien que son visage fût en partie dissimulé par un chapeau noir rabattu sur le front, on ne pouvait pas se méprendre sur cette haute et maigre silhouette. Même à cette distance, Charlotte imaginait son regard malveillant posé sur elle.

Une panique irraisonnée s'empara d'elle. Pourquoi se trouvait-il justement dans cette rue ? Cela ne pouvait être que pour la rencontrer. Charlotte suivait ce même trajet deux fois par jour depuis deux ans et ne l'avait encore jamais croisé. Son instinct lui criait de faire demi-tour et de rentrer à la pension de famille ou pour le moins de traverser la rue pour l'éviter.

Non ! Elle ne se laisserait pas intimider par cet homme. Elle n'avait jamais reculé auparavant devant lui : pourquoi le ferait-elle maintenant ?

Elle redressa les épaules, releva la tête et reprit le rythme de sa marche, un instant ralentie. Elle l'aurait croisé en l'ignorant mais Lutcher se plaça devant elle, lui barrant le chemin.

– Mademoiselle King, dit-il aimablement, retirant son chapeau. C'est un plaisir de vous rencontrer.

– Vraiment ? répondit-elle froidement. Je ne puis en dire autant, monsieur Lutcher.

– Pourquoi devrions-nous nourrir des ressentiments après tout ce temps ? Pour ma part, je vous assure que je n'en éprouve pas.

Un mince sourire étira ses lèvres mais ses yeux la fixaient d'un regard inexpressif.

– Je ne vous crois pas, monsieur.

Il haussa ses étroites épaules.

– Croyez ce que vous voulez, mademoiselle King. Vous devriez pourtant être satisfaite de votre vie ces temps-ci. Votre affaire est une réussite pour le moment, bien que vous deviez vous ressentir de la perte de Devlin. (Une pointe d'ironie s'alluma dans son regard.) D'après ce que je sais, c'est lui qui est en grande partie responsable de votre prospérité. J'espère que vous n'aurez pas de revers maintenant qu'il vous a quittés.

– Nous nous débrouillons très bien sans lui. La personne qui le remplace, Sarah Goldman, fait de l'excellent travail.

– Cela me surprendrait qu'une femme puisse faire le travail de Devlin, fit-il d'un ton méprisant.

– Vous avez une certaine tendance à sous-estimer les femmes, monsieur.

– C'est possible mais je suis convaincu que la place des femmes n'est pas dans les affaires. Et votre frère ? J'ai appris qu'il était revenu dans votre giron.

– Il a racheté la part de M. Devlin dans la compagnie.

– King s'est élevé dans le monde. Il a bien travaillé pour moi et je regrette de l'avoir perdu.

– Votre perte est notre gain, semblerait-il, monsieur Lutcher.

– Oh ! Vous en êtes satisfaite ? J'aurais cru qu'il était une épine dans votre pied avec la mauvaise entente qu'il y a entre vous.

– Ce n'est plus le cas maintenant qu'il ne travaille plus pour vous.

– Vraiment ? Pas même quand il vote contre vous dans vos réunions directoriales ?

– Je ne comprends pas ce que vous voulez dire, monsieur Lutcher. Nous n'avons pas eu de problèmes de cet ordre. Nous avons eu trois réunions depuis qu'il est arrivé et pas une fois il n'a voté contre Ben et moi. Hier encore, nous nous sommes réunis pour décider si oui ou non nous devions faire venir d'autres rouleurs de cigarettes de New York et le vote a été unanime.

L'expression de Lutcher s'assombrit dangereusement et sa voix grinça de colère.

– Vous devez vous moquer de moi, mademoiselle King. D'après mes renseignements, votre frère s'est toujours opposé à vous, à l'exception du vote sur l'embauche de la juive.

– La femme à qui vous faites allusion, monsieur, a un nom – Sarah Goldman. Je ne sais pas d'où vous tenez vos informations sur nos réunions mais je puis vous assurer que Jefferson a toujours voté avec moi. Je sais que vous aimeriez provoquer une nouvelle querelle entre nous mais si c'est là le moyen par lequel vous espérez y parvenir, vous vous trompez lamentablement. Je vous salue, monsieur.

Elle voulut poursuivre son chemin mais il lui saisit le bras d'une poigne de fer.

— Vous mentez, mademoiselle King, et je n'aime pas cela.

Charlotte resta immobile; une colère glaciale montait en elle, chassant toute peur de cet homme.

— Enlevez votre main de mon bras immédiatement, monsieur Lutcher, ou vous le regretterez. Que penseraient les gens à portée de voix si je criais au viol de toutes mes forces ?

— Au viol ? (Lutcher lui lâcha le bras.) L'idée d'avoir des rapports physiques avec vous, de gré ou de force, me répugnerait.

— Moi de même, monsieur Lutcher, dit Charlotte avec dignité.

Elle poursuivit son chemin, tendant l'oreille de peur d'entendre ses pas derrière elle. Elle refusa de se retourner mais devina qu'il n'avait pas bougé et la suivait du regard. À présent que la confrontation était terminée, elle ressentait le choc de cette rencontre. Son cœur battait follement dans sa poitrine et elle frissonnait en songeant qu'il avait osé la toucher. Elle pressa le pas.

Elle ne retrouva ses esprits que lorsqu'elle arriva à l'entrée de la fabrique. Elle courait presque et faillit heurter Jeff.

— Holà, sœurette ! s'exclama-t-il en riant. Je sais que vous aimez votre travail mais je ne m'attendais pas à vous y voir venir en courant... (Il se tut en voyant l'expression sur son visage.) Qu'y a-t-il, Charlotte ? Qu'est-il arrivé ?

— Je viens de rencontrer Sload Lutcher, dit-elle, haletante.

— A-t-il essayé de vous faire du mal ?

Elle secoua la tête.

– Non, non. Je crois que même lui ne s'y risquerait pas en plein jour.

– Alors, pourquoi êtes-vous si bouleversée ? Je sais que vous méprisez cet homme mais tout de même...

– C'est à cause de ce qu'il a dit, pas de ce qu'il a fait.

– Que vous a-t-il dit ? demanda Jeff en pâlissant.

– Des méchancetés, comme d'habitude. Je crois qu'il est furieux contre vous parce que vous avez réussi, Jefferson, et il a dit des choses pour que je me mette en colère contre vous.

– Quelles choses ? demanda-t-il, crispé.

– Que vous avez voté contre moi à chacune de nos réunions. Bien sûr, il mentait en espérant m'énerver. Mais lorsque je lui ai dit que pas une fois vous ne vous étiez dressé contre moi, il a eu le front de me traiter de menteuse.

Jeff se taisait, le visage blême.

– Ne vous inquiétez pas, Jefferson. Cela n'a pas grande importance, dit-elle en lui tapotant la joue. Maintenant que nous nous sommes retrouvés, Lutcher ne peut plus vraiment nous nuire. Et savez-vous ? Je crois qu'il m'effraie moins maintenant et que je n'aurai plus jamais autant peur de lui à l'avenir. À présent, il faut que je file, sinon je vais être en retard.

Jeff resta immobile, regardant Charlotte s'éloigner. Il était désespéré.

Charlotte se trompait !

Lutcher était plus que jamais à craindre. En apprenant que lui, Jeff, lui avait menti, Lutcher serait fou de rage. On ne pouvait pas prévoir jusqu'où irait son désir de vengeance.

Jeff faillit rappeler Charlotte et lui confesser sa perfidie mais il se contint et la regarda disparaître au sommet de l'escalier. Il était incapable de le faire. Rien que de penser au mépris qu'il lirait sur son visage lorsqu'elle apprendrait la vérité, il tremblait intérieurement.

La présence de Lucinda à ses côtés l'avait fortifié et tous les jours il se demandait quand et comment il aurait enfin le courage d'affronter Sload Lutcher. Lucinda l'avait presque convaincu qu'il en était capable mais il ne s'était pas encore senti tout à fait prêt.

Maintenant, il était trop tard.

Jeff savait que s'il n'allait pas voir Lutcher, celui-ci le convoquerait; s'il ne répondait pas à la convocation, il dépêcherait Cob Jenks pour le ramener mort ou vif.

Seigneur Dieu ! Qu'il aurait besoin d'un verre !

Ne sachant trop que faire, il sortit de la fabrique. Il erra dans les rues de Durham tout au long de la journée, retournant le problème sous tous ses aspects. Il aurait voulu aller trouver Lucinda pour lui demander conseil mais ne le fit pas. Tout était de sa faute et c'était à lui seul de prendre une décision. Il surmonta son désir de noyer ses problèmes dans une bouteille de whisky.

Finalement, il décida d'affronter Lutcher et de le défier. Le pire qu'il pourrait faire, c'était de le tuer mais Jeff en était arrivé à la conclusion qu'il valait mieux mourir que de vivre dans le mensonge, comme il l'avait fait durant l'année écoulée.

Sa décision prise, il se sentit mieux mais n'eut pas le courage d'aller tout dire à Charlotte. Cependant, il crut devoir une explication à Clint Devlin. Avant d'aller chez Lutcher, il se dirigea vers le bâtiment que Clint avait loué pour sa fabrique.

Clint était fou de colère. Aspirant rageusement la fumée de son cigare, il tournait autour de la machine à fabriquer les cigarettes comme un lion en cage. Martin Forester, l'inventeur de la machine, le regardait avec inquiétude en essuyant ses mains pleines de graisse sur un chiffon.

La machine, une bizarre construction qui occupait tout le fond du bâtiment délabré que Clint avait loué, avait été installée dix jours auparavant. Au début, Clint avait été amusé par la taille de cette machine destinée à fabriquer un objet aussi petit qu'une cigarette mais, bientôt, il n'était plus amusé du tout. Forester l'avait mise au point pendant une semaine avant de déclarer qu'elle était prête à fonctionner. Jusqu'à ce jour, elle n'avait pas réussi à produire une seule cigarette utilisable. Clint ne comptait plus le nombre de fois où elle était tombée en panne.

Mais aujourd'hui, c'était la goutte d'eau qui faisait déborder le vase. Deux heures auparavant, Forester avait une fois de plus annoncé que tout était prêt. La machine avait produit trois cigarettes – une dont le papier s'était décollé lorsque Clint l'avait prise, une deuxième qui en était sortie toute tirebouchonnée et une troisième, parfaite. Au moment où celle-ci était sortie, la machine avait toussoté, craché de la fumée et s'était arrêtée dans un affreux bruit de ferraille.

– Je vais la réparer en un rien de temps, monsieur Devlin. Je vous promets qu'elle sera prête demain matin. J'y travaillerai toute la nuit, s'il le faut.

– Forester, vous me dites cela depuis le jour où elle a été installée, dit Clint hargneusement.

Forester prit un air offensé.

– Je vous ai prévenu qu'elle était loin d'être parfaite et qu'il faudrait du temps pour la mettre au point.

– Loin d'être parfaite ? C'est un désastre ! J'ai des gens qui attendent sans rien faire et en étant payés. J'ai promis à mes acheteurs qu'ils auraient des cigarettes pas plus tard que cette semaine.

– Vous avez eu ma machine pour rien et elle ne vous coûte rien tant qu'elle ne produit pas, dit Forester sur un ton de reproche. C'est moi qui fournis du travail sans être payé.

– Elle ne me coûte rien ? hurla Clint. Bon sang, elle me coûte une fortune tant qu'elle ne produit pas.

Fou de rage, Clint donna un vigoureux coup de

pied dans la machine. Une douleur aiguë lui traversa la jambe et il s'éloigna en boitillant. Geste enfantin mais qui le soulagea un peu.

Ce qu'il ne dit pas à Forester et qu'il n'osait avouer à personne, c'était qu'il était au bout du rouleau. Il avait sous-estimé de beaucoup l'argent qu'il lui faudrait pour démarrer et il ne lui en restait pratiquement plus. S'il ne livrait pas ses commandes cette semaine, il ne pourrait pas payer les personnes qu'il avait engagées. Et puisqu'elles ne travaillaient pour lui que depuis peu, elles ne lui devaient aucune fidélité. Il était certain qu'elles le quitteraient s'il ne les payait pas.

L'enthousiasme qui l'avait porté s'était envolé comme s'envolerait son rêve si cette maudite machine ne se mettait pas à fonctionner.

Il se souvint des paroles prophétiques de Ben : « C'est prématuré. »

Tout en ayant horreur de l'admettre, Clint savait que Ben avait eu raison. Il avait agi trop vite et il allait en payer le prix. Il savait au fond de lui-même que la machine de Forester était un échec. Même s'il parvenait à la remettre en marche demain matin, elle retomberait sans cesse en panne.

Clint était un homme orgueilleux et c'était pour lui une torture d'avoir à admettre son échec. Le dernier qu'il avait subi, c'était pendant la guerre et cela, il ne l'avait jamais considéré comme un échec personnel – il s'était simplement battu du côté des perdants.

Que faire maintenant ? Aller trouver Charlotte et Ben, le chapeau à la main, humble et soumis ? D'un coup de dents, il sectionna le cigare qui tomba par terre. Il entendait déjà la voix moqueuse de Charlotte : « Le superbe Clint Devlin s'est cassé le nez. »

Il n'irait pas les trouver, bien entendu. Qu'avait-il à leur proposer ? Il ne pouvait pas racheter sa part – il avait à peine assez d'argent pour acheter des cigares jusqu'à la fin de la semaine.

– Monsieur Devlin ?

– Qu'y a-t-il, Forester ? demanda-t-il en se retournant d'une pièce.

Forester lui tendit le cigare.

– Vous avez laissé tomber ceci.

Clint le regarda, ahuri. Il fut pris d'un fou rire qu'il parvint péniblement à dominer.

– Monsieur Devlin, au sujet de la machine ?

– Qu'y a-t-il ?

– Dois-je y travailler cette nuit pour essayer de la remettre en marche ?

Clint était sur le point de lui dire de prendre la maudite machine et de disparaître avec elle, lorsqu'il aperçut Jeff King à l'entrée du bâtiment.

– Faites comme vous voudrez, Forester. Au point où nous en sommes, je ne crois pas que cela fera une grande différence. D'une manière ou d'une autre, je suis ruiné.

Il fit un geste de la main à Forester et se dirigea vers Jeff.

– Voulez-vous échanger votre part des tabacs King contre une compagnie à vous tout seul, Jeff ?

– Que voulez-vous dire ? demanda Jeff, déconcerté.

– Je plaisantais. Ce que je veux dire, mon ami, c'est que j'ai perdu. J'ai misé sur le mauvais cheval. (Il sourit amèrement.) Mon propre cheval, par-dessus le marché.

– Vous prétendez que vous avez échoué ?

– Eh oui ! Je suis mort et il ne reste plus qu'à m'enterrer. (Il poussa un soupir.) Cela n'aurait pas pu arriver à un type plus agréable, n'est-ce pas ?

– Ce que j'ai à vous dire va vous dégoûter encore plus. J'ai une confession à vous faire. Écoutez-moi jusqu'au bout, je vous en prie. Si vous ne m'adressez plus jamais la parole ensuite, je comprendrai.

Clint fronça les sourcils.

– Ce que vous dites ne tient pas debout, Jeff.

Jeff se redressa.

– Cette troisième part que je vous ai rachetée, Clint... ce n'était pas avec mon argent mais avec celui de Lutcher. C'est lui qui en est le propriétaire. Même les vêtements que je porte ne m'appartiennent pas, ajouta-t-il avec amertume.

Clint était abasourdi.

– Doux Jésus ! Vous voulez dire que vous êtes l'homme de paille de Lutcher ?

– C'est à cela que ça se résume, dit Jeff. Et inutile de me le dire, je sais ce que cela fait de moi.

– Avant de porter des jugements, dit Clint, j'aimerais savoir comment c'est arrivé. Venez par là. Je ne voudrais pas que quelqu'un d'autre nous entende.

Ils se réfugièrent dans un coin de la salle et s'assirent face à face sur deux caisses de bois. Clint alluma un nouveau cigare.

– Allez-y. Je vous écoute.

Jeff lui dit tout, sans se ménager. Clint fumait furieusement mais en dehors de cela ne laissait transparaître aucun sentiment. Lorsque Jeff eut terminé, Clint siffla doucement.

– Quel panier de crabes ! Une chose que je n'arrive pas à comprendre, c'est que Sload Lutcher ait pu dépenser cinquante mille dollars uniquement pour avoir un espion dans les tabacs King.

– Je pense qu'il avait plus que cela à l'esprit. Il espérait utiliser les informations que je lui fournissais pour ruiner Ben et Charlotte puis reprendre la compagnie à son compte.

– Lotte n'est au courant de rien ?

Jeff secoua la tête.

– Non, je n'ai pas eu le courage de le lui dire, Clint.

– Il va pourtant falloir qu'elle le sache, et Ben aussi. Maintenant que le pot aux roses est découvert, nous pourrons peut-être convaincre Lutcher de nous recéder la troisième part. Elle ne lui sera plus d'aucune utilité. (Il rit soudain.) Nous, ai-je dit. Ce n'est guère approprié à présent. Mais puisque c'est moi qui ai tout mis en jeu en claquant la porte et en vendant ma part, je vais faire de mon mieux pour réparer les dégâts.

– Clint... vous n'avez pas dit ce que vous pensiez de moi, de ce que j'ai fait.

– Qu'allez-vous faire à présent ? demanda Clint sans lui répondre directement.

– À l'instant où je vous quitterai, j'irai droit chez Lutcher pour lui dire que j'en ai fini avec lui.

Clint le regarda attentivement.

– Je doute qu'il le prenne bien.

– J'en suis certain mais il ne me reste rien d'autre à faire puisqu'il sait que j'ai désobéi à ses ordres. La seule autre chose que je puisse faire, c'est de m'enfuir et cela, je le refuse. (Il sourit avec un certain humour.) Quoique, s'il n'y avait pas Lucinda, je le ferais sûrement.

– Il faut du courage pour affronter Lutcher, Jeff.

– Je ne sais pas ce qu'il me faudra comme courage, mais il est trop tard de toute façon, quoi que je fasse. Je n'ai pas envie de l'affronter; je suis mort de peur.

Clint sourit soudain et posa une main amicale sur l'épaule de Jeff.

– Cela ne servirait à rien de m'emporter et de vous dire à quel point ce que vous avez fait est mal. Vous le savez déjà. D'ailleurs, je pense que cela a dû être dur pour vous et votre sentiment de culpabilité est déjà une punition assez rude. La guerre a fait d'étranges choses aux hommes, Jeff. Vous n'êtes pas le seul à en avoir souffert. Elle en a détruit certains irrémédiablement. Mais vous, vous avez refait une partie du chemin. Vous avez diablement changé depuis la première fois où je vous ai vu.

– Pas assez, semblerait-il, dit Jeff en se levant. Eh bien, autant en finir tout de suite.

Clint se leva aussi.

– Voulez-vous que je vous accompagne ?

– C'est quelque chose que je dois faire seul,

Clint, mais j'apprécie votre proposition. De toute façon, votre présence ne ferait qu'augmenter la colère de Lutcher.

Clint hocha la tête.

— Je crois que Ben et Charlotte devraient être mis au courant tout de suite. Je vais vous éviter cette corvée. (Il sourit de manière ambiguë.) Bon sang, je préférerais presque affronter Lutcher que Charlotte !

Alors que Jeff s'éloignait déjà, Clint le rappela.

— Je vais aller trouver Ben et votre sœur et les emmènerai à la fabrique pour leur dire de quoi il retourne. J'attendrai exactement une heure à partir de maintenant, Jeff. Si vous n'êtes pas revenu d'ici là, j'irai à votre recherche.

Il faisait déjà nuit lorsque Jeff pénétra dans le bâtiment de Lutcher par la porte de derrière. Le rez-de-chaussée était plongé dans l'obscurité mais Jeff était persuadé que Lutcher l'attendait.

La porte du bureau était ouverte et il y avait de la lumière. Jeff respira profondément puis entra dans la pièce.

Lutcher resta immobile derrière son bureau, le fixant d'un regard inexpressif.

— Eh bien, King, dit-il d'une voix sans timbre, je me suis trompé. J'étais convaincu que vous étiez déjà dans le comté voisin. Mais votre sœur ne vous a peut-être pas rapporté notre conversation de ce matin.

— Si, répondit Jeff.

— Et vous osez encore me faire face ? Êtes-vous ivre, King ?

— Je n'ai pas bu un seul verre, Lutcher.

C'était la première fois que Jeff ne disait pas « monsieur » et il en fut fier.

Lutcher ne parut pas s'en apercevoir. Il frappa soudain son bureau du plat de la main.

— Vous m'avez menti au moins deux fois au sujet des votes et vous allez le regretter.

– Ce n'est pas tout, Lutcher. Je viens de parler à Clint Devlin.

– Vraiment ? (Lutcher s'immobilisa à nouveau. Seules ses lèvres bougèrent.) Et de quoi ?

– Principalement de vous. Je lui ai dit toutes les bassesses que j'ai commises pour vous. Je lui ai avoué que ma part des tabacs King vous appartient, en réalité. Clint est en train de le répéter à Ben Ascher et à ma sœur.

Le visage habituellement pâle de Lutcher pâlit encore. Pendant un long moment, il resta muet. Puis sa voix siffla comme un coup de fouet.

– Vous avez fait quoi, immonde petite crapule ? Vous avez détruit tout ce que j'avais si soigneusement combiné !

– Je l'espère bien.

– Vraiment ? (Lutcher se pencha en avant.) Vous venez de signer votre arrêt de mort par cette remarque.

Jeff parvint à répondre sans que sa voix tremblât :

– Faites ce que vous voudrez, Lutcher. Je n'ai plus peur de vous.

– Allez-y, Jenks, dit Lutcher sans élever la voix. Tuez-le. Tout de suite.

Jeff entendit un pas derrière lui et il allait se retourner, quand il entendit un coup de feu. Il ressentit un choc violent dans le dos qui le projeta vers le bureau de Lutcher. Il s'y agrippa un instant puis les forces lui manquèrent. Il tomba le visage contre le sol.

Il ne ressentait pas de douleur et ne perdit pas connaissance mais il y avait une zone engourdie dans son dos qui s'élargissait peu à peu.

Il entendit le bruit d'une voix éloignée.

– Est-il mort, Jenks ?

Il sentit une botte le retourner sur le dos. Il eut le réflexe de fermer les yeux et de feindre l'inconscience.

– S'il ne l'est pas, il le sera bientôt, dit Jenks.

Il saigne comme un cochon qu'on vient d'égorger.

— Alors, traînez-le jusqu'au bureau voisin et laissez-le mourir là. (La voix de Lutcher changea.) Puis je veux que vous accomplissiez une tâche pour moi. Combien de temps vous faut-il pour rassembler une quinzaine de vos sbires ?

— Pas plus d'une heure, dit Jenks en riant. La plupart doivent être en train de boire en ville.

— Parfait. Allez-y. Puis donnez-leur des haches et des masses et emmenez-les à la fabrique des tabacs King. Je veux que vous détruisiez tout, les machines, les tables en marbre, tout sauf le tabac que vous ramènerez ici. Ce sera au moins une compensation pour les cinquante mille dollars que j'y ai investis. Si quelqu'un essaie de vous en empêcher, démolissez-le aussi. Cette maudite femme me nargue depuis assez longtemps. Je veux l'écraser une fois pour toutes.

— J'y vais tout de suite, monsieur Lutcher. Mes hommes et moi nous allons vous expédier cela. Il est temps que cette femme soit matée.

Jeff perçut une note de satisfaction gouailleuse dans la voix de Jenks.

— Traînez King dans le bureau d'à côté avant de partir. Je ne veux pas qu'il saigne partout sur mon plancher.

— Une balle dans la tête et il ne saignerait plus, dit Jenks.

— Non, je veux qu'il souffre un peu, s'il n'est pas déjà mort. Lorsque vous en aurez fini avec la fabrique, prenez un de vos hommes et allez enterrer King quelque part à la campagne.

Jeff sentit Jenks le prendre par les pieds et le traîner sur le sol. La douleur le frappa à cet instant, une douleur si aiguë qu'il fut heureux de sombrer dans l'inconscience.

20

Charlotte avait travaillé tard à la fabrique et les autres pensionnaires avaient déjà fini de dîner lorsqu'elle rentra à la pension. Comme de coutume, Lucille lui avait réservé sa part et la lui réchauffa. Charlotte prit son repas à la cuisine et elle venait de le terminer lorsque Lucille y revint.

– Vous avez un visiteur, ma chère.

– Qui est-ce ? demanda Charlotte en levant la tête de son assiette.

– C'est ce beau diable de Clint Devlin, répondit Lucille avec un large sourire.

– Je ne veux pas le voir. Renvoyez-le.

– Vous devriez le recevoir, Charlotte. D'après son expression, j'ai l'impression que c'est sérieux.

Ben ! Lui était-il arrivé quelque chose ? Ou à Jefferson ?

Charlotte se leva d'un bond et se hâta vers le vestibule. Clint se tenait près de la porte, le chapeau à la main.

– Quelque chose est-il arrivé à Ben ? demanda-t-elle avec inquiétude.

– Ben est dans mon buggy devant la porte. Je suis passé le prendre en premier...

– Alors, c'est Jefferson !

– Votre frère va bien pour le moment mais c'est de lui dont je veux vous parler.

– Qu'y a-t-il ?

Il secoua la tête.

– Pas ici. À la fabrique. Je veux que vous écoutiez tous les deux ce que j'ai à vous dire en territoire neutre. (Il rit.) En quelque sorte...

– Oh, Clint ! Vous êtes toujours aussi agaçant.

– Vous ne voudriez pas que je change maintenant, Lotte ? dit-il en haussant les épaules. (Il lui prit le bras.) Venez.

Il l'entraîna et l'aida à monter dans le buggy.

Tandis que Clint faisait le tour de l'attelage, Charlotte se tourna vers Ben.

– Avez-vous idée de quoi il s'agit ?

– Pas la moindre. Il a éludé toutes mes questions.

Clint entendit la remarque de Ben.

– Chaque chose en son temps, Benbo. (Il rassembla les guides et mit le cheval au pas.) Mais il y a une chose que je peux vous dire maintenant. Je vous dois des excuses à tous les deux. Vous aviez raison au sujet de ces maudites machines à cigarettes. J'ai tout misé sur celle dont je vous avais parlé et c'est une catastrophe, ce qui signifie que je coule avec. La compagnie des tabacs Devlin est en faillite avant même d'avoir démarré.

– Clint, je suis désolée ! s'exclama Charlotte, sincère.

Il la regarda, surpris.

– Voilà une réaction à laquelle je ne m'attendais pas, Lotte. Je pensais que vous en feriez des gorges chaudes.

– C'est une chose que je ne ferai jamais, Clint, et je suis blessée que vous ayez pu penser cela de moi. Nous avons eu des désaccords, je le sais, mais je ne me réjouirai jamais de vos malheurs.

– Désolé, Lotte. Je n'aurais pas dû dire cela. (Il poussa un soupir.) C'est sans doute parce que ces deux dernières semaines ont été une série de désillusions et ce qui est le pire, c'est que ce soit de ma propre faute. J'ai sauté avant de regarder. (Il rit.) Ce n'est pas une maxime de Clint Devlin mais j'aurais dû l'appliquer.

– N'y a-t-il aucun moyen de vous en sortir ? demanda Ben.

– Je ne pense pas. Je n'ai plus d'argent pour embaucher des rouleurs de cigarettes et la maudite machine est sans doute définitivement hors d'usage.

Non, il ne me reste plus qu'à évaluer mes pertes, me ressaisir et recommencer.

– Il y a toujours une place pour vous chez nous, dit Charlotte impulsivement. Malheureusement pas celle que vous occupiez puisqu'elle est déjà prise.

– C'est chic de votre part, Lotte, dit-il. J'étudierai la question. Mais ce dont je vais vous parler dans quelques minutes aura une incidence là-dessus, je pense.

Il arrêta le buggy devant la fabrique et Ben aida Charlotte à descendre pendant que Clint attachait les chevaux. Ben ouvrit la porte d'entrée et se fit reconnaître du veilleur de nuit puis ils montèrent tous les trois dans le bureau de Charlotte et Ben alluma la lampe.

Charlotte se tourna vers Clint, les mains sur les hanches.

– Alors, monsieur Devlin, à quoi riment tous ces grands mystères ?

Clint était occupé à allumer un cigare.

– Je veux faire un préambule avant de commencer. En ce moment même, Lotte, votre frère est en train d'affronter Sload Lutcher et de rompre toute relation avec lui.

Charlotte fronça les sourcils.

– Mais je croyais qu'il l'avait déjà fait.

– Pas exactement. C'est de cela que je vais vous parler. Mais je voulais que vous sachiez que Jeff fait preuve d'un grand courage en affrontant Lutcher. Je voulais que vous le sachiez avant de commencer pour que vous ne perdiez pas votre calme, selon votre habitude, avant que j'aie fini.

– Allez-vous commencer, pour l'amour du ciel ? Entendu, entendu. Je ne me mettrai pas en colère.

Clint respira profondément.

– Lorsque Jeff a acheté ma part des tabacs King, il l'a fait pour Lutcher. C'était l'argent de Lutcher et c'est celui-ci qui en est actuellement propriétaire.

– Je le savais ! Je savais que quelque chose n'était pas clair, explosa Charlotte. Jefferson n'a pas changé. Il m'a encore trahie.

– Vous avez promis, Lotte, dit Clint.

– Oui, Charlotte. (Ben lui posa la main sur le bras.) Vous avez promis d'écouter sans interrompre Clint.

– Très bien.

Elle marcha vers la fenêtre. Elle resta le dos tourné et regarda au-dehors, tout en écoutant Clint finir son récit. Lorsqu'il eut terminé, elle se retourna, leur fit face.

– Vous voulez dire que Lutcher a dépensé cinquante mille dollars juste pour pouvoir dire à Jefferson comment voter durant nos réunions ?

– Jeff pense que c'est plus que cela. Lutcher avait calculé que s'il pouvait vous pousser à la banqueroute, il aurait un pied dans la maison et pourrait reprendre plus facilement les tabacs King. C'est du moins l'impression qu'a votre frère.

– Alors, lorsque Lutcher a appris par Charlotte que Jeff ne votait pas comme il le lui disait, il a explosé ? demanda Ben.

– Jeff ne l'avait pas encore vu lorsqu'il m'a parlé mais c'est la conclusion logique.

– Alors, Jeff a effectivement beaucoup de courage de l'affronter seul.

– Je lui ai proposé de l'accompagner, dit Clint, mais il a refusé. Je crois qu'il voulait y aller seul pour retrouver un peu de sa dignité. Ce qui me rappelle… (Il consulta sa montre.) Je lui ai dit que s'il n'était pas de retour avant une heure, j'irais le chercher. Le délai est passé maintenant.

Charlotte, oubliant la traîtrise de son frère, sentit monter en elle une inquiétude. Elle se rendit compte qu'elle lui avait déjà pardonné. Sa confrontation avec Lutcher était une punition suffisante. Si quelque chose lui arrivait…

– Il faut que nous allions le chercher, dit-elle.

– Nous ? (Clint la regarda, étonné.) J'y vais dans un instant mais pas vous, Lotte. On ne sait pas sur qui nous pouvons tomber, là-bas.

– Il n'est pas question que je reste ici, répliqua-t-elle. Jefferson est mon frère et si Sload a osé porter la main sur lui, je veux le savoir. Je le lui ferai payer.

Clint et Ben se mirent à parler ensemble puis se turent en échangeant un regard résigné.

— Vous êtes une femme têtue, Lotte. L'expérience me dit que la seule façon de vous faire rester serait de vous attacher et de vous bâillonner.

— J'aimerais bien vous voir essayer !

— Nous irons tous, dit Ben.

— Non, Benbo. Je ne crois pas que ce soit prudent. J'ai un pressentiment. J'ai peur que Lutcher n'envoie ses hommes de main ici pour détruire la fabrique, dit Clint pensivement. Je crois que vous feriez mieux de rester. Essayez de prévenir Jacob et les siens. Qu'ils viennent le plus vite possible, armés de gourdins ou de ce qu'ils pourront trouver.

— Même Lutcher ne serait pas assez fou pour faire une chose pareille, objecta Charlotte.

— J'ai malheureusement le sentiment qu'il pourrait l'être. Il est loin d'être normal. Un homme qui consacre autant d'argent, de temps et d'efforts à essayer de se venger simplement parce que vous l'avez défié ne peut qu'avoir le cerveau dérangé. De toute façon, il n'y a pas de risque à prévoir le pire.

— Vous avez raison, Clint, dit Ben. Je vais prévenir Jacob et les autres. J'espère seulement pouvoir le faire à temps. Vous deux, faites attention là-bas et prenez soin de Charlotte, Clint.

— Je ferai de mon mieux, dit Clint alors que Ben quittait déjà le bureau.

— Allons-y, Clint, dit Charlotte avec impatience.

— Entendu.

Il lui prit le bras et ils descendirent en toute hâte. Ben avait déjà disparu dans la nuit. Juste avant de franchir la porte, Clint la retint et la tourna vers lui.

— Lotte ?

Il la prit par surprise dans ses bras et l'embrassa.

Pendant un bref instant, Charlotte oublia tout, sauf le contact exaltant de ses lèvres sur les siennes et le souvenir resurgi de son corps souple et vigoureux. Alors que ses sens se mettaient à tourbillonner dangereusement, Clint écarta ses lèvres.

— Ma chère Lotte, je croyais que je n'aurais plus jamais la possibilité de vous embrasser.

Elle se souvint alors de Jeff et le repoussa, soudain furieuse.

— Clint Devlin, vous êtes absolument impossible ! Dans un moment comme celui-ci, vous décidez de m'embrasser.

— J'ai l'impression que la dame proteste trop et bien tardivement.

— Clint, avez-vous oublié Jefferson ?

Il sursauta.

— Vous avez raison, Lotte. Désolé. Allons-y.

Dehors, il prit un revolver sous le siège du buggy et le glissa dans sa ceinture sous sa veste. Puis ils descendirent la rue et arrivèrent à la fabrique de Lutcher en quelques minutes. Le bâtiment était sombre, sans la moindre trace de lumière.

— J'espère que nous n'arrivons pas trop tard, murmura Charlotte, tendue.

Elle essaya d'ouvrir la porte; elle était fermée à clef.

— Jeff m'a dit qu'il y avait une porte dérobée à l'arrière du bâtiment, habituellement ouverte pour qu'il puisse s'y glisser inaperçu, chuchota Clint.

Ils contournèrent rapidement le bâtiment par une petite rue. Il y avait juste assez de lumière pour leur permettre de distinguer la porte. Clint saisit la poignée qui tourna. Il ouvrit et ils se glissèrent à l'intérieur. Une faible lueur tombait de l'étage, suffisante pour éclairer l'étroit escalier qui menait à la passerelle. Clint mit un doigt devant ses lèvres et ils écoutèrent un moment, immobiles.

— Je crois qu'il n'y a personne, chuchota Charlotte, au bord du désespoir. Nous arrivons trop tard.

– Nous verrons dans un instant.

Rapidement mais silencieusement, ils gravirent l'escalier. Une lumière venait d'une porte entrouverte. Charlotte mit la bouche contre l'oreille de Clint.

– C'est le bureau de Lutcher, dit-elle dans un souffle.

Ils s'avancèrent sur la pointe des pieds. Juste avant d'atteindre la porte ouverte, Clint toucha le bras de Charlotte et lui fit signe de rester derrière lui. Puis, en deux enjambées, il entra dans la pièce.

Sload Lutcher était assis derrière son bureau, aussi immobile qu'une statue.

La lumière de la lampe jetait une ombre sur son visage, accentuant la profondeur de ses orbites.

– Monsieur Devlin, dit-il calmement, je m'attendais à votre visite.

Charlotte s'avança à la hauteur de Clint.

– Où est Jefferson ? Où est mon frère ?

– Pourquoi le saurais-je, mademoiselle King ? répondit-il. Il ne fait plus partie de mes employés.

Clint avança encore de quelques pas dans la pièce.

– Jeff est venu vous voir ici, Lutcher, dit-il d'une voix grinçante. Où est-il ?

Lutcher posa ses deux mains à plat sur le bord de son bureau.

– Il vous a peut-être dit qu'il venait ici mais il ne l'a pas fait. Il a sans doute eu peur de m'affronter.

Le regard de Charlotte s'était posé sur le sol.

– Clint, regardez ! (Elle désigna une tache devant le bureau.) C'est du sang.

Clint glissa sa main sous sa veste et saisit son revolver.

– Vous vous embourbez, Lutcher…

Il s'interrompit en voyant les mains de Lutcher passer sous son bureau. D'un geste souple et rapide, Clint posa un pied sur le bord du meuble puis poussa de toutes ses forces. Celui-ci glissa et frappa

Lutcher à hauteur de l'estomac. Lutcher bascula, entraînant sa chaise dans sa chute.

Clint fit le tour du bureau en un éclair, revolver au poing. Il pointa son arme sur Lutcher. Celui-ci tenta de saisir la sienne, tombée sur le sol. D'un coup de pied, Clint l'envoya à l'autre bout de la pièce. Il arma et visa Lutcher entre les yeux.

– Maintenant, dites ce que vous avez fait de Jeff, pourriture.

Les yeux de Lutcher avaient un éclat de démence.

– Vous arrivez trop tard, Devlin. Cette petite ordure est morte.

Charlotte poussa un cri d'angoisse.

– Alors, où est son corps, s'il est mort ? (Clint rapprocha le canon de son arme.) Parlez ou je vous mets une balle entre les deux yeux. N'imaginez pas que je ne le ferai pas : ce serait avec le plus grand plaisir.

Lutcher battit des paupières puis fit un signe de tête.

– Il est dans la pièce à côté.

– Prenez la lampe, Lotte, dit Clint, et éclairez-nous. (Il recula de deux pas et fit un geste avec son revolver.) Debout, Lutcher.

Sans quitter Clint des yeux, celui-ci se remit debout. Clint passa derrière lui et appuya le canon de son arme contre sa nuque.

– Allez-y, Lotte. Si vous faites le moindre faux pas, Lutcher, vous êtes un homme mort.

Charlotte en tête, ils passèrent sur la passerelle jusqu'à la pièce suivante. En ouvrant la porte, elle ne put retenir un cri et se précipita à l'intérieur. Clint poussa Lutcher devant lui puis s'écarta légèrement pour regarder.

Charlotte était agenouillée à côté de Jeff, étendu par terre. Ses joues ruisselaient de larmes.

– Jefferson ? Ô mon Dieu, faites qu'il ne soit pas mort ! Jefferson ?

Clint, surpris et soulagé, vit Jeff bouger. Il était étendu sur le dos et tourna la tête vers Charlotte en ouvrant les yeux.

– Charlotte, est-ce vous ?

– Oui, Jefferson. Dieu merci, vous êtes vivant.

– Clint est-il... (il rassembla ses forces)... Clint est-il avec vous ?

– Je suis là, Jeff.

– La fabrique... Lutcher y a envoyé Jenks et ses hommes pour tout détruire.

– Nous l'avions prévu, Jeff. Un comité de réception attend Jenks et ses voyous. (Lutcher poussa un grognement et tendit ses muscles comme s'il allait bouger. Clint appuya davantage le canon de son revolver contre sa nuque, lui arrachant un nouveau grognement.) Cette nouvelle vous dérange un peu, Lutcher ?

Clint jeta un coup d'œil rapide vers Charlotte.

– Il y a un médecin à deux rues d'ici – vous savez où. Courez le chercher. Je vous attends ici.

Elle se tourna vers lui :

– Mais la fabrique ? Vous avez entendu ce qu'a dit Jefferson ?

– Je pense que la vie de votre frère est plus importante que la fabrique. Ou bien n'êtes-vous pas de cet avis ?

Elle regarda Jeff à nouveau, lui frôla la joue du bout des doigts, puis se précipita hors de la pièce.

Il fallut une demi-heure de plus que le temps prévu à Cob Jenks pour rassembler quinze fripouilles mais il y parvint finalement et les emmena vers la fabrique King. C'était une équipe disparate de poivrots armés de manches de pioche et de masses. À sa connaissance, Jenks était le seul à avoir un revolver.

Il le dégaina lorsqu'ils furent à une rue de la fabrique et l'agita devant le groupe bruyant.

– Écoutez-moi, bons à rien. Avec le bruit que vous faites, vous allez réveiller tout Durham, y compris les morts du cimetière. Ils ne nous attendent pas mais il y a certainement un ou deux veilleurs de nuit et ils vont nous entendre venir.

Alors, à partir de maintenant, je veux que vous ne fassiez pas plus de bruit que des souris. Le premier qui en fait, je l'assomme. Une fois dans la place, faites tout le vacarme que vous voudrez. Donc, silence, c'est compris ? Si l'un de vous fait échouer la surprise, gare à lui.

Le groupe se calma aussitôt et suivit Cob Jenks en silence.

Ils savent qui leur graisse la patte, pensa Jenks avec satisfaction. Tout allait se passer comme sur des roulettes et Lutcher allait bien payer ce travail. Jenks éprouvait un grand plaisir à l'idée de donner une bonne leçon à cette pimbêche de Charlotte King, mais il espérait aussi recevoir une prime substantielle en récompense de ses efforts.

Ils arrivèrent devant le bâtiment des tabacs King. Tout était noir et calme. Jenks hocha la tête, satisfait.

– Exactement ce que je pensais, murmura-t-il à l'intention de l'homme à côté de lui. Aussi calme qu'une tombe. (Il saisit la poignée et fut surpris de voir qu'elle tournait.) Passez le mot aux autres, dit-il à voix basse. Je vais entrer en laissant la porte grande ouverte. Puis je me mettrai sur le côté et vous pourrez y aller en faisant tout le boucan que vous voudrez.

Jenks poussa la porte du plat de la main. Les gonds grincèrent légèrement et il retint sa respiration. Aucun cri d'alarme ne retentit. Il entra rapidement et fit un pas de côté. L'un de ses complices poussa le cri strident des rebelles et ils entrèrent au pas de charge en hurlant de toutes leurs forces.

À l'instant où le dernier homme franchissait le seuil, trois lanternes, largement espacées, s'allumèrent. Jenks cligna des yeux d'étonnement et son regard balaya la salle. Une demi-douzaine d'hommes, armés de gourdins, s'y trouvaient. Il reconnut Ben Ascher et se rendit compte que, d'une manière ou d'une autre, il avait eu vent de ce que Lutcher préparait. Ses hommes, surpris par cette opposition inattendue, se mirent à hésiter en marmonnant et Jenks en vit deux reculer vers la porte.

– Arrêtez, vociféra-t-il. Vous ne savez pas compter ? Nous sommes deux fois plus nombreux qu'eux. Foncez dedans et démolissez-les.

Il arracha le manche de pioche des mains de l'homme à côté de lui et chargea en direction de l'antagoniste le plus proche – un solide gaillard large d'épaules, avec un mégot de cigare entre les dents et un épais gourdin à la main. Jenks se jeta sur lui en hurlant, brandissant le manche de pioche au-dessus de sa tête.

Tandis qu'il l'abattait, l'homme saisit son gourdin aux deux extrémités et le leva pour parer à son attaque. Il était trop tard pour que Jenks puisse faire dévier le coup. Le manche de pioche heurta l'épais gourdin. L'impact ébranla Jenks jusqu'aux orteils. Avant qu'il n'ait eu le temps de s'en remettre, l'homme lâcha une des extrémités de son gourdin et lui fit décrire un arc de cercle pour venir frapper le manche de pioche de Jenks. Ce deuxième choc lui fit lâcher prise et le manche s'envola.

Puis, presque avec mépris, l'homme au cigare lui assena une gifle de sa main énorme. Jenks, déjà déséquilibré, fut projeté à plusieurs pas de là et tomba sur les fesses, sonné.

L'homme au cigare, Jacob Lefkowitz, que Jenks reconnaissait maintenant, se détourna et se joignit à la mêlée générale qui faisait rage à travers toute la salle. Jenks, encore à moitié assommé, fut heureux de voir que ses hommes s'étaient regroupés et qu'ils attaquaient les défenseurs. Les hommes des tabacs King étaient dominés en nombre et ne pouvaient que céder du terrain, lentement mais sûrement.

Jenks, voyant que son équipe n'avait pas besoin de lui pour l'instant, préféra rester où il était. Dès que les assaillants auraient assommé les employés King, ils pourraient se lancer dans la destruction méthodique de la fabrique. Au train où allait la bagarre, cela ne prendrait pas longtemps. Jenks vit deux des défenseurs tomber inconscients, puis un troisième. Les seuls à tenir vraiment leur terrain étaient Ben Ascher et Jacob Lefkowitz qui hurlait comme un possédé tout en maniant son gourdin avec efficacité.

Jenks se releva sur ses jambes encore vacillantes. Si Lefkowitz et Ascher étaient éliminés, les deux derniers défenseurs seraient neutralisés facilement. Jenks dégaina son revolver et attendit que son homme soit hors du champ de tir pour descendre le juif.

Soudain, un coup de feu résonna. Jenks cligna des paupières, ahuri, croyant avoir tiré sans le savoir. Puis il se rendit compte que cela venait de derrière lui. Il pivota et resta bouche bée.

Sload Lutcher se tenait juste à l'entrée et derrière lui, Jenks reconnut Devlin, l'ancien associé des tabacs King. Devlin tira un deuxième coup de feu en l'air puis plaça le canon de son revolver sur la nuque de Lutcher.

Le deuxième coup de feu réussit à attirer l'attention de tous. Assaillants et défenseurs restèrent pétrifiés, fixant les deux hommes dans l'encadrement de la porte.

— Dites-leur de reculer, Lutcher. Dites-leur de déposer leurs armes et de sortir un à un. (Comme Lutcher restait silencieux, Devlin appuya plus fort le canon de son revolver sur sa nuque.) Alors, ça vient ?

— C'est bon. Vous autres, déposez vos armes, cria Lutcher. Faites ce qu'il dit. Jetez vos armes et filez.

Jenks, sentant que sa prime allait lui échapper, fut saisi de rage.

— Non, monsieur Lutcher. (Il leva son revolver.) Écartez-vous. Je vais descendre ce salaud.

— Non ! hurla Lutcher. Ne tirez pas, Jenks.

Jenks ne parut pas enregistrer ces paroles.

– Plongez, monsieur Lutcher, plongez.
Il visa.

Clint regardait Jenks, incrédule. Il devait avoir perdu l'esprit. Au dernier instant, il comprit qu'il allait vraiment tirer et il poussa Lutcher de toutes ses forces. Il ne fut pas assez rapide.

Jenks tira et Lutcher vacilla, les mains crispées sur la poitrine, et tomba lentement. Clint se jeta par terre sur le côté. Jenks tira une deuxième fois et, plus tard, Clint affirmait que la balle lui avait frôlé les cheveux.

Il tomba si brutalement qu'il faillit lâcher son arme mais il réussit à la retenir, roula sur lui-même et tira. Il manqua Jenks, arma une deuxième fois et refit feu. Cette fois il atteignit sa cible. La balle frappa Jenks au cœur et le truand s'effondra en lâchant son revolver.

Les oreilles de Clint résonnaient encore des coups de feu répétés. Son regard alla de Jenks à Lutcher et il vit que les deux hommes demeuraient immobiles.

Comme s'ils prenaient ce calme soudain pour un signal, les hommes de Jenks se précipitèrent vers la porte, se bousculant pour sortir. Jacob, brandissant son gourdin, courut derrière eux en rugissant.

Clint éleva la voix.

– Laissez-les filer, Jacob. C'est fini.

Jacob s'arrêta net puis regarda autour de lui, étourdi. Son visage s'éclaira d'un large sourire.

– C'est fini, monsieur Devlin ?

Clint hocha la tête d'un air las puis se releva. Ben se hâtait vers lui.

– Tout va bien, Clint ?

– Il semblerait, Benbo. Et les trois là-bas qui sont étendus par terre ?

– Ça ira, sauf qu'ils auront une bosse sur la tête demain matin. (Ben essuya son front en sueur.) Vous nous avez sauvés, Clint. Ils prenaient le dessus. Je suis revenu ici à toute vitesse avec Jacob et cinq hommes pendant qu'on allait prévenir les autres. Mais ils ne seraient pas arrivés à temps.

Jacob était allé examiner Jenks et Lutcher. Il se tourna vers eux.

– Ces deux-là ne nous ennuieront plus jamais, Ben. Ils sont morts.

Il prit le mégot de son cigare et le jeta.

Clint fouilla dans la poche intérieure de sa veste et trouva deux cigares – les deux derniers. Il en tendit un à Jacob.

– Tenez, Jacob, fumez un cigare décent pour une fois.

Jacob le prit, le roula entre ses doigts, le renifla, puis sourit lentement.

– Merci, monsieur Devlin.

– Comment va Jeff ? demanda Ben.

– Il a reçu une balle mais je ne sais pas à quel point c'est grave. Charlotte s'en occupe. Ben... (il fit un geste de la main) ...pourquoi n'envoyez-vous pas quelqu'un chercher les représentants de la loi ? Ensuite nous ferions bien de tout remettre en ordre avant le retour de Lotte.

Deux heures plus tard tout était plus ou moins remis en état. Les corps de Jenks et de Lutcher avaient été emportés. Jacob et ses hommes étaient partis se coucher et Ben, sur les injonctions de Clint, en avait fait autant.

Clint était monté dans le bureau de Charlotte et là, assis dans son fauteuil, les pieds sur la table, il fumait tranquillement son dernier cigare. Il avait laissé deux lanternes allumées au rez-de-chaussée et une lampe dans la pièce où il se tenait et dont la porte était restée ouverte.

Finalement, il entendit du bruit et sut que Charlotte était arrivée. Il ne bougea pas. Il entendit le bruit de ses pas aller et venir, puis elle appela.

– Clint ? Ben ? Êtes-vous encore là ?

Son pas était rageur lorsqu'elle monta l'escalier. Puis elle entra dans la pièce et s'immobilisa, interdite. Elle prit une pose agressive, les poings sur les hanches.

– Alors vous voilà !

– Eh oui, répondit-il nonchalamment.

– Qu'est-il arrivé ici ? Jenks et ses hommes se sont-ils montrés ?

– Oh oui ! (Il fit un geste désinvolte avec son cigare.) Ben et moi avons réglé le problème. Jacob nous a un peu aidés.

– En bas, on dirait qu'il ne s'est rien passé.

– Il s'est passé beaucoup de choses, Lotte. Lutcher et Jenks sont morts. Jenks a tué Lutcher et moi, j'ai tué Jenks.

– Morts tous deux ?

Elle parut ébranlée, s'avança vers un fauteuil et s'assit.

– Et votre frère, Lotte ? Comment va Jeff ?

– Quoi ? (Elle sursauta et lissa de la main ses cheveux décoiffés.) Le docteur pense que Jefferson se remettra avec le temps. La balle n'a touché aucun organe vital. Mais il faudra assez longtemps avant qu'il ne soit sur pied à nouveau. Lucinda est auprès de lui, à présent.

Clint poussa un soupir et s'enfonça encore plus profondément dans le fauteuil.

Charlotte se redressa, le regard aigu.

– Que faites-vous chez moi, dans mon fauteuil et avec vos pieds sur mon bureau ?

– Pourquoi pas ? dit-il d'un ton calme. Le bureau était vide et vous n'étiez pas là.

– Là n'est pas la question ! s'exclama-t-elle, furieuse. Vous êtes impossible. Vous entrez ici et vous vous installez comme si vous étiez chez vous.

– Lotte, je vous en prie. (Il leva une main.) Au moins pour quelques minutes ! La soirée a été rude et je ne suis pas d'humeur à me lancer dans une de nos petites querelles habituelles.

Charlotte se leva et se mit à marcher de long en large, toute son énergie retrouvée.

– Sload Lutcher est donc mort ? D'après ce que

je sais sur lui, il n'a aucun parent vivant et nous devrions donc pouvoir remettre la main sur la troisième part des tabacs King.

— Si ce que vous dites est vrai, oui. (Il l'observa d'un air amusé.) Ses biens reviendront à l'État qui sera sans doute heureux de vous recéder sa part pour une somme minime.

Charlotte hocha la tête.

— Et vous ? Où en êtes-vous ?

Il posa sur elle un regard serein.

— Ma chère Lotte, inutile de vous inquiéter de mon sort. J'ai fait mon lit, je m'y coucherai sans me plaindre.

— Le médecin dit que Jefferson sera incapable de revenir travailler avant des mois.

Lentement, Clint enleva ses pieds du bureau et se pencha en avant.

— Êtes-vous sur le point de me faire une offre ?

Elle posa sur lui un regard perplexe.

— Clint, m'aimez-vous ?

Pour la première fois de sa vie, Clint resta sans voix.

— Si oui, c'est une chose; sinon, c'en est une autre. J'ai fait une découverte ce soir...

— Lotte...

— ... lorsque j'étais agenouillée à côté de Jefferson sans savoir encore s'il était vivant ou mort. J'ai compris qu'il y a des choses plus importantes dans la vie que les tabacs King...

— Lotte, allez-vous vous taire une minute ?

Elle baissa les yeux en silence.

— Oui, je vous aime. Est-ce cela que vous vouliez entendre ?

Elle hocha la tête sans lever les yeux.

— Et vous, m'aimez-vous ?

Elle hocha la tête à nouveau.

— Bon sang, allez-vous me regarder ? cria-t-il.

Elle leva vers lui ses yeux immenses, doux et noyés de larmes. Il contourna le bureau et la serra dans ses bras.

Charlotte enfouit sa tête contre lui, le visage au creux de son épaule.

Il se mit à rire doucement.

— Croyez-vous qu'un mariage Devlin-King marcherait, vu la façon dont nous nous disputons à peu près les quatre cinquièmes du temps que nous passons ensemble ?

Elle s'écarta légèrement pour le regarder.

— Pourquoi pas ? Nous nous réconcilions toujours, n'est-il pas vrai ?

— Oui, ma chérie. (Son rire s'amplifia.) Comme vous le dites...

2081
★ ★ ★ ★

Impression Brodard et Taupin à La Flèche (Sarthe)
le 9 octobre 1986
6775-5 Dépôt légal octobre 1986. ISBN 2-277-22081-7
Imprimé en France

Editions J'ai lu
27, rue Cassette, 75006 Paris
diffusion France et étranger : Flammarion